Das Buch

Greenwich Village im Dezember 1920. Es herrscht zwar Prohibition, doch es gibt genug heimliche Kneipen, die voll von Schriftstellern, Künstlern, Freunden und Liebenden sind. Mitten drin wieder die Poetin Olivia Brown, bekannt aus der *Puppenschwester.* Sie und ihre Freunde verlassen die Großstadt, um sich in einem Haus auf dem Land gegenseitig Gedichte vorzulesen und Gesellschaftsspiele zu spielen. Das Vergnügen findet ein jähes Ende, als das junge Hausmädchen erschlagen in einem nahen Wald gefunden wird. Olivia beginnt zu ermitteln und sie weiß, dass die verdächtige Person unter den Gästen des Hauses zu finden sein muss. Zu ihrer Überraschung stellt sie fest, dass die Ermordete eine Undercover-Detektivin von Pinkerton gewesen ist. Zusammen mit ihrem Hausfreund, dem Privatdetektiv Harry Melville, kommen sie der kriminellen Organisation »Schwarze Hand« auf die Spur.

Die Autorin

Annette Meyers hat sich mit ihren Smith-&-Wetzon-Romanen längst einen Namen als hochkarätige Krimiautorin geschaffen. Zusammen mit ihrem Ehemann Martin schreibt sie außerdem historische Romane, die in New York angesiedelt sind. Annette Meyers lebt in New York City. Zuletzt erschien von ihr als Heyne Taschenbuch *Die Puppenschwester*.

ANNETTE MEYERS

DIE EISFRAU

Roman

Aus dem Amerikanischen
von Adelheid Zöfel

WILHELM HEYNE VERLAG
MÜNCHEN

HEYNE ALLGEMEINE REIHE
Band-Nr. 01/13460

Titel der Originalausgabe
MURDER ME NOW

Umwelthinweis:
Dieses Buch wurde auf
chlor- und säurefreiem Papier gedruckt.

Deutsche Erstausgabe 02/2002

Printed in Norway 2002
Umschlagillustration: Jeff K. Potter/Agentur Schlück
Umschlaggestaltung: Nele Schütz Design, München
Satz: Buch-Werkstatt GmbH, Bad Aibling
Druck und Bindung: AIT, Trondheim

ISBN: 3-453-19892-1

http://www.heyne.de

Für Marty, zuerst und zuletzt

Dank

Mein Dank geht an die einfühlsamen Lektoren bei Mysterious Press/Warner, die wissen, wie man seine Autoren hegt und pflegt, vor allem Sara Ann Freed, Bill Malloy, Susan Richman, Vicki Bott. An Honi Werner für die Gestaltung eines wieder einmal hinreißenden Covers. An meinen unerschütterlichen Agenten Stuart Krichevsky. Und an meine Freundin Sandra Scoppettone.

Ganz besonders verpflichtet bin ich Barbara Collins und Bob Randisi, die meine Kurzgeschichte »The Bedford Street Legacy« (Olivias Debut!) in ihre erste Anthologie mit dem Titel *Lethal Ladies* aufgenommen haben.

Mein Dank geht außerdem an Mary Lou Vehn vom renommierten Yale Club in der Vanderbilt Avenue in New York City und an Jim Parish für den Stummfilmstar Richard Bathelmess.

An H. Terrence Samway, Assistant Director beim *Office of Government Liaison and Public Affairs,* und an Mike Sampson, Archivar, beide beim *United States Secret Service,* geht ein besonderer Dank, weil sie mich so großzügig an ihrem archivarischen Wissen teilhaben ließen.

Oh, deiner Liebsten Lippen habe ich geküsst
Und hab' von tiefstem Herzen Liebe ihr geschworen,
Wie du die Lippen meiner Liebsten hast geküsst
Und ihr geschworen hast, dass wir uns niemals trennen.

Doch leider ist das Leben gar nicht lang,
Die Sonne wird bald ihre Kraft verlieren.
Drum werf ich die Versprechen über Bord,
Denn Treue in der Liebe ist nur Götterwort.

»An Artemis«
Olivia Brown, 1920

1

Es gibt ein Spiel, das wir »Wahrheit« nennen. Aber andererseits gibt es verschiedene Arten von Wahrheit. Und zu viel Wahrheit kann gefährlich sein.

Das Tableau unseres Lebens entwarfen wir in Greenwich Village. Wir waren ungeheuer kreativ in den Jahren nach dem Krieg, und unsere Kreativität war großzügig, elegant und genial, das muss man einfach sagen. Nach New York waren wir gekommen, um ganz wir selbst sein zu können.

In der kleinen Welt des Village mit den engen, krummen Straßen, den alten Brownstone-Häusern und den kleinen Geschäften, Cafés, Kneipen und Bars schufen wir unsere Kunst, und wir spielten.

Und *wie* wir spielten!

Gewisse tragische Ereignisse, die noch nicht lange zurücklagen, hatten mein Leben auf den Kopf gestellt und alles durcheinander geschüttelt; Freunde waren keine Freunde mehr gewesen, Liebhaber hatten die Liebe verraten. Ich wollte verzweifeln – aber schon hatte ich mich wieder verliebt, leichtlebig und frivol wie ich bin. Das Objekt meiner Begierde war Paul Ewing, ein großer junger Mann mit breiten Schultern und hellen Haaren, und um ihn ein bisschen vom Hauch der Heiligkeit zu befreien, hatte ich ihn Paulo getauft.

Wir waren nach Croton gefahren, eine ganze Gruppe

aus dem Village. In Croton lebten Fordy und Kate Vaude mit ihren Kindern, und außerdem hatten sich ein paar unserer Freunde aus New York dort in der Mt. Airy Road Häuser gemietet. Hin und wieder gaben Fordy und Kate eine Party, und dann kamen wir alle angereist, mit dem Zug oder auch mit dem Auto, wenn wir Glück hatten. Wir verbrachten das Wochenende mit Gesprächen, Scherzen, Alkohol und übermütigen Spielen. Und natürlich lockte auch die Vorstellung, sich in dieser ländlichen Umgebung der Liebe hinzugeben. Das Essen war bei diesen Festen vergleichsweise unwichtig. Das, worauf es uns ankam, war die Gesellschaft.

Beim letzten Mal hatten wir alle im Kreis gesessen und gemeinsam eine Geistergeschichte erfunden: Man musste immer da weitererzählen, wo der Nachbar aufgehört hatte. Larry Langner, der uns inzwischen verlassen hat, um in Uptown Manhattan die Theatre Guild Company zu gründen, machte ein Theaterstück daraus, *The Haunting of M. Vaude*, und unser Jig Cook, der das Herz und die Seele der Provincetown Players ist, nahm das Stück und schrieb es für die Players um. Ich spielte bei dieser Inszenierung den Geist einer Frau, die sich an dem Mann rächt, der sie umgebracht hat. Ein Kritiker schrieb: »Die hinreißende Olivia Brown, meist Dichterin, aber gleich darauf wieder Schauspielerin, versetzt uns pausenlos in Erstaunen.«

An diesem Abend nun hatten wir uns alle um den großen Tisch in der Küche des Farmhauses in Croton versammelt. Das Feuer in dem riesigen Steinkamin knisterte, und es wurde reichlich Gin getrunken.

»Trinkt, so viel ihr wollt!«, rief Fordy. »Der Vorrat ist unerschöpflich.« Fordy verfügte über jede Menge Kohle, weil er einen Job in der Wall Street hatte, der ihm erlaubte, neben dem Farmhaus in Croton auch noch ein Atelier im Village zu mieten, wo er, wie er sagte, seiner wahren Berufung nachging und malte.

Alle johlten und pfiffen begeistert, und Paulo sagte: »Ich hätte gern den Namen eures Schmugglers!« Dabei streichelte er zärtlich das Bein der »hinreißenden Olivia Brown«.

Wir hatten Scharade gespielt, aber ohne die richtige Begeisterung, und um den Abend zu retten, wurde beschlossen, jetzt lieber »Wahrheit« zu spielen.

Ein absolut simples Spiel – jedenfalls an der Oberfläche. Jemand aus der Gruppe wurde bestimmt und ein Aspekt seiner Persönlichkeit oder seiner Erscheinung herausgegriffen – sein Charakter, irgendwelche Marotten oder auch nur seine Nase. Über diesen Aspekt – also beispielsweise über die Nase der ausgewählten Person – musste dann jeder der Anwesenden ein paar Sätze auf einen Zettel schreiben. Jede Stilrichtung war erlaubt, egal, ob erotisch, humorvoll oder ernst.

Wir versuchten bei diesem Spiel literarisch oder wenigstens intelligent zu sein, aber immer gelang uns das nicht, und wie man sich vorstellen kann, gerieten diese schriftlichen Äußerungen manchmal sehr persönlich, um nicht zu sagen taktlos und verletzend.

Wir falteten also unsere anonymen Zettel zusammen und deponierten sie in David Wolfes weichem Filzhut. Als ich an der Reihe war, berührten sich unsere Finger, und Dave zwinkerte mir zu, als hätten wir ein heimliches Techtelmechtel. Dave war Jude, dunkel und geheimnisvoll wie ein Scheich, und schrieb gerade einen Roman. Während der vergangenen Monate hatte er sich in Max' kleinem Häuschen auf der anderen Straßenseite einquartiert, da Max sich zur Zeit in Paris aufhielt.

Dann wurden die Zettel gründlich gemischt, und einer nach dem anderen wurde von dem »Vorleser« vorgetragen, den wir ausgewählt hatten und der selbstverständlich nie das »Thema« der Runde sein durfte. Wir hatten auch das Kindermädchen der Vaudes, ein schmales, ernstes Mädchen namens Adelle, gefragt, ob sie nicht mitspielen wolle, wozu sie sich gern bereit erklärt hatte, während Harry lieber einen Spaziergang machen wollte, weil er nichts von der »Wahrheit« hielt, wie er ironisch erklärt hatte. Harry ist H. Melville, ein Privatdetektiv, mit dem ich gelegentlich zusammenarbeite. Ich habe ihn von meiner Großtante Evangeline Brown geerbt, als Zugabe zu meinem Haus in der Bedford Street in Greenwich Village. In ihrem Testament hatte sie verfügt, dass Harry die untere Wohnung bis in alle Ewigkeit bewohnen könne.

Das alte Farmhaus der Vaudes war sehr gemütlich, mit niedrigen Decken und breiten Holzdielen. Der Kamin verbreitete genügend Wärme, um uns vor der kalten Winterluft draußen zu schützen. Den Rest besorgte der Gin. Ich sah die Gesichter der am Tisch sitzenden Wahrheit-Spieler wie durch einen Nebel. Unsere Gastgeber Fordy und Kate. Dave Wolfe. Mein Paulo. Bunny Wilson, einer meiner Lektoren bei der Zeitschrift *Vanity Fair*, und seine Freundin Daisy. Und natürlich Adelle, das Kindermädchen.

Wir spielten mehrere Runden, tranken im Überfluss, und nach und nach entglitt uns das Spiel immer mehr, bis es schließlich eine unangenehme Wendung nahm.

In den kommenden Tagen und Wochen sollte ich die eigenartige Intensität der Spielrunden dieses Abends immer wieder durchleben und nachträglich darin die Vorboten der schrecklichen Ereignisse sehen, die auf uns alle zukamen.

Bei der letzten Runde fungierte Kate Vaude als »Vorleserin«, und durch ihre giftige Art, die Texte vorzutragen, klang jede Beschreibung hässlich und gemein. Es ging in dieser letzten Runde um die arme Adelle, vor allem um ihre Augen mit den schweren Lidern, die feucht und kurzsichtig hinter dicken Brillengläsern hervorschauten. Einer von uns – ich war es nicht, denn ich verfasse nie mittelmäßige oder gehässige Verse – hatte geschrieben:

Mit Judasaugen sinnt sie auf Verrat,
Ihr Leben endet bald durch böse Tat.

Es ging noch weiter, aber der Rest klang nicht annähernd so bedrohlich. Adelle schien ziemlich betroffen. Aber da war noch etwas anderes in ihrer Reaktion, was ich nicht richtig einordnen konnte. Sie saß da, hörte sich die fürchterlichen Texte an und sagte kein Wort.

»Ich liebe meine Freunde«, sagte ich, um die Situation etwas zu entschärfen. »Aber im Moment könnte ich das nicht behaupten! Merkt ihr denn nicht, was für einen schlechten Eindruck wir auf Adelle machen?«

»Adelle weiß genau, dass es nur ein Spiel ist«, sagte Fordy Vaude auf seine herablassende Art. »Stimmt doch, meine Liebe?« Er nahm Kate die Zettel aus der Hand und warf sie ins Feuer.

Adelle antwortete mit einem verkrampften Lächeln. Plötzlich wusste ich es: Das »Andere« war Angst. »Ja, natürlich. Ich spiele das Spiel nicht zum ersten Mal.« Dann entschuldigte sie sich und ging nach oben.

Was für ein ekelhaftes, streitsüchtiges Pack wir doch sein können, wenn wir zu viel trinken! Aber trotzdem – nachtragend sind wir nicht. Und wir beneiden einander nicht um unsere Erfolge.

Die Atmosphäre entspannte sich, als Adelle gegangen war und wir uns von der Küche in den Salon begaben. Harry gesellte sich wieder zu uns, wir saßen am Kamin, tranken, rauchten und redeten bis spät in die Nacht.

Jack Reed – Schriftsteller, Lektor, Dichter, Journalist und Liebhaber – kam später und und setzte sich zu uns, nur im Geiste, versteht sich, denn er war vor kurzem in Moskau ums Leben gekommen. Von den Schriftstellern und Künstlern, die im Village wohnten, wurde er schon sehr verehrt, als er nach Russland aufbrach, um über die Revolution zu berichten und mit seinem Buch *Zehn Tage, die die Welt erschütterten* internationalen Ruhm zu erringen.

Aber leider war meine Ankunft im Village mit Reeds zweiter Russlandreise zusammengefallen, deshalb waren wir uns nie begegnet, aber ich hatte seine Geschichten und Gedichte und auch seine Theaterstücke verschlungen. Auf Fotos hatte ich einen ziemlich großen Mann gesehen, mit wilden Haaren, dunkel glühenden Augen, einer breiten, intelligenten Stirn – alles Zeichen für Abenteuerlust und einen romantischen Charakter. Ich spürte seine magnetische Anziehungskraft. Wer hätte sich ihm entziehen können?

Als die Geschichten über Reed immer grandioser und wilder wurden, erfüllte Gelächter den Raum, und ich spürte seine Gegenwart, wie die eines verstorbenen Liebhabers. *Noch eine Zigarette – dann muss ich gehn.*

Schließlich ging die Nacht ihrem Ende entgegen, und unsere endlosen Gespräche und die vielen Gläser mündeten in der Liebe.

Aber schon viel zu früh weckte mich mein Gehirn, durch das lauter Vierzeiler und Couplets schwirrten. Jedenfalls dachte ich das am Anfang. Aber nein! Was meinen Schlaf gestört hatte, war die seltsame Wendung, die unser Spiel genommen hatte. Ich musste wissen, wer der Verfasser der makabren »Verse« über Adelle gewesen war.

Ich löste mich aus den Armen meines schlafenden Geliebten, schlüpfte aus dem Bett und schlich die Treppe hinunter. Das Farmhaus war jetzt mehr als kalt, die Kamine waren alle ausgegangen, weil wir uns anderen Dingen zugewandt hatten. Leidenschaft, verbunden mit einer Karaffe Wein, konnte uns genug Wärme geben.

Als ich den Salon durchquerte und mir dabei alle Mühe gab, die schlafenden Gestalten auf den improvisierten Nachtlagern nicht zu stören, starrten mich über die Polster des Sofas hinweg die müden Augen eines Mädchens an, das ich nicht kannte und das dann wieder in Daves Arme zurücksank. Ich wusste, dass es Dave war – ich erkannte ihn an dem braunen Kordsamthemd, das nur er trug. Kurz überlegte ich mir, warum er nicht nach Hause gegangen war, obwohl er doch nur über die Straße wohnte.

In der Küche war es dunkel, bis auf eine Kerze, die in der Nähe des Herdes flackerte. Ich blieb im Türrahmen stehen. Jemand hatte den gleichen Gedanken gehabt wie ich: Vor dem Kamin kniete eine Gestalt und wühlte in der kalten Asche. Für einen kurzen Moment drehte sie den Kopf so, dass ihr Gesicht von der Kerze beleuchtet wurde. Es war Adelle.

Ich zog mich in den Flur zurück und horchte, bis sie mit leisen Schritten die Treppe hinaufgegangen war und oben noch leiser ihre Tür hinter sich geschlossen hatte.

2

Das Kerzenlicht warf dramatische Schatten auf die Wand: die Stapel mit schmutzigem Geschirr, die den Holztisch mit den breiten Planken bedeckten und den Spülstein füllten. Alle weltlichen Dinge konnten warten. Jedenfalls fast alle. Ich öffnete nacheinander die Glastüren sämtlicher Vorratsschränke, bis ich eine Dose fand, in der sich noch zwei Zigaretten befanden. Tja, jetzt war es nur noch eine. An die Eisbox gelehnt, verfolgte ich, wie sich das Nikotin durch meinen Körper schlängelte, bis das Kribbeln meine nackten Füße erreicht hatte.

Ich kauerte mich vor den Kamin. Papierasche, weich wie Samt, bedeckte den ausgebrannten Holzklotz. Nichts, was noch leserlich gewesen wäre, nichts, dem man nachgehen konnte. Vielleicht war es ja besser so.

Im Haus war es überirdisch still, wir schienen alle auf ruhiger See dahinzuschweben. Ich zögerte einen Moment – dann öffnete ich die Hintertür und rannte hinaus in den Garten.

Windböen erfassten mich, wirbelten mich im Kreis herum, hüllten mich in eine Welt aus Schnee. Es war der erste Schnee des Jahres, und ich war verliebt. Da stand ich in meinem Nachthemd, hob den Kopf, hob die Arme und heulte hingebungsvoll den runden, blaugesichtigen Mond an.

Und der Mond antwortete: »Verflucht noch mal!«

Das genügte, um mich in die Wirklichkeit zurückzuholen. Das war nicht der Mond, sondern Harry Melville. »Spielverderber!«, rief ich.

»Ewing, sie steht unter deiner Obhut. Tu deine Pflicht, Mann.« Ein Fenster wurde zugeschlagen.

Und Paulo mit den breiten Schultern und den traurigen grauen Augen kam, schloss mich in die Arme und trug mich zurück ins Bett, wo er mir die eisigblaue Kälte von den Füßen küsste.

Als ich wieder aufwachte, war ich allein. Paul war fort, aber sein Duft hing noch in den Kissen, in den Laken. An mir. Ich reckte mich, streckte mich über das schmale Bett und träumte dem Zauber der Lust hinterher. Aber dann erinnerte ich mich: Alles hatte sich verändert. Ich zündete mir eine Zigarette an und rauchte nachdenklich, während um mich herum das Haus erwachte.

Paulo hatte mir einen Heiratsantrag gemacht!

Ich hatte protestiert. »Warum sollen wir etwas Schönes verändern?«

»Wenn ich ein Mädchen liebe, dann möchte ich, dass sie für immer mir gehört«, sagte er.

Ach, so ein Mist, dachte ich. So ein blöder Mist! »Ich bin ein selbstständiger, unabhängiger Mensch. Ich kann niemandem gehören.«

»Du darfst nicht nein sagen, Oliver!«

Oliver, wie alle meine Freunde mich nennen, sagte also brav, sie werde es sich überlegen.

Aber es gab nichts zu überlegen! Meine Arbeit, meine

Dichtung – etwas Wichtigeres gab es für mich nicht. Die Liebe liebte das Wandern. Ich liebte Paulo sehr, aber er war oft unerreichbar und versank in eine tiefe Melancholie, wie viele der jungen Männer, die im Krieg gewesen waren. Mir wurde dann immer so schwer ums Herz.

Ich drückte meine Zigarette aus, hob mein Nachthemd vom Fußboden auf und zog es über. Auf dem Flur begegnete ich Adelle, die gerade mit Lucy und John, den süßen Vaude-Zwillingen, aus dem Badezimmer kam. Frisch gewaschen wie sie waren, fassten die beiden Zweijährigen mich an der Hand und riefen: »Geschichte!«

»Ich wollte mich noch einmal entschuldigen wegen gestern«, sagte ich zu ihr. Für mein Leben gern hätte ich gewusst, ob sie im Kamin mehr gefunden hatte als ich.

Adelle kräuselte die Lippen, Aber eigentlich war sie noch viel zu jung, um die Lippen zu kräuseln. »Es war doch gar nicht so schlimm«, erwiderte sie. Wahrscheinlich hätte ich das auch gesagt, wenn ich mit lauter Leuten zusammen gewesen wäre, die ich nicht kenne.

Sie war ziemlich groß – allerdings sind im Vergleich zu mir eigentlich alle Leute Riesen. Die dunklen Haare hatte sie zu einem strengen Knoten zurückgezurrt; sie war unvorteilhaft gekleidet und trug eine Nickelbrille mit auffallend dicken Gläsern. Aber unter ihrer sehr kontrolliert wirkenden Erscheinung spürte man eine extreme Nervosität, die fast schon an Panik grenzte. »Nein, Kinder, wir dürfen Miss Brown nicht belästigen.« Ihr Blick hinter den ovalen Gläsern wich dem meinen aus. »Zuerst gibt es Frühstück. Vielleicht kann euch Miss Brown ja später eine Geschichte vorlesen.«

»Vielleicht«, sagte ich. Aber Miss Brown hatte am vergangenen Abend eindeutig zu viel Gin konsumiert und spürte jetzt die Nachwirkungen.

Adelle ging mit den Kindern die Treppe hinunter und rief mir über die Schulter zu: »Es gibt kein …« Sie unterbrach sich mitten im Satz.

Das Mädchen, das ich nicht kannte und das ich mit Dave zusammen auf dem Sofa gesehen hatte, stand am Fuß der Treppe und schaute zu uns hoch, die Hand schützend über die Augen haltend. Adelle ging nicht weiter. Ich fühlte eine enorme Spannung zwischen den beiden jungen Frauen, die auch die Kinder gespürt haben mussten, denn verblüffenderweise waren sie plötzlich ganz still.

»Adelle?«, sagte ich, um den Bann zu brechen. Adelle drehte sich zu mir um. Ihr Gesicht war zur Maske erstarrt. Das Mädchen, das unten gestanden hatte, war verschwunden.

»Es gibt kein heißes Wasser«, beendete Adelle ihren Satz.

Also machte ich nur eine kalte Katzenwäsche und trocknete meinen schlanken, zitternden Körper mit dem feuchten Handtuch ab, das Adelle schon für die Kinder verwendet hatte. Dabei dachte ich über die Szene nach, die ich gerade beobachtet hatte. Als ich aus dem Badezimmer kam, war ich hellwach, und meine Kopfschmerzen waren so gut wie weg.

Im Schlafzimmer zog ich mich an. Ich rollte die Florgarnstrümpfe hoch, die Kate mir geborgt hatte. Die Hand zur Faust geballt, rieb ich ein kleines Bullauge in das zugefrorene Fenster. Es hatte aufgehört zu schneien, das Sonnenlicht ließ die dünne weiße Decke silbern glitzern. Ich hatte den überwältigenden Wunsch, ins Freie zu rennen und meine Fußspuren auf diesem unberührten Bild der Unschuld zu hinterlassen. Aber vorher hielt ich kurz inne und schrieb eben diesen Satz auf ein Blatt Papier.

Als ich nach unten ging, eilte Adelle gerade nach draußen. Sie trug einen schwarzen Mantel und einen Hut mit Krempe, und an jeder Hand hielt sie einen Zwilling, pummelige kleine Bündel mit roter Wollmütze und roten Fäustlingen. Die Tür fiel hinter ihnen ins Schloss.

Ich schaute durch das vereiste Fenster. Gleich würde

ich ihnen nach draußen folgen. Da sah ich, dass Adelle auf der Veranda von einem Mädchen in einem Fuchspelz aufgehalten wurde. Es war Daisy, die Freundin von Bunny Wilson. Sie packte Adelle am Arm und wollte offensichtlich etwas mit ihr besprechen. Aber die sonst so passive Adelle fauchte Daisy wütend an, riss sich los und schubste sie weg.

3

Ich ging in die Küche, wo inzwischen irgendjemand die ganze Unordnung aufgeräumt hatte, so dass von dem gestrigen Gelage fast nichts mehr zu sehen war.

Kate stand mit dem Rücken zur Spüle und fuchtelte grimmig mit ihrer Zigarette in der Luft herum, während sie auf Paulo einredete, der rauchend am Tisch saß und die Asche auf einen sirupverklebten Teller abklopfte.

»... direkt unter meiner Nase ...«, sagte sie gerade, aber als sie mich sah, redete sie nicht weiter.

Paulo schaute auf seinen Teller. Ich war offensichtlich unerwünscht.

»Lasst euch nicht stören, meine Lieben«, sagte ich. »Ich möchte nur eine Tasse Kaffee, dann gehe ich nach draußen und mache einen Schneespaziergang.«

»Wir haben keinen Kaffee mehr«, erklärte Kate tonlos.

»Dann mache ich gleich einen Spaziergang ins Zentrum und kaufe welchen.«

Kate zögerte kurz. »Heute ist Sonntag. Da haben die Geschäfte geschlossen. Wir sind hier nicht in Greenwich Village, das darfst du nicht vergessen.«

Paulo schob seinen Teller weg. »Ich komme mit.« Aber er blieb sitzen.

Das entging mir selbstverständlich nicht, genauso wenig wie Kates bissiger Tonfall, deshalb klang mein

»Nein!« etwas schroffer als beabsichtigt. »Ich will ungestört sein – ich arbeite nämlich gerade an einem Gedicht, müsst ihr wissen.« Aber das stimmte nicht. Ich hatte nichts im Kopf, außer meiner koboldhaften Neugier.

»Im Schrank im Flur findest du Galoschen«, rief Kate mir nach.

Als ich am vorderen Salon vorbeikam, hörte ich Stimmen, die nicht besonders fröhlich klangen, ein geflüsterter Streit zwischen einer Frau und einem Mann. Tja – gestern Abend hatten wir alle den Alkoholkonsum übertrieben. Deshalb lagen heute die Nerven blank. Ich hatte Heimweh nach meinem kuscheligen Haus in der Bedford Street, wo es immer so wunderbar harmonisch zuging, was ich einzig und allein Mattie, meiner Freundin und Haushälterin, zu verdanken hatte.

Ich zog meinen abgetragenen alten Waschbärmantel über, setzte meinen Glockenhut auf, auch *Cloche* genannt, dann suchte ich unten im Flurschrank nach einem Paar Galoschen. Ich fand riesige Gummilatschen, die mir meilenweit zu groß waren, aber das spielte jetzt keine Rolle.

Die gleißende Kälte blendete mich mit dem Gefunkel von tausend Diamanten. In meinen Gummigaloschen tänzelte ich ziemlich unbeholfen über die Veranda und durchquerte dann mit Riesenschritten den Vorgarten. Schneebedeckte Zweige begrüßten mich, blitzend im Sonnenlicht, als wären sie mit weißem Glitter bestäubt.

Ich hatte gedacht, ich wäre als Erste unterwegs, aber da waren noch andere Fußspuren, recht viele sogar. Und auf der Straße waren eindeutig die Reifenspuren eines Autos zu erkennen.

Begleitet vom Gezwitscher der Wintervögel trat ich hinaus auf die Mt. Airy Road. Es war etwa eine Meile bis zum Zentrum von Croton, wo ich vom Geläut der Kirchenglocken begrüßt wurde. Und wie Kate vorausgesagt hatte, waren tatsächlich alle Geschäfte geschlossen. Ich kam an einem Lebensmittelladen vorbei, an einer Apotheke und an einem kleinen Kaufhaus. Vor dem nächsten Geschäft blieb ich stehen. Ein grün-weißer Leinenvorhang bedeckte den unteren Teil des Fensters, und darüber hing ein Schild mit der Aufschrift: BUCHHANDLUNG CROTON. Und darunter stand: WIR BESTELLEN GERN FÜR SIE – IN ALLEN SPRACHEN.

Ich schloss die Augen und wünschte mir, das süße kleine Geschäft würde seine Tore öffnen, aber meine Beschwörungsversuche halfen nichts. Also ging ich die Dorfstraße weiter: Erst kam die Schule, ein rotes Backsteingebäude, dann die weiß gestrichene Kirche mit ihrem spitzen Kirchturm. Wir hätten in jeder x-beliebigen Kleinstadt sein können – aber wie viele dieser Städte hätten uns Bohèmiens willkommen geheißen? In Croton hatte man den Eindruck, dass das allgemeine Motto »Leben und leben lassen« lautete.

Ich kann nicht sagen, wann ich merkte, dass mir jemand folgte. Vielleicht, als ich mich vor dem Bestattungsunternehmen umdrehte und meinen Blick über die wunderschöne Szenerie schweifen ließ. Hübscher als jede Ansichtspostkarte! Mein Galan war keine zwei Meter hinter mir und sah aus wie ein verängstigtes Riesenkaninchen.

Ich sprach ihn gleich an: »Na, was gibt's?«

Das Gesicht des jungen Mannes, unter einer Jägermütze aus Tweed, war mit Sommersprossen übersät, die noch deutlicher hervortraten, als ich ihn aufmerksam musterte. »Oh, Miss – es tut mir Leid, Miss – ich wollte Sie nicht erschrecken, Miss – aber Sie sind doch Olivia Brown, die Dichterin?«

»Ja, jedenfalls war ich die heute Morgen, als ich aufgewacht bin.«

Er trug keinen warmen Mantel, schien aber nicht unter der Kälte zu leiden. »Und Sie wohnen zurzeit bei den Vaudes, stimmt's?«

»Sie sind ja bestens über mich informiert, junger Mann«, sagte ich, obwohl ich kaum älter war als er.

»Ich war letzte Woche bei Ihrer Lesung in der Murray Hill Reader Society. Sie waren fantastisch.«

»Danke schön! Sie wissen nicht zufällig, wo man hier eine Tasse Kaffee bekommen könnte, Mr. …?«

»Oh, ich bitte um Verzeihung. Ich habe mich noch gar nicht vorgestellt. Ich bin Carl Danenberg. Wir haben ein kleines Geschäft, gar nicht weit von hier.«

»Alle Läden haben geschlossen.«

»Wir wohnen gleich hinter unserem Laden. Meine Mutter wäre bestimmt entzückt, Sie kennen zu lernen. Sie bäckt himmlischen Apfelstrudel.«

Er bot mir seinen Arm an, und ich nahm ihn. »Sehr erfreut, Mr. Danenberg.«

Natürlich gab es noch andere Gründe, warum ich das Angebot dieses jungen Mannes, mich seiner Mutter vorzustellen, so bereitwillig annahm. Ich brauchte einfach ein bisschen Abwechslung, jemanden, der mich aufheiterte. Und angesichts der eher feindseligen Atmosphäre im Hause Vaude hatte ich es ohnehin nicht besonders eilig, dorthin zurückzugehen.

4

Es stellte sich heraus, dass Carl Danenberg die Buchhandlung gehörte, die ich vorhin so gern betreten hätte. Begeistert blieb ich auf der Schwelle stehen.

»Wir müssen den Hintereingang benutzen«, sagte Carl.

»Oh, aber ich würde mir schrecklich gern die Buchhandlung ansehen!« Ich klopfte den Schnee von meinen Galoschen und zog sie aus, auf Carls Arm gestützt.

Nach kurzem Zögern öffnete er die Tür. Ich trat ein. Er nahm meine Überschuhe und folgte mir. Ich bemerkte plötzlich eine gewisse Vorsicht in seinem Verhalten, aber dann wies ich mich selbst zurecht – anscheinend färbte die Atmosphäre, die bei den Vaudes herrschte, meine ganze Wahrnehmung und trübte meinen gesunden Menschenverstand.

In einer Ecke des Ladens waren schwere Bücherkartons gestapelt. Es sah aus, als wären sie gerade erst geliefert worden. Sämtliche Wände waren mit Regalen bedeckt, in denen Buch an Buch stand, viele in Leder gebunden, und alle sahen sehr ordentlich aus, fast wie gemalt.

Ich wäre gern länger geblieben und hätte mich umgeschaut, aber Carl Danenberg, der immer noch meine Galoschen in der Hand hielt, zog mich von den Regalen weg und in die winzige Wohnung hinter dem Laden.

Mama Danenbergs feines, dunkles Haar war zu einem dicken Dutt frisiert. Sie hatte breite Hüften, einen üppigen Busen und trug Männerhosen aus Tweedstoff. »Das ist bequemer«, erklärte sie. »Ich muss den ganzen Tag die Leiter rauf und runter klettern, während Carl aufs College geht und Papa unterwegs ist und Bücher kauft.« Sie lud mich ein, am Küchentisch Platz zu nehmen, stellte eine Porzellantasse mit Untertasse vor mich hin und goss mir ein pechschwarzes Gebräu ein.

»Auf welches College?«, fragte ich.

»Columbia University«, antwortete er. Meine Galoschen hatte er neben die Hintertür gestellt und nahm jetzt seine Mütze ab. Erst da sah ich, dass er rotgoldene Haare hatte. Daher die Sommersprossen im Winter!

Wir waren *comme deux gouttes d'eau* - das heißt, wir glichen einander wie zwei Wassertropfen oder auch wie ein Ei dem andern. Ich habe allerdings nur im Sommer Sommersprossen, obwohl ich fast backsteinrotes Haar habe.

»Darf ich Ihnen ein Stück Apfelstrudel anbieten, Miss Brown?«, fragte Mama Danenberg und hielt schon das Messer über den Kuchen mit dem Zuckerguss.

»Genau deswegen bin ich hergekommen, Mrs. Danenberg.«

»Kennen Sie die Vaudes schon lange?« Sie musterte mich prüfend, eine strenge Falte zwischen den Augenbrauen.

»Nein, erst seit kurzem. Wir haben uns durch gemeinsame Freunde kennen gelernt.« Der Apfelstrudel war zuckrig und zart, und der Kaffee schmeckte bittersüß. »Sie sind bestimmt gute Kunden, denn wir sind ja alle Menschen, die viel mit Büchern zu tun haben.«

Ich wunderte mich über ihre Reaktion: Sie nickte nur beiläufig. Was war hier los?

Carl Danenberg fragte: »Wann bekommen wir endlich ein Buch mit Ihren Gedichten, Miss Brown?«

»Ich arbeite darauf hin, Mr. Danenberg. Der Verlag *Harper and Brothers* hat mich um ein Manuskript gebeten.«

»Mein Carl ist auch Schriftsteller.«

»Mama! Nicht wie Sie, Miss Brown. Ich bin Journalist. Ich habe einen kleinen Job bei der *New York Times*, während ich auf die Universität gehe.«

Als ich mich verabschieden wollte, ging Mama in den Laden, und als sie zurückkam, drückte sie mir eine ledergebundene Ausgabe von John Donnes Gedichten in die Hand und sagte: »Es war uns eine Ehre, Miss Brown.« Dann führte sie mich zur Hintertür und blieb neben mir stehen, während ich die Galoschen überzog. »Carl, die Buchführung ...«

»Ich bleibe nicht lange weg, *Mum*.«

Carl begleitete mich, aber sobald das Farmhaus der Vaudes in Sichtweite kam, blieb er stehen. »Hier muss ich mich leider von Ihnen verabschieden, Miss Brown.« Er reichte mir die Hand, verbeugte sich und verschwand dann sehr schnell, als ob – als ob auch er das Gefühl hätte, dass das Haus Vaude irgendwie vergiftet sei.

Ich verlangsamte mein Tempo und ging mit schweren Schritten weiter. Schrille Kinderstimmen waren zu hören, und schon kamen Lucy und John die Straße heruntergerutscht, mir entgegen. Sie stritten sich um meine freie Hand – in der anderen hielt ich ja John Donne. Schließlich hängten sie sich beide an dieselbe Hand, und ich tat so, als ließe ich mich von ihnen ziehen.

Sie kicherten beide völlig überdreht. »Wo ist Adelle, ihr zwei Kröten?«, wollte ich wissen. John stolperte. Als ich ihm den Schnee vom Mantel klopfte, ertönte plötzlich ein lauter Pfiff, und ich sah Harry aus Daves Häuschen auf der anderen Straßenseite treten. Er kam auf uns zu. Die Kinder schrien und rannten in das Wäldchen, das an das Grundstück anschloss.

Harry rauchte eine furchtbar stinkende Zigarre. Er betrachtete mich einen Augenblick, dann feuchtete er seinen Zeigefinger an und hielt ihn in die Luft. »Hat der Wind gedreht, Oliver?«

»Ich glaube, ich verstehe nicht ganz, was du damit sagen willst, Harry Melville«, sagte ich. Aber ich wusste es ganz genau. Harry kannte mich inzwischen besser als ich mich selbst, vermute ich. Er hatte gespürt, dass meine Leidenschaft für Paulo abgekühlt war.

Er grinste. »Ja, klar. Wie wär's, wenn wir den Vier-Uhr-Zug nehmen?«

»Hervorragend.« Ich wandte mich ab und ging so würdevoll, wie ich es in den unmöglichen Galoschen eben schaffte, zur Veranda hinauf. Auf dem Fußabstreifer vor der Eingangstür stand ein weiteres Paar verschneite Überschuhe. An die Tür gelehnt, zog ich meine aus und stellte sie neben die anderen. Als ich mich nach Harry umschaute, war er schon ein Halbschatten auf Daves Veranda geworden.

Wir hatten wirklich eine eigenartige Beziehung, Harry und ich. Obwohl der Altersunterschied mindestens zwanzig Jahre betrug, war er mein Freund, und zwar ein Freund, der vielleicht nicht alles billigte, was ich machte, der aber in seiner Zuneigung unerschütterlich war. Wir hatten nie miteinander geschlafen, wie manche Leute vermuteten. Das hätten wir beide irgendwie albern gefunden. Außerdem wusste ich, dass Harry eine Geliebte hatte. Ich hatte sie ein Mal kurz gesehen, eine schon etwas ältere Frau aus Uptown Manhattan, vermutlich die gelangweilte Ehefrau eines Bankers, weshalb wir sie nie bei den Partys in unserem Haus begrüßen durften.

»Hast du Adelle und die Kinder gesehen?« Kate hielt mir die Tür auf. »Lass die nassen Überschuhe doch einfach draußen stehen. Oh, ich sehe, du hast dir Reeds Galoschen ausgeborgt.«

Mein Herz machte einen kleinen Sprung. »Reeds Galoschen? Jack Reed?«

»Ja, Jack Reed. Na ja, er braucht sie ja nicht mehr, stimmt's? Außerdem hätte er sowieso nichts dagegen gehabt. Er hätte dich bestimmt gemocht, Oliver.«

Gemocht? dachte ich. *Gemocht?*

Kate schien besserer Laune zu sein als vorhin. Sie trat heraus auf die Veranda. »AdelleLucyJohn!«, rief sie, und es klang, als wäre das Ganze ein einziger Name.

»Die Kinder haben gerade noch hier gespielt, aber Adelle habe ich nicht gesehen. Sie sind in den Wald gerannt.«

»LucyJohn! Die beiden wissen genau, dass sie nicht dort spielen sollen! LucyJohn! Und ich habe schon tausend Mal zu Fordy gesagt, dass Adelle völlig unzuverlässig ist ...«

Wir hörten sie, ehe wir sie sehen konnten. Die Zwillinge kamen kichernd hinter dem Haus hervorgerannt und riefen übermütig: »Mama! Mama!«

»Ins Haus mit euch, und zwar sofort!«, befahl Kate. »Wo ist Adelle?«

Sie schauten einander an und fingen wieder an zu lachen. »Affe!«, rief Lucy.

»Kommt schon, zieht eure Galoschen aus«, sagte Kate. Sie nahm John, und ich nahm Lucy, und wir beförderten die beiden gleichzeitig ins Haus. »Wenn ich nicht genau wüsste, dass es nicht stimmen kann, würde ich denken, sie haben Adelle irgendwo eingeschlossen«, sagte Kate.

Ich hängte meinen Mantel und meinen Hut an die Garderobe und überließ Kate ihren Zwillingen. Im Salon saßen Bunny Wilson und seine Freundin Daisy, die eigentlich sehr hübsch war, aber leider immer fürchterlich ernst. Die beiden aßen Schinkensandwiches und gifteten sich an.

Oliver!«, rief Bunny, sichtlich erleichtert, als er mich sah. »Komm, setz dich zu uns.« Er bot mir die Hälfte seines Sandwiches an, während Daisy stumm dasaß und schlechte Laune verbreitete.

Ich hatte keine Lust, mich in ihren Streit einzumischen, deshalb lehnte ich lieber ab. Was ich wollte, war Wein. Es war jedoch keiner mehr da. Also begnügte ich mich mit Gin und ging nach oben. »Ich möchte schreiben«, erklärte ich den beiden. Wir akzeptierten großzügig die exzentrischen Gewohnheiten der anderen und respektierten die Muse. Ich stopfte mir ein Kissen in den Rücken und setzte mich mit Notizblock und Stift aufs Bett, das Glas Gin neben mir auf dem Fußboden.

So friedlich scheint das Leben auf dem Lande,
Doch lauert ein Geflecht aus Lügen überall.

Die beiden Zeilen kamen ganz schnell. Ein guter Anfang, aber ich konnte mir noch so das Gehirn zermartern – es fiel mir nichts mehr ein. Ich zündete mir eine Zigarette an und grübelte. Dann trank ich einen Schluck Gin und schlug mein neues Buch mit den Liebessonetten von Mr. Donne auf.

Irgendwie konnte ich das Gefühl nicht abschütteln, dass mir eine Rolle zugewiesen worden war, die ich spielen musste, ob ich wollte oder nicht. Dieses Städtchen, dieses Haus, die Streitereien, die Eifersüchteleien, die unausgesprochenen Gefühle: Elemente einer versteckten Handlung, die ich nicht verstand und die ich auch gar nicht verstehen wollte.

5

Der Streit musste schon eine ganze Weile hin und her gehen, denn ich hatte mich bereits im Traum daran beteiligt und mich im Bett gewälzt. Plötzlich richtete ich mich auf und war hellwach. Kein Paulo! Das aufgeregte Gebrabbel der Vaude-Kinder drang durch die Wand, die unsere Zimmer voneinander trennte. Ich zog das Decklaken vom Bett und wickelte es um mich. Mein Buch fiel auf den Boden, neben das leere Glas. Es war eiskalt.

Lucy und John saßen aneinander geschmiegt im Bett ihrer Eltern. Als sie mich sahen, streckten sie ihre Händchen nach mir aus. Ich setzte mich zu ihnen aufs Bett, und sie krabbelten mir auf den Schoß – so gut es eben ging, denn ich bin nicht viel größer als die beiden.

»Wo ist Adelle? Heißt das etwa, sie ist immer noch nicht zurückgekommen?«

Lucy schüttelte den Kopf. »Spielt Affe im Baum!« Kichernd deutete sie auf ihren Bruder, der am Bettpfosten herumturnte und die Zunge herausstreckte.

Der Streit unten wurde immer heftiger. Die Stimmen drangen durch die geschlossene Tür. Ich konnte Fordy hören. »Wut« ist ein Wort, das ich nie mit Fordy Vaude in Verbindung gebracht hätte. Er wirkte zivilisiert und vornehm, immer in Anzug und Krawatte, egal, bei welchem Anlass. Er arbeitete für eine Versicherung oder für einen Finanzmakler oder sonst irgendetwas Langweiliges. Jedenfalls war es ein Familienunternehmen. Aber ihn umgab immer eine Aura der Trauer, als wollte er allen zu verstehen geben, dass er lieber Maler geworden wäre und das gleiche Bohème-Leben führen würde wie seine Freunde.

Ich hob die Kinder vorsichtig von meinem Schoß, packte sie unter die Decke und küsste sie auf die feuchte Stirn. »Es ist alles nur im Spaß, ihr Süßen. Macht euch keine Sorgen. Und jetzt wollen wir doch mal sehen, wer sich am längsten die Ohren zuhalten kann.«

Ich ging aus dem Zimmer und machte leise die Tür hinter mir zu. In dem Moment setzte die Begleitmusik zu dem wütenden Gezeter ein: Geschirr schepperte, zerbrach klirrend. Eine Frau schrie. Dann meldeten sich immer mehr Stimmen zu Wort. Ich hörte Harry und Dave. Bunny. Ich ging die Treppe hinunter und wäre auf halber Strecke fast über meine Schleppe gestolpert.

Die Szene: Harry hatte den Arm um Kate gelegt. Kates Gesicht war wutverzerrt. Dave hielt das junge Mädchen fest, mit dem ich ihn gestern Abend gesehen hatte. In wachem Zustand und aufrecht stehend war sie unglaublich hübsch: groß, mit dichten schwarzen Locken, die ihr bis zur Taille reichten, schlank, aber vollbusig, was selbst unter ihrem Männerhemd nicht zu übersehen war. Helle Porzellanhaut, nur über den Wangenknochen etwas gerötet. Wer war sie? Und wo steckte Paulo? Und – nebenbei bemerkt – wo hatte sich Daisy versteckt?

»Keine besonders nette Begrüßung, Kate!«, sagte das exotische Mädchen.

Dave drückte ihre Schultern. »Lass gut sein, Celia.«

Celia. Celia Gillam! Die Fotojournalistin, die durch ihre mutigen Kriegsbilder für die *New York World* internationales Ansehen errungen hatte. Geehrt von der französischen Regierung. Freundin von John Reed und Louise Bryant. In welcher Beziehung stand sie zu Kate? Zu Fordy?

Als mein Blick auf Fordy fiel, der zwischen dem zerbrochenen Geschirr stand und einen riesigen Koffer in der Hand hatte, begriff ich.

»Gut, meinetwegen – dann geh doch!«, sagte Kate mit stählener Stimme. »Aber glaub nur nicht, du könntest hierher zurückkommen.« Sie befreite sich von Harrys Arm und ging in die Küche.

»Wenn du entschlossen bist, es zu tun, mein Freund, dann ist jetzt der richtige Augenblick gekommen«, sagte Harry zu Fordy.

Ich konnte die Augen nicht von Celia Gillam nehmen. Langsam, als würde mein Blick sie anziehen, schaute sie sich im Zimmer um, bis sie zu den Treppenstufen hinaufschaute. Unsere Blicke begegneten sich. Die Luft zwischen uns vibrierte.

In dem Moment – er hätte sich wirklich keinen besseren aussuchen können – kam Paulo hereingestolpert, im Arm lauter Holzstücke für das Kaminfeuer. Er hatte keine Ahnung, in was er da hineinplatzte. Wir schauten zu, wie er das Holz ablegte und sich den Schnee, die Splitter und Blätter von der Jacke klopfte.

Celia durchbrach das Schweigen. »Komm – wir gehen.« Sie wartete nicht auf Fordy, sondern öffnete die Haustür und ging hinaus.

Fordy nahm seinen Koffer, zuckte entschuldigend die Achseln. Die Tür schloss sich hinter ihm.

»Wo ist Kate?«, fragte Paulo.

»In der Küche«, antwortete Dave mit einer Kopfbewegung.

Paulo ging zu ihr.

Ich begab mich zu den anderen. Ich hatte Mitleid mit Kate, Mitleid mit den Kindern. Aber Beständigkeit und Stabilität gehörten nicht in unsere Welt. Celia und Fordy kamen mir nicht vor wie das ideale Paar. Er wirkte immer so passiv. Und Celia? Sie war zauberhaft! In einem Monat spätestens würde Fordy in Kates Arme zurückkehren.

Da hörten wir draußen einen Schrei. Harry rannte an mir vorbei und riss die Tür auf. Ich folgte ihm. Wie eine Schlafwandlerin schritt Kate auf Celia und Fordy zu, ein großes Fleischermesser in der Hand. Die beiden überquerten gerade die Straße, um zu Daves Häuschen zu gehen. Wir schrien alle auf Kate ein, sie solle stehen bleiben, aber sie hörte uns gar nicht. Paulo packte sie von hinten, warf sie in den Schnee, aber sie ließ das Messer nicht los, stach damit in die Luft. Dann waren wir alle bei ihr.

»Bleibt weg«, sagte Paulo, während wir uns um die beiden versammelten wie ein griechischer Chor. »Kate, mach keine Dummheiten. Gib mir das Messer.« Bunnys Daisy begann zu weinen.

Kate lag im Schnee, schluchzte und schlug verzweifelt um sich. Ich schaute zum Haus. Oben am Fenster pressten zwei erschrockene kleine Gesichter die Nasen an der Scheibe platt.

»Kate – denk an die Kinder!«, rief ich, und in dem Moment griff Paulo nach dem Messer. Kate wollte sich losreißen und schlitzte sein graues Flannelhemd auf. Sofort erschien eine dunkle Blutspur. Völlig verdattert saß Paulo im Schnee und starrte auf seinen Arm.

»Oh, nein!«, rief Kate. Sie ließ das Messer fallen, rappelte sich auf die Knie und starrte auf das Blut. »Es tut mir Leid, Paul – es tut mir furchtbar Leid!«

»Ist doch keiner gestorben«, brummte Harry und zog ein Taschentuch aus der Hosentasche.

Ich rollte Paulos blutigen Hemdärmel hoch. Ein vielleicht zehn Zentimeter langer Schnitt wurde sichtbar, aus dem feuerrotes Blut floss. Meine Finger waren sofort rot und klebrig, und ich rieb sie mir hektisch im Schnee ab.

Harry legte mit seinem Taschentuch eine Art Druckverband an, der Blutfluss ließ nach, aber Paulo war totenbleich. Ich legte ihm meine Decke über die Schulter, Harry nahm seinen unverletzten Arm und führte ihn ins Haus. Wir trotteten alle hinterher. Drinnen legte Kate Paulo einen richtigen Verband an, und sie tat das mit so viel Hingabe, dass es mich schon fast ärgerte.

Kate und ich gingen nach oben, zogen die beiden Kleinen an und brachten sie nach unten, damit sie etwas essen konnten. Dave hatte Wasser aufgesetzt und machte Tee für uns alle.

Im Ganzen wurden wir gut mit der kritischen Situation ferig. Wenig später tauchten Jig Cook und seine Frau Susan Glaspell auf, mit ihrem steinalten, stotternden Stadtauto, das sie einem begeisterten Abonnenten des Provincetown Playhouse abgeschwatzt hatten, und schon ging die Party weiter, wenn auch etwas gedämpfter.

Aber ich hatte genug von Partys, genug von anderen Leuten. Ich wollte nach Hause, in mein Zimmer in meinem kleinen Haus, in meinem Dorf, dem Greenwich Village, mit seinen schmalen, verwinkelten Straßen, wo ich schreiben konnte und wo ich keinen sehen und mit niemandem reden musste, wenn ich keine Lust dazu hatte, außer vielleicht mit meiner süßen Mattie.

Ich zog meinen Mantel an und ging hinaus in den Garten. Das brüchige Sonnenlicht tauchte alles in ein blässliches Gelb. Der Ententeich war zugefroren.

Als ich ums Haus herumging, stieß ich auf Harry, der mit gesenktem Kopf mitten auf dem vorderen Rasen stand.

»Betest du?«, fragte ich ihn.

»Hast du das Messer mit ins Haus genommen?«, fragte er mich.

»Nein – ich dachte, du hättest es aufgehoben.«

»Nein.« Mit kleinen Schritten ging er die Stelle ab. »Es ist nicht hier.«

Ein paar müde Schneeflocken segelten an uns vorbei zu Boden. Auf der anderen Seite sah ich Celia und Fordy vor Daves Haus stehen. Sie winkten uns zu, als wäre nichts passiert.

»Diese Feiglinge«, sagte ich leise und winkte zurück. Ich lief hinter Harry her, der immer noch das Messer suchte. »Was denkst du?«

Harry antwortete nicht. Also stellte ich noch eine Frage. Es war eine Frage, die mich seit Stunden beschäftigte. »Waren Kate und Paulo früher ein Paar?«

»Interessiert dich das wirklich, Oliver?« Schneeflocken verfingen sich in seinen blassen Augenwimpern.

»Sonst würde ich dich nicht fragen«, antwortete ich, aber ich wusste, dass er Recht hatte. Interessierte es mich wirklich? Ich blies eine Rauchwolke in die kalte Luft und beobachtete, wie sie einen Moment lang davonschwebte und sich dann auflöste.

»Ich dachte immer, Dichter hätten Intuition«, sagte Harry mürrisch und kickte den gefrierenden Schnee.

»Frauen haben Intuition«, sagte ich. »Dichter sind intuitiv.«

Der Schnee fiel jetzt in dichteren Flocken und bedeckte uns mit einer weißen Schicht. Wir gingen noch eine Weile hin und her, aber uns war beiden klar, dass jemand das Messer mitgenommen haben musste. Der einzige Beweis für das, was sich gerade abgespielt hatte, war der rote Blutfleck, der langsam verblasste und von dem pudrigen Neuschnee bedeckt wurde.

6

Jig, der alles, was er dachte, immer gleich auch aussprechen musste, brachte uns zum Zug und redete dabei pausenlos. Niemand hörte ihm zu. Harry brummelte irgendetwas vor sich hin. Paulo wirkte gereizt. Ich versuchte die ganze Zeit, mich gegen die Außenwelt abzuschotten, damit das neue Gedicht, das in meinem Kopf herumspukte, Gestalt annehmen konnte. Wir hatten alle zu viel getrunken. Aber die Ereignisse des Tages hatten uns einen guten Vorwand dafür gegeben, oder nicht? Obwohl ich zugeben muss, dass wir keine großen Ausreden brauchten, um uns zu betrinken.

Ohne jede Vorwarnung geriet der Wagen ins Schleudern. Jig trat auf die Bremse, und plötzlich drehten wir uns wie ein Karussell, immer im Kreis, immer im Kreis … Dann kippte der Wagen zur Seite, und wir landeten in dem zugeschneiten Straßengraben.

Einen Augenblick lang waren wir so schockiert, dass keiner ein Wort herausbrachte. Selbst Jig war sprachlos. Er rüttelte an der Autotür, aber sie ließ sich nicht öffnen, weil seine Seite des Autos auf dem Schnee lag und Harry vom Beifahrersitz auf ihn gefallen war.

Wir entwirrten unsere Gliedmaßen, und unser hysterisches Gelächter hallte durch die ländliche Sonntagsstille. Niemand war verletzt, bis auf ein paar aufgeschlagene Knie und Ellbogen. Und ich hatte eine Beule am Kopf. Wir kletterten aus dem kaputten Wagen. Ich setzte mich auf den Kotflügel und schaute mich um. Wir befanden uns kurz vor dem Wald, gar nicht weit vom Farmhaus.

Eine Zugpfeife tönte schrill durchs Tal. Die Männer schauten zu mir hoch, weil ich auf dem Aussichtsplatz saß. Jig lachte sein dröhnendes Lachen, das vom Echo zurückgeworfen wurde.

»Tja, das war's dann wohl mit unserem Zug«, brummte Harry. Er holte seine Taschenflasche hervor, und wir ließen sie kreisen, während wir uns überlegten, was wir tun sollten. Der Gin fühlte sich an den Lippen eiskalt an, aber er wärmte meine Kehle.

Paulo streckte die Arme nach mir aus. Ich schüttelte den Kopf. Ich fand meinen Ausguck sehr gemütlich. Ein scharfer Wind kam auf und bedeckte uns alle mit feinem weißem Puder. Das Farmhaus und die ganze Landschaft sahen aus, als befänden sie sich in einer dieser Glaskugeln, die man schütteln muss, und dann schneit es.

»Möchtest du nicht von deinem Baum herunterklettern und zu uns kommen, kleines Äffchen?«, neckte mich Jig.

Ich antwortete nicht. Das Wort »Äffchen« machte mich stutzig. Die Kinder hatten von einem Affen geredet, als wir sie nach Adelle fragten. *Affe. Baum. Adelle spielt Affe in einem Baum?*

Harry schaute mich fragend an. Konnte er mal wieder meine Gedanken lesen? In letzter Zeit passierte das immer öfter.

»Wir müssen zurückgehen.« Mit heftigen Gesten gab ich Paulo zu verstehen, er solle mich von meinem Kotflügel herunterheben, was er auch gehorsam tat, aber dann hielt er mich so fest, dass meine Füße gar nicht den Boden berührten.

»Was ist los?«, fragte er. »Hast du etwas vergessen?«

»Der nächste Zug fährt erst in zwei Stunden, also können wir genauso gut ins Hauszurück gehen«, sagte Harry und fixierte mich mit einem viel sagenden Blick.

Ich versuchte, mich aus Paulos Armen zu befreien. »Lass mich runter, Paulo! Wir müssen zurück zu den Vaudes. Die Kinder haben gesagt, Adelle ist ein Affe.«

»Affentheater«, knurrte Harry.

»Wer ist ein Affe?« Paulo war ganz verwirrt, räumte aber ein Stück Boden vom Schnee frei und stellte mich ab. In meinen dünnen Schuhen musste ich die Zehen einrollen, damit sie nicht gleich erfroren.

»Bleib stehen, wo du bist, Oliver«, sagte Jig. »Auf geht's, Jungs – stellen wir die Karre wieder auf die Füße.«

Es folgte ein sehr komisches Unterfangen. Man stelle sich vor, die Marx Brothers würden versuchen, ein Automobil, das in einen verschneiten Straßengraben gefahren ist, wieder auf die Räder zu stellen. Zuerst rutschte Harry aus und fiel hin; danach Jig und Paulo. Dann fingen sie an, sich darüber zu streiten, wie sie vorgehen wollten, wessen Methode die beste war.

Ich musste schrecklich lachen, und sofort schimpften sie alle mit mir. »Holt ein Pferd!«, rief ich und feuerte sie mit meinem Gelächter an.

Schließlich schafften sie es doch, indem sie alle drei gleichzeitig drückten und den Wagen so kippten, dass er wieder auf seinen vier Rädern stand, allerdings hatte er ziemlich Schlagseite.

Nachdem auch das einigermaßen korrigiert war, weigerte sich das Automobil, aus dem Graben herauszufahren.

Die Wolken hingen so tief, dass ich das Gefühl hatte, ich bräuchte mich nur auf die Zehenspitzen zu stellen, dann könnte ich die Wolkendecke berühren. Ich hatte genug davon, von einem Fuß auf den anderen zu treten, also machte ich mich trotz meines unzureichenden Schuhwerks auf den Weg zum Farmhaus.

Ich bin ein sehr intuitiver Mensch, aber in diesem Fall hoffte ich inständig, dass ich mich irrte.

Harry folgte mir auf den Fersen. »Ich hole Dave. Unternimm nichts ohne mich!«

Ein Winterwald ist wunderschön in der Abenddämmerung, wenn das schwindende Sonnenlicht seine letzten Strahlen über die Bäume und Blätter schickt und sie noch einmal blassgelb aufleuchten lässt. Aber heute gab es kein schwindendes Sonnenlicht. Alles war grau in grau, überall lauerten drohende Schatten. Schneebedecktes Immergrün, die Zweige wie weite Röcke, knickste vor uns, als wir neun im Gänsemarsch einen Pfad entlang trampelten, wo es eigentlich keinen Pfad gab. Und wo wenig später kein Pfad mehr sein würde.

»Ich verstehe das alles nicht«, sagte Kate immer wieder. Sie hielt sich krampfhaft an Paulos Mantel fest. »Kinder erfinden doch immer wieder komische Geschichten.«

Ich stapfte direkt hinter Natty Bumpo aus »Lederstrumpf« her, auch bekannt als Harry Melville, der mit der Taschenlampe alles ableuchtete. »Harry, die Bäume!«, sagte ich.

Der Lichtstrahl fiel auf einen Vorhang aus Schnee, der dicke Falten hatte und immer wieder neue Formen annahm.

»Ich gehe zurück!«, verkündete Kate. »Ihr könnt meinetwegen weitergehen und euch den Tod holen, aber ich habe keine Lust mehr.«

Die anderen murmelten zustimmend.

»Ich würde sagen, es ist Zeit für einen Martini«, sagte Dave.

Die Stimmen wurden immer leiser, verklangen schließlich in der Ferne. Na gut, dann waren wir jetzt eben allein. Ich stupste Harry von hinten in den breiten Rücken. »Geh weiter, Harry. Bitte, nur noch ein kleines Stückchen!«

»Warte mal kurz, Oliver«, sagte Harry. Wie mit einer Angelleine warf er mit der Taschenlampe den Lichtstrahl auf die Bäume, nach rechts, nach links, dann wieder nach rechts. Der Strahl zitterte kurz. Harry rief: »Ach, verflucht!«.

Ich trat neben ihn und hielt schützend die Hand über die Augen, blinzelte, um den Schneeflocken auszuweichen. In überirdisches Licht getaucht schwebte oben ein Engel im Baum, erstarrt, weil er gesehen worden war. »Armer Engel«, flüsterte ich.

Harry fluchte wieder. »Wo sind die andern hin? Ich brauche Hilfe!«

Ich schüttelte den Kopf und blinzelte die Schneeflocken aus meinen Wimpern.

Er reichte mir die Taschenlampe. »Halt sie gut fest, Oliver. Es ist schon eine Weile her, dass ich das letzte Mal auf einen Baum geklettert bin.«

7

Es dauerte eine halbe Ewigkeit, bis Harry endlich Adelles kältestarre Leiche abgeschnitten hatte. Als sie nicht mehr am Ast hing, wurde sie natürlich sehr schwer, und da sie mit Eis bedeckt war, rutschte sie ihm aus den Armen. Mit dem Gesicht nach unten landete sie auf dem schneebedeckten Boden. Sie sah aus wie ein umgestürzter Baumstamm – unter normalen Umständen wären wir einfach an ihr vorbeigegangen und hätten sie gar nicht bemerkt.

Ich kauerte neben der Leiche nieder und leuchtete sie mit der Taschenlampe an. »Was haben wir gemacht?«

»Rühr sie nicht an.« Vorsichtig kletterte Harry wieder von dem Baum herunter.

Ohne es richtig wahrzunehmen, spürte ich, dass mein Rock kalt und feucht an meinen Beinen klebte und dass meine Knie kribbelten. Meine Augen starrten auf die Überreste der Todesschlinge, die Adelle noch um den Hals trug. Der Lichtstrahl tanzte, weil mich schauderte. Ich hörte mich selbst sagen: »Vielleicht lebt sie ja noch!« Das war albern, worauf Harry mich auch prompt hinwies.

Harry führte seine Taschenflasche an die Lippen und trank einen kräftigen Schluck. Als er mir die Flasche reichte, trank ich den Rest.

Dann nahm Harry mir die Taschenlampe wieder ab, ohne dass ich mich dagegen wehrte, hielt sie hoch in die Luft, machte sie aus und an und aus und an und rief: »Halloo!« Kurz. Kurz. Lang. Kurz. Kurz. Lang.

»Hallo!« Daves Stimme war sehr leise. Seine Hallos kamen immer näher, bis er vor uns stand. »Warum gebt ihr nicht auf?«, sagte er. »Ihr sucht doch eine Nadel im Heuhaufen.«

Ich erhob mich, und Harry trat zur Seite.

»Auweia«, sagte Dave.

»Versuch doch mal, ob du die Gendarmerie alarmieren kannst«, sagte Harry.

»Wir müssen sie ins Haus bringen«, sagte ich flehentlich.

»Ist es wirklich Adelle?« Dave beugte sich hinunter, und bevor ihn Harry daran hindern konnte, hatte er sie umgedreht.

Bei mir machte sich jetzt der Gin bemerkbar. Alles

drehte sich, es war grauenvoll. Was ich für einen Ausdruck des Erstaunens auf dem Gesicht des Engels gehalten hatte, waren die typischen Folgen des Erhängens: die hervorquellenden Augen, der klaffende Mund.

Sie hatte gesagt: »Es war doch gar nicht so schlimm.« Aber es war schlimm. Sogar noch schlimmer.

»Ich wollte sie entlassen. Sie muss gehört haben, wie ich es zu Fordy gesagt habe – es wäre doch völlig schwachsinnig gewesen, sie noch länger zu behalten! Ich habe zu Fordy gesagt, es hat absolut keinen Sinn!« Kate konnte nicht aufhören zu quasseln. Daisy schluchzte jämmerlich in Bunnys Armen, aber nach einer Weile entschuldigte sie sich und ging nach oben ins Badezimmer. Kate stellte eine frisch gefüllte Dose mit Zigaretten auf den Tisch, und wir bedienten uns. »Ich wollte sie entlassen. Ich hätte sie überhaupt nicht eingestellt, wenn es nach mir gegangen wäre! Es war Fordys Idee. Fordy hat gesagt, es ist eine gute Tat und sie kann uns helfen. Aber dass sie jetzt so etwas tut – dass sie sich einfach umbringt – sie muss doch irgendwie verrückt gewesen sein. Wie soll ich das nur ihrer Familie beibringen?«

»Du kennst ihre Familie?« Dave hatte zwei Flaschen Wein aus seinem Haus geholt, und wir leerten sie zügig.

»Nein, eigentlich nicht, aber Fordy wusste irgendwie, wo sie herkam. Und sie muss doch eine Familie haben. Eine Familie hat doch jeder, stimmt's?«

»Nein, Kate, nicht jeder.« Ich war gereizt und außerdem keineswegs von der Selbstmordtheorie überzeugt.

Dave ging nach draußen, um Paulo abzulösen – die jungen Männer hielten abwechselnd bei Adelles Leiche Wache.

»Was soll ich denn jetzt tun?«, jammerte Kate. »Fordy ist doch derjenige, der sie eingestellt hat. Er kann mich jetzt nicht im Stich lassen!«

Wie egozentrisch wir alle sind, dachte ich. Adelles Tod

ist für uns nichts weiter als eine Unannehmlichkeit. Mit dem Handrücken wischte ich mir eine Träne aus dem Augenwinkel.

»Ist alles in Ordnung, Oliver?« Paulo kam ins Zimmer gestürmt, als wäre er die ganze Strecke gerannt.

»Ich glaube, ich lege mich ein bisschen hin.« Ich entfernte mich von den andern und ging langsam die Treppe hinauf. Vielleicht hatte Adelle ja einen Abschiedsbrief hinterlassen. Die Vaudes hatten Paulo und mir das Kinderzimmer gegeben, das die Zwillinge normalerweise mit Adelle geteilt hatten.

Jemand war im Zimmer. Ich hörte leise Geräusche, ein Knacken, das Rücken eines Stuhls. Ich ging den Gang hinunter zum Badezimmer, in der Erwartung, Daisy von dort vertreiben zu müssen. Aber das Bad war leer. Ich schnappte mir den Gummistampfer und ging zurück zum Zimmer. Ob ich mit so einem Gerät überhaupt etwas bewirken konnte, hatte ich mir gar nicht überlegt. Ich schob die Schuhspitze in den Türschlitz und öffnete die Tür ein Stück weit, den Stampfer schlagbereit.

Es war Harry. »Suchst du etwas?«, fragte ich ihn.

Er drehte sich langsam um. »Na, wenn das kein Foto für *Vanity Fair* ist! Berühmte Dichterin mit ihrem Werkzeug.«

»Lass den Quatsch, Harry.« Ich stellte den Stampfer ab. »Ich nehme an, du suchst auch nach einem Abschiedsbrief.«

»Wenn das Selbstmord war, fresse ich meinen Schuh, Oliver.« Sollte er nicht einen Besen fressen? Oder seinen Hut? Harry trägt nie einen Hut ...

»Als sie gestern Abend mit uns ›Wahrheit‹ gespielt hat, wurde das Spiel ziemlich gemein … völlig ohne Grund, fand ich.«

»Aber das ist doch Sinn und Zweck dieses Spiels, oder?«, bemerkte mein zynischer Freund.

»Stimmt doch gar nicht. Aber jetzt hör mir erst mal zu,

Harry: Jemand hat Adelle als Judas bezeichnet. Es war eine Drohung, und man konnte die Spannung in der Luft mit Händen greifen. Das hat sie garantiert auch gespürt. Nachdem alle ins Bett gegangen waren, habe ich zufällig gesehen, wie sie die Asche durchsucht ...«

»Du bist natürlich nur heruntergekommen, um dir ein Glas Wasser zu holen, sehe ich das richtig?«

»Ja, klar. Und weil ich schon unten war, habe ich gedacht, ich könnte ...«

»Du könntest selbst mal einen diskreten Blick auf die Asche werfen?«

Ich grinste ihn an. »Du bist sehr schlau, Harry.«

»Hast du etwas gefunden?«

»Nein. Aber sie vielleicht. Gibt es hier irgendwelche Hinweise?«

»Eine Schublade gehört ihr. Der übliche Frauenkrimskrams. Im Schrank ein Kleid und ein Paar Schuhe.«

»Eine Handtasche? Geldbörse? Persönliche Briefe?«

»Nein, nichts. Jemand muss ihre Sachen schon gefilzt haben. Das Einzige, was ich gefunden habe, war ...«

Er hielt es hoch. »Ein Buch mit Gedichten. John Donne.«

»Das gehört mir, Harry. Ich muss vergessen haben, es einzupacken.« Ich nahm das Buch. »Weißt du, was wirklich komisch ist? Adelle ist weggegangen und hat die Kinder sich selbst überlassen. Das sieht ihr überhaupt nicht ähnlich, finde ich.«

Harry wurde nachdenklich. »Die Kinder ...«

In diesem Moment erschien der Stellvertreter des Sheriffs, ein gewisser Amos Hook, und wir konnten nicht länger über den Fall spekulieren. Deputy Hook, ein großer, schlaksiger Mann, stieg aus seinem offenen, schlingernden Ford und wollte von jedem von uns eine Zeugenaussage haben. Der Sheriff hatte sich anscheinend das Bein gebrochen, als er aus seinem Haus trat. Im gesamten Bezirk waren die Telefonleitungen zusammengebrochen.

Deputy Hook hatte es immerhin geschafft, den Arzt im Ort zu alarmieren, der auch die Autopsien machte, und ihm zu sagen, dass im Hause Vaude ein Krankenwagen gebraucht würde.

Das Schneetreiben hatte etwas nachgelassen, als Amos Hook uns zum Bahnhof kutschierte. Paulo hatte angeboten, noch etwas länger zu bleiben, aber Kate hatte ihm versichert, es gehe ihr gut. Außerdem wohnte ja Dave gleich auf der anderen Straßenseite, und Susan und Jig hatten ebenfalls vor, über Nacht zu bleiben, weil die Straßenverhältnisse so unsicher waren.

»Sieht aus wie ein Selbstmord.« Amos Hook hatte diese bauernschlaue Art, bei der ich immer denken muss, es ist alles erfunden.

»Schauen Sie doch mal genauer hin.« In dem offenen Wagen zitterte ich vor Kälte.

Paul fasste mich an den Schultern und schaute mich fragend an. »Was willst du damit sagen, Oliver?«

»Ja, Miss – was wollen Sie damit sagen?«, wiederholte Deputy Hook die Frage, als wir vor dem Bahnhof hielten.

»Ich glaube, das wissen Sie genau, Mr. Hook.«

»Reden Sie mit den Kindern«, sagte Harry. »Sie haben Adelle vermutlich als Letzte gesehen, außer ...« Er schwieg. Ich hätte den Satz vollenden können: Außer dem Mörder.

Denn genau wie ich hatte Harry gesehen, dass es sich bei der Schlinge um Adelles Hals um einen Herrengürtel aus braunem Leder gehandelt hatte.

8

Als wir endlich in den Zug eingestiegen waren, der uns zurück nach New York bringen sollte, erklärte ich, ich wolle arbeiten, setzte mich allein auf eine Bank und zog meine Überschuhe aus. Reeds Überschuhe, die ich als Souvenir mitgenommen hatte. Die Stimmen von Paulo und Harry, die auf der Bank hinter mir saßen, verschmolzen zu einer rauschenden Brandung, die Wellen kamen und gingen. Die rhythmischen Erschütterungen des Wagens, das ferne Pfeifen der Lokomotive arbeiteten mit mir zusammen.

Als ich fertig war, schloss ich die Augen, und allmählich verwandelte sich das Rauschen wieder in Wörter und aus den Wörtern ergab sich ein Sinn.

»... keine Ahnung, wo sie herkam. Kate hat gesagt, sie war die Tochter eines Freundes von Fordy. Aus seiner Zeit in Yale. Warst du zur selben Zeit dort wie er?«

Harry war Harry – oder Sherlock, wie die Mitglieder der Hudson Dusters, einer berühmt-berüchtigten Straßen-Gang in Greenwich Village, ihn gerne nennen. Ich horchte gespannt auf Paulos Antwort.

»Er war im zweiten Studienjahr. Ich habe nie mehr als ein paar Worte mit ihm gewechselt, obwohl natürlich jeder wusste, wer er ist – wegen seiner Gemälde.«

»Ja, stimmt! Die hatte ich ganz vergessen.« Harry lachte leise in sich hinein. »Er hat offiziell nie einen Abschluss gemacht, oder?«

»Ich glaube, sie haben ihm sein Diplom zugeschickt, weil sie nicht wollten, dass er es sich mit seinem Jahrgang bei der Feier abholt.«

Ich wollte sie unterbrechen und nach Fordys Gemälden fragen und warum er nicht mit seinem Jahrgang zur Abschlussfeier durfte, aber ich schwieg. Harry mochte zwar ein wortkarger Mann sein, aber er hatte immer einen Plan. Ich beschloss, lieber zu warten und zu hören, was er vorhatte.

»Bula, bula!«, sang Harry.

Da musste ich laut lachen. Harry ist manchmal so ein Hampelmann!

Paulo beugte sich über die Rückenlehne meines Sitzes

und zerwuschelte mir die Haare. »Na? Haben wir ein Gedicht?«

»Ja, allerdings.«

Harry sagte: »Dann lass mal hören.« Er reichte mir seine Taschenflasche.

Ich schüttelte sie. Was für ein wunderschönes Geglucker.

»Ich dachte schon, wir säßen auf dem Trockenen.«

»Fordy hat einen interessanten Keller.«

Ich trank einen großzügigen Schluck und gab ihm die Flasche zurück.

»Komm, lies uns das Gedicht vor«, sagte Paulo.

»Wollt ihr, dass ich die ganzen braven Menschen hier aufwecke?« Für eine kleine Person habe ich eine ziemlich laute Stimme. Und ich bin nicht schüchtern.

Harry stand von seinem Platz auf und stellte sich in den Gang. Er war ziemlich blau. »Meine Damen und Herren – darf ich vorstellen: Die berühmte Dichterin Olivia Brown!«

Vielleicht habe ich mich ja geirrt, aber ich hatte durchaus den Eindruck, dass die Ankündigung eine gewisse Unruhe auslöste. Ein junger Mann mit elegantem Hut ließ seine Zeitung sinken und glotzte mich an.

»Künstler!«, murmelte irgendjemand im hinteren Teil des Wagens, als würde das alles erklären.

»Miss Olivia hat ihr neuestes Gedicht hier in diesem Zugwaggon geschrieben, während wir nach New York zurückfahren. Mit Ihrer Erlaubnis wird sie uns dieses Werk jetzt vortragen.« Harry endete mit einer großen Geste, aber das Schaukeln des Zuges warf ihn ziemlich abrupt zurück auf seinen Platz und er rief: »Hier kommt sie, die wunderbare Miss Olivia Brown!«

In Wahrheit saß jetzt am Sonntagabend kaum jemand in unserem Waggon. Trotzdem, ein Publikum ist ein Publikum, selbst wenn es nur aus einer Person besteht. Ich stellte mich in den Gang und trug meine »Elegie auf Jack

Reed« vor, während wir der Grand Central Station und unserem Zuhause entgegenratterten.

Noch eine letzte Zigarette und dann werd' ich gehen.
Ich habe Flügel an den Füßen, die mich weiter treiben.
Nicht Helena ist's, die mir zuwinkt und mich ruft
Zu edlen Kämpfen, um die Menschheit zu befreien.
Wie kann die Liebe damit konkurrieren?
Du glaubst, du kannst mit deinem Kuss mich halten,
Du glaubst, dass dein Sirenenlied mich sesshaft werden lässt,
Dass ich den Trank dann trinke und das große Ziel vergesse?
Doch meine Seele wird nach Freiheit streben, wird vergehen,
Wird schwinden in den Fesseln deiner Liebe, bis der Tag gekommen,
An dem ich Staub geworden, nicht mehr zu erkennen.
Drum eine letzte Zigarette, Liebste, und dann werd' ich gehen.

Begeisterter Beifall, und ein Herr rief sogar: »Brava!«

Ich verbeugte mich bescheiden und nahm wieder Platz.

Paulo lehnte sich über den Sitz und küsste mich. »Genial!«

»Verflucht gut, Oliver«, sagte Harry.

Harry ließ sich nicht so leicht beeindrucken, aber es freute mich, sagen zu können, dass ich ihn sprachlos gemacht hatte.

»Komm zu uns«, sagte Paulo.

Also setzte ich mich auf seinen Schoß. Er gab mir Feuer. »Erzähl mir von Fordys Gemälden«, sagte ich.

»Sie gelten als pornographisch«, antwortete Paulo und legte seine Hände um meine Taille.

»Kennst du sie?«

Paulo und Harry grinsten sich an. »Kennt die nicht jeder?«

»Ich nicht. Wie sind sie denn so?«

»Ich überlasse die Antwort dem Herrn zu meiner Rechten«, sagte Paulo.

»Aktbilder«, erklärte Harry. »Mädchen.«

»Na und? Renoir hat auch nackte Mädchen gemalt.«

»Nicht mit exponierten Geschlechtsteilen.«

Ich war fasziniert. Fordy war der letzte Mensch, dem ich pornographische Neigungen zugetraut hätte! Aber dann dachte ich, dass die schöne, berühmte Celia Gillam bestimmt nicht mit einem Mann durchgebrannt wäre, der so normal und langweilig war, wie Fordy sich immer gab. »Malt er diese Bilder in seinem Atelier am Washington Square?«

»Warst du schon mal dort?«, wollte Paulo von Harry wissen.

»Nein. Du?«

»Nein.«

»Na, dann sollten wir vielleicht mal alle zusammen hingehen«, sagte ich. »Ich würde nämlich gern den Mann kennen lernen, mit dem Celia Gillam durchgebrannt ist, nicht den Mann mit Anzug, Weste und Krawatte.«

Harry meinte: »Celia wird nicht lange bei ihm bleiben. Sie muss nur erfahren, dass es irgendwo auf der Welt einen Aufstand gibt, und schon schnappt sie sich ihre Kamera und ist wieder unterwegs. Genau wie letztes Mal.«

Paulos Schenkel spannten sich unter mir. Seine Hände fummelten an meiner Taille herum. Ich nahm sie weg. »Was heißt das, wie letztes Mal? Ist sie schon mal mit Fordy abgehauen?«

Harry zog skeptisch die Augenbrauen hoch. »Nicht mit Fordy, Oliver. Mit Kate.«

»Tatsächlich? Mit Kate? Wie niedlich. Sie hatte mit beiden was!«

Inzwischen war es mir auf Paulos Schoß etwas ungemütlich geworden, also ging ich auf meinen Platz zurück und kuschelte mich zusammen. Ich versuchte, den beiden wieder zuzuhören, aber sie begannen, über den Krieg zu reden, und ich schlief ein.

9

Weil Paulo früh am Morgen in New London unterrichten musste – er hatte am Connecticut College für Frauen eine Stelle als Englischprofessor –, trennten wir uns an der Grand Central Station von ihm, und Paulo wartete auf seinen Anschlusszug. Ich empfand ein seltsames Gefühl der Erleichterung. Obwohl er wahnsinnig gut aussah und ein sehr einfühlsamer Liebhaber war, hatte ich mit der Zeit immer stärker gemerkt, wie abwesend Paulo war, eine schöne Hülle, während seine Gedanken oft anderswo waren. Nicht bei einer anderen Frau, sondern in diesem verdammten Krieg, dessen Nachwirkung wie ein Totentuch über uns allen lag.

Harry schüttelte Paulo die Hand und ging. Ich wandte mein Gesicht von seinen fordernden Lippen ab. Wir hatten zu viel getrunken und zu lange dieselbe Luft geatmet, glaube ich.

Ich war müde, und Harry war schlecht gelaunt. Nein, wir waren beide schlecht gelaunt. Dabei kann ich gar nicht genau sagen, warum. Schlecht gelaunt und stumm.

Harry schien sich in seine eigene Welt zurückgezogen zu haben. Das führte sogar dazu, dass er zwei oder drei Schritte vor mir herging, als wir im verschneiten Village aus der Straßenbahn ausstiegen. Ich musste mich beeilen, um mitzukommen, was in Reeds Galoschen gar nicht so einfach war, zumal die Gehwege das letzte Mal bei Tageslicht geschippt und jetzt vom Schnee zurückgefordert worden waren. Das gedämpfte Licht der Straßenlaternen traf auf die schneegekrönten Zäune, Tore und Bäume und ließ ein wunderschönes Märchenland entstehen.

Der würzige Duft brennender Holzscheite kam aus den weiß geränderten Kaminen. Am liebsten wäre ich stehen geblieben und hätte gejubelt, dass wir endlich wieder zu Hause waren, aber Harry war nicht einverstanden.

»Bist du böse auf mich, Harry?«, fragte ich seinen Rücken, von dem ich aber keine Antwort bekam.

Von der Kälte fingen meine Wangen an zu prickeln, und meine Augen tränten. Ich konnte riechen, dass noch mehr Schnee in der Luft lag. Ich schaute hinauf zum rabenschwarzen Himmel und stieß mit Harry zusammen. Wir waren vor dem Haus Bedford Street Nr. 73 1/2 angekommen. Wir waren zu Hause!

Unser Zuhause war ein kleines Haus mit insgesamt drei Etagen, roter Backstein und weißes Holz, bei dem die Farbe schon etwas abblätterte; darum werden wir uns im Frühjahr kümmern. Büsche, die heute Abend mit glitzernden Schneeperlen verziert waren, wuchsen auf dem handtuchgroßen Stück Vorgarten hinter dem sonst schwarzen, jetzt aber zugeschneiten schmiedeeisernen Zaun. Eine edle Eichentür mit Messingbeschlägen führte in ein Vestibül. Harry wohnte in der Wohnung im Erdgeschoss, und der Rest des Hauses mit seinen hübschen hohen Fenstern stand mir zur Verfügung.

»Wie wär's mit einem Schlummertrunk?«, fragte Harry. Sein Angebot klang nicht sehr überzeugend, der Tonfall eher gezwungen.

Normalerweise hätte ich es respektiert, dass er allein sein wollte, aber irgendwie war ich nicht ganz normal. Vielleicht wollte ich einfach nicht nach oben in meine leere Wohnung. Mattie, meine Haushälterin und meine beste Freundin, wollte nämlich erst morgen zurückkommen.

Ich machte eine Maßangabe mit den Fingern. »Vielleicht einen winzigkleinen Geneva.«

Eine Flasche Gin lag einsam in Harrys Badewanne, der Eisblock war längst geschmolzen. Wir starrten fassungslos auf sie hinunter. »Die letzte Flasche«, sagte Harry, als müsste es noch ausgesprochen werden.

»Ich hasse warmen Gin. Komm mit nach oben und mix uns zwei Martinis.«

»Nicht heute Abend, Oliver.«

»Okay, schon kapiert.« Ich nahm meinen kleinen Koffer, aber ich ging trotzdem nicht. Harrys Haut wirkte irgendwie gelblich. Manchmal war er wirklich sehr finster gestimmt. »Stimmt irgendetwas nicht, Harry?«

»Lass den Quatsch, Oliver, und geh nach oben.« Er hängte seinen Mantel an den Knauf der Badezimmertür, rollte die Hemdsärmel hoch und spritzte sich Wasser ins Gesicht.

Licht drang durch den Schlitz unter meiner Wohnungstür. Zuerst dachte ich, Mattie sei früher als geplant zurückgekommen, aber dann sah ich, dass sie das Licht im Flur angelassen hatte, damit ich nicht in eine dunkle Wohnung kommen würde. Auch den Herd hatte sie angemacht; obwohl es recht kühl war in der Wohnung, fühlte es sich trotzdem nicht unangenehm an. Ich stellte meinen Koffer ab. Auf dem Marmortischchen bei der Garderobe erwartete mich ein ganzer Stapel Post. Es war schön, wieder zu Hause zu sein.

In der Küche fand ich eine halbe Flasche Wein. Ich nahm ein Glas vom Regal und trug Flasche und Glas in den Flur, öffnete meinen Koffer, stellte vorsichtig die Flasche hinein und sicherte sie, dass sie aufrecht stand. Das Glas stopfte ich in meine Manteltasche, die Post klemmte ich unter den Arm, dann nahm ich meinen Koffer und ging hinauf in mein Zimmer.

Ich knipste die Lampe neben meinem Bett an und stellte das Glas auf den Nachttisch. Dann schüttelte ich den alten Waschbärmantel ab und ließ ihn auf den Boden sinken. Meine Glieder waren bleischwer. Ich holte den Wein aus dem Koffer, füllte mein Glas und stellte die Flasche auf den Tisch.

Der Wein wärmte und entspannte mich. Ich setzte mich aufs Bett und zündete mir eine Zigarette an. Wie gut sich das anfühlte. Ich legte mich zurück, und schon kam Jack Reed angeschwebt.

Mein Gedicht! »Ich werde dir ein Gedicht vorlesen, Jack«, sagte ich.

Ich richtete mich auf und zog den Koffer näher zum Bett, um nach meinem Gedicht suchen zu können. Oben auf dem kleinen Häufchen schmutziger Wäsche lag der ledergebundene Band mit John Donnes Gedichten, den Mama Danenberg mir in die Hand gedrückt hatte. Ich legte das Buch auf den Tisch, neben die Weinflasche und das leere Glas. Fürsorglich füllte ich das Glas noch einmal und wühlte weiter in meinem Koffer.

Ganz unten fand ich den Zettel mit meinem Gedicht. Er lag unter einem zweiten ledergebundenen Buch. Ich nahm es in die Hand und las, was auf dem Rücken stand. Es war ein Duplikat des Gedichtbandes, der auf meinem Nachttisch lag.

10

»Ich glaube fast, du magst Joan Brophy lieber als ihren Sohn, und nur deshalb hast du dich einverstanden erklärt, ihn zu heiraten«, sagte ich zu meiner lieben Mattie, die mit einem Tablett in der Tür stand. Auf dem Tablett befanden sich Kaffee und frische Brötchen. Mattie war übers Wochenende bei ihrer zukünftigen Schwiegermutter in Washington gewesen, um für die Gleichberechtigung zu demonstrieren – das Frauenwahlrecht hatten wir inzwischen ja schon erkämpft.

Mattie errötete, was durchaus angebracht war. »Olivia Brown, du hast keine Manieren«, sagte sie und stellte mir das Tablett auf den Schoß.

»Komm schon – gib's zu«, lachte ich, während ich vergeblich versuchte, meine zerzausten Haare mit den Fingern etwas zu entwirren.

»Ich gebe überhaupt nichts zu.« Mattie zog die Vorhänge auf. Das Sonnenlicht war kalt und hart und hätte genauso gut nicht da sein können, weil es sofort wieder verschwand. »Gerry Brophy ist mein Schatz. Und ich kann Gott dankbar sein, dass ich auch seine Mutter mag.« Mit einem schnellen Blick registrierte sie die leere Weinflasche, das leere Glas und die beiden John-Donne-Bände auf meinem Nachttisch. »Wir haben keinen Wein mehr.«

»Ich weiß. Das heißt, wir müssen demnächst bei Signore Dionysos vorbeischauen. Ich hoffe inständig, dass sich in meiner Post auch der eine oder andere Scheck befindet.« Ich tastete über die Bettdecke, auf der Suche nach meinem Zigarettenetui. Ich fand es, aber es war leer. »*Sans cigarettes*.«

Mattie fischte eine kleine Dose aus ihrer Schürzentasche, und wir konnten doch noch rauchen. Sie setzte sich auf die Bettkante und schaute mir zu, wie ich an dem Brötchen herumknabberte. Ich hatte keinen großen Hunger. Mein Kopf fühlte sich doppelt so groß an wie sonst, und ich spürte ein leises, aber hartnäckiges Klopfen im Hinterkopf. Selbst die Knochen unter meinen Augen taten weh.

Ich war ein einsames, mutterloses Kind von neun Jahren gewesen, als Mattie, ein lustiges irisches Mädchen, das nur zehn Jahre älter war als ich, angefangen hatte, für meinen Vormund Jonas Avery zu arbeiten. Sie hatte sofort kapiert, dass ich dringend eine Ersatzmutter und eine Freundin brauchte, und hatte diese Rolle mit Freuden übernommen – bis heute.

»Ich habe gehört, was mit der armen jungen Frau passiert ist – mit dem Kindermädchen.« Mattie begann, meine Kleider und die Post einzusammeln. Während ich geschlafen hatte, war alles vom Bett gerutscht. Mit dem Brieföffner, der auf meinem Schreibtisch lag, schlitzte sie die Umschläge auf und reichte sie mir, einen nach dem anderen.

»Hat Harry es dir erzählt?«

Sie nickte.

»Es war das schreckliche Ende eines durch und durch unerfreulichen Wochenendes.« Ich goss einen kräftigen Schwapp Sahne in meinen Kaffee und trank einen Schluck.

»Ich nehme an, du hast wenig gegessen und viel getrunken«, sagte sie, und ihre ganze Körperhaltung drückte Missbilligung aus.

Mattie denkt immer noch, dass ich so empfindlich wie ein kleines Kätzchen bin, obwohl das überhaupt nicht mehr stimmt. Nach dem Krieg war ich schwer krank gewesen, wie viele andere Menschen auch, verzweifelt, weil ich so viele Menschen, die mir nahe standen, verloren hatte: Meinen Verlobten Franklin Prince, dessen Flugzeug über dem Ärmelkanal abgeschossen worden war, und dann Jonas Avery, meinen Vormund, und schließlich meine geliebte Lehrerin Miss Sarah Parkman, die an der großen Grippeepidemie starb.

»Wir müssen das Leben genießen, bis zur Neige, Mattie, denn wir sind nur einmal jung«, sagte ich. »Oh, sieh mal – hier ist eine Einladung für eine Lesung im Gramercy Poetry Club nächsten Monat. Diese Einladung werden wir selbstverständlich gern annehmen, denn sie bringt uns fünfundzwanzig Dollar.« In einem anderen Umschlag steckte ein Brief von einem akademischen Bewunderer. Ich legte ihn beiseite, um ihn später zu beantworten. Die schräge Handschrift im dritten Brief ließ mein Herz schneller schlagen. Ich drehte den Brief in der Hand hin und her. Er war von Stephen Lowell, dem Dichter, meinem guten Freund. Es stimmt, ich liebe ihn mehr als die anderen, aber er ist verheiratet und hat ein Kind, und Chicago ist weit weg von Greenwich Village. Und wir haben noch nie miteinander geschlafen. Sein Brief verdiente es, später gelesen zu werden, in der Abenddämmerung und bei einem Glas Wein.

Im letzten Brief steckte ein wunderhübscher Scheck über fünfzig Dollar, von *Vanity Fair*. Ich hauchte einen Kuss darauf und reichte ihn Mattie. »Für Signore Dionysos, den Schmuggler.« Ich nahm das Tablett von meinem Schoß. »Heute habe ich Probe. Und ich muss ein bisschen mehr Zeit auf mein Buch verschwenden, sonst werde ich niemals bis zum Frühjahr fertig.«

Mattie stellte die leere Weinflasche und das Glas auf das Tablett. Meine schmutzige Kleidung rollte sie zusammen, klemmte sie unter den Arm und nahm das Tablett. »Ich habe dir ein Bad einlaufen lassen, aber Harry meint, du sollst nicht weggehen. Er muss mit dir reden.«

Wie sich herausstellte, hatte Harry Besuch. Die riesigen Galoschen vor seiner Tür waren nicht zu übersehen. Ein Klient. Ein neuer Fall. Ich war begeistert. Ich stützte die beiden John-Donne-Bände auf die Hüfte und drehte an seinem Klingelknopf.

»Es ist offen!«

Das Klappbett war verschwunden. Harrys Wohnung hatte sich wieder in ein Büro verwandelt. Er selbst war frisch rasiert und geschäftsmäßig gekleidet, nicht in einem vollständigen Anzug, aber in einem sauberen weißen Hemd mit Hosenträgern. Das Jackett hatte er über die Stuhllehne gehängt.

Harrys Besucher war ein großer, schlaksiger Mann mit blonden Haaren und einem netten Gesicht. Als ich hereinkam, stand er auf: Es war Amos Hook, der Deputy Sheriff aus Croton. Er nickte mir zu. »Nichts freut mich mehr, als wenn ich zwei Fliegen mit einer Klappe schlagen kann.«

»Ich halte nicht allzu viel davon, wenn man Fliegen mit einer Klappe erschlägt, Mr. Hook«, erwiderte ich. Ich hasse solche stereotypen Redewendungen, und ich hatte plötzlich das Gefühl, dass Amos Hooks betont harmloses Auftreten eigentlich eine Rolle war, die er nur spielte, weil ihm das Stereotyp gefiel. Das ist etwas, was ich gut kenne.

»Sie müssen Miss Brown verzeihen.« Harry warf mir einen warnenden Blick zu. »Gestern war ein langer, schwieriger Tag für uns alle.«

»Aber selbstverständlich.«

»Ja, selbstverständlich«, wiederholte ich und nickte meinem Schauspielerkollegen hintergründig zu.

»Nehmen Sie doch bitte Platz, Miss Brown – wenn Sie nichts dagegen haben. Ich werde nicht viel Zeit in Anspruch nehmen. Es gibt nur ein paar Fragen, die ich Ihnen stellen muss.«

Ich legte die beiden John-Donne-Bände neben Harrys durchgesessenem Sofa auf den Boden und setzte mich auf die wackelige Armlehne, in der Hoffnung, dass sie mich aushalten würde, weil ich so gut wie nichts wiege. Amos Hook nahm wieder auf dem Sofa Platz und bemühte sich, die vorstehenden Springfedern zu vermeiden. Obwohl er viel niedriger saß als ich, war er größer, und ich sah mich gezwungen, zu ihm aufzublicken.

»Tut mir Leid, wenn ich das Gespräch unterbrochen habe«, sagte ich.

»Keine Ursache, Miss Brown – ich bin gerade erst gekommen.« Hook holte einen kleinen Notizblock aus der Tasche, aber seine ganze Aufmerksamkeit galt meinem Rocksaum, der knapp unter meinem Knie aufhörte.

Ich ließ mein Bein ein bisschen schaukeln, ein recht attraktives Körperteil, wie ich zugeben muss. Manchmal bin ich wirklich ein böses Mädchen.

»Was möchten Sie uns fragen?«, wollte Harry wissen. Er wollte uns unbedingt wieder auf das eigentliche Thema zurückbringen.

»Oh? Ach so. Ja, hm. Kate Vaude.« Auf Hooks glattrasierter Oberlippe erschienen kleine Schweißtropfen.

»Was ist mit Kate?«, fragte ich. Ich hatte genug von unserem Spielchen.

»Wie gut kennen Sie Kate Vaude?«

Harry antwortete: »Ich kenne Fordy besser als Kate. Er hat vor dem Krieg hier im Village gewohnt.«

»Miss Brown?«

»Ich kenne die beiden eigentlich gar nicht. Ich habe sie durch Harry kennen gelernt und durch Paulo – Paul Ewing.« Eigentlich hatte ich alle Leute, die ich im Village kannte, durch Harry kennen gelernt. Er hatte mich unter seine Fittiche genommen und mich allen vorgestellt. Harry kannte Paulo von irgendwoher, und Paulo kannte die Vaudes, und so lief das immer. Es war, wie wenn man ein Streichholz in einer ganzen Reihe von Streichhölzern anzündet – die Flamme springt über, von einem zum andern, bis das ganze Heftchen brennt.

»Ewing ist nicht an der Adresse anzutreffen, die er mir gegeben hat.«

Ich unterdrückte ein Gähnen. Mein Kopf protestierte immer noch. »Wenn er in New York ist, wohnt er bei Jig und Susan oder bei anderen Freunden. Aber heute ist er am College in Connecticut.«

»Ewing hat uns gesagt, er kennt Fordy von Yale. Allerdings auch nicht besonders gut.« Harry hatte unter ein paar Akten sein Zigarettenetui gefunden und reichte es herum.

Wir zündeten uns jeder eine Zigarette an, und schon bald erfüllte eine dichte Rauchwolke den Raum.

»Wie haben Mr. und Mrs. Vaude sich kennen gelernt?«, fragte Hook.

Harry rieb sich die Nase. »Keine Ahnung. Nach dem Krieg ist Fordy ins Geschäft seines Vaters eingestiegen, und wir haben ihn nicht mehr oft hier im Village gesehen.«

Ich fragte mich, warum Harry Fordys Atelier am Washington Square South nicht erwähnte. »Harry, war Kate vor dem Krieg auch im Village?«, fragte ich ihn.

Mit einer Spur von Überraschung sagte Harry: »Ich kann mich nicht an sie erinnern, aber das will nicht viel heißen. Damals gab es unheimlich viele junge Frauen hier, die plötzlich aus dem Nichts auftauchten. Manche sind geblieben, andere waren am nächsten Tag wieder weg.«

»Vielleicht hat Fordy sie ja während des Krieges kennen gelernt«, sagte ich und schenkte Deputy Hook ein strahlendes Lächeln. »Na, mache ich meine Sache gut? Ich bin eine ausgezeichnete Detektivin, oder?«

»Wenn ich Mr. Melville richtig verstanden habe, arbeiten Sie beide manchmal zusammen, wenn Sie nicht gerade Gedichte schreiben, Miss Brown.«

»Ja, wir arbeiten zusammen – allerdings leider nicht oft genug.« Ich grinste Harry an und fuhr mir mit den Fingern durch die Haare, um sie aufzulockern.

Amos Hook stand auf. »Gibt es sonst noch etwas, was Sie mir über Mrs. Vaude sagen könnten? Hat sie mit Ihnen Kontakt aufgenommen?«

»So langsam werde ich neugierig«, sagte Harry. »Was sollen all diese Fragen über Kate?«

»Und was ist mit der armen Adelle?«, wollte ich wissen.

»Das gehört zusammen«, sagte Hook.

Wir warteten auf eine Erklärung, die jedoch ausblieb.

»Was soll das alles, Hook?«, fragte Harry.

Hook wickelte sich seinen langen Wollschal um den Hals und holte seine Mütze von dem schiefen Hutständer neben der Tür. »Falls Sie von Kate Vaude hören sollten, wäre ich sehr dankbar, wenn Sie mich sofort informieren würden.« Er fasste in seine Manteltasche, holte eine Visitenkarte hervor und reichte sie Harry.

»Ja, klar«, brummte dieser und warf die Karte auf seinen voll gepackten Schreibtisch.

»Wenn Sie erfahren wollen, wie Kate Fordy kennen gelernt hat, warum gehen Sie dann nicht einfach auf die Farm und fragen sie?«, sagte ich, ein klein bisschen schnippisch, da Deputy Hook offenbar keinen Anlass sah, auch mir eine Visitenkarte zu überreichen.

»Ah – wissen Sie, wir haben da leider ein kleines Problem«, sagte Amos Hook. »Heute Morgen war niemand auf der Farm. Kate Vaude ist verschwunden. Samt ihren Kindern.«

11

An den Türpfosten gestützt zog Deputy Hook seine riesigen Gummigaloschen über, eine nach der anderen.

»Haben Sie mit Dave Wolfe gesprochen, der auf der anderen Straßenseite wohnt?«, fragte ich. »Er weiß bestimmt, wo sie hingegangen sind.«

»Er weiß es nicht – jedenfalls behauptet er das.«

»Sie kommt zurück«, sagte Harry. »Wo soll sie denn hingehen, mit zwei Kindern im Schlepptau?«

Ich stand von meiner Armlehne auf und ging zu Hook. »Es geht um Adelle, stimmt's? Sie haben herausgefunden, dass es kein Selbstmord war. Wollen Sie deshalb unbedingt mit Kate sprechen?«

»Sie haben Recht, Miss Brown. Adelle Zimmer hat nicht Selbstmord begangen. Sie wurde ermordet.«

Harry zündete sich die nächste Zigarette an der alten an.

»Zimmer? Hieß Adelle so mit Nachnamen?«, fragte ich.

Hook musterte uns beide mit gerunzelter Stirn. »Es überrascht Sie gar nicht, dass sie ermordet wurde?«

»Nirgends war ein umgekickter Stuhl oder eine Leiter. Der Zweig, an dem sie hing, war viel zu hoch – sie hätte gar nicht hinaufklettern können. Das sah alles nicht nach Selbstmord aus.« Harry klang wie ein Detektiv.

»Und außerdem hatte sie einen Herrengürtel um den Hals«, fügte ich hinzu.

»Kate hatte nichts damit zu tun.« Harry schaute mich an. »Eine Frau allein hätte es gar nicht geschafft, Adelle zu fesseln und sie dann an den Zweig zu hängen.«

»Vielleicht«, sagte ich. »Und außerdem – warum hätte Kate sie umbringen sollen? Sie hat kein Motiv.«

»Wenn Sie beide nach Croton ziehen wollen, bietet Ihnen der Sheriff vielleicht meinen Job an«, sagte Hook.

Ich flatterte mit den Fingern und strahlte ihn mit meinen grünen Augen an. »Oh, mein lieber Mr. Hook, Sie belieben zu scherzen!«

Er wurde rot. »Ich behaupte ja nicht, dass Kate Vaude sie umgebracht hat. Aber ich muss ihr einige Fragen stellen. Falls Sie von Mrs. Vaude hören, möchte ich Sie bitten, es mir mitzuteilen – da wäre ich Ihnen sehr verbunden.« Und mit einem höflichen »Ich wünsche Ihnen noch einen schönen Tag« verabschiedete er sich.

Wir warteten, bis wir hörten, dass die Haustür ins Schloss fiel.

»Was hast du im Weinkeller?«, fragte ich Harry.

»Ein paar Schluck warmen Gin. Ich wollte bei meinem Schmuggler vorbeischauen, aber dann kam mir erst Fordy dazwischen, dann Hook ...«

»Fordy? Harry, das hast du ja gar nicht erwähnt!«

»Hook hat nach Kate gefragt, nicht nach Fordy. Heute Abend findet in seinem Atelier eine Party statt.«

»Das ist doch unpassend – oder ist es eine Totenwache?«

»Glaube ich nicht.« Harry deutete auf den Fußboden, neben dem Sofa. »Was hast du da hingelegt?«

»Wo? Ach, du lieber Gott, ich habe ja völlig vergessen, weshalb ich mit dir reden wollte.« Ich nahm die beiden Bücher und legte sie auf die Papiere auf seinem Schreibtisch, direkt neben seine Füße.

Zerstreut, als würde er versuchen, an etwas anderes zu denken als an das Problem, das ich ihm vorführte, nahm er das oben liegende Buch und las den Buchrücken. »*Die Gedichte von John Donne*. Dein Buch, hast du gesagt.«

»Ich weiß, was ich gesagt habe. Ich dachte, es ist mein Buch, weil ich eines habe, das genau so aussieht. Und das hatte ich schon eingepackt.«

Er nahm das andere Buch. »*Die Gedichte von John Donne*, steht hier. Was willst du mit zwei identischen Büchern, wenn ich fragen darf?«

»Genau darüber will ich doch mit dir reden, Harry. Eines der beiden Bücher muss Adelle gehören.«

»Welches von beiden?«

»Das weiß ich nicht. Ich habe beide kursorisch durchgeblättert, aber …«

»Zufall.«

»Glaub ich nicht. Ich habe mein Buch von Mama Danenberg geschenkt bekommen, die …«

»Mama Danenberg? Das klingt ja hübsch.«

»Die Danenbergs besitzen den kleinen Buchladen in Croton. Und dort hat Adelle wahrscheinlich ihr Exemplar gekauft.«

Harry blätterte eines der Bücher durch. »Ich weiß nicht, ob es irgendetwas zu bedeuten hat.« Er hielt das Buch an den Buchdeckeln hoch und schüttelte es. Ich stöhnte. Nichts fiel heraus. Dann machte er das Gleiche mit dem anderen Buch. Auch nichts. Er zuckte die Achseln. Inspizierte die Innendeckel.

»Wonach suchst du?«

»Ich will sehen, ob was in der Bindung versteckt ist.«

»Und?«

»Nichts.« Er legte die Bücher aufeinander und gab sie mir zurück. »Wie ich schon sagte: Zufall.«

»Na ja, ich finde, jemand sollte zu Adelles Angehörigen gehen. Falls wir Mr. Deputy Hook je wieder sehen …« Ich merkte, dass Harry mir überhaupt nicht mehr zuhörte.

Er hatte die Füße wieder auf den Schreibtisch gelegt und trommelte mit den Fingern auf die Armlehne. »Also dann, Harry«, fuhr ich fort. »Nachdem ich sie umgebracht hatte, habe ich sie oben an den Zweig gehängt …«

Er schaute mich an. »Genau.«

»Harry!«

»Was?« Jetzt war er wieder aufgewacht.

»Du hast mir nicht zugehört! Ich habe behauptet, ich hätte Adelle umgebracht und an dem Zweig aufgehängt, und du sagst: ›Genau.‹ Wo warst du in Gedanken?«

»Ich habe heute Morgen einen neuen Klienten bekommen.«

»Ach, du hast an einen neuen Fall gedacht? Gut, dann verzeihe ich dir.«

»Na ja, eigentlich ist es kein neuer Fall, Oliver. Daisy hat mich angerufen.«

Anscheinend dachte er, dass ich diese Daisy kennen würde, aber ich konnte mit dem Namen nichts anfangen. Doch dann dämmerte es mir. »Du meinst doch nicht etwa Bunnys Freundin – die junge Frau, die von Adelles Tod besonders betroffen schien?«

»Doch, genau die.«

Ich war fassungslos. »Sie ist deine neue Klientin?«

Er nickte. »Sieht so aus, als hätte sie ungewöhnlich großes Interesse am Tod von Adelle Zimmer.«

12

Ich war noch nie in der Höhle des Löwen gewesen, den ich immer Signore Dionysos nenne, aber ich wollte mehr über Daisy und den neuen Fall erfahren. Und außerdem ging es uns, weiß Gott, ohne Gin und Wein nicht besonders gut.

»Hol deinen Mantel und deine Überschuhe«, sagte

Harry, und schon spazierten wir hinaus in den kalten Tag.

Das Sonnenlicht war nur ein blasser Dunst, als hätte sich auch die Sonne gestern ein bisschen zu viel genehmigt. Die Gehwege waren rutschig, aber auf besonders hinterhältige Art, weil das Eis unter einer dünnen Schneedecke verborgen war. Als wir Houston Street überquerten und weiter nach Süden gingen, kamen wir in ein anderes Land. Im Gegensatz zum westlichen Teil von Greenwich Village, wo Lagerhallen am Hudson stehen, schienen diese Lagerhäuser sich auf die engen Straßen zu drängen, so dass nur selten ein Sonnenstrahl durchkam.

»Harry«, begann ich, während ich in Reeds Galoschen neben ihm herschlappte, »alle Leute, bis auf dich und deine momentane Begleiterin, denken, dass Adelle Selbstmord begangen hat.«

»Daisy weiß nicht, dass es Mord war. Jedenfalls hat sie es nicht angesprochen.«

»Wirst du es ihr sagen?«

»Warum nicht?«

»Okay. Ich habe noch eine Frage: Warum will ausgerechnet Daisy dich – uns – als Ermittler haben? In welchem Verhältnis stand sie zu Adelle?«

»Glaubst du etwa, ich hätte sie das nicht gefragt? Sie hat nur ins Telefon geflüstert, sie müsse unbedingt wissen, was mit Adelle passiert ist. Mehr nicht. Und sie behauptet, sie kennt Adelle von der Universität Vassar.«

Ich wich einem Hydranten aus, und obwohl Harry schnell reagierte, wären wir um ein Haar beide auf dem vereisten Pflaster gelandet. »Du kannst mich gern als ungläubigen Thomas bezeichnen«, sagte ich. »Aber weder bei Daisy noch bei Adelle konnte man merken, dass sie sich kennen. Wozu das Theater?«

»Sie hat gesagt, es hätte sie schockiert, Adelle als Kindermädchen zu sehen.«

»Aber wenn sie sich kannten, warum haben sie sich

nichts anmerken lassen?« Ich blieb stehen. »Moment mal, Harry! Da fällt mir was ein – ich habe gesehen, wie die beiden sich am Sonntagmorgen miteinander unterhalten haben. Daisy hielt Adelle fest und schien irgendwie etwas von ihr zu haben wollen, und Adelles Gesicht war ganz wütend. Dann hat Adelle sie weggeschubst, und zwar ziemlich grob.«

Lieferwagen und Laster wurden von jungen Männern mit dunklen Haaren und dunklen Augen be- und entladen. Sie trugen Hüte mit Krempe und herunterhängende Schnurrbärte und rauchten dünne, herbe Zigaretten. Zwischendurch riefen sie sich immer wieder auf Italienisch etwas zu.

»Und wie kann es sich Daisy leisten, einen Privatdetektiv namens Melville zu bezahlen? Sie ist doch nur eine arme Sekretärin«, sagte ich.

»Keine Ahnung.« Er klopfte auf seine Manteltaschen. »Aber sie hat mir fünfhundert Dollar schicken lassen.«

»Durch einen Bürojungen von *Vanity Fair*?«

»Richtig.«

Als wir in die Broome Street einbogen und ostwärts gehen wollten, rollte langsam ein mit Holzkisten bepackter Karren vorbei. Sämtliche Kisten trugen die Aufschrift TEE. Wir waren im Paradies angekommen. Alle Leute, selbst die Bullen, wussten, dass »Tee« nichts weiteres als ein Euphemismus für Alkohol war.

Hingerissen blieb ich stehen und wäre fast von einem Lastwagen überfahren worden, der rückwärts auf eine Laderampe fuhr.

Ein Gespenst sprang aus der Kabine und schrie: »Kannste denn nich aufpassen, wohin de gehst, Mädel?« Blassblaue Augen mit Stecknadelpupillen funkelten mich empört an. Der Zigarettenstummel im Mundwinkel bewegte sich kaum, während der Geist sprach. »Sieh mal einer an – wenn das nich Olwer ist!« Red Farrell nahm seine rote Mütze ab; seine Haare loderten wie Flammen.

Red Farrell war ein Mitglied der berühmt-berüchtigten Hudson Dusters, einer irischen Straßengang, und als ich ihm das erste Mal begegnete, wäre ich fast gestorben vor Angst. Aber es hatte sich herausgestellt, dass Red Farrell und die übrigen Dusters Harry zuliebe ein Auge auf mich hatten, weil er glaubte, ich schwebte in Lebensgefahr.

Aus irgendeinem Grund, den Harry mir nie erklärt hatte, behandelten ihn die Dusters mit höchstem Respekt. Sie nannten ihn Sherlock und standen immer zur Verfügung, wenn er sie brauchte. Sie dachten, ich hieße Olwer, denn als Harry mich ihnen vorstellte, konnte er nicht richtig sprechen, weil er gerade eine fürchterliche Tracht Prügel bezogen hatte. Also wurde aus Oliver Olwer, und dabei blieb es.

»Wie schön, Sie wieder zu sehen, Mr. Farrell«, sagte ich.

»Wär' nicht ganz so schön, das Wiedersehn, wenn ich Se überfahren hätt'«, erwiderte er und zog seine Mütze wieder über den Kopf, um den flammenden Haarbusch zu bedecken. »Nur gut, dass ich gefahren bin und nich Jack.«

Harry kam hinter dem Laster hervor. »Hey, Red!«

»Sherlock!«

»Sollen wir den ganzen Tag hier herumstehen, während ihr zwei euch Komplimente macht?«

Der Duster, der unter dem Namen Circular Jack bekannt war, ein Dandy in einem purpurroten Samtmantel und einem schwarzen Bowler, stieg aus dem Laster aus und sprang auf die Laderampe. Er hämmerte gegen die Tür, die von einem Mann geöffnet wurde, dessen makellose Kleidung und diskretes Verhalten ihn als einen der Bosse auswiesen. Der Mann trat heraus und schaute die Straße hinauf und hinunter. Dann musterte er Harry und mich, ging zurück in die Lagerhalle und wollte die Tür hinter sich schließen, aber Jack stellte den Fuß dazwischen.

»Das sind keine Bullen«, knurrte Circular Jack und gab Red Farrell ein Zeichen. Red winkte uns, wir sollten beiseite gehen, dann sprang er ins Fahrerhäuschen des Lasters und fuhr noch dichter an die Laderampe heran.

Harry fasste mich am Ellbogen. »Komm schon, Oliver. Bis demnächst, Jungs!«

»Nur eine kleine freundliche Erpressung«, flüsterte ich Harry zu.

Im Palm Cafe, einer Kneipe in der Nähe von der Kreuzung Broome Street und Chrystie, sah ich, dass die Besitzer sich nicht besonders viel Mühe gegeben hatten, diese in eine Teestube zu verwandeln. Ein provisorisches Schild an der Tür verkündete, es gebe verschiedene Sorten Tee, holländischen und schottischen. Die Prohibition regte die Erfindungskraft an. Holländischer Tee bedeutete Gin, schottischer Scotch, versteht sich.

Im Inneren hätte man nicht sagen können, ob es Nacht war oder Tag. Schmucklose Deckenlampen verbreiteten ein gedämpftes Licht, was für den ziemlich heruntergekommenen Raum vermutlich von Vorteil war. Hinter der Bar stand ein korpulenter Mann mit breitem Brustkorb. Er trug einen Derby-Hut, und sein einschüchternder Schnurrbart war zu messerscharfen Spitzen gedrillt.

»Lange nicht gesehen, Harry«, sagte der einschüchternde Schnurrbart und musterte mich von Kopf bis Fuß. Ich schenkte ihm mein strahlendstes Lächeln, und gleich zuckte er richtig zusammen.

»Ich bin neulich vorbeigekommen, aber du warst nicht da.«

»War 'ne Weile unterwegs. Was darf's denn sein?«

»Das Übliche.« Harry führte mich an einen zerkratzten Holztisch. Hinter mir hörte ich ein merkwürdiges Rascheln und Schlurfen. Erst da merkte ich, dass jemand hinten im Saloon an einem Tisch saß. Sein Gesicht lag im Schatten, aber seine Hände wurden von der Deckenlampe erhellt, was richtig theatralisch aussah. Geschickte

Hände, das war nicht zu übersehen, trotz der plumpen Finger. Mit beiläufiger Routine mischten sie ein Kartendeck.

Ich stellte meinen Stuhl so, dass ich die Hände beobachten konnte. Sie hörten auf zu mischen und begannen, die Karten auszulegen. Er spielte Patience, und weil ich selbst sehr gern Patiencen lege, ging ich hinüber an den Tisch, um zuzuschauen.

Als ich näher kam, pausierte der Kartenspieler kurz, fuhr dann aber gleich fort mit seinem Spiel. Links von ihm stand eine Flasche Whiskey und ein halb gefülltes Glas. Eine große rote Katze schmiegte sich um seinen Hals, wie ein schnurrender Pelzkragen.

»Ein Glas für die Dame«, rief er plötzlich und deutete auf einen Stuhl. Noch eine Katze, diesmal eine graue, sprang auf den Tisch, beäugte mich mit einer gewissen Dreistigkeit und kuschelte sich dann unter die Hand des Kartenspielers.

Da hörte ich Harrys Stimme: »Ach, verflucht!«

Ich setzte mich. Mr. Schnurrbart kam augenblicklich mit einem Glas, der Kartenspieler goss ein und reichte mir das Glas. Da sah ich sein Gesicht. Ein schreckliches Gesicht, vorstehendes Kinn, gebrochene Nase. Eine feine weiße Narbe verlief vom rechten Mundwinkel bis zum Ohr. Pechschwarze Haare. Schwere Augenlider, die Augen blassgrau, auffallend sinnliche Lippen.

»Monk!«, sagte Harry, der hinter mich getreten war.

»Sie gehört zu dir, Harry?«

»Ich gehöre keinem«, sagte ich. »Ich gehöre nur mir selbst.«

Monk grinste, und die Narbe verwandelte sich in eine Art Grübchen. Ich hätte sie gern angefasst. Noch lieber hätte ich allerdings die Muskeln unter seinem Seidenhemd getestet. »Aha«, sagte er, ohne den Blick von mir zu nehmen. »Haste gekriegt, was du wolltest, Harry?«

»Ja, klar«, sagte Harry.

»Noch'n Glas«, rief Monk. Diesmal füllte Mr. Schnurrbart ein Glas und reichte es Harry.

Monk hob das Glas. »*L'chaim!*«

Der Scotch schmeckte weich, geradezu samtig. Am liebsten wäre ich aufgestanden und hätte gesungen. »Sehr gut«, sagte ich nur.

»Dann sagen Se mir doch mal, wie Se heißen, Niemandsmädchen«, sagte Monk.

Man konnte Harry deutlich anmerken, wie unglücklich er war, aber Mr. Monk – oder wie immer dieser merkwürdige Herr heißen mochte – schien das nur zu amüsieren.

Ich reichte ihm die Hand. »Olivia Brown.«

Er führte meine Finger an die Lippen. »Die Dichterin?«

Ich freute mich sehr. Selbst hier, unter den Schnapsschmugglern, kannte man meinen Namen! »Ja, genau die. Lesen Sie Gedichte, Mr. – äah – Mr. Monk?«

»Ja, Ihre Gedichte les ich. Aber wie kommt's, dass 'ne junge Frau wie Sie so viel über die Liebe weiß?«

Na, wenn das keine Aufforderung war! Ich hätte taub sein müssen, um das nicht zu merken! Aber es blieb dabei, mehr kam nicht. Denn plötzlich war ich wieder draußen auf der Straße. Harry zog mich hinter sich her. Ich konnte immer noch Mr. Monks Gelächter hören.

Als ich wieder Luft bekam, blieb ich abrupt stehen und ging keinen Schritt weiter. »Warum hast du mich weggezerrt, Harry?«

»Ihr zwei wolltet was anfangen, aber das geht nicht, Oliver.«

»Warum denn nicht? Weil er ein Schmuggler ist? Okay, er sieht ziemlich merkwürdig aus, aber er ist gebildet. Er liest meine Gedichte. Du hast kein Recht, dich da einzumischen!« Ich stampfte mit dem Fuß auf, und schon rutschten meine Beine unter mir weg, und ich landete auf meinem werten Hinterteil. Da ich sowieso schon meine Würde verloren hatte, erlaubte ich Harry, mir aufzuhelfen.

»Das ist großer Quatsch, Oliver. Bist du lebensmüde? Das war Monk Eastman, mit dem du dich da über Dichtung unterhalten hast. Er hat jede Menge Feinde. Und die werden ihn früher oder später finden, vermutlich eher früher als später, und sie werden ihn in irgendeiner dunklen Seitenstraße abknallen, und jeder, der sich in seiner Nähe befindet, muss ebenfalls dran glauben.«

13

Das Theaterexperiment der Provincetown Players war durch den überwältigenden Erfolg von Eugene O'Neills Stück *The Emperor Jones* erschüttert worden. Jetzt hatte man uns »entdeckt«. Alle Welt wollte plötzlich Eintrittskarten haben, und da wir unsere Karten nur im Abonnement verkauften, hatten wir auf einmal über tausend neue Abonnenten.

Die Kritiker hatten unsere Premiere im November nicht einmal besprochen, weil am selben Abend am Broadway ein Musical mit dem Titel *The Half Moon* eröffnete. Aber das machte nichts, weil uns der Broadway ohnehin nicht interessierte. Wir waren auch nicht Mitglieder der neuen Schauspielervereinigung, *Actors' Equity*. Außer unserem Hauptdarsteller Charles Gilpin, den wir speziell für die Rolle des Kaisers geholt hatten, waren wir alle überzeugte Amateure. Wir spielten drei Mal in der Woche, aus Leidenschaft, nicht wegen des Geldes. Das, was zählte, war für uns das Experiment. Wir wollten etwas Neues schaffen.

Als die Kritiker ein paar Tage später dann doch kamen – Kenneth Macgowan vom *Globe,* Heywood Broun von der *Tribune* und Alexander Woollcott von der *Times* –, schrieben sie alle miteinander begeistert über das Stück und über Eugene. Leute, die noch nie einen Fuß in den

Theaterdistrikt südlich vom Times Square gesetzt hatten, strömten plötzlich massenhaft ins Playhouse.

Fast sofort kamen Angebote, *The Emperor* mit dem Star Charles Gilpin in ein Theater am Broadway zu transferieren und die anderen Rollen ebenfalls mit professionellen Schauspielern zu besetzen. Das schien sehr unfair gegenüber uns Amateuren, die wir das Stück aus der Taufe gehoben hatten. Aber der Druck war enorm, und jetzt liefen Verhandlungen, die ganze Produktion mit Mann und Maus für eine bestimmte Zeit an ein größeres Theater in Uptown Manhattan zu bringen.

Wir waren geteilter Meinung. Wenn das Stück an den Broadway kam, würden wir eine Beteiligung am Gewinn erhalten, das heißt, wir hätten Geld für neue experimentelle Stücke, und alle, die dabei mitmachten, konnten bezahlt werden. Aber wir waren eine kleine Gruppe. Selbst wenn wir nur kurz am Broadway spielen sollten – wer würde so lange das Playhouse weiterführen?

Jetzt probierten wir gerade Eugenes Stück *Diff'rent*. Ich spielte Emma Crosby, ein Mädchen in einer Walfängerstadt, die einen Walfängerkapitän namens Caleb liebt. Emma glaubt, dass ihre Liebe anders ist, also *diff'rent*, weil sie auf sexueller Reinheit basiert. Die perfekte Rolle für mich, nicht wahr? Emma weigert sich, den guten, alten Caleb zu heiraten, als sie herausfindet, dass er ihre Liebe verraten hat, indem er auf seiner letzten Reise mit einer anderen Frau geschlafen hat.

Der zweite Akt spielt dreißig Jahre später. Emma ist eine verbitterte alte Jungfer, und Caleb wirbt immer noch um sie. Sie flirtet mit einem fürchterlichen jungen Mann, der auch noch Calebs Neffe ist. Man braucht wohl kaum zu erwähnen, dass weder Emma noch Caleb (der viel zu loyal ist, um ohne sie ein neues Leben zu beginnen) ein gutes Ende nehmen.

Edward Hall spielte den Caleb. Als Herausgeber der inzwischen nicht mehr existenten Zeitschrift *Ainslee's* hatte Edward als Erster meine Gedichte gekauft. Jetzt arbeitete er bei *Vogue* und wollte es wieder tun, aber das war ein Problem, weil ich ein sehr angenehmes Verhältnis zu *Vanity Fair* aufgebaut hatte, und diese Zeitschrift war die größte Konkurrentin von *Vogue*. Eine Weile waren Edward und ich ein Paar gewesen, und auch jetzt mochten wir einander immer noch sehr.

Wir arbeiteten fast eine Stunde, machten einen Lesedurchlauf und besprachen erste Regieanweisungen, aber unser wunderbarer Boss, Jig Cook, war nicht richtig bei der Sache, weil die Broadway-Verhandlungen ihn zu sehr beschäftigten. Morgen wollte er nach Cape Cod fahren und noch einmal mit Gene über das Schicksal von *The Emperor Jones* reden.

»Ich kann mich nicht entscheiden«, sagte er, als er mit mir ins Working Girls' Home hinüberging, Ecke Eighth Street und Sixth Avenue. So nannten wir Luke O'Connors Saloon, der eigentlich Columbia Gardens hieß. Jig und seine Frau, die Schriftstellerin Susan Glaspell, hatten dort die Idee entwickelt, in Provincetown, Massachusetts, Theaterstücke aufzuführen, damals, in jenem ersten Sommer. Jigs Stimme schallte durch die ganze Sixth Avenue.

»Ich habe nur Zeit für ein kurzes Glas Gin«, sagte ich. »Kommst du denn nicht zu Fordys Party heute Abend?«

»Später.« Jig wickelte eine seiner dünnen weißen Locken um den Finger und dozierte weiter. »Versteh mich nicht falsch, unser Triumph macht mich stolz auf uns alle und auf das, was wir geleistet haben, aber dieser Riesenerfolg drängt uns jetzt dorthin, wo wir nie hinwollten: zum Broadway, zu dieser Hochburg der Bourgeoisie.« Er schrie: »Der Broadway ist die Hochburg der Bourgeoisie!« hinaus in die Nacht, als wäre das die schlimmste Beschimpfung – was es für uns auch war. Wir waren ins Village gezogen, weil wir ein unkonventionelles Leben führen wollten.

Luke O'Connor, mit rotem Gesicht und gestärktem

weißem Kragen, begrüßte uns in seinem üblichen Stil: »Ich heiße euch alle miteinander herzlichst willkommen, an diesem schönen Abend. Jig, Oliver.«

Im Saloon waren nur die üblichen Stammgäste versammelt, weil es zu kalt war für die Touristen, die inzwischen immer öfter hier auftauchten, um uns Künstler zu begaffen. Luke servierte seinen Alkohol in angeschlagenen Teetassen, das war sein Zugeständnis an die Prohibition. Hin und wieder kamen Polizisten, um eine etwas halbherzige Razzia durchzuführen, aber Luke musste nie für längere Zeit schließen. Er bezahlte gut gelaunt seine Geldstrafe und eröffnete wieder.

Der Erste, dem wir begegneten, war Whit Sawyer. Na, so eine Überraschung! Whit und ich waren früher ein Paar gewesen, aber ich hatte mich leider gezwungen gesehen, unsere Beziehung zu beenden, als die Sache zu ernst wurde. Whit saß ganz allein an einem Tisch, einen Notizblock neben seiner Teetasse. Vor dem leeren Stuhl neben ihm stand eine halb volle Teetasse. Er winkte uns zu sich. »Holt euch zwei Stühle«, sagte er und schaute mich erwartungsvoll an. »Du siehst richtig strahlend aus, Oliver.«

»Vielen Dank, Whit.« Ich senkte den Blick, weil ich fest entschlossen war, mich auf keinen Fall von ihm einwickeln zu lassen.

Jig holte zwei Stühle und stellte sie an Whits Tisch. »Gin, Oliver?«

Ich nickte, und Jig ging an die Bar und überließ mich Whit. Ich konnte mich nicht entschließen, ob ich bleiben oder gehen sollte.

»Du siehst aus wie ein Spatz, der gleich losfliegen will, Oliver«, beschwerte sich Whit. »Vielleicht erlaubst du mir, dass ich für ein bisschen Ballast sorge.« Er fasste mich am Arm und zog mich auf den Stuhl. »Wo steckt denn Paul heute Abend?«

»Hast du eine Zigarette, Whit?« Ich hielt die halb leere

Tasse an meine Nase und schnupperte – Wacholder. »Wem gehört die Tasse?«

»Bunny. Aber du kannst sie ruhig austrinken. Er hat bestimmt nichts dagegen.«

Ich zog meinen alten Waschbärfellmantel enger um meine Schultern, dann kippte ich schnell den Schluck Gin hinunter, den Bunny in der Tasse gelassen hatte.

»Ich wette, du hast Paul Ewing den Laufpass gegeben.«

Betont würdevoll richtete ich mich auf und sagte: »Ach, du denkst immer, du weißt so viel.«

»Ich kenn dich doch, Oliver.«

Ich hasse es, wenn jemand sagt, er kennt mich. Alle glauben, sie kennen mich, aber das stimmt nicht. Sie haben keine Ahnung.

»Jetzt geht's los!«, rief Jig und stellte unsere Tassen auf den Tisch.

»Ich hab gehört, *The Emperor* geht an den Broadway«, sagte Whit.

Jigs zog eine Elendsmiene. »Wir verkaufen uns an die Bourgeoisie. Es ist der reine Ausverkauf.«

»Oliver!« Bunny Wilson klang ehrlich erfreut, als er mich sah. Er drückte einen Kuss auf meine Handfläche und verschloss sie dann mit meinen Fingern. »Ich schreibe eine Kurzgeschichte über die arme Adelle. Der Selbstmord der einsamen Kinderfrau«, erzählte er. »Meinst du, sie hatte einen Liebhaber? Hey, Jig – wie geht's?«

»Nichts als Probleme«, seufzte Jig.

»Wo ist Daisy?«, fragte ich Bunny.

Er schaute mich verständnislos an. »Daisy? Ach, du meinst Daisy!«

»Doch nicht die dürre Daisy aus dem Büro?«, wollte Whit wissen. Er und Bunny arbeiteten als Redakteure bei *Vanity Fair*. Sie waren beide sehr ehrgeizig und deshalb erbitterte Konkurrenten. Bunny hatte keinen Hehl daraus gemacht, dass er in mich verliebt war.

»Ich habe sie zu Fordy und Kate mitgenommen«, sagte Bunny. »Aber sie war keine besonders angenehme Gesellschaft.«

Meine kluge kleine Nase zuckte. »Inwiefern?«

»Sie hat einfach nicht aufgehört zu blubbern, nachdem …«

»Du bist ein bisschen zu streng mit dem armen Mädchen«, sagte Jig. »Wir waren alle ziemlich am Ende mit unseren Nerven. Susan konnte auch die ganze Nacht nicht schlafen.«

»Ich habe die Geschichte schon gehört«, sagte Whit und fügte dann hämisch grinsend hinzu: »Aber was ist mit Fordy und Celia?«

Ich starrte Whit an. Wie konnte es sein, dass ich ihn je attraktiv gefunden hatte? Er war kalt und oberflächlich und brachte niemandem Mitgefühl entgegen. Eine junge Frau war unter tragischen Umständen ums Leben gekommen. Er kannte sie zwar nicht, aber er kannte uns, und er musste wissen, dass dieser Tod uns alle getroffen hatte. Na, jedenfalls fast alle. »Whit, eine junge Frau ist gestorben, und du interessierst dich nur für die Beziehung von Fordy und Celia.«

»Was kümmert mich diese tote Frau? Ich hab sie doch gar nicht gekannt«, erwiderte Whit.

»Du hast keine Seele«, sagte ich zu ihm, »und kein Gramm menschliche Güte.«

Er wurde puterrot. Offenbar hatte ich ins Schwarze getroffen. Ich wandte mich wieder Bunny zu und sagte: »Heißt das, du bringst Daisy heute Abend gar nicht mit zu Fordys Party?«

»Ich hole sie in zwei Stunden bei ihr zu Hause ab.«

»Dann sehen wir uns später.« Ich trank meinen Gin aus und stand auf. Die Männer erhoben sich ebenfalls. Ich stellte mich auf Zehenspitzen und küsste Jig auf die Wange. »Reg dich nicht auf, mein Lieber«, sagte ich. »Bestimmt wird sich alles zum Besten wenden. Denk an die vielen neuen Stücke! Ich werde eines für uns schreiben.«

Er schloss mich in die Arme. »Ja, tu das, Oliver.«

Whit musste mich natürlich auf die Lippen küssen, und vor lauter Eifersucht tat Bunny des Gleiche.

»Ich begleite dich nach Hause, Oliver«, verkündete Whit.

»Nein, auf keinen Fall. Ich brauche keine Begleitung, vielen Dank.«

Ich sagte noch schnell Luke O'Connor gute Nacht. Er stand ganz am anderen Ende der Bar, in der dunkelsten Ecke des Raums, und redete mit einer Frau, die einen Schal um den Kopf geschlungen hatte. »Gute Nacht, Luke!«, rief ich und wollte davoneilen.

Aber Luke und die Frau drehten sich zu mir um – und da überlegte ich es mir anders. Ich ging nicht. Stattdessen ging ich zu den beiden.

»Hallo, Oliver.« Die Frau schenkte mir ein rätselhaftes Lächeln und ließ den Schal auf den Pelzkragen ihres Mantels gleiten.

»Hallo, Kate«, sagte ich.

Kapitel 14

Ich setzte mich zu ihr und sagte kein Wort, bis ich einen Schluck aus der Teetasse mit Gin getrunken hatte, die Luke mir hingestellt hatte. Trotz seiner irischen Fröhlichkeit war Luke ein sehr diskreter Mensch. Er konnte gut zuhören und behielt alle Geheimnisse für sich. Er ließ uns anschreiben, und wir mussten unsere Schulden erst bezahlen, wenn wir wieder bei Kasse waren. Er gab nie gute Ratschläge. Nachdem er mir meinen Drink gebracht hatte, ging er wieder nach vorne in die Bar und ließ mich mit Kate allein.

»Luke ist ein alter Freund«, sagte sie und starrte in ihr Getränk, als gäbe es dort etwas Interessantes zu sehen, während sie in Wirklichkeit nur meinem Blick ausweichen wollte.

»Alle Welt sucht nach dir!«

»Alle Welt? Das glaube ich nicht.« Sie bot mir eine Zigarette aus ihrem Etui an, und wir rauchten beide. Kate war ein bisschen größer als ich, eine sehr sinnliche Frau mit honigbraunem Haar, das ihr in weichen Wellen bis auf die Schultern fiel. Ein sanftes, rundes Kinn. Ein zarter Pfirsichduft umgab sie. Kate Vaude war ausgesprochen attraktiv.

Ich fand ihre Gelassenheit verblüffend. »Na ja, jedenfalls dieser komische Deputy. Er war heute Morgen bei Harry, und ich bin zufällig dazugekommen. Du seist verschwunden, hat er behauptet.«

»Er ist ein Schwachkopf. Ich bin überhaupt nicht verschwunden. Mein Stiefvater ist gestern Abend gekommen und hat uns nach Hartford gebracht.«

»Die Zwillinge?«

»Die Zwillinge sind bei meinen Eltern.« Endlich schaute sie mich direkt an, eine Spur von Trotz in ihren haselnussbraunen Augen. »Ich habe mir ein Zimmer in der Twelfth Street genommen.«

»Nur für dich?«

»Die Zwillinge fühlen sich bei meiner Mutter in Connecticut sehr wohl. Das Experiment ist abgeschlossen. Ich brauche meine Freiheit, damit ich meinen Roman zu Ende schreiben kann.«

»Welches Experiment?«

»Das Experiment mit dem Familienleben.«

Na, vielleicht hatten wir ja doch etwas gemeinsam, Kate und ich. »Du weißt ja, wo ich wohne. Wenn du Lust hast, kannst du gern mal auf eine Tasse Tee vorbeikommen.« Ich reichte ihr die Hand. Sie hatte einen festen Händedruck, ihre Hand war warm und angenehm.

Sie lächelte und nahm meine Hände zwischen ihre. »Du verrätst mich doch nicht, versprochen, Oliver?«

Das Gedicht – ich werde es »Familienleben« nennen – trieb mich auf dem Heimweg zur Eile an. Ich dachte über das Schicksal der Frauen in der modernen Gesellschaft nach. Wenn ich mich umschaue, komme ich zu dem Schluss, dass die Ehe für eine Frau keinerlei Vorteile bringt, es sei denn, der Wunsch, Kinder zu haben, ist ihr einziger Lebenszweck. Was bei mir nicht der Fall ist. Und bei Kate offensichtlich auch nicht. Obwohl sie es nicht gerne zugeben, glauben die jungen Männer, die wir lieben, leider immer noch, dass unsere schöpferische Arbeit nur ein netter Zeitvertreib für uns ist, etwas, das wir jederzeit beiseite legen können, weil wir ja nur Frauen sind und weil nur Männer Bedeutendes schaffen.

Vielleicht war die Tatsache, dass Fordy Kate verlassen hatte, der Auslöser: Sie hatte sich ihr Leben angeschaut und war zu dem Schluss gekommen, dass wir – jede von uns – unseren eigenen Weg finden müssen, um uns selbst zu verwirklichen.

In solche Gedanken versunken, ging ich die Stufen hinauf. Was für ein verlockender Duft mir aus der Küche entgegenströmte!

»Mattie? Ich bin wieder zu Hause!«, rief ich und hängte Hut und Mantel an die Garderobe.

»Genau zur richtigen Zeit!«, antwortete Mattie.

Gerry Brophy, Matties Zukünftiger, erhob sich, als ich in die Küche kam, und begrüßte mich mit einem Lächeln, bei dem sich so viele Fältchen bildeten, dass seine Augen fast unsichtbar wurden. Er hat rote Haare, die schon beinahe orangerot sind, und jede Menge Sommersprossen. »Miss Olivia!« Er ist so sparsam mit Worten wie ein Geizkragen mit seinen Dollars.

Gerry arbeitet beim New York Police Department. Ich habe ihm schon hundert Mal gesagt, er soll aufhören, mich »Miss« zu nennen, aber von seiner Veranlagung her scheint er nicht in der Lage zu sein, etwas zu tun, was er für unangemessen hält. Und er besitzt einen unglaublich rührenden Charme. Wenn ich ihm eine Rolle in einem Theaterstück geben müsste, würde ich ihn den Priester spielen lassen, nicht den Polizisten.

Auf dem Tisch standen schon zwei große Schalen mit Suppe, und Mattie stand am Herd und war gerade dabei, eine dritte zu füllen, für mich.

Ich schnupperte. Ein betörend exotisches Aroma! »Was ist das?«

»Eine italienische Suppe. Mr. Santinelli hat mir das Rezept gegeben. Ich habe noch ein bisschen Rinderbrühe und Markknochen dazugegeben. Setz dich! Die Suppe ist sehr gesund für dich.«

»Dann schmeckt sie mir garantiert nicht«, sagte ich, aber ich setzte mich trotzdem zu den beiden. »Und was ist das, was da oben schwimmt?«

»Italienischer Käse. Parmesan, sagte Mr. Santelli.«

Zu Matties Freude löffelte ich meinen ganzen Teller leer. Meistens esse ich wie ein Vögelchen, meint sie immer. Und sie hat Recht. Vor allem wenn ich schreibe, würde ich wahrscheinlich vollkommen vergessen, dass ich hin und wieder etwas zu mir nehmen muss, wenn Mattie nicht auf mich aufpassen würde. Deswegen hat sie auch noch keinen Termin für die Hochzeit festgelegt, vermute ich.

»Heute Abend ist eine Party«, sagte ich.

»Ist nicht jeden Abend eine Party?«, erwiderte Mattie. »Wer ist diesmal der Gastgeber?«

»Fordy Vaude.«

In Gerrys tief liegenden blauen Augen flackerte Interesse auf. »Heißt das, Sie fahren wieder nach Croton, Miss Olivia?«

»Nein, die Party ist in Fordys Atelier am Washington Square South. Hat Mattie schon erzählt, was passiert ist?«

»Ja, sie hat mir von dem Selbstmord erzählt.«

»Vermutlich war es gar kein Selbstmord. Der Deputy, ein gewisser Amos Hook, war heute Morgen bei Harry. Er meint, Adelle Zimmer wurde umgebracht.«

»Oh«, hauchte Mattie.

Ich erwähnte lieber nicht, dass Daisy Harry angeheuert hatte, weil Klienten und ihre Aufträge unter die Schweigepflicht fallen. Vielleicht würde ich es später Mattie anvertrauen, nachdem sie mir hoch und heilig versprochen hatte, kein Sterbenswörtchen zu verraten.

»Adelle Zimmer?«, fragte Gerry und rieb sich den Nasenrücken. »Wie sah sie aus?«

Wir starrten ihn fassungslos an. Mattie sagte: »Ach, du meine Güte!«, und drückte damit genau das aus, was ich dachte. Hatte Gerry Adelle etwa gekannt?

»Olivia?« Aha! Endlich hatte er die Anrede »Miss« fallen lassen! »Miss Olivia.«

»Groß. Ein ganzes Stück größer als ich. Dunkle Haare, zu einem strengen Knoten frisiert. Brille. Sehr angespannt, um nicht zu sagen, verkrampft. Du kannst sie nicht gekannt haben, Gerry. Das kann ich mir nicht vorstellen.«

»Ich bin nicht sicher, ob es eine Verbindung gibt. Aber ich werde es herausfinden. Wie hieß noch mal der Deputy von Croton? Hook?«

»Amos Hook. Vom Croton Sheriff's Department. Er hat Harry seine Visitenkarte gegeben. Er sucht nach Kate Vaude, die anscheinend verschwunden ist, sagt er. Wirst du Kontakt mit ihm aufnehmen?«

»Noch nicht gleich. Ich möchte erst noch etwas überprüfen.« Gerry stand auf. »In einer Stunde bin ich wieder hier«, sagte er zu Mattie.

Mattie und ich schauten uns an. »Komm schon, Gerry«, sagte ich. »Verrate uns doch, woher du Adelle Zimmer kennst.«

»Ich kenne niemanden, die Adelle Zimmer heißt, sondern nur eine Adeline Zimmerman, aber die Beschreibung würde auf sie zutreffen.«

»Und woher …?« Mattie wusste gar nicht, was sie sagen sollte, aber irgendwie war sie sehr stolz auf ihren Gerry.

»Die Welt ist doch wirklich klein!«, sagte ich. »Wer ist diese Adeline Zimmerman?«

»Ich habe sie letztes Jahr bei Ermittlungen für einen Fall kennen gelernt. Sie hat für die Agentur Pinkerton gearbeitet, das heißt, sie war eine Pinkerton, wie man so sagt.«

15

Natürlich wäre ich am liebsten gleich zu Harry hinuntergerannt, um ihm das zu erzählen, aber ich ließ es erst mal bleiben. Stattdessen wollte ich mich anziehen und über die Möglichkeit – die Wahrscheinlichkeit – nachdenken, dass Adelle eine Pinkerton war und verdeckt ermittelt hatte.

Mattie kam herein, als ich gerade mein abgetragenes schwarzes Kleid über den Kopf streifte. »Diese Adeline Zimmerman ist vielleicht gar nicht dieselbe wie eure Adelle«, sagte sie und zupfte einen Fussel von dem verwaschenen Stoff meines Kleides. »Du bestehst ja nur noch aus Haut und Knochen, Olivia …«

»Ich hab so ein Gefühl …« Im Sitzen zog ich neue Seidenstrümpfe über, die vorne mit Stickerei verziert waren. Dann zupfte ich das Elastikband zurecht und rollte sie ein Stück nach unten, so wie es jetzt Mode war, bis gerade unters Knie. Ich schlüpfte in meine neuen Satinschuhe aus goldener und schwarzer Seide, hakte die Schnalle zu und stellte mich auf die kleinen Absätze. Die Schuhe waren wesentlich schicker als mein Kleid.

Mattie legte den Kopf schräg und musterte mich. »Das Kleid hat auch schon bessere Tage gesehen.«

»Stimmt – aber im Augenblick sind leider die Kassen leer.«

»Ich könnte mal wieder eines der Kleider aus den Koffern auf dem Speicher für dich abändern.«

»Ja, eins von Miss Alice – ich glaube, sie hätte nichts dagegen. Ich hätte gerne etwas Durchsichtiges, für meine nächsten Lesungen. Würdest du das für mich tun, Mattie? Ich finde, das wäre sehr romantisch und gleichzeitig auch dramatisch.«

Mattie überlegte. »Waren da nicht diese ganzen Seidenschals? Ich werde morgen mal sehen, was sich machen lässt. Vielleicht kann ich ja etwas Elegantes für dich zaubern.«

»Hallo – ist jemand zu Hause?«, rief Harry von unten.

Mattie kicherte. »Niemand außer den sieben Geißlein!«

Lachend eilten wir die Treppe hinunter. Im Salon roch es nach einem schweren Parfum. Rose. Unmöglich im Winter! Wir schauten einander verdutzt an.

»Ihr solltet lieber eure Tür abschließen, Mädels«, sagte Harry. Die Zigarette in seinem Mundwinkel bewegte sich kaum, wenn er redete, aber es war trotzdem ein Tadel. Dann schüttelte er den Cocktailshaker ein bisschen und goss den Martini in drei Gläser.

»Ach, du liebe Güte«, seufzte Mattie. »War sie wieder nicht abgeschlossen? Wir müssen wirklich besser aufpassen.« Sie nahm ein Glas von Harry entgegen.

Wir hatten erst vor kurzem angefangen, die Tür immer abzuschließen. Jemand war in unsere Wohnung eingedrungen – aber darauf möchte ich jetzt nicht ausführlicher eingehen. Aber deshalb hatten wir beschlossen, die Haustür und die Hintertür immer zu verriegeln. Aber oft vergaßen wir es auch. Diemal war es allerdings nicht unsere Schuld.

»Gerry war ziemlich in Eile, als er gegangen ist«, sagte ich. »Ich glaube, du wirst den Grund dafür sehr interessant finden.« Ich bemerkte die neue Flasche Gin. »Hat Signore Dionysos geliefert?«

»Allerdings. Deine Kiste steht in der Küche. Ach, übrigens – ich finde, du solltest die Rosen bald ins Wasser stellen, Oliver.«

»Rosen um diese Jahreszeit? Das war aber nicht nötig, Harry!«

»Sie sind nicht von mir. Sie sind mit der Kiste abgegeben worden, die ich für dich bestellt hatte.«

»Ich kümmere mich um sie«, sagte Mattie. »Wer hat sie denn geschickt?«

Ich summte leise ein paar Takte aus der *Apassionata* vor mich hin, und Mattie warf mir einen strengen Blick zu. Sie nahm sich eine Zigarette aus der Dose, die auf dem Couchtischchen stand, zündete sie an, gab sie mir und bediente sich dann selbst.

»Oliver hat heute Morgen mal wieder eine Eroberung gemacht.«

»Völlig unabsichtlich.«

»Aber doch nicht Signore Dionysos!« Mattie war fassungslos.

»Doch, Monk Eastman höchstpersönlich«, sagte Harry. »Er hat sich aufgeführt wie ein Gentleman.«

»Du Petzliese.« Ich nahm auch ein Glas. »Eastman ist ein hochintelligenter Schmuggler, Mattie. Er wusste sofort, wer ich bin. Er liest nämlich meine Gedichte.«

Mattie, die liebe, gute Mattie, schüttelte nur den Kopf. »Olivia, ich weiß nicht, was ich dazu sagen soll. Du bist immer so leichtsinnig.«

»Das Leben ist zu kurz, um immer nur vorsichtig zu sein. Außerdem hat Mr. Eastman sich ehrenhaft für sein Heimatland eingesetzt. Stimmt's, Harry?«

»Ja, und gesessen hat er auch. Deshalb hatte er genug Zeit, um Gedichte zu lesen.«

»Aber vielleicht haben ihn diese Erfahrungen geläutert.«

»Garantiert.«

Über Harrys ironische Bemerkung musste ich lachen. Ich hob mein Glas. »Auf die Liebe.«

Wir tranken alle auf die Liebe.

»Auf die Gesundheit und das Glück«, sagte Mattie.

Wir tranken alle auf die Gesundheit und das Glück.

»Auf den Schnaps«, sagte Harry.

»Auf den Gin und den Wein«, sagte ich. »Und auf die Schmuggler.«

Und wir tranken auch darauf.

»Auf die Poesie«, sagte die Dichterin.

»Auf das Verbrechen«, sagte der Privatdetektiv.

Mit diesem Toast tranken wir unsere Martinis aus. In der Bedford Street wird keine Zeit verschwendet, so viel ist sicher.

»Apropos Verbrechen«, sagte ich. »Gerry hatte es so eilig, von hier wegzukommen, weil der Name Adelle Zimmer und meine Beschreibung ihn an eine junge Frau namens Adeline Zimmerman erinnerten.«

»Wollen wir jetzt gleich gehen oder erst noch etwas trinken?«, fragte Harry.

»Lass uns lieber gehen«, sagte ich. »Aber möchtest du nicht wissen, wer diese Adeline Zimmerman ist?«

»Komm schon, sag's mir, ich kann es kaum erwarten«, sagte Harry.

»Sie ist eine Pinkerton.«

»Na, so was! Wer hätte das gedacht. Hol schnell deinen Mantel.«

»Aber vorher will ich noch meine Rosen begutachten.«

Sie waren blutrot, üppig und mit langen Stillen. Mindestens ein Dutzend. Ich tauchte mein Gesicht in die zarten Blüten.

Und was sagte der schlaue Harry? »Pass auf – keine Rose ohne Dornen!«

Es war ein frostiger Abend, wie feines Kristall, das jeden Augenblick in Stücke brechen könnte; der Himmel eine hohe schwarze Samtkuppel, verziert mit funkelnden Sternen. Ich schob meine Hand in Harrys Armbeuge.

»Harry – wenn sie eine Pinkerton war, wieso hat sie dann für Kate und Fordy als Kindermädchen gearbeitet?«

»Vielleicht kann Daisy uns da weiterhelfen. Wir müssen sie fragen.«

Ich hatte schon fast vergessen, dass Daisy ihn angeheuert hatte. »Vielleicht ist sie ja auch eine Pinkerton.«

Harry tätschelte meine Hand. »Du hast sehr viel Fantasie, Oliver.«

»Und vielen Dank für die Rosen, Harry – ehrlich. Das war sehr lieb von dir.«

»Die Rosen hat doch Monk geschickt, Oliver. Wo würde ich denn das Geld hernehmen, um dir mitten im Winter Rosen zu kaufen?«

Ich blieb abrupt stehen und zwang ihn dadurch, ebenfalls stehen zu bleiben. »Du musst dir keine Sorgen um mich machen, Harry.«

»Ach, ich soll mir keine Sorgen um dich machen? Sehr nett, dass du mir das sagst.«

So gingen wir in freundschaftlichem Schweigen weiter, und als wir den Washington Square erreichten, fiel mir Kate wieder ein.

»Rate mal, wen ich nach der Probe im Working Girls' Home getroffen habe!«

»Ich höre.«

»Die verschollene Kate Vaude. Sie hat die Zwillinge zu ihren Eltern nach Hartford gebracht und sich selbst in der Twelfth Street ein Zimmer genommen.«

»Ach, tatsächlich? Und weiß sie, dass Hook nach ihr sucht?«

»Ja, jetzt weiß sie es. Sie hat mich gebeten, nicht weiterzuerzählen, dass ich sie gesehen habe. Das werde ich auch nicht tun. Ich wollte dir nur sagen, dass sie hier im Village ist.«

»*Molchesaug und Unkenzehe*«, murmelte Harry. Im

schrägen Licht der Straßenlaterne wollte ich sehen, was für eine Miene er zog, aber sein Gesicht lag im Schatten.

»*Höllenbrei im Kessel glühe*!« vollendete ich das Hexenzitat und hob die gekreuzten Finger hoch, um MacBeths Fluch zu bannen.

Vor dem Haus Washington Square South Nr. 42 blieben wir stehen. Hier war also Fordys Atelier. »Na, wenigstens kann es uns bei dieser Party nicht passieren, dass wir Kate über den Weg laufen«, sagte ich.

Aber ich hatte mich geirrt.

16

Man glaubt es kaum, aber der spießige Fordy hatte tatsächlich ein Atelier am Washington Square South Nr. 42, in dem ausgeflipptesten Teil im Village. Das rote Backsteingebäude an der Ecke zur MacDougal Street war aus unserer Geschichte im Village nicht wegzudenken.

Vor dem Krieg hatte sich hier eine Gruppe von jungen Harvard-Absolventen einquartiert, weil es eine Pension mit billigen Zimmern war. Der Kopf dieser Gruppe war Jack Reed gewesen. Dem Besitzer des Hauses hatte es Spaß gemacht, Maler und Schriftsteller zu beherbergen, die gelegentlich sogar ihre Miete bezahlten, und die Mieter waren entzückt, weil niemand sich über ihre wilden Partys beschwerte, über die Trinkgelage und das ständige Kommen und Gehen all der hübschen Mädchen, die sich zu diesen genialen, vielseitigen, faszinierenden jungen Männern hingezogen fühlten.

Da ich erst dieses Jahr ins Village gezogen war, hatte ich diese fröhliche Zeit leider verpasst. Die schönen jungen Männer waren in den Krieg gezogen, und diejenigen von ihnen, die zurückkamen, waren jetzt wesentlich weniger sorglos. Die übermütige Unbefangenheit, die sie vor dem grauenvollen Krieg besessen hatten, fanden sie nie wieder.

Aber die Mieten in diesem Haus waren nach wie vor sehr niedrig, die Möblierung war nicht übel, und so wohnten hier wieder viele freidenkende Schriftsteller und Maler, genau wie früher.

Fordys Atelier befand sich im zweiten Obergeschoss, und zwar im hinteren Teil des Gebäudes. Den Lärm hörte man bis auf die Straße. Meine kleinen goldenen Schuhe tanzten die Stufen hinauf. Ich war genau in der richtigen Stimmung für eine Party.

Das festliche Treiben war schon bis ins Treppenhaus übergeschwappt, und die Gäste wanderten mit rauchblauen Cocktailgläsern in der Hand hin und her oder lehnten an den Wänden, die dringend neue Tapeten gebraucht hätten. Aus dem Atelier hörte man eine populäre Melodie aus den *Follies*.

»Oliver!« Edward Hall löste sich von zwei wunderhübschen, extravagant gekleideten jungen Mädchen und kam auf mich kleines Mauerblümchen zu. »Darf ich dir einen Cocktail bringen?«

»Das würde mich sehr freuen, mein lieber Edward«, sagte ich. Bevor er ging, gab er mir noch Feuer.

Als ich sah, dass Harry sich zu den beiden Nymphchen gesellt hatte, die Edward meinetwegen im Stich gelassen hatte, betrat ich das Atelier, in dem man sich kaum bewegen konnte vor lauter Leuten. Eine Hand tauchte aus der Menge auf und drückte meinen Arm. Sie gehörte Fordy Vaude, dem Gastgeber, der ein unglaublich elegantes Dinnerjackett trug. Er beugte sich zu mir herunter, küsste mich ausführlich auf den Mund und murmelte: »Wie schön, dass du hier bist, Oliver!« Oder so etwas Ähnliches. »Wo ist dein Cocktail?«

»Edward holt mir gerade einen, vielen Dank, Fordy.« Ich gab mir Mühe, mir nicht anmerken zu lassen, dass ich jemanden suchte, und zwar … na ja, ich könnte jetzt behaupten, Daisy, aber ich hielt Ausschau nach Celia Gillam. Ich wollte sie unbedingt wieder sehen.

Das Atelier war ein riesiges Eckzimmer mit hohen Fenstern, die größtenteils nach Norden hinausgingen. Whiskey, Terpentin und die verschiedenen Parfums der Partygäste vermischten sich zu einer interessanten Duftnote und kämpften um die Vorherrschaft. Das Mobiliar bestand aus einem Divan, der mit fleckigem grünem Samt bezogen war, ein paar mickrigen Stühlen und einer handbemalten spanischen Wand. Hinter diesem Paravent befand sich ein Bett, das aussah wie eine hübsche Spielwiese.

Eine ganze Wand bestand nur aus Bücherregalen aus Mahagoniholz, vor denen eine mit Farbe bekleckste Leiter stand. Auf diese Leiter fiel mein Blick.

Ich hatte noch nicht einmal die zweite Sprosse dieses ziemlich instabilen Gestells erreicht, als mir jemand einen Cocktail reichte. »Du wirkst ziemlich nackt – ohne ein Glas in der Hand«, sagte Celia mit ihrer rauchigen Stimme.

Meine Rauchringe wurden ganz schief und gingen im allgemeinen Zigarettendunst auf. Ich nahm das Glas entgegen und führte es an die Lippen. Erstklassiger Gin! »Vielen Dank. Wir sind einander noch gar nicht offiziell vorgestellt worden.«

»Stimmt.« Sie musterte mich, als wäre ich ein Gemälde im Louvre. »Oliver.«

Du trink mir zu, mit deinem Blick.

Ich war wie verzaubert. Sie war einfach hinreißend! Der goldene Turban konnte ihre dichten, dunklen Haare kaum bändigen, die ihr Gesicht umrahmten und ihr über die Schultern fielen. Sie trug einen langen Mantel in Gold und Bernsteingelb, der sehr orientalisch wirkte, dazu eine gelbbraune Seidenhose. Die ganze Farbgebung unterstrich ihre gelbbraunen Augen.

Hätte ich nicht auf der Leiter gestanden, dann wäre sie

sicher einen Kopf größer gewesen als ich. Ihre magnetische Kraft zog mich an, so dass ich mich richtig festhalten musste, um ihr nicht einfach in die Arme zu fallen. Und sie lächelte die ganze Zeit.

Und Treue schwört er mein'.

Mir wurde bewusst, wie kläglich ich aussah in meinem abgetragenen schwarzen Kleid.

Und küss den Kuss mir auf das Glas,
Dann such ich nicht nach Wein.

»Ach, da bist du ja, Oliver.« Edward kam mit zwei Drinks auf uns zu. Der Bann war gebrochen.

»Celia – kennst du Edward Hall?« Ich leerte das Glas, das ich in der Hand hielt, und tauschte es gegen das ein, das Edward mir mitgebracht hatte, wobei ich fast das Gleichgewicht verlor.

»Wir arbeiten gemeinsam am Layout von *Vogue*«, sagte Celia und schenkte Edward ein verführerisches Lächeln. Oh, gefährliche Jägerin. Ben Johnson, betrogen.

»Stimmt«, antwortete Edward enthusiastisch.

Der sklavische Ausdruck in seinen braunen Rehaugen brachte mich ganz aus dem Konzept. Normalerweise war dieser Blick mir vorbehalten! Ich ließ meine Augen über die versammelten Gäste schweifen. Drüben, am anderen Ende des Raums, stand Harry und schien in ein intensives Gespräch mit einer schon etwas älteren, aber trotzdem ausgesprochen attraktiven Brünetten vertieft. Vielleicht war das ja die Frau, die er liebte und über die er nie ein Wort verlor.

»Oh, Miss Brown! Sind Sie Olivia Brown, die Dichterin?« Ein wunderschöner junger Mann reichte mir die Hand. »Ich bewundere Ihre Gedichte unendlich. Ich war in Ihrer Lesung bei der Murray Hill Readers Society. Sie waren einfach fantastisch!« Er wollte mir von der Leiter herunterhelfen, aber mir gefiel meine etwas erhöhte Position. »Werden Sie uns auch heute Abend mit einem Vortrag beglücken?«

»Vielleicht«, sagte ich zu dem jungen Mann, aber mein Lächeln galt seinem Freund, der hinter ihm stand und ihn ein ganzes Stück überragte. »Hallo, Mr. Danenberg – wie schön, dass wir uns hier wieder sehen.«

Der erste junge Mann war verdutzt, und Carl Danenberg lief puterrot an. »Richard, ich hab dir doch gesagt, dass ich Olivia Brown kennen gelernt habe!«

In dem Moment entdeckte ich Kate. Das heißt, es war ihr hautenges blaues Jerseykleid, das meine Aufmerksamkeit auf sie lenkte. Sie durchquerte mit provozierenden Schritten den Raum. Entweder wollte sie zu dem Tisch, auf dem die Bar aufgebaut war, oder vielleicht zur Toilette, die vom Flur abging. Ach, und da war ja auch Paulo! Er löste sich aus der Gruppe bei der Tür und folgte Kate.

Ich gestattete dem jungen Richard, meine Hand zu nehmen und mir von der Leiter herunterzuhelfen. Ich wollte niemandem wehtun, also lächelte ich Carl Danenberg zu und bat ihn so um Entschuldigung. Ich merkte gleich, dass es ihn kränkte, dass ich, wenn auch unabsichtlich, seinem Freund den Vorzug gegeben hatte.

Als ich an der Bar zu Paulo und Kate gestoßen war, hatten sich auch schon Whit Sawyer und Dave in seinem unvermeidlichen braunen Kordsamthemd bei ihnen eingefunden. Jig hatte die Rolle des Bartenders übernommen und füllte die Gläser, die ihm die Gäste hinhielten, mit Gin.

Paulo begrüßte mich so herzlich, dass ich mich richtig wunderte. Er schloss mich in seine starken Arme, ich legte den Kopf an seine Brust und hörte, wie schnell sein Herz schlug. Aber ich befreite mich gerade noch rechtzeitig aus seiner Umarmung, um mitzukriegen, dass er und Kate über meinen Kopf hinweg Blicke tauschten. Sehr verwirrend!

Nun hatte ich noch nicht vergessen, wie wütend Kate auf Fordy und Celia gewesen war und dass sie sogar mit dem Messer hinter den beiden hergerannt war. Deshalb sagte ich zu Kate: »Dass ich dich hier treffe, hätte ich wirklich nicht erwartet.«

»Ich bin …«

Leider hörte ich nicht mehr, was sie zu sagen hatte, weil plötzlich Bunny und Daisy auftauchten und unser Gespräch zu anderen Themen überging: Wir redeten über den Erfolg von Floyd Dells erstem Roman, der den Titel *Moon-Calf* trug, und anschließend unterhielten wir uns über *Emperor Jones* und das Schicksal der Provincetown Players. Wir schienen uns stillschweigend darauf geeinigt zu haben, nicht über Adelle zu sprechen. Aber das wirkte schon wieder übertrieben, fand ich. Das Unausgesprochene lauerte hinter jedem gesprochenen Wort. Ich versuchte, mich mit Daisy durch Blicke zu verständigen, aber sie tat so, als wäre sie vom Rauch ihrer Zigarette völlig absorbiert.

Da Harry anderweitig beschäftigt war, hatte ich keine Wahl – ich musste mir Daisy allein schnappen und ihr ein paar Fragen stellen.

Glücklicherweise verlor genau in dem Moment der Foxtrott spielende Plattenspieler seinen Schwung. Also nahm ich Daisy an der Hand und zog sie von den anderen weg. »Komm, Daisy, wir legen eine flotte Melodie auf!«

Sie erstarrte und versuchte, mir ihre Hand zu entziehen, aber sie war keine gute Kämpferin.

»Harry und ich wollen dir noch ein paar Fragen stellen, bevor wir mit unseren Ermittlungen richtig anfangen können«, sagte ich. »Du weißt doch, dass wir zusammenarbeiten, oder?«

Sie nickte kaum wahrnehmbar, während ich sie zum Plattenspieler zerrte, aber ein anderer Gast war uns zuvorgekommen, und schon erklang eine neue Melodie.

Einen kurzen Augenblick wussten wir nicht, was wir tun sollten, dann traten wir an eins der Fenster und schauten hinaus in die Nacht. »*Der Mond scheint hell in solcher Nacht wie dieser* ...« Unwillkürlich kam mir diese Zeile aus dem *Kaufmann von Venedig* in den Sinn.

»In solcher Nacht«, wiederholte Daisy anklagend. »Alle tun so, als hätte sie gar nicht existiert!«

»Unterschwellig ist sie sehr präsent, glaube ich. Hast du sie gut gekannt?«

Daisy blinzelte ein paar Mal und presste die Lippen aufeinander. Sie hatte auffallend schmale, traurige Lippen. Ihr »Ja« war kaum zu hören.

»Adelle Zimmer? Oder Adeline Zimmerman?«

Sie schlug sich erschrocken die Hand vor den Mund. »Woher weißt du das?«

Ich zuckte die Achseln. »Und sie war eine Pinkerton.«

Daisy stöhnte leise. »Für Addie war das Leben ein einziges Abenteuer. Sie dachte nie an die Gefahren.«

»Du hast Harry angeheuert, damit er ihren Mörder findet. Wir müssen solche Details wissen! Du hättest uns das unbedingt schon heute Morgen mitteilen müssen. Je mehr wir über – über Addie wissen, desto besser ist es und desto zügiger können wir unsere Arbeit tun. Kommst du morgen zu uns und erzählst uns alles?«

Sie nickte. »Ich kann um die Mittagszeit vorbeischauen.«

In dem Moment wurde mir klar, dass ich die wichtigste Frage noch gar nicht gestellt hatte. »Bist du auch eine Pinkerton?«

»O Gott, nein!« Sie schüttelte sich.

»Du hast Harry erzählt, ihr wärt zusammen auf der Uni gewesen, du und ...« Aber plötzlich merkte ich, dass ich die Antwort direkt vor mir hatte. Ich konnte sehen, warum Adelles Tod Daisy so getroffen hatte! »Oh, Daisy ...«

»Ja«, sagte sie leise. »Addie war meine Schwester.«

17

»Oliver?«

Ich wandte mich kurz von Daisy ab, um mit Whit Sawyer zu reden, der besitzergreifend seine Hand auf meine Schulter gelegt hatte.

»Hallo, Whit.«

»Ich will bald gehen, und da habe ich mir gedacht, du möchtest dich vielleicht gern von mir nach Hause begleiten lassen.«

Ich ärgerte mich, dass er mich so selbstverständlich für sich beanspruchte, aber gleichzeitig freute es mich auch, dass ich ihm immer noch so wichtig war, das muss ich zugeben. »Ich danke dir, mein Lieber, aber ich wollte eigentlich noch ein bisschen bleiben.«

Whit verzog gekränkt das Gesicht. »Wie du meinst. Du tust ja sowieso immer, was du willst.«

»Wie wär's mit einem Gedicht, Oliver?«, rief Fordy. Seine Aufforderung wurde von anderen wiederholt.

»Ja, bitte!«, stimmte auch mein junger Verehrer mit ein. Er stand immer noch dort neben der Leiter, zusammen mit ein paar anderen jungen Männern, aber Carl Danenberg war nicht mehr dabei.

»Na gut – meinetwegen«, sagte ich bescheiden.

»Dein neuestes Werk«, schlug Paulo vor. »Die ›Elegie auf Jack Reed‹.«

Ich schaute mich nach Daisy um – sie war sofort verschwunden, als Whit aufgetaucht war. Egal. Sie wollte ja sowieso morgen bei uns vorbeikommen. Ich begab mich also wieder zur Leiter und kletterte drei Sprossen hinauf, um eine Art Bühne zu haben, wenn auch eine etwas wackelige. Mein Publikum schaute erwartungsvoll zu mir hoch, und als ich gerade anfangen wollte, sah ich meine edle Celia. Sie stand beim Kamin, den Ellbogen auf den Kaminsims gestützt, rauchte eine schwarze Zigarette und beobachtete mich mit einem leisen Lächeln.

Fordy stellte den Plattenspieler ab, und es wurde still im Raum. Fast alle hier hatten John Reed gekannt und geliebt. Als ich fertig war, wurde begeistert geklatscht; ich verbeugte mich anmutig, was allerdings angesichts meiner wenig stabilen Position eine riskante Sache war.

»Zugabe, Zugabe!«, rief mein junger Verehrer, und die anderen Gäste taten es ihm gleich.

Alle, bis auf Celia, die immer noch viel sagend lächelte.

Also sagte ich: »Ich werde euch einen kleinen Vierzeiler vortragen, der mir schon den ganzen Abend durch den Kopf geht, den ich aber noch nicht zu Papier gebracht habe.«

»Großartig, Oliver«, meldete sich Bunny. »Wir nehmen beide Gedichte für unsere Zeitschrift.«

Ich schenkte ihm ein charmantes Lächeln. »Aber vorher möchte ich eine Strophe von Ben Johnson vortragen, und ihr werdet sicher gleich verstehen, warum.«

Du trink mir zu mit deinem Blick
Und Treue schwört der mein',
Und küss den Kuss mir auf das Glas,
Dann such' ich nicht nach Wein.

»Aha!«, rief Dave. »Kein Wein! Man merkt, er war keiner von uns!«

Wir lachten alle, und ich murmelte: »Ja, allerdings.«

»Weiter, Oliver!«, ermunterte mich Bunny.

Ich schaute Celia an. »Meine Antwort auf Mr. Johnson lautet folgendermaßen:«

Dein Blick galt einem andern heut,
Hast falsch geschworen, Liebste mein;
Lass keinen Kuss auf meinem Glas,
Ich suche lieber Trost im Wein.

»Hussa!«, schrie jemand, und allgemeines Gelächter erfüllte den Raum. Diejenigen, die wussten, dass Ben Johnsons Gedicht den Titel »An Celia« trug, waren entzückt von meiner kleinen Spielerei.

Celia schien sich auch zu amüsieren. Was mich betraf, so hatte ich meinen Auftritt gehabt und war jetzt bereit, nach Hause zu gehen.

Bunny half mir von der Leiter herunter. »Hast du Daisy gesehen?«

»Ja, aber das ist schon eine Weile her«, sagte ich. »Möchtest du mich nach Hause begleiten?«

»Sie ist bestimmt mit einem anderen gegangen«, knurrte Bunny.

Ich drückte seinen Arm. »Nur Mut, mein Freund. Heute Abend sind wir alle allein. Bring mich nach Hause, und ich werde dir einen Gin kredenzen, der mindestens so gut ist wie der von Fordy.«

»Schon besser.« Bunny stocherte noch ein bisschen in den frischen Holzscheiten herum, und mit einem Funkenregen begann das Feuer zu lodern.

Meine üppig duftenden Rosen in der chinesischen Vase waren nicht zu übersehen.

»Wer hat dir denn die Rosen geschickt?«, erkundigte sich Bunny mit gerunzelter Stirn.

»Ein Verehrer.«

»Ja, klar.«

Ich füllte unsere Gläser und reichte ihm seines mit einem verführerischen Augenaufschlag. »Und leg doch bitte den Schürhaken weg, Bunny. Du siehst ja richtig militant aus.« Ich zog meinen Mantel fester um mich, schlug die Beine unter und wartete darauf, dass es im Zimmer etwas wärmer wurde.

Gehorsam legte er den Haken beiseite. Mit dem Rücken zum Feuer stand er da und schaute mich an. Er schien immer noch beleidigt wegen Daisy und wirkte überhaupt wie ein ungeschickter kleiner Teddybär, ein bisschen knuddelig, ein bisschen hochmütig.

»Nun pack schon aus, mein lieber Bunny – was ist zwischen dir und Daisy?« Ich klopfte auf das Kissen. »Und setz dich doch zu mir – so blockierst du die ganze Hitze.«

Er nahm die Wolldecke, die auf der Sessellehne lag, und legte sie mir über die Beine. Dann ließ er sich neben mir auf das Sofa sinken und holte zwei Zigaretten aus der Dose, die auf dem Couchtisch stand. Er gab mir eine, wartete geduldig, bis ich sie in die Zigarettenspitze gesteckt hatte, dann gab er uns beiden Feuer und seufzte dramatisch. »Daisy? Daisy bedeutet mir gar nichts. Ich wollte, du würdest mich ernst nehmen, Oliver – du weißt doch, dass ich nur dich liebe. Es wird nie eine Andere geben.«

Er war einfach süß, mein kleiner Bunny. Und er war genial, der Genialste von uns allen. Eines Tages würde er bestimmt groß herauskommen. Ich tätschelte ihm die Wange. »Du weißt doch, dass ich dich sehr gern habe, Bunny, aber unsere Freundschaft ist mir sehr, sehr wichtig, und ich möchte nichts tun, was sie gefährden könnte.«

Schweigend rauchten wir unsere Zigaretten und tranken unseren Gin, und dann unterhielten wir uns, wie so oft, über Catull, dessen Werk wir beide liebten. Danach gingen wir zu T. S. Eliot über, zu Ezra Pound und zum freien Vers. Und ob ich je …

»Ich sage niemals nie.«

Wir redeten die ganze Nacht. Bunny goss immer wieder nach, und wir waren so in unsere literarischen Betrachtungen vertieft, dass wir gar nicht merkten, dass schon der Morgen dämmerte, bis das Klappern des Milchautos uns in die Wirklichkeit zurückholte. Es war jetzt richtig warm und gemütlich im Salon, und ich hatte inzwischen den Kopf auf Bunnys Schulter gelegt.

Ich streckte mich und gähnte genüsslich. »So, jetzt

muss ich aber ins Bett.« Als ich Bunnys hoffnungsvollen Blick bemerkte, drohte ich ihm lachend mit dem Finger. »Alleine! Du gehst brav nach Hause, mein Lieber. Aber vorher musst du mir noch von Daisy erzählen.«

»Ich weiß eigentlich gar nichts von ihr, nicht einmal, wo sie herkommt. Eines Tages war sie plötzlich da. Crowny muss sie eingestellt haben.« Bunny drückte seine Zigarette im Aschenbecher aus und stand auf. »Sie soll für mich und Whit arbeiten, aber sie kann nicht mal Schreibmaschine schreiben und ist auch sonst nicht besonders clever. Whit verachtet sie.«

Crowny war Frank Crowninshield, ein eleganter Gentleman und der Herausgeber von *Vanity Fair*. Wir hatten alle großen Respekt vor ihm, und ich konnte gut verstehen, dass weder Whit noch Bunny jemanden kritisieren würde, den Crowny eingestellt hatte.

»Aber du lässt dich doch gerne in ihrer Gegenwart sehen«, sagte ich.

»Ich habe Mitleid mit ihr. Sie hat eine Wohnung in der Sixteenth Street und würde gern zur Village-Szene gehören. Ich wette, dass sie bald wieder verschwindet.«

»Du bist ein guter Mensch.«

»Stimmt.«

Ich brachte ihn zur Tür. »Es hat mich ziemlich gewundert, dass Kate heute Abend da war.«

»Ach, ehrlich? Aber – du weißt doch Bescheid, oder?« Er schlug sich mit der Hand an die Stirn. »Klar, wie sollst du das auch ahnen. Ich vergesse manchmal, dass du nicht schon ewig hier wohnst.«

»Was ahne ich nicht?«

»Das ist bei den beiden immer so, sie praktizieren es schon seit Jahren: Immer, wenn Celia in New York ist, geht es los. Letztes Mal ist Kate mit Celia aus der Ehe ausgebrochen, diesmal haben sich Celia und Fordy gefunden. Nächstes Mal sind dann wieder Kate und Celia dran.«

Ich war perplex. »Du musst entschuldigen, dass ich so naiv bin – aber haben wir nicht alle gesehen, wie Kate mit dem Messer hinter den beiden hergerannt ist?«

»Ja, klar.« Bunny wirkte jetzt doch nachdenklich. »Das Spiel wird von Mal zu Mal ernster, gewalttätiger. Bei Celias letztem Besuch hat Fordy zum Gewehr gegriffen. Das Mädchen konnte ihn gerade noch zurückhalten, aber um ein Haar hätte es sie erwischt.«

»Du meinst, Fordy hätte Kate fast erschossen? Oder Celia?«

»Nein, nein. Ich habe zu viel Gin getrunken, ich kann gar nicht mehr richtig erzählen. Nein, es war die arme Adelle, die versucht hat, Fordy zur Vernunft zu bringen, und dabei ist sie fast erschossen worden.«

18

»Ich vermute, das hat dir einer deiner zahlreichen Verehrer erzählt.« Harry musterte mich mit geröteten Augen.

»Du vermutest richtig«, erwiderte ich. Mein Kopf fühlte sich an wie Watte, aber in Harrys Gegenwart wollte ich mir keine Blöße geben. »Warum hast du es mir nicht gesagt?«

»Ich war nicht dabei. Und außerdem«, fügte er mit einem teuflischen Grinsen hinzu, »spielen nicht alle verheirateten Paare solche Spielchen?«

»Was verstehst du davon, Harry Melville?«, mischte sich Mattie ein. Der Wasserkessel begann zu pfeifen. Mattie, wie immer um meine Gesundheit besorgt, stellte mir eine Schüssel mit Haferbrei vor die Nase. »Iss, Olivia, oder ich schwöre, dass ich Gerry Brophy niemals heiraten werde.« Neben meiner Hand erschien ein Kännchen Sahne.

Ich verzog das Gesicht wie ein verwöhntes Kind (was ich ja tatsächlich bin) und schob die Schüssel zu Harry hinüber. »Ich kann das nicht essen, liebe Mattie. Ich fühle mich nicht wohl heute Morgen. Und eine nicht gegessene Schüssel Haferbrei wird dich doch nicht am Heiraten hindern!«

Harry schnaubte, aber ich wusste, er würde den Haferbrei essen. Er aß ihn immer, wenn Mattie ihn zubereitete. Nicht zum ersten Mal überlegte ich laut, wie in aller Welt er je ohne uns zurecht gekommen war.

Schließlich erklärte ich mich zu einem Kompromiss bereit, aß Toast mit Butter und Marmelade und trank eine Tasse von Matties starkem Kaffee. »Ich kann bestätigen, dass das Pinkerton-Mädchen namens Adeline Zimmerman, das Gerry kannte, tatsächlich mit Adelle Zimmer identisch ist. Hast du schon mit Gerry gesprochen?«

»Gestern Abend hatte niemand neue Informationen«, sagte Mattie. Sie goss sich ebenfalls eine Tasse Kaffee ein und setzte sich zu uns an den Tisch, um eine Zigarette zu rauchen. »Das arme Mädchen. Gerry war sehr schockiert, als er hörte, es könnte diese Adeline Zimmerman sein.«

Ich blies einen Rauchkringel in die Luft. »Entdecke ich da einen Hauch von Eifersucht?«

»Nein, überhaupt nicht«, antwortete Mattie, aber die Farbe ihrer Wangen sprach eine andere Sprache. »Ein Mord ist etwas Furchtbares.«

»Wenn sie eine Pinkerton war und verdeckt ermittelt hat, dann muss sie doch gewusst haben, dass sie in Gefahr schwebt«, sagte Harry.

»Als typische Vertreterin der neuen Frauen sage ich: Wir brauchen mehr Macht. Ich freue mich sehr, dass es Frauen gibt, die für Pinkerton arbeiten. Ich würde wetten, dass Pinkerton mehr Frauen eingestellt hat als das New Yorker Police Department.«

»Die Wette würdest du gewinnen«, meinte Harry. Er aß den Haferbrei auf und nahm sich die letzte Scheibe Toast.

»Ich könnte auch als verdeckte Ermittlerin arbeiten«,

sagte ich. »Findest du nicht, Harry? Das ist doch ganz ähnlich, als wenn man im Theater eine Rolle spielt.«

Harry verdrehte die Augen und warf Mattie einen verzweifelten Blick zu. »Vergiss es, Oliver! Du könntest dich nicht unauffällig irgendwo einbringen. Da müsste nur jemand eine unpassende Bemerkung machen, und schon würdest du deinen Schwanenhals recken und ihn mit deinen grünen Augen anfunkeln. Und außerdem kannst du mit deinen Überzeugungen nicht hinterm Berg halten.«

Mattie lachte.

»Ach, ihr zwei seid schrecklich«, sagte ich. »Ich gehe jetzt nach oben und ziehe mich an. Ich habe mit Daisy ausgemacht, dass sie um zwölf hierher kommt, und das ist nicht mehr lange.«

Mattie stellte das schmutzige Geschirr in die Spüle und folgte mir. »Ich möchte, dass du ein Kleid anprobierst«, sagte sie und grinste wie die Katze, die gerade den Kanarienvogel verschluckt hat. »Mach die Augen zu. Es soll eine Überraschung sein.« Während sie mir das Kleid über den Kopf zog, hatte ich das Gefühl, als würde meine Haut mit Feenfedern gekitzelt. »Jetzt kannst du die Augen wieder aufmachen.«

Das Kleid war ein Traum aus Chiffon in zarten Regenbogenfarben. Noch dazu mit einer kleinen Schleppe! Als ich die Arme ausbreitete, wie ich das bei meinen Rezitationen immer mache, folgte der Chiffon allen meinen Bewegungen. Ein himmlischer Anblick!

»Gefällt es dir?«

»Oh, Mattie! Wie kannst du das fragen?« Ich umarmte sie. »Es ist genau das Richtige!«

»Vorsicht – du musst aufpassen wegen der Stecknadeln«, sagte sie, aber sie freute sich sehr über meine Reaktion. »Jetzt kann ich es fertig nähen. Heb mal kurz die Arme.« Sie zog mir das Kleid wieder über den Kopf. »Und ich werde Gerry Brophy heiraten, ob du deinen Haferbrei isst oder nicht.«

Ich war strahlender Laune, als ich nach unten ging. Es war kurz vor zwölf. Ich drehte an Harrys Türklingel und horchte auf den schrillen Ton.

»Die Tür ist offen!«, rief er.

Ich betrat die Wohnung und registrierte sofort den Duft von Rasierseife.

Die Tür zum Badezimmer stand offen. Harry, in Hosen und Unterhemd, klopfte gerade sein Gesicht trocken. Ich sah, wie er das Handtuch auf den Boden warf und nach dem grauen Hemd griff, das er wie immer über den Türknauf gehängt hatte. Für einen Mann seines Alters hatte er gute Schultern und kräftige, muskulöse Arme.

»Ich kann dir das Hemd zuknöpfen«, bot ich ihm an.

Er zog fragend die linke Augenbraue hoch, an der noch etwas Rasierschaum hing.

»Vergiss es«, sagte ich. »An deiner Braue klebt Rasierschaum.« Während ich ihn mit der Fingerspitze abwischte, klingelte es an der Tür. Es war genau zwölf Uhr mittags.

Daisy trug einen sehr männlich aussehenden Hosenanzug, dazu einen Hut mit Krempe und mit einem kleinen Schleier, der vor ihren Augen tanzte. Ihre Schuhe mit den geschwungenen Absätzen waren hochelegant und brachten ihre hübschen Knöchel gut zur Geltung. Ich konnte sehen, dass Harry meine Einschätzung teilte.

»Setz dich«, sagte er und deutete auf sein kaputtes Sofa.

»Ich würde dir raten, setz dich lieber auf einen Stuhl«, sagte ich. »Es würde zu lange dauern, bis du auf dem Sofa eine Stelle gefunden hast, an der dich keine Feder piekst.« Ich schob ein paar Unterlagen beiseite und setzte mich auf die Ecke von Harrys Schreibtisch.

»Sehr witzig, Oliver«, knurrte Harry.

Daisy lächelte fast, und da sie nicht dumm war, brauchte sie keinen weiteren Hinweis. Sie saß sehr aufrecht auf ihrem Stuhl, die kleine Handtasche auf dem Schoß. »Ich habe nicht viel Zeit«, sagte sie.

»Na gut – es ist dein Spiel. Sag uns, was du von uns haben möchtest.«

»Ich habe es dir schon am Telefon gesagt.« Sie sah ihn entschuldigend an. »Ich möchte, dass ihr herausfindet, wer meine Schwester umgebracht hat. Hast du das Geld erhalten?«

»Ja, aber du hast deine Bitte falsch wiedergegeben. Du hast gesagt, du wolltest mich anheuern, damit ich herausfinde, wie Adelle gestorben ist. Von Mord war nicht die Rede ...«

»Ich habe es da noch nicht gewusst.«

»Und außerdem hast du mir nicht gesagt, dass Adelle deine Schwester ist.«

Ihr Blick war durch den Schleier verborgen, aber er schien zu mir zu wandern. »Ich habe es Oliver erzählt.«

»Ich musste dir die Würmer einzeln aus der Nase ziehen, Daisy!«, sagte ich.

Sie schaute Harry an. »Ich habe nicht gedacht, dass ihr das wirklich wissen müsst.«

»Wir müssen alles über sie wissen. Oliver hat mir außerdem gesagt, dass sie gar nicht Adelle Zimmer hieß, sondern Adeline Zimmerman.«

»Ja.« Daisy klappte ihre Handtasche auf und holte sich eine Zigarette aus dem Etui. Harry beugte sich über den Schreibtisch, um ihr Feuer zu geben. Wir schauten zu, wie sie ein paar Mal hektisch an der Zigarette zog und sie dann in dem Aschenbecher auf Harrys Schreibtisch ausdrückte. »Ich habe sonst keine Familie«, sagte sie verkrampft. »Ich bin als Einzige übrig.«

Harry musterte sie wortlos.

»Sie war eine Pinkerton?«, fragte er sie schließlich.

Daisy nickte, fummelte an der Schnalle ihrer Handtasche herum, öffnete die Tasche wieder und holte einen Briefumschlag heraus.

»Dann müssten eigentlich die Pinkertons die Sache übernehmen«, sagte er.

»Hat man dich offiziell informiert – weil du doch ihre nächste Verwandte bist?«, fragte ich sie. Meine Frage war vernüftig, verlangte eine Antwort, aber Daisy hielt sich nicht an solche Konventionen.

»Ich hatte keine Ahnung, dass sie für die Vaudes gearbeitet hat«, sagte sie. »Es war schon ein paar Monate her, dass ich das letzte Mal von ihr gehört hatte, aber wenn sie mit Ermittlungen beschäftigt war, kam das öfter vor.« Daisy reichte Harry den Briefumschlag. »Hier sind noch mal fünfhundert Dollar. Reicht das?«

»Ja, natürlich. Jedenfalls vorläufig.« Er nahm den Briefumschlag entgegen. »Wir schicken dir einen wöchentlichen Bericht.«

»Danke.« Sie stand auf, gab erst mir, dann Harry die Hand. An der Tür drehte sie sich noch einmal um. »Selbst wenn sie herausgefunden haben, wer sie ist – das war doch kein Grund, sie umzubringen!« Nachdem Daisy gegangen war, legte ich mich aufs Sofa, und wir rauchten schweigend, beide in Gedanken versunken.

»Was steckt dahinter, Harry?«

»Keine Ahnung.« Er riss den Umschlag auf und mischte die fünf Einhundert-Dollar-Scheine. »Irgendwas stimmt nicht.«

»Glaube ich auch.« Ich schreckte hoch und sprang auf die Füße, weil ich das Tor zu unserem Vorgarten quietschen hörte. Die Tür protestierte manchmal, obwohl die Scharniere geölt waren. Ich öffnete Harrys Wohnungstür und sah Gerry Brophy vor mir stehen.

»Olivia.« Er nahm den Hut ab.

»Komm doch rein, Gerry, und unterhalte dich mit uns, Gerry«, sagte ich. Ich musste ihn nicht lange bitten. Er hatte irgendetwas auf dem Herzen.

»Detective Brophy«, begrüßte ihn Harry.

»Mr. Melville.«

»Gerry, darf ich dir Harry vorstellen«, unterbrach ich die beiden ungeduldig, weil mir dieser förmliche Umgangston überhaupt nicht gefiel. »Gerry, wir wissen, dass Adelle Zimmer identisch ist mit deiner Adeline Zimmerman und dass sie eine Pinkerton war und verdeckt ermittelt hat.«

Er war erstaunt. »Woher wisst ihr das alles?«

»Von ihrer Schwester Daisy.«

»Tja – die tote Frau war vielleicht tatsächlich Adeline Zimmerman, aber wenn das stimmt, dann war sie keine Pinkerton, egal, was ihre Schwester sagt.«

Harry zündete sich mit seiner Zigarette eine neue an. Dann rüttelte er mit dem Fuß an der untersten Schublade seines Schreibtischs. Ich wusste, dass er dort eine Flasche Whiskey aufbewahrte.

»Aber hast du gestern Abend nicht gesagt, die Adeline Zimmerman, die du kennst, sei eine Pinkerton?«

»Ja, das habe ich gesagt, und sie war auch eine – aber das ist sechs Monate her, und seither hat keiner mehr etwas von ihr gehört, geschweige denn, sie gesehen.«

19

»Dürfte ich fragen, warum ihr euch so für diesen Fall interessiert?«, erkundigte sich Gerry Brophy.

»Abgesehen von der Tatsache, dass wir die Leiche gefunden haben?«, fragte ich. Ich war sehr gespannt, wie viel Harry ihm mitteilen würde.

»Was ja schon ein ziemlich wichtiger Punkt ist«, meinte Gerry.

»Wir sind angeheuert worden, damit wir den Mörder finden«, erklärte Harry.

»Und darf ich fragen, wie der Klient – oder die Klientin – heißt?«

»Tja, mein lieber Gerry, leider bin ich nicht befugt, die Namen meiner Klienten zu nennen.«

»Das verstehe ich, es ist Ihre Sache. Aber es ist auch Sache der Polizei. Der Deputy Sheriff von Croton – ein junger Mann namens Hook – war heute Morgen bei uns auf dem Revier. Anscheinend ist der Sheriff, der mit gebrochenem Bein im Bett liegt, ein Schwager des Regierungskommissars. Der Mord wurde zwar in Croton begangen, aber so gut wie alle Beteiligten sind aus New York City.«

»Ich finde, das kann man so nicht sagen«, widersprach ich. »Was ist mit den Bewohnern von Croton?«

»Hook kümmert sich um sie. Aber in der Zwischenzeit hat der Sheriff unser Department um Amtshilfe ersucht.«

»Ich verstehe«, sagte Harry. »Und die bekommt er auch, nehme ich an.«

»Ja, natürlich. Ich werde mich jetzt verabschieden, aber ich möchte Sie doch noch bitten, vorsichtig zu sein und Lester Nolan möglichst nicht auf die Zehen zu treten.«

»Nolan?« Harry richtete sich auf. »Was hat Nolan mit der Sache zu tun?«

»Wer ist Lester Nolan?«, wollte ich wissen.

»Er tut dem Regierungskommissar einen Gefallen, könnte man sagen. Nur dies eine Mal.«

»Wahrscheinlich musste man ihn nicht lange überreden«, sagte Harry.

Gerry Brophy grinste. »Das hat auch seine guten Seiten.«

»Ach, tatsächlich – und welche?«, knurrte Harry.

»Ich muss nicht mit ihm zusammenarbeiten.« Und mit diesen Worten verabschiedete sich Gerry.

Harry trat erbarmungslos gegen die unterste Schublade. Sie ging auf, er holte die Flasche Whiskey heraus, schraubte den Deckel ab und trank einen kräftigen Schluck.

Ich nahm noch einmal Anlauf. »Wer ist Lester Nolan?«

»Ich habe gehört, er hat sich ein Fischerboot gekauft und lebt jetzt in Florida. Die Reporter lieben Bullen wie ihn. Und ihm gefällt es, wenn er Beachtung findet. Wenn es stimmt, dass er involviert ist, dann können wir uns darauf gefasst machen, dass wir den Fall im Scheinwerferlicht ermitteln müssen – und das Publikum schaut zu.«

»Ach, Harry – wir kümmern uns einfach nicht um ihn. Wir kennen doch die ganzen Leute. Unsere Freunde reden eher mit uns als mit einem Polizisten.«

»Du kennst Nolan nicht.«

»Willst du damit sagen, er ist wie Charley Walz?« Charley Walz, inzwischen im Ruhestand, war der widerliche Beamte, mit dem Gerry Brophy früher immer zusammengearbeitet hatte.

»Nein.« Harry wirkte plötzlich ganz verschlossen. Er trank noch einen Schluck und musterte mich aufmerksam. »Vielleicht sollte ich lieber allein an diesem Fall arbeiten.«

Ich war gekränkt. »Was soll der Quatsch, Harry?«

»Du musst doch deinen Gedichtband abschließen.«

»Der ist schon halb fertig. Und das ist doch nicht der Grund, Harry – hab ich Recht?«

»Gib's auf, Oliver.«

»Nein!« Mit geballten Fäusten stellte ich mich vor den Schreibtisch, funkelte Harry an und stampfte mit dem Fuß auf. »Das ist der ideale Fall für mich und für dich. Oder willst du das etwa bestreiten?«

»Nein, das bestreite ich nicht.«

Er bot mir die Whiskeyflasche an, aber ich schüttelte den Kopf. Harry weiß genau, wie eigensinnig ich sein kann. »Komm schon, Harry. Tante Evangelina wäre auch einverstanden gewesen.«

»Vangie hatte wenig übrig für Amateure, aber sie hatte rote Haare, und ich hätte eigentlich wissen müssen, dass es wenig Sinn hat, mit einer Frau zu debattieren, die rote Haare hat und noch dazu Vangies Nichte ist.«

Ich grinste siegessicher.

»Okay, okay, du kannst aufhören, so zu feixen«, sagte er. »Wir beginnen mit Fordy und Kate. Sie haben Adelle eingestellt – oder Adeline oder wie immer sie hieß. Du hast schon mit Kate geredet, also werde ich sie mir jetzt vorknöpfen, und du übernimmst Fordy. Dann wollen wir mal sehen, wie weit wir kommen.«

»Einver…« Ich wollte »einverstanden« sagen, aber in dem Moment schrillte Harrys Türklingel.

»Wer ist da?«

»Ich bin's, Melville – Lester Nolan.«

»Moment!« Harry sprang auf, winkte mir hektisch zu, deutete auf das Badezimmer, packte mich am Arm und schleifte mich regelrecht ab. »Tu, was ich dir sage, Oliver«, zischte er mir ins Ohr. »Ich sage dir Bescheid, wenn du wieder herauskommen kannst.« Ich wollte protestieren, aber da schloss er schon die Tür.

Ich klappte den Klodeckel herunter und setzte mich darauf. Da saß ich nun, allein mit einer Badewanne voller Gin- und Bierflaschen, die sich die Wanne mit zwei großen Eisblöcken teilten. Gar nicht so übel! Ich zündete mir eine Zigarette an und griff mir eine angebrochene Flasche Gin.

Lester Nolan hatte eine wohlklingende Baritonstimme. Ich stellte mir vor, dass er dunkle Haare hatte und sagenhaft gut aussah, vielleicht mit grau melierten Schläfen. Neugierig legte ich das Ohr an die Tür. Die beiden unterhielten sich über den Krieg – es war nicht zu fassen!

Dann sagte Harry sehr deutlich: »Du lässt dich also wieder einspannen.«

»Ich tue nur jemandem einen Gefallen. Je früher ich mit der Sache fertig bin, desto schneller haue ich wieder ab – auf mein Schiff.«

Er ging offenbar in Harrys kleiner Wohnung auf und ab.

Harry fragte jetzt: »Und was führt dich heute zu mir, Nolan?«

»Hook hat mir die Akte gegeben. Du kennst ihn ja, wenn ich das richtig sehe. In den Unterlagen habe ich gelesen, dass du die Leiche gefunden hast. Da habe ich mir gedacht, ich könnte doch unsere alte Bekanntschaft wieder auffrischen.«

»Ha! Damit du wieder versuchen kannst, mir etwas anzuhängen?«

Na, das waren ja hochinteressante Neuigkeiten! Aber damit ich es erfuhr, musste erst Lester Nolan aufkreuzen.

»Ich habe gerade Brophy auf der Straße getroffen. Er hat mir erzählt, du seist von einem Klienten beauftragt worden, den Mörder zu finden.«

»Ach, wirklich?«

»Wer ist der Klient?«

»Du weißt genau, dass ich dir das nicht sage.«

»Aber warum denn nicht, Melville? Wir haben doch immer so gut zusammengearbeitet.«

»Ja, klar.«

Sie schwiegen beide, und ich stellte mir vor, dass sie sich anstarrten, um festzustellen, wer zuerst aufgeben würde.

»Du hast die Beweislage verschleiert.«

»Vielleicht, weil zu viel Aufmerksamkeit auf den Fall gelenkt wurde?«

Ich kippte noch ein bisschen Gin hinunter. Es klang so, als würden die beiden jetzt umeinander herumschleichen. Nolans Stimme klang honigsüß, Harrys Stimme klang wütend. Ich kniete hin und versuchte, durchs Schlüsselloch zu spähen, konnte aber nichts erkennen. Hielt etwa jemand die Hand davor? Oder hatte Harry seine Jacke an den Knauf gehängt?

Ich stand wieder auf und lehnte mich gegen die Tür. Und plötzlich gab sie nach. Ich kippte mit ihr um, die Ginflasche an die Brust gepresst, während Harry fluchte wie ein Bierkutscher.

»Kann ich Ihnen helfen, Miss …«

Von meiner peinlichen Position aus sah ich nur dunkle Hosen und zweifarbige Golfschuhe.

»Brown«, sagte ich möglichst würdevoll.

Nolan nahm mir die Ginflasche ab und half mir auf die Füße. Harry fluchte immer noch.

Als ich aufschaute, um Lester Nolan etwas näher zu betrachten, war mir sofort klar, warum Harry nicht wollte, dass ich an dem Fall mitarbeitete.

20

Wie ich mir schon gedacht hatte, als ich seine Stimme hörte, sah Lester Nolan wirklich sagenhaft gut aus. Nur bei der Haarfarbe hatte ich mich geirrt – seine Haare waren blond mit grauen Strähnen. Er hatte große Ähnlichkeit mit dem Filmschauspieler Richard Barthelmess. Seine athletische Figur und die sonnengegerbte Haut schienen darauf hinzuweisen, dass er im Freien arbeitete. Vielleicht auf einem Fischerboot in Key Largo? Seine Augen, blau wie der Winterhimmel, schauten mich freundlich an. Alles an ihm erweckte Vertrauen.

Aber mein Instinkt warnte mich sofort: Das war alles viel zu schön, um wahr zu sein. Wie konnte Harry glauben, dass ich auf jemanden wie Lester hereinfallen würde? Denn genau davor hatte er Angst gehabt, das konnte ein Blinder sehen. Konnte es sein, dass Harry mich seinetwegen nicht dabeihaben wollte? Aber er wusste doch genau, dass zwar die freie Liebe mein Credo war, ich aber nur wenigen Menschen wirklich Vertrauen schenkte, vielleicht nur Mattie und ihm. Und genau diese Situation gefiel ihm.

Unter diesen Voraussetzungen erschien es allerdings nur logisch, dass Harry sagte: »Oliver wollte gerade gehen – stimmt's, Oliver?«

»Ja, stimmt, ich habe einen wichtigen Termin.« Ich lächelte Lester Nolan an und versuchte, mich genau an das zu erinnern, was Harry vorhin gesagt hatte. Hatte Nolan wirklich Beweise gefälscht, um Harry ins Gefängnis zu bringen?

»Miss Brown«, sagte Nolan. Er hielt immer noch meine Hand und streichelte sie wie ein kleines Tierchen. »Ich hätte sehr gern erfahren, wie Sie den Mordfall in Croton einschätzen, jetzt – oder vielleicht auch später ...«

Die Aura dieses Mannes war so ungewöhnlich, dass mir die Worte fehlten, was an sich schon sehr erstaunlich ist. Auf einmal hätte ich ihm am liebsten meine intimsten Gedanken anvertraut, ihm alle meine kleinen Sünden gebeichtet. »Später irgendwann, einverstanden?«, murmelte ich.

Der schlaue alte Harry räusperte sich und deutete mit dem Zeigefinger zuerst auf mich, dann auf das Sofa. Intuitiv war mir klar, dass es kein »Später irgendwann« geben würde, wenn es nach ihm ging. Ich entzog also Lester Nolan meine Hand und setzte mich. Nolan blieb stehen.

Systematisch ging er die Ereignisse des Wochenendes durch. Er bat, ihm detailliert zu beschreiben, wie die Zwillinge ohne Adelle herumgerannt waren, als ich von meinem Spaziergang zurückkam, und was die Zwillinge über Adelle und den Baum gesagt hatten, was ich ja erst viel zu spät verstanden hatte.

»Hat Hook noch nicht mit den Kindern gesprochen?«, wollte Harry wissen.

»Ich glaube, im Moment ist gar nicht bekannt, wo sich Mrs. Vaude und ihre Kinder aufhalten«, antwortete Nolan. Er schwieg, als hoffte er, dass wir ihm die fehlende Information geben könnten. Als wir beide nichts sagten, bat er Harry, ihm zu schildern, wie wir Adelle gefunden hatten. Und anschließend fragte er mich, ob Harry vielleicht irgendetwas vergessen habe.

»Nicht, dass ich wüsste.« Ich hielt meine Antworten bewusst sehr knapp, wofür Harry mich insgeheim lobte, das spürte ich.

»Und niemand weiß, wo Kate und die Kinder hingegangen sind?«

»Warum fragst du nicht ihren Mann?«, schlug Harry vor. Und an mich gewandt fügte er hinzu: »Da fällt mir ein, Oliver – hat Hook uns nicht gesagt, er gehe jetzt zu Fordy, um ihn zu befragen?«

Mit kaltem Blick folgte Nolan unserer kleinen Inszenierung. »Hook hat schon mit ihm gesprochen. Vaude sagt, er hat keine Ahnung.«

»Wo Kate steckt oder warum Adelle ermordet wurde?«, fragte ich unschuldig.

Die eisblauen Augen blieben an mir hängen und ließen mich nicht mehr los. »Sie haben gesagt, Mr. Vaude sei nicht anwesend gewesen, als die Leiche der jungen Frau gefunden wurde.«

»Das stimmt«, antwortete Harry an meiner Stelle. Er lehnte sich zurück und legte die Füße auf seinen Schreibtisch. Ich glaube, ich konnte mich ganz gut gegen den berühmt-berüchtigten Nolan behaupten.

Nolan holte einen Notizblock aus der Tasche. »Er war mit einer gewissen Miss Celia Gillam weggegangen, die ebenfalls zu den Gästen gehörte. Ist das etwa die bekannte Journalistin Celia Gillam?«

Weil es nur eine Celia Gillam gab, bejahten wir beide diese Frage. Ich muss zugeben, dass ich mich nicht besonders lang auf etwas anderes konzentrieren kann, wenn ich schreibe. Ich hatte genug von dem ganzen Theater, und Nolans betont freundliches Getue begann mich zu langweilen.

Also schaute ich auf meine zierliche Armbanduhr, die allerdings um sechs Uhr stehen geblieben war, weil ich nie daran dachte, dass ich sie aufziehen musste. »Ach, du liebe Zeit – jetzt muss ich aber wirklich los.« Ich bewegte mich in Richtung Eingangstür. »Ich bin sicher, dass Harry Ihre restlichen Fragen auch allein beantworten kann, mein lieber Mr. Nolan, aber Sie können mich jederzeit besuchen. Wenn ich nicht gerade arbeite, unterhalte ich mich gern mit Ihnen.«

»Wenn Sie nicht arbeiten? Welcher Arbeit gehen Sie nach, wenn ich fragen darf, Miss Brown?«

Harry fing an zu lachen, und ich verabschiedete mich etwas verdrossen.

Mein Stuhl wurde immer unbequemer, trotz des Kissens. Ich hatte Kopfschmerzen, meine Augen brannten. Irgendwie hatte die Muse keine Lust, mich zu küssen. *Hast du mich verlassen, Muse? Vielleicht sollte ich Reed beschwören und seinen Geist meine Muse sein lassen.*

Dann beschwöre ihn doch, deinen göttlichen Reed.

Ich lachte. Meine Muse mag es nicht, wenn jemand ihr Konkurrenz macht.

Also gab ich auf. Ich schaffte es, den ganzen Tag zu verplempern, ohne ein einziges Wort zu Papier zu bringen. Aber wenn ich wirklich im Frühjahr das Buch fertig haben wollte, dann konnte ich so nicht weitermachen! Ich deckte meine Schreibmaschine zu und leerte den vollen Aschenbecher. Auf einmal fühlte ich mich bleischwer. Unaufgefordert tauchte vor meinem inneren Auge plötzliche das attraktive Gesicht von Lester Nolan auf. Wenn Harry nicht wäre, hätte ich vielleicht doch Vertrauen zu ihm gefasst. Ich muss nämlich gestehen, dass es mit meiner Menschenkenntnis manchmal nicht besonders weit her ist.

Ich erhob mich mühsam von meinem Stuhl und machte das Fenster auf. Tief atmete ich die kalte, trockene Luft ein. Die Geräusche draußen auf der Straße belebten mich: das Autogebrumm, das italienische Geschrei der Lieferanten und der Händler meines kleinen Village, das Gekreische und Gelächter der Kinder. Mit jedem Atemzug schienen sich meine Lungen auszudehnen, und die Spinnweben in meinem Kopf wurden weggepustet.

»Olivia, du holst dir noch den Tod!«, rief Mattie. Sie

brachte mir eine Kanne Tee und ein paar winzigkleine Scheiben Toastbrot mit Butter und Marmelade. »Arbeitest du?«

Ich schüttelte den Kopf. »Heute läuft es nicht gut. Bleibst du hier und trinkst eine Tasse Tee mit mir?«

»Ich möchte dein Kleid fertig nähen«, sagte sie, schloss das Fenster und stocherte im Feuer. »Und dir täte es gut, wenn du dich ein bisschen ausruhen würdest.«

Sie hatte Recht, ich war völlig übermüdet. Deshalb konnte ich nicht arbeiten. Ich konnte nicht Lester Nolan dafür verantwortlich machen, auch wenn ich es gern getan hätte. Also legte ich mich aufs Bett und ließ mich von Mattie bemuttern. Sie goss mir Tee ein, gab Milch und Zucker dazu und reichte mir die Tasse. Sie bestand darauf, dass ich auch eine Scheibe Brot aß. Ich verdrückte gleich zwei. Dann strich sie mir die widerspenstigen Haare aus dem Gesicht, küsste mich auf die Stirn und deckte mich mit einer Wolldecke zu.

»Ich lese noch ein bisschen«, sagte ich und nahm einen der beiden Donne-Bände vom Nachttisch.

Stephen Lowells ungelesener Brief, den ich vorhin in das Buch gesteckt hatte, fiel heraus. Ich riss ihn vorsichtig mit dem Fingernagel auf. Ich wusste schon, was er enthielt. Seit einer ganzen Weile schickten wir uns gegenseitig Liebessonette. Damit hatten wir schon angefangen, bevor wir uns begegnet waren. Hier war nun ein neues.

Ich las die Gedichte immer vor dem Brief. Seine Gedichte nährten in mir die Hoffnung, dass wir eine gemeinsame Zukunft haben könnten, aber seine Briefe zerstörten diese Hoffnung sofort wieder. Schließlich war er verheiratet und hatte ein Kind! In seinen Briefen standen immer völlig banale Neuigkeiten aus seinem Familienleben. Das war auch dieses Mal nicht anders.

Aber Stephens neues Sonett weckte bei mir die gleichen Sehnsüchte wie immer, es erfüllte mich mit einem tiefen Verlangen. Eigentlich war er meine Inspiration, wir waren seelenverwandt. Wir würden uns immer wieder in vierzehn kunstvollen Zeilen gegenseitig unsere Liebe erklären, und eines Tages, vielleicht …

Ich vergrub mein Gesicht im Kissen und weinte. Dabei muss ich eingeschlafen sein, und zwar sehr tief, denn als ich aufwachte, war es dunkel. Das Tablett mit dem Tee war verschwunden. Ich stand auf, wusch mir das Gesicht, fuhr mir mit den Fingern durch die Haare. Der Spiegel zeigte mir ein Kind mit grünen Augen, dessen zarte Züge ganz verquollen waren, vom Schlaf – und von den Tränen.

Aus Matties Zimmer hörte ich das beruhigende Schnurren ihrer Singer-Nähmaschine. Ich ging zu ihr, setzte mich auf den weichen Polsterstuhl und schaute ihr zu, wie sie arbeitete. Seit meiner Kindheit tat ich das. Sie hatte die Stecknadeln zwischen die Lippen geklemmt. Die Wolke aus rosarotem Chiffonstoff ließ ihr Gesicht ganz rosig erscheinen. Ich stand auf und trat hinter sie, schlang die Arme um sie. »Ich liebe dich, Mattie!«

Sie nahm den Fuß vom Pedal und schaute mich an. »Du hast mal wieder einen Brief von Stephen Lowell bekommen, stimmt's?« Es war eine Feststellung, keine Frage.

»Er hat nicht vor, seine Frau zu verlassen, er will auch nicht nach New York kommen. Aber er hat wieder ein Sonett für mich geschrieben. Ich ersticke noch an dieser Ambivalenz.« Ich ließ mich wieder auf den Stuhl sinken. »Soll ich uns zwei Martinis mixen?«

»Ja, bitte«, antwortete Mattie.

Die Aktion des Mixens munterte mich etwas auf, und als dann auch noch Bunny und Whit auftauchten und darauf bestanden, mit mir im Polly's zu Abend zu essen, war ich wieder hellwach.

Tja, eine Frau braucht eben ihre Verehrer.

21

Polly's befindet sich im Erdgeschoss unter dem Liberal Club in dem Gebäude Ecke Fourth Street und Sheridan Square, also nicht weit von der Bedford Street. An diesem Abend, wie an fast jedem, dröhnte die kleine »Teestube« von den lebhaften Gesprächen und dem lauten Gelächter der zahlreichen Gäste, und der Lärm vertrieb alle traurigen Gedanken. Jeder Tisch war besetzt, die Neuankömmlinge mussten stehen, und mit einem Drink in der Hand trieben sie die Essenden zur Eile an. Normalerweise ziehe ich Christine's vor, das über dem Playhouse liegt, weil man sich dort gut unterhalten kann und der Lärmpegel nicht ganz so hoch ist, aber heute Abend brauchte ich etwas Lautes wie Polly's.

»Helas, bébé!«, rief Hippolyte Havel, Pollys kleiner, wild aussehender Liebhaber, ein Anarchist, der Chefkoch des Restaurants und gleichzeitig Kellner. Mit diesen Worten begrüßte er alle Anwesenden, und es gelang ihm sogar, den allgemeinen Krach zu übertönen. Mich hieß er auch noch persönlich willkommen, indem er mich an seine Brust drückte und mein Gesicht mit Küssen bedeckte. Sein Schnurrbart kitzelte mich furchtbar, und seine Augen hinter den Brillengläsern glitzerten fanatisch. Er schrie mich an: »Was hast du hier verloren, Oliver, bei diesen bourgeoisen Schweinen?«

Polly Holladay, ein stilles Mädchen aus Illinois, war ebenfalls Anarchistin. Sie akzeptierte Hippolytes Launen und liebte ihn sogar deswegen – oder trotzdem. Da war ich mir nie so ganz sicher. Aber auf eines konnte man sich verlassen: Im Polly's wurde einem immer, wenn Hippolyte einigermaßen guter Stimmung war, für fünfunddreißig Cents ein hervorragendes Essen serviert.

Weil Hippolyte mich so mochte, bekamen wir einen Tisch vor den anderen Wartenden. »Reserviert! Reserviert!«, knarzte er und schubste alle beiseite. »Schluss jetzt!«, schnauzte er das Paar an, das an dem Tisch saß, den er sich für uns ausgedacht hatte, und das nach dem Essen noch eine Tasse Kaffee trank. »Zahlt endlich – und dann raus hier, ihr bourgeoisen Schweine!« Er streckte die Hand aus, und der eingeschüchterte Herr gab ihm sofort zwei Silberdollar. Der Dame blieb der Mund offen stehen, und sie starrte uns mit großen Kulleraugen an.

»Es tut mir Leid«, rief ich ihnen nach, als sie sich so schnell wie möglich aus dem Staub machten. »Es tut mir ehrlich Leid!«

Meine beiden Begleiter nahmen rechts und links von mir Platz und begannen sofort, um meine Aufmerksamkeit zu wetteifern.

»Ich hole dir etwas zu trinken, Oliver«, sagte Whit.

»Einen Booth Martini«, sagte Bunny. »Oliver trinkt einen Booth. Ich ebenfalls.« Bunny hatte eine besondere Vorliebe für Booth Gin.

»Es wäre sehr nett, wenn ihr mich fragen würdet, was ich möchte«, warf ich ein.

Bunny war ganz betroffen. »Aber selbstverständlich, Oliver. Was möchtest du?«

Ich wollte tatsächlich einen Martini, ob Booth oder nicht, das war mich egal, aber ich konnte es prinzipiell nicht leiden, wenn Leute glaubten, sie könnten für mich entscheiden. »Heute Abend nehme ich ein Glas Wein, vielen Dank.«

Nach einer Weile tauchte Hippolyte wieder auf. Er stellte unsere Teller auf den Tisch, brummelte irgendwelche Verwünschungen vor sich hin und verschwand wieder. Ich stocherte in meinem Rinderbraten herum, während meine beiden Verehrer aufeinander herumhackten. Nachdem Whit gegangen war, um noch einen Cocktail zu holen, und nicht gleich zurückkam, fragte mich Bunny, ob ich Lust hätte, nach oben in den Liberal Club zu gehen.

Ich zögerte. »Eigentlich ist mir heute Abend nicht nach hitzigen Debatten zu Mute.«

»Dann gehen wir ins Brevoort und trinken da noch etwas«, schlug er vor.

In das Café im Untergeschoss des Brevoort Hotels gingen wir immer dann, wenn wir Geld hatten, das heißt, wir waren nicht besonders häufig dort anzutreffen.

Ich wollte noch kurz auf die Toilette. Dort musste ich wie üblich Schlange stehen, denn die Örtlichkeit war für beide Geschlechter gedacht.

Als ich wieder herauskam, war Bunny verschwunden.

»Oliver! Hallo!« Es war eine Frauenstimme, und eine Hand schwenkte mit einem Isadora-Duncan-Schal über den Köpfen der anderen Nachtschwärmer hin und her. Ich folgte dem Signal und gelangte zu einem Tisch im hinteren Teil des Raumes, wo Celia mit Margaret Anderson und jane heap saß, den beiden Frauen, die *The Little Review* herausgaben. Jane bestand darauf, dass ihr Name immer mit kleinen Anfangsbuchstaben geschrieben wurde, und daran hielten wir uns alle brav. Die vierte Frau am Tisch hatte ein ausgesprochen hübsches Gesicht, war jedoch schon beträchtlich älter als wir übrigen.

»Setz dich zu uns!«, sagte Celia. Es war ein Befehl.

»Hallo miteinander.« Ich legte die Hand auf Celias Schulter. Es gefiel mir, dass sie den Arm um meine Taille geschlungen hatte und mit den Fingerspitzen gegen meine Rippen trommelte.

»Oliver«, sagte Margaret. Sie war hübsch, blond und sah gar nicht aus wie eine Fanatikerin, aber sie hatte es geschafft, eine renommierte Literaturzeitschrift ins Leben zu rufen, fast ohne jedes Startkapital, und Ezra Pound und Hart Crane verpflichtet, bei der Redaktion mitzuarbeiten und Artikel beizusteuern. Sie hatten *Ulysses* in Fortsetzungen veröffentlicht, bis die Zensur ihnen zu verstehen gegeben hatte, sie müssten damit aufhören.

Jane heap kleidete sich wie ein Mann und war nicht annähernd so charmant wie Margaret. Eigentlich trug sie überhaupt nichts zum Gespräch bei.

»Wir kennen uns noch nicht, glaube ich«, sagte ich und reichte der älteren Dame die Hand. »Ich bin Olivia Brown.«

Sie hatte einen festen Händedruck und eine schwielige Hand. »Virginia Champion«, sagte sie. »Ich habe Vangie und Alice gut gekannt.«

»Ach, ehrlich?« Ich war begeistert. Sonst war Harry der einzige Mensch in meinem Freundeskreis, der meine Großtante und ihre Freundin gut gekannt hatte.

»Ich habe die Skulptur für ihr Vogelbad gemacht – zu ihrem zwanzigsten Jubiläum.«

Die wunderschöne Statue, von der sie sprach, war die Darstellung eines Liebespaars – zwei Frauen, die sich innig umarmten. Die Skulptur hatte das Vogelbad im Garten hinter meinem Haus geschmückt und war leider im vergangenen Monat böswillig zerstört worden. Aber das ist eine andere Geschichte.

»Ich habe diese Skultur geliebt, aber sie ist …«

»Ja, ich weiß Bescheid.« Virginia hatte blassblaue Augen, zarte Haut und dicht gelockte, schneeweiße Haare. »Mein Atelier ist in der Commerce Street, über dem Cherry Lane Theater. Ich kann in euren Garten schauen.«

»Ich wollte die Skulptur ersetzen, aber ich habe nicht gewusst, dass …«

»Oliver! Ich hätte es mir denken können!« Bunny kämpfte sich zu uns durch. Der Blick, den er Celia zuwarf, war der Blick eines erbitterten Rivalen.

Ich konnte mir ein Grinsen nicht verkneifen, und Virginias Augen flackerten kurz. Sehr leise, sodass nur ich es hören konnte, sagte sie: »Komm doch mal vorbei.«

»Ja, gern«, antwortete ich und verabschiedete mich mit einem allgemeinen Winken.

Bunny hielt ein Taxi an und vereinbarte mit dem Fahrer, dass er uns für die grandiose Summe von fünfundzwanzig Cents zur Ecke Eighth Street und Fifth Avenue fahren würde.

Wir stritten uns über irgendetwas, ich habe vergessen, worüber, als wir aus dem Taxi stiegen und zum Eingang des Hotels gingen. Eine Gruppe von Touristen – die Leute, die ins Village kommen, um uns Künstler anzugaffen, nennen wir *Touristen* - ging gerade weg. Sie stießen sich gegenseitig an und starrten zu uns herüber, denn wir gehörten ja zu der Spezies, deretwegen sie hergekommen waren.

»Scheene Frau – wollen Zukunft heeren?«, rief ich mit einem fürchterlichen ungarischen Akzent, krümmte den Rücken und schaute wie ein kleiner Gnom zu der hochelegant gekleideten Uptown-Touristin auf. Ich kniff die Augen zusammen und griff nach ihrer Hand.

Erschrocken wich sie zurück und glotzte mich an, als wäre ich ein seltener Vogel, was ich ja tatsächlich bin, wie wir alle wissen. »Äh – ich, äh, also – ich …«

Bunny lachte.

»Komm schon, Nan«, sagte der Begleiter der hilflosen Dame nervös. »Merkst du denn nicht, dass diese Leute uns verspotten?«

Schnell verwandelte ich mich wieder in die Dichterin Olivia Brown, und wir ließen die beiden an uns vorbeigehen.

»Du bist wirklich ein komisches Mädchen, Oliver«, sagte Bunny. »Aber das war ein glänzender Auftritt, ich muss schon sagen.«

Wir lachten laut und mussten uns gegenseitig stützen, als wir schließlich die Lobby des Brevoorts betraten, wo wir auf die nächste Touristengruppe stießen.

Bunny wollte mich warnen: »Bitte, Oliver, benimm …«, doch dann vergaß er, was er sagen wollte. »Daisy!«

Ja, es war Daisy, in einem Mantel mit Pelzkragen, einem Hut mit Krempe und einem kleinen Schleier. Als sie uns sah, kräuselten sich ihre Lippen verächtlich.

»Daisy!«, wiederholte Bunny. Er schien schockiert, verletzt, empört, als hätte sie ihn irgendwie betrogen.

»Es ist schon spät«, sagte Daisy und hielt sich die behandschuhte Hand vors Gesicht. Wollte sie so die unausgesprochenen Vorwürfe zurückweisen?

Ich war verwirrt. Bunny reagierte genauso besitzergreifend gegenüber Daisy wie schon neulich im Working Girls' Home.

Was war zwischen den beiden? Und warum spazierte Daisy um diese Zeit ohne Begleitung im Brevoort herum?

»Verdammt noch mal«, fluchte Bunny leise, denn auf einmal wurde klar, dass Daisy gar nicht allein war.

Ihr Begleiter war kurz stehen geblieben, um sich eine Zigarre anzuzünden, deshalb hatten wir ihn zuerst gar nicht bemerkt. Als er aufblickte und uns sah, war er mindestens so überrascht wie wir. Es war Fordy Vaude.

23

Ich versuchte zu arbeiten, aber meine Gedanken tanzten nur durch die Gegend. Ich tippte etwas, strich es wieder aus, zog die Seite aus der Schreibmaschine, bis ich schließlich von lauter morbiden, zerknüllten Zweizeilern und pessimistischen Vierzeilern umgeben war. Wie sollte ich für Stephen Lowell ein Liebessonett schreiben, ohne ihm meine Liebe zu erklären? Und dann auf einmal – wie seltsam doch das menschliche Gehirn arbeitet:

Die Leidenschaft, sie kommt in vierzehn Zeilen,
So sagt die Kunst, mein Freund, vor allen Dingen.
Kein Bild der Liebe will je bei dem Plan verweilen,
In andrer Menschen Leben einzudringen.

Des Metrums strenges Muster fülle ich
Mit heißen Worten, die das Feuer nähren.
Im Versmaß voll Respekt enthüll' ich mich;
Der Rhythmus schon zeigt mein Begehren.

So ringe ich mit hoher Kunst,
Bemühe mich mit schön gewählten Worten,
In Versen buhle ich um deine Gunst
Und wart' auf deine Antwort aller Orten.

In meinen Versen zeige ich Entschlossenheit,
Doch bei der Liebe mangelt's an Gelegenheit.

Meine Finger blieben auf den Tasten liegen, als wollten sie noch weiter schreiben, aber es war nichts mehr in mir drin. Ich legte meine fiebrige Stirn auf das kalte Metall. Das Kaminfeuer bestand nur noch aus Glut und verbreitete keine Wärme mehr. Im Zimmer war es kalt – und ich war ein glühendes Inferno. Ich ließ das Gedicht in der Schreibmaschine und krabbelte unter meine Bettdecke.

»Sieh mal – von Fordy!« Ich wedelte mit dem edlen Briefbogen vor Harrys Nase herum. Weil ich erst eingeschlafen war, als man draußen schon das Milchauto klappern hörte, war ich nicht vor Mittag aufgewacht. »Er lädt mich zum Abendessen ein, auf seinem feinsten Briefpapier. Was sagst du dazu?« Ich hatte Harry gerade vom gestrigen Abend erzählt.

»Ich vermute, er will dir erklären, was mit Daisy ist. Ist noch Kaffee da, Mattie?«

»Mehr als genug«, antwortete Mattie. »Aber warum fragt ihr Daisy nicht selbst?«

Harry drückte seine Zigarette aus. »Vielleicht sollte ich mal bei *Vanity Fair* vorbeischauen und ihr einen kleinen Besuch abstatten.«

»Im Polly's habe ich Celia getroffen, sie war da mit den Mädels von *The Little Review* und mit einer gewissen Virginia Champion.«

»Champ!«, rief Harry. Bei ihm kann man selten behaupten, dass er strahlt, aber jetzt war er nahe dran.

»Sie hat die Skulptur in unserem Garten gemacht«, erklärte ich Mattie.

»Die anderen Mädels haben ihr geholfen, sich als Künstlerin zu etablieren«, sagte Harry. »Seit Vangies Tod habe ich sie nicht mehr gesehen.«

»Vielleicht werde ich sie beauftragen, für uns eine Replik der Statue zu machen – was meinst du, Mattie? Zum Gedenken an Tante Evangeline und Alice.« Jetzt musste ich dann aber wirklich konzentriert arbeiten und die Gedichte für mein Buch abschließen – woher sollten wir sonst das Geld für einen solchen Luxus nehmen?

»Das wäre schön.« Mattie goss mir Kaffee nach und setzte sich zu uns an den Tisch. »Mir fehlt die Statue richtig.«

»Ich habe mit Kate gesprochen, solange du um die Häuser gezogen bist«, sagte Harry. Seine dunklen Augen waren glasklar unter den blassen Wimpern. Offensichtlich hatte er keinen Kater.

Ich hatte weder einen klaren Blick, noch konnte ich geradeaus denken, deshalb fiel meine Reaktion etwas knapp aus: »Oh?«

»Sie hat gesagt, Fordy habe Adelle eines Abends angeschleppt und gesagt, er habe sie als Kindermädchen eingestellt, damit Kate schreiben kann. Angeblich hatte Adelle gerade ihren Abschluss an der Universität Vassar gemacht und brauchte einen Job, um die Zeit zu überbrücken, bis sie eine richtige Stelle hatte.«

»Aber wie ist Fordy ausgerechnet auf Adelle gekommen?«

»Darauf komme ich gleich zu sprechen. Detektivarbeit hat viel mit Geduld zu tun – etwas, woran es dir leider gelegentlich mangelt, Oliver! Also, Fordy erklärte Kate, Adelles Onkel sei sein Professor in Yale gewesen. Sie sei mit einem Empfehlungsschreiben von ihm in seinem Büro aufgekreuzt.«

»Und ihre Referenzen haben sie nie überprüft?«

»Na ja – Kate hat nichts unternommen, weil die Kinder Adelle sofort mochten, und Fordy schien ja Adelles Familie zu kennen.«

»Glaubst du, das stimmt?«

»Vermutlich schon, jedenfalls von Kates Seite. Du wirst herausfinden müssen, ob Fordys Version der Geschichte dazu passt.«

»Hat Kate gesagt, ob Adelle sich irgendwie komisch benommen hat? Schließlich war sie eine Pinkerton, selbst wenn sie nicht mehr für Pinkerton gearbeitet hat. Vielleicht hatte sie ja beschlossen, als selbstständige Privatdetektivin zu ermitteln.« Ich grinste ihn an und klopfte mir selbst auf die Schulter. »Wir Vertreterinnen der neuen Frauengeneration sind alle sehr ambitioniert.«

»Klar«, erwiderte Harry mit einem eigenartigen Gesichtsausdruck. »Und damit habt ihr es auch schon herrlich weit gebracht.«

»Nun sag schon – hat Adelle sich komisch benommen?«

»Sie war nur drei Monate da, aber Kate meinte, sie hätte ihre Sache im Allgemeinen gut gemacht. Sie hatte übrigens auch einen Freund.«

»Na, so was!« Ich drückte meine Zigarette aus. »Einen Freund! Und diesen Freund hat bis jetzt niemand aufs Tapet gebracht? Glaubst du, Deputy Hook weiß etwas von seiner Existenz? Oder Nolan?«

»Ich vermute, sie hätten uns nach ihm gefragt, wenn sie von ihm wüssten.«

»Also – wer ist es? Und wie finden wir ihn?«

Meine Fragen schienen Harry zu amüsieren.

»Ich habe gedacht, da könntest du uns weiterhelfen, Oliver«, sagte er.

Es ärgerte mich, dass er so geheimnisvoll tat. »Ich wäre dir dankbar, wenn du mich in diesen kleinen Scherz einweihen könntest.«

»Tja – so wie es aussieht, lebt dieser Freund in Croton, und seine Familie hat eine Buchhandlung.«

24

Wir speisten im Yale Club, wo unser lieber Fordy als Fordham Vaude III. bekannt war, Class of 1912.

Man stelle sich ein großes, dezentes Gebäude in der Vanderbilt Avenue vor, im Schatten der Grand Central Station. Das Restaurant befindet sich im zwanzigsten Stockwerk und ist so groß wie ein Ballsaal, ausgesprochen vornehm, mit Kristalllüstern und riesigen, weiß gedeckten Tischen.

Unser Gastgeber war ein formvollendet gekleideter Gentleman, dessen Taillenumfang, sein weißer Haarschopf und der noble Bart die edle Alma Mater verrieten. Die Kellner waren alle hoch gewachsene, distinguiert aussehende Schwarze, die mit so diskreter Distanz bedienten, dass man nie befürchten musste, sie könnten ein Privatgespräch mithören.

Ich trug mein verwaschenes schwarzes Kleid, aber Mattie hatte mir einen fliederfarbenen Seidenschal um die Schulter gelegt und ihn mit einer Rosenquarzbrosche, die meiner Mutter gehört hatte, elegant festgesteckt.

Bei Tisch gab mir Fordy Feuer, und kaum rauchte ich meine Zigarette, da wurde auch schon der Cognac gebracht. Ich schaute zu, wie Fordy das ganze Ritual abwickelte: Er rollte seine Zigarre, köpfte sie und tunkte sie dann kurz in den Cognac, ehe er sie anzündete.

Nach diesem prätentiösen Akt ließ ich meine Blicke schweifen und studierte die anderen Gäste. Die Frauen waren alle sehr viel besser angezogen als ich, und insgesamt waren die Anwesenden beträchtlich älter als wir. Dieser hübsche Ort hier repräsentierte eine andere Welt. Fordy passte hierher, aber für ein echtes Mitglied der Bohème war es nicht der passende Aufenthaltsort. Ich war versucht, aufzustehen und über das gedämpfte Gemurmel hinweg in Hippolyte-Havel-Manier zu rufen:

»Ihr bourgeoisen Schweine!« Schon bei der Vorstellung musste ich kichern.

»Du bist sehr hübsch heute Abend, Oliver«, sagte Fordy und lenkte damit meine Aufmerksamkeit wieder auf sich. Vor mir sah ich einen Mann mit schon etwas schütterem, feinem braunem Haar. Unter seinen lüsternen Augen bildeten sich bereits traurige Tränensäcke, und die Kinnlinie wurde schon etwas schwammig. Selbst im Sitzen konnte ich erkennen, dass sich sein Bauch wölbte, was durch die Krümmung der Uhrkette noch unterstrichen wurde.

»Sehr charmant, mein Herr«, erwiderte ich züchtig. Warum hatte er mich hierher geführt? Dachte er, mit diesem Pomp könnte er mich auch nur andeutungsweise beeindrucken? Glaubte er wirklich, ich fände ihn attraktiv? Oder hatte er mich nur in den Yale Club gebracht, weil er sich darauf verlassen konnte, dass wir hier keinem unserer Freunde begegneten?

»Ich kann den Lammbraten empfehlen, Mr. Vaude«, sagte unser Gastgeber, nachdem unsere Martinis serviert worden waren und wir uns dezent zugeprostet hatten.

Also aßen wir Lammbraten mit Minze und Sahnespinat mit kleinen Kartoffeln. Und während Fordy über die Arbeiten eines obskuren Wiener Malers namens Egon Schiele dozierte, der 1918 an der Grippeepidemie gestorben war, tranken wir nach dem Hauptgang einen Martini und noch einen und noch einen – bis ich schließlich aufhörte zu zählen.

Als unsere Crème Vanille kam, deutete ich mit meiner Zigarettenspitze auf Fordy und sagte: »Sollen wir einander jetzt die Wahrheit sagen?«

»Wie meinst du das, Oliver?«, wollte er wissen und winkte dem Kellner. »Portwein.« Er schaute mich fragend an, und ich nickte zustimmend. Der Begriff »genug« gehörte nicht in meinen aktiven Wortschatz.

»Das hier.« Ich machte eine kleine Handbewegung in Richtung Restaurant. »Warum?«

»Warum führt ein Mann eine schöne Frau aus?«

»Ich frage aber nicht irgendeinen Mann. Ich frage dich.«

Er nahm meine Hand. »Ich möchte mit dir ins Bett gehen, seit ich dich das erste Mal gesehen habe, Oliver. Aber das weißt du doch längst.«

Seine Hand war feucht. Ich zog meine zurück. »Ich weiß gar nichts. Ich weiß nur so viel, dass du Kate wegen Celia verlassen hast. Jetzt behauptest du, dass du scharf auf *mich* bist. Also ehrlich, Fordy – willst du dir einen Harem zulegen?«

Er lachte schrill. »Celia? Celia zieht weibliche Gesellschaft vor.«

»Das heißt, du suchst nach einem Ersatz für sie?« Ich war sauer und fand Fordy blöd.

Er lachte wieder. »Ich würde dich sehr gern porträtieren, Oliver. Du hast den Hals einer Nixe, und für ein kleines Mäuschen bist du auffallend schön, wenn du wütend wirst oder wenn du einen Auftritt hast.«

Kleines Mäuschen? Was gefiel Kate und Celia an diesem Ekelpaket? Aber ich war noch nicht so weit, den Abend abzuschreiben, also musterte ich Fordy über den Rand meiner Kaffeetasse hinweg und fragte: »Hast du auch mit Adelle geschlafen?«

»Mit Adelle? Wie kommst du denn auf die Idee? Adelle war immer völlig zu.«

Ich verschluckte mich und griff schnell zu dem Glas Portwein, das der Kellner gerade serviert hatte.

»Ich meine nicht mit Alkohol, sondern zugeknöpft – mit so einer will kein Mann schlafen.« Er zwinkerte mir zu. »Bei dir ist das anders, Oliver.«

Ich hatte die Nase voll – was mir niemand übel nehmen kann. »Harry und ich sind gebeten worden, Ermittlungen über Adelles Ermordung anzustellen.«

Der schmierig-anbiedernde Ausdruck verschwand von Fordys Gesicht. »Wer hat euch angeheuert?«

»Das darf ich nicht sagen.«

»Harry wird es mir schon verraten.«

»Meinetwegen – frag ihn ruhig!«

»Darauf kannst du Gift nehmen!«

»In der Zwischenzeit könntest du mir vielleicht erzählen, warum Adelle bei euch als Kindermädchen gearbeitet hat.«

»Das geht dich nichts an.«

»Ich bin ganz sicher, dass du es Deputy Hook gesagt hast, also kann es nichts schaden, wenn du es mir noch einmal erzählst. Ich habe gehört, sie war die Tochter eines deiner Professoren in Yale.«

»Nein, sie war seine Nichte.« Er resignierte. »Gut, meinetwegen. Sie ist mit einem Empfehlungsschreiben in mein Atelier gekommen. Verdammt!« Er schlug sich mit der flachen Hand gegen die Stirn. »Das ist ja schrecklich! Ich hätte ihn längst anrufen und ihm mein Beileid aussprechen sollen! Er hätte von mir erfahren müssen, was passiert ist, aber wegen der Trennung von Kate habe ich das total vergessen.«

»Du kannst es doch immer noch tun. So lange ist es ja noch nicht her. Erzähl weiter.«

»Adelle hatte gerade ihr Studium an der Universität Vassar beendet und suchte einen Job, der etwas mit kleinen Kindern zu tun hatte, ehe sie eine Stelle als Lehrerin antreten konnte. Sie war bereit, für wenig Geld zu arbeiten, und Kate brauchte dringend jemanden, der die Zwillinge hütete, während sie an ihrem Buch arbeitete.«

»Professor Zimmer?«

»Nein. Professor Adolphus. Philosophie. Netter alter Herr, vielleicht etwas exzentrisch. Zum Beispiel ist er ein großer Fan von *Barbershop Quartets*.«

»Weißt du eigentlich, dass sie gar nicht Adelle Zimmer hieß?«

»Wie bitte?« Fast wäre ihm seine Tasse aus der Hand gefallen. Kaffee spritzte auf seine Lippe.

»Sie hieß eigentlich Adeline Zimmerman, und bevor sie bei euch gearbeitet hat, war sie irgendwann eine Weile eine Pinkerton.«

»Du guter Gott!« Er war fast so weiß wie das Leinentischtuch. Ich spürte, dass sich mehrere Augenpaare auf uns richteten und dass es an den Nachbartischen unruhig wurde. Fordy musste das auch gemerkt haben, jedenfalls senkte er seine Stimme. »Was redest du da! Ich kann's nicht fassen! Adelle – eine Pinkerton? Weiß das die Polizei?«

»Ja.«

»Was wollte sie dann in meinem Haus? Mit meinen Kindern? In Croton?« Er war ganz durcheinander, und ich glaubte allmählich wirklich, dass er nicht nur nicht Bescheid gewusst hatte, sondern dass er auch nichts zu verbergen hatte. »Weiß Kate das schon?«

»Ich glaube, Harry hat es ihr erzählt.«

»Mein Gott! Ich werde sofort Adolphus anrufen. Es muss doch eine Erklärung geben.«

»Darf ich bei dem Gespräch dabei sein?«

»Selbstverständlich, Oliver – ich habe nichts zu verbergen.« Auf seiner Stirn mit den Geheimratsecken und auf der Oberlippe standen dicke Schweißtropfen. »Das war es also, worauf dieser sonnengebräunte Detektiv angespielt hat!«

»Meinst du Lester Nolan?«

»Ja. Er sieht genau aus wie Richard Barthelmess, dieser Filmschauspieler, findest du nicht? Er hat gesagt, er arbeitet mit Deputy Hook an diesem Fall, weil wir alle hier in New York wohnen und nicht in Croton.«

»Außer Dave.«

»Stimmt. Seit gestern Nacht wohnt er allerdings in meinem Atelier.«

»Wusstest du, dass sie eine Schwester hat?«

»Wer? Adelle? Äh, ich meine, Adeline? Sie hatte eine Schwester? Nein, woher hätte ich das wissen sollen?«

»Weil du sie kennst – du warst gestern Abend mit ihr zusammen. Es ist Daisy. Sie arbeitet bei *Vanity Fair.*«

Er war sprachlos. »Aber doch nicht *die* Daisy? Die Daisy, hinter der Bunny her ist?«

»Doch, genau die.«

»Nebenbei bemerkt – ich war nicht mit ihr zusammen.«

»Ehrlich nicht? Es machte aber sehr den Eindruck.«

»Ich war in der Bar, und Daisy stand am Tresen und ließ sich volllaufen, wenn ich das mal so sagen darf. Sie hat mich gebeten, sie nach Hause zu bringen. Mehr war da nicht.«

Die Geschichte klang einleuchtend, aber warum hatte ich trotzdem das Gefühl, dass er mir nicht die ganze Wahrheit sagte? »Hast du sie nach Hause gebracht?«

»Ich hatte keine Ahnung, dass sie Adelles Schwester ist!«

»Das heißt, du hast die Nacht mit ihr verbracht?«

»Na ja, es hat für uns beide gut gepasst.« Er schaute mich herausfordernd an. »Bist du etwa eifersüchtig?«

»Nein, nicht die Bohne. Aber – wie findest du das Ganze?«

»Am liebsten würde *ich* dich anheuern, damit du der Sache nachgehst.«

»Ich werde es Harry mitteilen. Erzähl mir von Carl Danenberg.«

»Du meinst den Knaben aus Croton?«

»Ja. Er war auf deiner Party. Und ich habe ihn und seine Mutter in ihrer Buchhandlung besucht, als ich bei euch in Croton war.«

»Er studiert an der Columbia University. Deshalb kommt er manchmal vorbei, um … Du hast seine Mutter kennen gelernt?« Ein breites Grinsen lag auf seinem Gesicht. »Und hat sie dir ein Stück von ihrem Strudel angeboten?« Jetzt platzte er richtig heraus, erstickte aber das Gelächter mit seiner Serviette. Dann sagte er: »Ich nehme nicht an, dass du die Bücherregale besonders sorgfältig studiert hast?«

»Ich verstehe nicht ganz …« Ich wurde schon richtig ärgerlich.

»Ach, der alte Mr. Danenberg reist durchaus mit seinen Kisten durch die Gegend, aber die enthalten keine Bücher. Die Danenbergs sind Alkoholschmuggler.«

25

Fordys gelber Roadster, ein offener Sportzweisitzer, hatte noch nicht einmal die Twelfth Street erreicht, da fing es schon an zu regnen, ein pieksiger Eisregen, der in eine wahre Sintflut überging.

»Hinten auf dem Klappsitz liegt ein Regenschirm«, sagte Fordy. Er fuhr an den Straßenrand, aber ich sagte, er solle sich meinetwegen keine Sorgen machen. In Wirklichkeit fühlte sich der Regen nämlich auf meinem Gesicht fast angenehm an.

Eine Minute später waren wir auch schon am Washington Square South Nr. 42. Fordy stellte den Motor ab und sprang aus dem Auto. Er öffnete die Klappe für den Notsitz, nahm den Schirm und spannte ihn auf. Dann holte er noch eine Rolle Leinwand, reichte mir den Regenschirm, half mir beim Aussteigen und machte sich daran, das Auto mit der Leinwand zuzudecken.

Es gibt nichts Schlimmeres als den Geruch von nassem Pelz, stimmt's? Und wie er sich anfühlt! Fordy hängte meinen Mantel zum Trocknen auf und fing an, im Kamin ein gemütliches Feuer zu entfachen. Ich nahm meinen durchnässten Hut ab, zog die patschnassen Schuhe aus und kuschelte mich aufs Sofa. Da jetzt nicht so viele Leute im Raum waren, konnte ich endlich die Gemälde begutachten, die jeden Zentimeter Wand bedeckten. Viele waren Aktbilder. Obwohl ich von dem Pornografieskandal wusste, über den Harry und Paulo sich unterhalten hatten, fand ich Fordys Arbeiten sehr interessant, ungewöhnlich und ziemlich wild und grell in Textur, Farbgebung und Linienführung.

Während ich die Gemälde betrachtete, ging Fordy kurz aus dem Zimmer und kam in Hemdsärmeln zurück, ein Handtuch um die Schulter gelegt. Er reichte mir das feuchte Handtuch, kniete nieder und stopfte zerknülltes Zeitungspapier in meine armen Schuhe. Seine Haare waren ganz dunkel von der Feuchtigkeit und lockten sich an seiner Stirn. Auf einmal wirkte er wie ein netter kleiner Junge.

Ich strich ihm die Haare aus der Stirn. »Du kannst sehr nett sein, Fordy, wenn du willst.«

Er schaute mich mit einem so begehrlichen Blick an, dass ich zurückwich. »Ich bin auch sehr nett, Oliver – wenn man mir eine Chance gibt.«

»Ich werde darüber nachdenken«, sagte ich so beiläufig wie möglich.

»Ich werde dich nackt zeichnen, einen Akt.«

Du kannst mich mal! dachte ich.

Er stand wieder auf, legte eine Schallplatte auf und kurbelte den Plattenspieler an. Die romantischen Klänge von »Whispering« erfüllten den Raum.

»Der Gin kommt gleich.« Er öffnete eine Flasche Gin, füllte zwei Gläser und stellte sie auf den Tisch vor dem Sofa. »Möchtest du nicht die nassen Kleider ausziehen?«

»So nass sind sie gar nicht«, entgegnete ich, aber ich rollte wenigstens meine nassen Strümpfe nach unten und hängte sie über die Sofalehne, damit sie trocknen konnten. »Ich dachte, du wolltest Professor Adolphus anrufen. Wenn nicht, dann möchte ich mich gern für das ausgezeichnete Abendessen bedanken und nach Hause gehen.«

»Du bist wirklich ein eigensinniges kleines Mädchen,

Oliver«, sagte Fordy. Er strich mit der Hand über mein nacktes Bein und ging dann mit einem schweren Seufzer zum Telefon, das auf einem kleinen Tischchen stand. »Dr. Greeve, mein Psychoanalytiker, sagt, ich brauche jemanden wie dich. Was sagt dein Therapeut?«

»Ach, weißt du, Fordy, ich hab' gar keinen. Ich möchte nämlich nicht, dass sich jemand in meine Gedanken einmischt.«

»Da begehst du einen großen Fehler. Die Psychoanalyse erweitert deinen Geist und deine Wahrnehmung. Du kannst gar nicht wissen, wie kreativ du bist, wenn du dich nicht analysieren lässt.« Während er redete, blätterte er ein kleines, ledergebundenes Adressbuch durch, bis er den gewünschten Namen gefunden hatte. Dann bat er das Fräulein vom Amt, ihn zu verbinden.

In dem Moment hörten wir im Treppenhaus lautes Gelächter und schwere Schritte. Die Herde lachender Elefanten öffnete Fordys Tür, und hereingepoltert kamen Dave und eine mollige Blondine, der ich schon öfter im Village begegnet war. Sie waren beide durchnässt bis auf die Haut und sangen »Blowing Bubbles«, aber leider ziemlich falsch.

»Vielen Dank«, sagte Fordy zum Fräulein vom Amt. »Ja, das stimmt.«

»Oliver!« Dave ließ sich neben mir aufs Sofa fallen und umarmte mich heftig, ehe ich auch nur auf die Idee kam, mich zu wehren. Es war, als würde ich von einem nassen Hund überfallen. Seine nassen Haare klebten mir im Gesicht.

Das Mädchen kicherte und gluckste ununterbrochen. »Dave!«, rief sie.

Dave sprang auf und stieß gegen den Tisch, auf dem unsere Gingläser standen, die prompt umfielen. »Das ist …« Er runzelte ratlos die Stirn. »Sag mal, Kleine – wie heißt du gleich wieder?«

»Trudy.« Sie stieß mit der Zunge an und hatte einen

Akzent, den ich nicht richtig einordnen konnte. »Ich muss auf die Toilette, Davy.«

»Hallo?« Fordys Gesicht wurde lebhaft. »Professor Adolphus, sind Sie's?«

»Dave, könntet ihr bitte etwas leiser sein?« Ich stand auf. »Fordy hat ein Ferngespräch angemeldet.«

»Ja, hier spricht Fordham Vaude, Sir ... Ja ... Danke, mir geht es gut. Entschuldigen Sie bitte, dass ich Sie so spät noch anrufe.«

Dave neigte sich nach links. »Oh, tut mir Leid. Komm, Trudy, ich zeig dir, wo du hin musst.«

Die beiden torkelten den Flur hinunter in Richtung Badezimmer. Die Tür knallte zu, und Trudys Gekicher verwandelte sich in ein vergnügtes Gekreische, das wieder in Gelächter umschlug.

Ich hatte aber eindeutig nicht genug getrunken, um Dave und Trudy witzig oder unterhaltsam zu finden. Ich wollte nur noch eins: Möglichst viele Informationen aus Fordy herausholen – und dann nach Hause!

»Ja, Sir«, sagte Fordy gerade. »Ich möchte Ihnen mein Beileid wegen Ihrer Nichte aussprechen ... Ja, ich rede von Ihrer Nichte Adelle ... Adeline. Das arme Mädchen! Ich fühle mich verantwortlich. Schließlich haben Sie Adeline zu mir geschickt ...«

Plötzlich verstummte er. Er schaute mich konsterniert an, während er dem zuhörte, was am anderen Ende der Leitung gesagt wurde.

»Was ist los?«, fragte ich und stellte mich ganz dicht neben ihm, um hören zu können, was Professor Adolphus sagte.

»Es tut mit schrecklich Leid, Sir ... Ja, selbstverständlich, gerne.« Er hängte den Hörer an den Haken und blickte auf mich herunter, sagte aber kein Wort.

Aus dem Badezimmer war wieder ein Kreischen zu hören und dann ein lautes Gepolter.

Ich packte Fordy am Arm und schüttelte ihn.

»Ich versteh das nicht, Oliver!«, murmelte er. »Er hat gesagt, er hat gar keine Nichte – er hat nicht mal einen Bruder, und seine Schwester hat nie geheiratet. Er selbst ist ebenfalls ein überzeugter Junggeselle – und er hat nie irgendjemanden zu mir geschickt!«

26

Fordy brachte mich nach Hause. Er erwartete garantiert, dass ich ihn nach oben bitten würde, aber ich sagte, ich sei schrecklich müde. Ich gab mir große Mühe, mir nicht anmerken zu lassen, wie sehr ich mich darauf freute, Harry die Neuigkeit von Professor Adolphus zu berichten! Aber als ich bei Harry klingelte, öffnete niemand, und ich sah auch kein Licht unter der Tür.

Und um diese nachtschlafende Zeit hätte ich es nie im Leben über mich gebracht, Mattie aufzuwecken. Es blieb mir also nichts anderes übrig, als ins Bett zu gehen. Nachdem ich meinen Mantel im Flur an die Garderobe gehängt hatte, schlich ich mit den Schuhen in der Hand die Treppe zu meinem Zimmer hinauf. Aber eigentlich hatte ich noch keine Lust, schlafen zu gehen. Für mich war die Nacht ein Anlass zum Feiern, ich suchte in ihr die Inspiration und die samtdunkle Ruhe, die nur sie den Menschen schenkt.

Nachdem ich es geschafft hatte, dem fast schon erloschenen Feuer noch ein bisschen Wärme zu entlocken, setzte ich mich an meine Schreibmaschine, im Nachthemd und mit einer Stola um die Schultern. Ich spannte ein Blatt Papier ein. In ihrer unendlichen Güte hatte Mattie eine Kanne Tee unter einer Haube für mich bereitgestellt. Aber heute Abend war Tee nicht das Richtige für mich. Ich tastete unter meinem Schreibtisch nach der Weinflasche, die ich dort für besondere Gelegenheiten aufbewahrte.

Ich füllte die Tasse mit Wein, trank einen Schluck und dachte über die vergangenen Tage nach. Dann stellte ich die Tasse ab, und meine Finger kehrten zu den Tasten zurück.

Hör, Tod, verlass dich nicht auf mich,
Dass ich in meinem Hause freundlich dich begrüße,
Noch dass ich ohne Widerstand dich jetzt begleite,
Bevor ich fühle, dass mein Werk getan.
Sie ging schon, deren Seel' du mir genommen,
Längst eh' sie noch ihr volles Maß genossen
An Lieb'und Leben. Ach, wie ich. Drum bitte,
Du bleicher Priester, bleibe mir noch fern.

Im Tod bewies sich diese Adeline Zimmerman wirklich als Unruhestifterin. Wie war sie zu Fordy und Kate gekommen, wenn nicht über ein Empfehlungsschreiben von Professor Adolphus? Falls sie tatsächlich keine Pinkerton war, für wen hatte sie dann gearbeitet? Sie hatte sich als Kindermädchen ausgegeben, aber offensichtlich war sie in sehr gefährliche Dinge verwickelt gewesen. *Es war doch gar nicht so schlimm,* hatte sie gesagt, und *Ich spiele das Spiel nicht zum ersten Mal,* hatte sie gesagt.

Tja – aber wie sich herausgestellt hatte, war es doch schlimm. Sehr schlimm sogar. Ich steckte eine Zigarette in die Zigarettenspitze, trat ans Fenster und teilte die Vorhänge, um hinausschauen zu können. Der Eissturm war vorüber. Die Straßenlaterne ließ ihre Umgebung glitzern wie einen Schatz aus tausend Diamanten – bis auf die dunkle Gestalt eines Mannes mit Derby-Hut, der mutterseelenallein unter der Laterne stand, in Begleitung seines langen Schattens. Er zündete sich gerade eine Zigarette an, hielt die Hand schützend über das Streichholz und schaute dann direkt zu mir hoch. Mir wurde auf einmal klar, dass er mich genau sehen konnte, denn die Lampe auf meinem Schreibtisch beleuchtete mich von hinten. Instinktiv wollte ich mir die Stola enger um die Schultern ziehen, aber sie hing über meiner Stuhllehne.

Als hätte er auf mich gewartet, legte der Mann grüßend die Finger an den Hut und verschwand dann in der Dunkelheit, offenbar zufrieden mit dem, was er erreicht hatte.

In dem Moment fuhr ein dunkelgrüner Sedan vor, und Harry stieg aus. Er beugte sich noch einmal ins Wageninnere, und ich sah, dass sich ihm die helle Hand einer Frau entgegenstreckte. Hm.

Ich trat vom Fenster zurück, aber gleich überlegte ich es mir anders – ich bin Künstlerin, und das heißt, ich bin Voyeurin. Aber der Sedan war schon wieder weggefahren, und das Quietschen des Gartentörchens teilte mir mit, dass Harry tatsächlich nach Hause gekommen war.

Ich nahm meine Stola von der Stuhllehne, legte sie mir um die Schulter, ging nach unten und noch weiter nach unten, bis ich vor Harrys Tür stand. Ich klingelte energisch.

»Komm rein, Oliver.«

Ich öffnete die Tür und trat in seine Wohnung. »Woher hast du gewusst, dass ich es bin?«

»Du hast oben am Fenster gestanden, das war nicht zu übersehen«, sagte er. »Hast du etwa auf mich gewartet?« Er trug einen feinen Anzug, hatte das Jackett aber schon ausgezogen.

»Also wirklich, Harry!« Ich war beleidigt. »Wenn du's genau wissen willst: Ich habe gearbeitet, dann bin ich aufgestanden, um mir ein bisschen die Füße zu vertreten, und als ich zum Fenster hinausgeschaut habe, stand ein unbekannter Mann unter der Straßenlaterne. Ich glaube, er hat das Haus beobachtet, denn als er mich sah, salutierte er kurz und verschwand. Du hast ihn doch sicher auch gesehen, als die Dame mit dem schicken Auto dich hier abgesetzt hat.«

»Nein, ich habe niemanden gesehen. Ist es vielleicht

ein heimlicher Verehrer?« Er zwinkerte mir spöttisch zu, setzte sich an seinen Schreibtisch, kippelte mit dem Stuhl nach hinten und legte die Füße hoch. »Wie war dein Abendessen?«

Ich fand sein ganzes Benehmen ziemlich unverschämt und beschloss, mich nicht hinzusetzen. »Er ist mit mir in den Yale Club gegangen.«

»Aber natürlich!« Harry tat so, als hätten er und Fordy sich abgesprochen, und ich wurde immer muffiger.

»Warum sagst du ›Aber natürlich‹?«

»Wach auf, Oliver! Merkst du denn nicht, dass er dir an die Wäsche will?«

»Meinetwegen, aber da muss er mit all den anderen Schlange stehen«, erwiderte ich.

Harry stellte die Füße wieder auf den Boden und holte seine Flasche Scotch aus der Schreibtischschublade. Er trank einen kräftigen Schluck und bot mir dann die Flasche an. Ich schüttelte den Kopf, wartete und bemühte mich, kühl und unbeteiligt zu wirken.

»Was ist los, Harry?«, fragte ich ihn, strich mein Nachthemd glatt und zupfte an meiner Stola herum. Er machte mich ganz nervös und unsicher. Ich schaute auf meine nackten Füße hinunter. Nichts Ungewöhnliches.

»Vergiss es, Oliver.«

Ich kam mir irgendwie komisch vor, völlig ausgelaugt, als hätte er mich gerade durch die Mangel gedreht. Wenn Harry sich so benahm wie jetzt gerade, verstand ich ihn überhaupt nicht. »Ich glaube, ich nehme doch einen Schluck«, sagte ich. Er reichte mir die Flasche, ich legte den Kopf in den Nacken und trank. Dann gab ich Harry den Scotch zurück und setzte mich vorsichtig aufs Sofa.

»Wie lief die Detektivarbeit?«, fragte Harry fast beiläufig.

Vielleicht hatte mich mein Gefühl vorhin doch getrogen. Jetzt fühlte ich mich jedenfalls wieder in meinem Element. »Adelle-Adeline kam zu Fordy mit einem Empfehlungsschreiben von seinem Philosophieprofessor, einem gewissen Mr. Adolphus. Fordy hat ihn in meiner Gegenwart angerufen, um ihm wegen Adeline sein Beileid auszusprechen – und soll ich dir sagen, was sich herausgestellt hat?«

»Professor Adolphus hatte keine Ahnung, wer sie war.«

»Harry – du hast das gewusst?«

»Richtig. Und glaubst du ihm?«

»Ich habe nicht mit ihm gesprochen. Fordy war am Apparat. Aber weshalb sollte er lügen?«

Harry zuckte die Achseln. »Vielleicht müssen wir uns diesen Mr. Adolphus mal etwas genauer ansehen. Es wäre doch interessant herauszufinden, weshalb Adelle ausgerechnet seinen Namen ausgewählt hat, um sich bei Fordy einzuschleichen.«

»Stimmt. Ich werde der Sache nachgehen. Vielleicht kann ich ja ein Treffen mit ihm vereinbaren.«

»Dir traue ich alles zu, Oliver.«

Ich musterte ihn misstrauisch. Machte er sich über mich lustig? Ich war mir nicht sicher, weil sein Gesicht nichts preisgab. »Da ist noch etwas, Harry. Es geht um Carl Danenberg.«

»Du meinst Adelles angeblichen Freund, den Jungen, der dich fast bis zum Haus begleitet hat und dann davongerannt ist wie ein scheues Rehkitz.«

»Na ja, so weit würde ich nicht gehen, aber er wollte nicht, dass irgendjemand aus dem Haus ihn sieht.«

»Was ist mit ihm?«, fragte Harry.

»Er war neulich abends auf Fordys Party. Der junge Mann mit den Sommersprossen. Ist er dir nicht aufgefallen?«

»Könnte ich nicht behaupten«, sagte er, fügte dann aber mit gespielter Ernsthaftigkeit hinzu: »Obwohl ich zugeben muss, dass ich eine gewisse Schwäche für Sommersprossen habe.«

»Aber seine sind anders als meine.« Ich merkte, dass ich rot wurde. »Seine sind viel größer und gröber.«

»Und – was ist mit ihm?«

»Fordy behauptet, die Buchhandlung sei gar keine Buchhandlung. Die Danenbergs sind Schnapsschmuggler.« Ich kicherte. »Sie haben mich blitzschnell durch ihren Laden geführt. Vielleicht gibt es bei ihnen nur ein einziges Buch zu kaufen, und das sind die Gedichte von John Donne.«

»Manchmal muss der Hund gar nicht bellen«, sagte Harry.

»Vielen Dank, Mr. Sherlock Holmes. Okay – jetzt bist du dran. Hast du Daisy bei *Vanity Fair* besucht? Fordy hat gesagt, er habe sie zufällig gestern Abend im Brevoort getroffen. Sie sei völlig beschwippst an der Bar gesessen und habe ihn gebeten, sie nach Hause zu bringen.«

»Ach, ehrlich?«

»Er war schockiert, als ich ihm erzählt habe, dass Daisy und Adelle – Adeline – Schwestern sind.«

»Ach, ehrlich?«

»Soll ich dir was sagen, Harry? Ich gaube, du verheimlichst mir etwas.«

Er bot mir noch einmal die Flasche an. Ich lehnte ab. Er trank selbst einen Schluck. »Unsere Klientin sagt, Fordy hätte genau gewusst, dass Adelle ihre Schwester ist, und außerdem hätte er Daisy sogar zum Essen eingeladen, angeblich, um ihr sein Beileid auszusprechen. In Wirklichkeit ging es ihm aber nur darum, sie auszuhorchen, ob Adelle ihr etwas über das Leben im Hause Vaude erzählt hat.«

»Mein Gott – und ich habe ihm alles geglaubt! Das heißt, es kann sein, dass er auch in Bezug auf Professor Adolphus gelogen hat!«

»Sei nicht so streng mit dir, Oliver. Vielleicht ist es ja auch umgekehrt – vielleicht hat Fordy die Wahrheit gesagt, und Daisy ist die Lügnerin.«

»Hast du einen Grund zu dieser Annahme?«

»Ja. Ich bin ihr nämlich gefolgt, als sie nach Hause gegangen ist.«

Ich machte den Mund auf und wollte etwas sagen, aber Harry ließ mich nicht zu Wort kommen.

»Frag mich nicht, warum. Sagen wir, es war eine Eingebung.« Er trank noch einen kräftigen Schluck aus seiner Scotch-Flasche. »Ich fand es sehr interessant, auf diesem Wege zu erfahren, dass unsere Daisy einen Liebhaber hat.«

»Einen Liebhaber! Bestimmt ist es Bunny.«

»Nein, sie hat nichts mit Bunny. Auch nicht mit Fordy, nebenbei bemerkt. Daisys Liebster ist der gute alte Lester Nolan.«

27

Alles, was wir sehn und scheinen, ist nichts andres als ein Traum im Traum.

Poes faszinierende Zeilen wollten mir einfach nicht aus dem Kopf gehen. Seit Harry mir eröffnet hatte, dass Lester Nolan Daisys Liebhaber sei, konnte ich nicht mehr die Augen schließen, ohne dass ich diese Worte in flammenden Buchstaben auf einem windgepeitschten Banner vor mir sah.

Harry schlug mit der Faust auf seinen Schreibtisch. Papiere und Asche wirbelten durch die Luft. »Das Ganze ist eine Finte! Aber ich verstehe nicht, was dahinter steckt. Warum gerade ich – warum wir? Wozu das Ganze? Und dann noch für so viel Geld!«

Ich sammelte ein paar Blätter ein, die vor meinen Füßen gelandet waren, und legte sie wieder auf den Schreibtisch. »Wessen Geld ist es eigentlich? Daisy bekommt bei der Zeitschrift einen Hungerlohn!«

»Nolan ist der Drahtzieher. Er hat mich schon mal reingelegt. Er glaubt wahrscheinlich auch jetzt wieder, er kann mich für seine Zwecke einsetzen.«

»Dabei fällt mir ein – ich möchte gern noch eine Entschuldigung von dir«, sagte ich.

Darauf war er nicht gefasst gewesen. »Wofür?«

»Dass du gedacht hast, ich würde auf Nolan hereinfallen – auf seinen schmierigen Charme und sein angeberisches Äußeres. Aber er hat etwas unglaublich Verlogenes, und das spürt man sofort.«

Harry versuchte, nicht zu lachen, was ihm aber nicht gelang. »Na, dann entschuldige ich mich hiermit in aller Form.«

»Danke«, sagte ich besänftigt. »Allem Anschein nach werden wir also mit Nolans Geld bezahlt! Dabei habe ich gedacht, er sei ein pensionierter Polizeibeamter.«

»Ja, ein Polizist im Ruhestand, der mit Kohle nur so um sich wirft und der irgendetwas mit einem toten Mädchen vorhat. Worauf will er hinaus, verdammt noch mal?«

»Es geht um Adeline Zimmerman, Harry. Gerry Brophy hat sie gekannt, er hat mit ihr zusammengearbeitet. Und er kennt Nolan.«

»Wir wissen nicht einmal mit Sicherheit, ob die junge Frau, die sich Daisy Zimmerman nennt, wirklich die Schwester der Toten ist.«

»Wir sollten uns mal mit Gerry unterhalten.«

Wir vereinbarten, dass ich versuchen würde, möglichst viel von Gerry zu erfahren, während Harry sich mit Nolan und Daisy beschäftigte. Jedenfalls glaube ich, dass wir uns darauf einigten.

Das Quietschen der Gartentür weckte uns auf.

»Verflucht!« Harry rappelte sich hoch.

Ich war auf seinem Sofa eingeschlafen. Wir starrten einander fassungslos an. Draußen im Vestibül war ein dumpfes Geräusch zu hören. Das Gartentor quietschte wieder, als Harry seine Wohnungstür aufriss.

Ich war nicht aus Miltons »federleichtem Schlummer« erwacht, sondern aus abgrundtiefem, traumlosem Schlaf, was mir nur selten passiert. Deshalb erschrak ich richtig, als ich Harry laut lachen hörte.

»Oliver – komm mal her und sieh dir an, was du angerichtet hast.«

Ich schlief noch halb, als Harry mir an der Tür eine offene Floristenschachtel mit langstieligen feuerroten Rosen in die Arme drückte. Und auf dem Boden stand eine Kiste Gin.

»Oooh, wie hübsch!«, rief ich und atmete den Duft der Rosen ein. Der Inhalt der Kiste entzückte mich allerdings noch viel mehr. »Haben wir nicht gerade unsere Bestellung von …« In dem Moment begriff ich, warum Harry so zynisch grinste. »Ach, du liebe Zeit – du denkst, es ist ein Geschenk von Monk Eastman.«

»Das denke ich nicht – ich weiß es!«

»Und er überschüttet mich mit Geschenken?«

»Früher oder später erwartet er eine Gegenleistung. So ist das Leben.«

»Na ja, wir können sein Geschenk nicht zurückgehen lassen, oder?«

»Wir? An mir hat der Herr kein Interesse, Oliver.« Harry nahm die Kiste Gin auf die Schulter. »Komm, ich trage die Flaschen nach oben, und dann sollten wir vielleicht beide ein bisschen schlafen.«

»Ich gehe zu ihm und rede mit ihm, Harry …«

Harry drehte sich zu mir um und knurrte: »Rotkäppchen – wach auf!«

Als Gerry Brophy am späteren Nachmittag vorbeikam, um Mattie zu besuchen, saß ich in der Küche und erzählte ihr gerade von unseren Fortschritten bei den Ermittlungen, während sie einen Kuchenteig ausrollte.

»Sehen sie denn aus wie Schwestern?«, hatte Mattie mich gerade gefragt.

Gerrys Klingeln unterbrach unser Gespräch. Weil Matties Hände voller Mehl waren, ging ich nach unten, um ihn hereinzulassen.

Wir setzten uns an den Küchentisch und schauten zu, wie Mattie den Kuchenboden mit gezuckerten Apfelstücken bedeckte, die sie dann noch mit Zimt bestreute. »Du hast meine Frage noch nicht beantwortet, Olivia.«

»Ob sie aussehen wie Schwestern, willst du wissen?« Ich überlegte. »Vielleicht. Vielleicht auch nicht. Was meinst du, Gerry?« Raffiniert eingefädelt, was?

»Würdet ihr zwei mir freundlicherweise mitteilen, über wen ihr gerade redet?«

»Wir reden über Daisy, der jungen Frau, die bei *Vanity Fair* arbeitet und die mit uns zusammen bei den Vaudes war. Sie behauptet, sie sei die Schwester von Adeline Zimmerman. Die Frage lautet: Hatte Adeline Zimmerman überhaupt eine Schwester?«

Gerry musterte mich aufmerksam, und ich muss sagen, dass ich mich ein bisschen schämte. Mattie setzte kleine Reiterchen aus Butter auf die Apfelscheiben, dann rollte sie die Deckkruste aus. Wir schwiegen alle drei.

»Was bringt dich auf den Gedanken, ich könnte das wissen, Olivia?« Gerry schnappte sich ein übrig gebliebenes Stück Apfel aus der Schüssel und steckte es in den Mund.

»Du hast doch gesagt, du kennst Adeline.«

»Ich habe vor einem guten Jahr mit ihr an einem Fall gearbeitet. Das heißt nicht, dass ich sie kannte.«

Mattie faltete die Teigplatte zusammen und stach kleine Karos aus, damit die Hitze abziehen konnte. Sie stach ziemlich heftig zu.

»Mattie ist eifersüchtig«, sagte ich.

»Stimmt doch gar nicht!«, protestierte Mattie mit feuerrotem Gesicht.

»Ich würde mich freuen, wenn du's wärst, Mattie.« Was für ein netter Mann dieser Gerry Brophy doch ist!

Mattie belohnte mich mit einem süßen Lächeln und

bedeckte jetzt die Apfelscheiben mit Teig. Nachdem sie mit einer Gabel noch ein paar Mal hineingestochen hatte, bog sie den Rand leicht nach oben.

Die Kommunikation zwischen den beiden gefiel mir so gut, dass ich mein eigentliches Vorhaben fast vergaß. Aber Gerry brachte mich wieder auf die Spur.

»Du möchtest erfahren, was ich über Addie Zimmerman weiß, stimmt's, Olivia?«

Ich nickte. Mattie bestrich die Deckplatte mit geschlagenem Ei und schob dann den Kuchen in den Backofen. »Du hast sie gekannt, wie sie wirklich war, Gerry. Die junge Frau, die als Kindermädchen gearbeitet hat, war nicht echt.«

»Addie war eine gute Ermittlerin, sie wusste genau, worum es geht. Intelligent. Sie hätte auch Schauspielerin sein können, weil sie jede Rolle übernehmen konnte.«

»Was für ein Fall war es?«

»Darüber kann ich leider nicht sprechen, aber als wir ihn gelöst hatten, hätte sie mehr Anerkennung verdient. Eine Frau hat es in dieser Branche wirklich nicht leicht.«

»Wie kommt eigentlich eine junge Frau auf die Idee, zur Polizei zu gehen?«, fragte Mattie, füllte den Kessel mit Wasser und stellte die Teetassen auf den Tisch.

Ich antwortete: »Die Abenteuerlust, Mattie, der Kitzel, die Liebe zur Gefahr!«

»Über persönliche Dinge hat sie nie gesprochen«, sagte Gerry. Er holte ein säuberlich gefaltetes Taschentuch hervor und wischte einen Mehltupfer von Matties Nase. »Aber ich glaube, sie fand, sie könnte mehr leisten, wenn man sie nur ließe.«

»Hat sie gesagt, dass sie kündigen will?«, fragte ich.

»Sie hat gewusst, dass sie bei den Pinkertons nicht weiterkommt. Es hat ihr Spaß gemacht, mit uns Polizeibeamten zusammenzuarbeiten, aber bei der Polizei hat eine Frau erst recht keine Zukunft, höchstens als Sekretärin. Vielleicht hätte sie sich mit Harry unterhalten sollen.«

»Aber sie muss von Pinkerton weggegangen sein, um anderweitig zu ermitteln, Gerry. Meinst du, sie hat allein gearbeitet?«

»Wenn sie das getan hat, werden wir es leider nie erfahren, es sei denn, wir finden ihre Unterlagen, oder ihr Klient wendet sich an uns.«

Das kochende Wasser lenkte uns ab. Mattie wärmte die Kanne vor, maß die Teeblätter ab und brühte den Tee auf.

»Hat sich schon jemand die Mühe gemacht, im City Directory nachzuschlagen, ob ihr Büro aufgeführt ist?«

»Ich bin sicher, Nolan hat das schon längs überprüft …« Er schwieg, als wäre ihm plötzlich ein Gedanke gekommen. »Nolan!«

»Was ist mit Nolan?«, hakte ich nach und nahm mir vor, ebenfalls im City Directory nachzuschlagen.

»Eigentlich komisch – wenn ich's mir richtig überlege.« Gerry schwieg wieder, trank einen Schluck Tee, rieb sich das Kinn. »Nolan ist in den Ruhestand gegangen und von hier weggezogen, aber hin und wieder kommt er vorbei. Nachdem wir damals den Fall abgeschlossen hatten, sind wir zu mehreren mit Adelle etwas trinken gegangen – ich glaube, wir waren im Chumley's – und alle haben sich blendend amüsiert. Es war schon ziemlich spät, als wir plötzlich merkten, dass Addie schon weg war. Sie hatte sich bei keinem von uns verabschiedet. Joe, der Typ an der Bar, hat uns gesagt, sie sei mit Lester Nolan weggegangen.«

28

Der Chelsea Poetry Circle traf sich einmal im Monat im Chelsea Hotel, einem Backsteingebäude mit zwölf Stockwerken und hübschen Eisengitterbalkons. Edward Hall hatte dort eine Lesung für mich arrangiert.

Ich freute mich sehr, als wir ankamen und der Raum bis auf den letzten Platz besetzt war. Es gab keinen einzigen Klappstuhl mehr. Die Leute mussten an die Wände gequetscht stehen. Es waren auch einige sichtlich betuchte Zuhörer darunter.

Ein ganzer Tag war vergangen, und sogar noch mehr, seit Gerry Brophy Adeline in Zusammenhang mit Nolan gebracht hatte. Harry und ich wussten beim besten Willen nicht, was wir davon halten sollten. Es sah immer mehr so aus, als hätte Harry Recht: Irgendwie wurden wir an der Nase herumgeführt – aus welchem Grund auch immer.

Meine spontane Frage war: »Was machen wir jetzt?«

Worauf Harry antwortete: »Erst mal gar nichts. Wir brauchen einen Plan.«

Das fand ich auch. Ich hatte das City Directory schon überprüft und keinen Eintrag für Adeline Zimmerman gefunden. Auch nicht für Adelle Zimmer.

»Wenn sie hier in New York ihre eigene Agentur hatte, dann hätte ich garantiert schon davon gehört«, sagte Harry. »Eine Frau in unserem Geschäft ist wie ein bunter Hund.«

»Vielen Dank, Harry«, erwiderte ich. Bei einer Dichterin ist das anders, also machte ich mich wieder an meine Gedichte. Oder besser gesagt, ich versuchte es. Aber meine Gedanken schweiften immer wieder ab, in verschiedene Richtungen, aber alle Wege führten zu Professor Adolphus. Wie konnte ich es schaffen, mich mit ihm zu treffen?

»Oliver!«, sagte Edward und holte mich aus meinen Grübeleien. »Das ist Mrs. Finley Jorgenson, die Präsidentin des Poetry Circle. Sie wird die einführenden Worte sprechen.« Er nahm mir den Mantel ab, und mein neues Kleid aus dem regenbogenfarbenen Chiffon schimmerte bezaubernd.

»Oh, was für ein hübsches Kleid!«, rief Mrs. Jorgenson

und schüttelte mir begeistert die Hand. Sie war eine imposante Dame über dreißig, mit einem mächtigen Vorbau. Das locker sitzende weinrote Wollkostüm diente nur dazu, das zu unterstreichen, was schon da war. Auf dem Kopf trug sie einen schwarzen Turban, der mit kleinen Perlen besetzt war. »Es ist uns eine große Ehre, dass Sie uns aus Ihrem Werk vorlesen wollen, Miss Brown. Ich kann Ihnen gar nicht sagen, wie sehr wir uns freuen, Sie hier bei uns begrüßen zu dürfen.«

Ich presste meine Hände aufeinander, damit sie nicht so zitterten, und dankte ihr höflich. Das Lampenfieber gehörte für mich dazu. Aus Erfahrung wusste ich, dass es sofort verschwand, wenn ich anfing zu sprechen. Im Grunde liebte ich es, vor Publikum aufzutreten.

Am anderen Ende des Raums war ein Podium, darauf stand in der Mitte ein Lesepult, größer als ich, und seitlich davon waren noch zwei Stühle aufgestellt. Mrs. Jorgenson wies mir einen der beiden Stühle zu, auf den anderen legte sie ein paar umgedrehte Notizzettel. »Ich bin gleich wieder da, dann werde ich Sie dem Publikum vorstellen«, sagte sie zu mir. »Anschließend wollen wir Tee und Kuchen servieren. Unsere Mitglieder möchten Sie unbedingt näher kennen lernen.«

Meine Gastgeberin ging durchs Publikum, begrüßte ein paar Leute. Ich folgte ihr mit den Augen, wenn auch nicht besonders aufmerksam. Eigentlich konzentrierte ich mich schon ganz auf die Lesung. Deshalb wanderte mein Blick weiter, auch als er auf ein bekanntes Gesicht stieß.

Moment mal! ermahnte ich mich. Kommando zurück! Es war Carl Danenberg. Ich schenkte ihm ein herzliches Lächeln zur Begrüßung. Das schien genau die Aufforderung zu sein, auf die er gewartet hatte, denn er sprang auf, sagte etwas zu seinem Nachbarn und kam dann zu mir aufs Podium.

»Miss Brown«, sagte er, sank vor mir auf die Knie und verschlang mich fast mit den Augen.

»Wollen Sie mir einen Antrag machen, Mr. Danenberg?«

»Oh – ich – nein – entschuldigen Sie …« Er wurde puterrot, und es tat mir schon richtig Leid, dass ich mich über ihn lustig gemacht hatte.

»Ich wollte nur einen kleinen Scherz machen, Mr. Danenberg. Wie geht es Ihrer lieben Mutter?«

Er fasste sich schnell wieder. »Es geht ihr ausgezeichnet, danke, Miss Brown. Ich habe ihr gesagt, dass ich zu Ihrer Lesung gehe, und da hat sie mich gebeten, Ihnen schöne Grüße zu bestellen.«

Was für ein glücklicher Zufall. Ein paar Zuhörer suchten immer noch nach Sitzplätzen, und obwohl ich im Zentrum der Aufmerksamkeit stand, konnte ich doch diesen Augenblick nutzen, um Carl nach Adelle zu fragen.

Ich nahm Mrs. Jorgensons Notizzettel – ich hielt ihre einführenden Worte in meiner kleinen, schwitzenden Hand – und klopfte auf den Stuhl neben mir. »Ach, Mr. Danenberg, nehmen Sie doch kurz Platz!« Sobald er sich hingesetzt hatte, fragte ich: »Es ist wirklich tragisch, was Adelle, dem Kindermädchen der Vaudes, zugestoßen ist, finden Sie nicht auch?«

Er erstarrte. Ich wartete. Als er mich anschaute, hatte er Tränen in den Augen.

»Aber, Mr. Danenberg – kannten Sie die junge Frau näher?« Klar, er war in sie verliebt gewesen, und mein Verhalten ihm gegenüber war richtig grausam. Harry hätte gesagt, das gehört zum Job, man muss alle Register beherrschen. Ich war mir nicht sicher, ob ich das wirklich wollte.

Carl Danenberg konnte gar nicht richtig sprechen. Er errötete wieder und schaute auf seine Hände hinunter. Dann flüsterte er mit erstickter Stimme, so leise, dass ich es kaum verstand: »Wir waren ein Paar.«

Ich tätschelte seine Hand. »Dann wissen Sie, wer sie wirklich war.«

Er starrte mich an wie ein Reptil, und ich zog schnell

meine Hand zurück. »Was wollen Sie damit sagen?«, fragte er.

»Sie war eine Pinkerton. Ihr richtiger Name war Adeline Zimmerman.«

Er wurde grün vor Schreck. »Oh, nein!«

»Sie sollten möglichst schnell Ihre Mutter informieren«, schlug ich vor. »Obwohl es ja kein Geheimnis zu sein scheint, in welchem Gewerbe Sie arbeiten.«

»Ich habe sie geliebt, und sie hat mich geliebt! Das weiß ich genau. Wie kann das alles eine Lüge gewesen sein?«, murmelte er bitter.

Aus dem Augenwinkel sah ich, dass Mrs. Jorgenson auf uns zukam.

»Sie haben Adelle geliebt – aber irgendein anderer Mensch hat sie nicht geliebt. Vielleicht haben Sie ja eine Ahnung, wer das gewesen sein könnte.«

»Sie hat mit mir Schluss gemacht, weil sie einen anderen hatte.« Er stand auf.

»Und wer war dieser neue Liebhaber?« Ich gab noch nicht auf und erhob mich ebenfalls.

Er konnte kaum sprechen vor Wut. »Ich verstehe nicht, warum Sie mir diese Fragen stellen. Es geht Sie nichts an! Adelle war …«

Mrs. Jorgenson kam aufs Podium und trat zwischen uns. »Entschuldigen Sie die Störung«, sagte sie, aber es tat ihr überhaupt nicht Leid. »Würden Sie bitte auf Ihren Platz zurückgehen, Sir?«

Ich reichte ihr die Zettel und erwischte Carl noch einmal am Rand des Podiums. »Carl, warten Sie – Sie müssen doch einen Verdacht haben! Vielleicht war Adelles neuer Liebhaber ihr Mörder! War es Fordy Vaude?«

Seine Reaktion war unbeherrscht und unerfreulich. Einen Augenblick dachte ich schon, er würde mir eine Ohrfeige geben. »Sie haben kein Recht …« Aber dann bremste er sich und sagte: »Mr. Vaude kann es nicht gewesen sein. Er war nie da.«

29

»Meine Damen und Herren«, begann Mrs. Jorgenson, die hinter das Lesepult getreten war. »Wir wollen nun mit unserer Veranstaltung beginnen.«

Ich versuchte, meinen Kopf klar zu bekommen und mich ganz auf meinen Auftritt zu konzentrieren. Er bestand aus zwei Elementen: Einerseits wollte ich über mein Werk reden, andererseits etwa ein Dutzend speziell für diesen Abend ausgewählte Gedichte vortragen.

Leider hatte ich nicht nur einen netten Jungen gekränkt, vermutlich unnötigerweise, nein, jetzt fielen mir auch dauernd Carl Danenbergs letzte Worte ein. Wie hatte er das gemeint: Fordy war nie da? Wo hatte Fordy sich aufgehalten, wenn er nicht in Croton war? Hatten Kate und er sich schon lange getrennt und nur für alle anderen die Fassade aufrechterhalten? Es war wirklich sehr verwirrend!

Nach Mrs. Jorgensons überschwänglicher Einleitung erhob ich mich in einer Wolke aus Chiffon und trat in die Mitte des Podiums, vorne an den Rand. Das Pult ignorierte ich. Hinter diesem Bollwerk wäre ich verschwunden, und außerdem wusste ich, dass mein Auftritt wesentlich dramatischer wirkte, wenn es zwischen mir und dem Publikum keine Barriere gab.

Es gibt nichts Aufregenderes, als ein Publikum zu führen. Höchstens der Augenblick, in dem ein Gedicht entsteht.

Ich begann langsam, mit einem Sonett. Verführerisch streckte ich die Arme nach meinen Zuhörern aus: Kommt mit mir, kommt mit mir, folgt mir auf meinen fliegenden Zauberteppich. Ich spürte, dass sie bei mir waren, ich spürte, wie ihre Wärme mich umschloss, wie sie mich in ihren Armen hielten. Als ich mit meiner »Elegie auf Jack Reed« endete, hob ich die Arme, ließ sie wieder sinken und verneigte mich. Alles war totenstill, aber dann brach tosender Applaus los. Mir wurde fast schwindelig.

Edward rettete mich. Ich stürzte mich immer mit so viel Schwung in meine Auftritte, dass ich hinterher völlig ausgepumpt war. Edward führte mich zu einem Stuhl und holte mir eine Tasse Tee. Kaum hatte ich mich hingesetzt, da war ich auch schon von lauter Leuten umringt, die mich mit Fragen überschütteten oder enthusiastische Kommentare zu meinen Gedichten abgaben.

Ich rief: »Ich bin gern bereit, alle Ihre Fragen zu beantworten, aber lassen Sie mich bitte vorher einen Schluck Tee trinken.« Ich nahm die Tasse von Edward entgegen, merkte, dass er irgendwie ein komisches Gesicht machte, und schaute in die klare Flüssigkeit in meiner Tasse.

»Trink einen Schluck«, raunte er mir zu.

Ich gehorchte. Es war kein Tee, es war Gin. Sehr guter Gin sogar. »Jetzt kann ich auf Ihre Fragen antworten«, sagte ich. Ich fühlte mich erfrischt. Aber wo war Carl Danenberg? Vor meinen Augen hatte er sich in ein Chamäleon verwandelt, was ich mir beim besten Willen nicht erklären konnte. Wenn Fordy nicht Adelles Liebhaber gewesen war – wer dann? Angesichts ihres Hintergrunds wurde ich den Gedanken nicht los, dass ihre Unbeständigkeit Methode hatte. Diese Frau hatte einen Auftrag gehabt.

Wenn sie den jungen Carl Danenberg in die Wüste geschickt hatte, dann vielleicht deswegen, weil er ihr nicht viel nützte. Es war ja durchaus möglich, dass ihre Ermittlungen nichts mit Alkoholschmuggel zu tun hatten. Aber womit dann? Und in wessen Auftrag war sie dort gewesen?

Sie hatte sich einen neuen Liebhaber genommen. Vielleicht bedeutete das, dass sie bei ihren Recherchen eine andere Richtung einschlagen musste.

Aber vielleicht war ich ja auch zu streng ihr gegenüber. Vielleicht hatte sie sich tatsächlich in Carl verliebt, und als die Beziehung ihr bei ihrer Arbeit in die Quere kam, hatte sie sich dafür entschieden, mit ihm Schluss zu machen. Das brauchte ja nicht unbedingt zu heißen, dass sie ihn nicht geliebt hatte.

Im Grund meines Herzens war ich Romantikerin. Ich wollte gern daran glauben, dass es Liebe gewesen war.

Mrs. Jorgenson trat neben mich und bot mir einen Teller mit Butterkeksen an. »Treten Sie bitte ein Stückchen zurück. Wir wollen doch unsere charmante Dichterin nicht bedrängen. Ich würde gern die erste Frage stellen, wenn ich darf.«

Ich nahm mir einen Keks. »Aber bitte – fragen Sie!«

»Wir sind alle sehr neugierig und wüssten gern, wann Sie ein Buch veröffentlichen werden, Miss Brown.«

»Im Frühjahr, hoffe ich – wenn ich rechtzeitig fertig werde.«

»Glauben Sie, dass Sie je Blankverse schreiben werden, Miss Brown?«, wollte eine junge Frau wissen, die aussah wie eine College-Studentin.

»Vielleicht.« Ich lächelte ihr zu. »Man soll niemals nie sagen.«

»Wie schätzen Sie das Sonett als dichterische Form ein?«, fragte ein Herr mit einem mickrigen Schnurrbart. »Sie würden ja offensichtlich der Zeitschrift *Poetry* nicht beipflichten, in der behauptet wird, das Sonett sei tot.«

»Glauben Sie mir, Sir, das Sonett ist *sehr* lebendig. Sie müssen nur Stephen Lowell fragen. Oder Edna Millay. Oder Arthur Ficke. Es ist eine sehr edle Form, in der ich mich ganz besonders wohl fühle.«

Edward legte mir die Hand auf die Schulter und nickte Mrs. Jorgenson zu. Er hatte meinen Mantel über seinen Arm gelegt. »Das Sonett ist alles andere als tot«, sagte er. »Im Frühjahr wird *Vogue* einen zweiseitigen Bericht über Olivia Brown bringen. Mit sechs Sonetten.«

»Oh, Edward, was für eine wunderbare Überraschung!« Ich hatte noch gar nichts davon gehört gehabt.

»Wir können es kaum erwarten«, sagte Mrs. Jorgenson. »Aber ich glaube, jetzt sollten wir uns von unserer Dichterin verabschieden, damit sie nach Hause gehen kann. Wir danken Ihnen für einen äußerst gelungenen Abend, Miss Brown.« Sie drückte mir einen Briefumschlag in die Hand.

Ich stand auf, und Edward half mir in den Mantel.

»Miss Brown! Ich habe noch eine Frage!«, rief da eine raue, anklagende Stimme. Ich schaute mich um. Die anderen Besucher wichen zurück, und ich sah Carl Danenberg vor mir stehen.

»Ja?«, sagte ich.

»Ihre Gedichte – sie handeln so oft vom Tod.«

»Das stimmt.«

»Sind Sie besessen vom Tod?«

Edward mischte sich ein. »Ich glaube, Miss Brown hat für heute Abend genug Fragen beantwortet.«

»Ich verdiene eine Antwort«, beharrte Carl. Er stand jetzt direkt vor mir.

»Ich wollte, ich hätte eine Antwort, Mr. Danenberg«, erwiderte ich leise. »Aber ich habe keine. Meine Gedichte kommen, so wie sie sind. Dass sich der Tod in manche von ihnen drängt, das ist nicht meine bewusste Entscheidung.«

Aber als Edward mich aus dem Raum führte, folgte uns Carl immer noch. Er schleuderte mir einen letzten Satz nach: »Glauben Sie nur nicht, dass Sie immun sind, Miss Brown! Der Tod geht neben Ihnen!«

30

Töte mich jetzt, damit ich niemals dich verlasse,
Das tu ich sonst.
Ersticke mich mit deinen süßen Küssen,
Derweil ich stumm.

Erschlage mich, sonst fliege ich davon,
Kein Abschied mehr.
Ermorde mich, mein Schatz, sonst heute schon
Gibt's dich nicht mehr.

Es war wie ein Fieber, das durch meinen Körper tobte. Wörter explodierten in mir, eines nach dem anderen, ohne dass ich dabei nachdenken konnte. Die Wörter hatten mich aus dem Schlaf geholt, mich noch vor Anbruch der Morgendämmerung aus dem Bett geworfen und an meine Schreibmaschine getrieben, als würde irgendeine mystische Kraft meine Finger über die Tasten jagen.

Ich krabbelte zurück ins Bett, aber selbst unter der warmen Decke hörte ich nicht auf zu zittern. Erst als die Straße unter meinem Fenster zum Leben erwachte, ließ der Schüttelfrost nach, und ich konnte einschlafen.

Am frühen Nachmittag, gestärkt durch ein Frühstück mit Eiern und Würstchen – Mattie hatte darauf bestanden –, zog ich mich an, drehte das befremdliche Gedicht aus der Schreibmaschine und ging hinunter zu Harry.

Beißender Zigarrenrauch schlug mir entgegen, als ich die Tür zu unserem gemeinsamen Vestibül öffnete. Harrys Tür war nicht geschlossen; ein menschlicher Türstopper verhinderte, dass sie ins Schloss fiel.

»Olwer!«, nuschelte der Türsteher am Stummel seiner Zigarre vorbei. Er richtete sich auf und nahm die Mütze ab.

Seine flammend rote Haarmähne blendete mich fast. »Guten Tag, Mr. Farrell«, sagte ich.

Ding Dong, der Chef der Hudson Dusters, lag ausgestreckt auf Harrys Sofa, ohne Rücksicht auf die schlechte Federung. Er hatte seinen Derby übers Gesicht geschoben und eine qualmende Zigarre im Mund.

»Komm rein und nimm Platz, Oliver«, sagte Harry. Ich konnte ihn kaum sehen, weil Kid Yorke im Schneidersitz auf Harrys Schreibtisch saß und dabei war, sich eine Flasche Bier hinter die Binde zu kippen.

Der berüchtigte Mr. Ding Dong erhob sich, um mich geradezu höflich zu begrüßen: Er nahm den Hut ab! Er trug seine übliche Kleidung: weite Hosen, einen langen Samtmantel, dazu einen Seidenschal mit Fransen.

Ich setzte mich auf das Sofa und steckte eine Zigarette in meine Zigarettenspitze. Ding Dong ließ sich neben mich plumpsen. Er strich mit einem Streichholz über seinen Bauch, es flammte auf, er gab mir Feuer. Dabei studierte er mich die ganze Zeit, als wäre ich eine Straßenkarte. Das gefiel mir gar nicht.

»Ich habe unsere Freunde um Hilfe gebeten, Oliver«, verkündete Harry. »Sie werden Daisy, Nolan, Fordy und Kate überwachen, damit wir wissen, was die so treiben.«

»Auf uns können Se sich verlassen, Sherlock«, sagte Ding Dong, ohne den Blick von mir zu nehmen. »Was iss das da, Olwer?«

Ich hatte gar nicht gemerkt, dass ich immer noch mein Gedicht in der Hand hielt. »Ein Gedicht«, antwortete ich. »Ich bin heruntergekommen, weil ich mit dir darüber reden wollte, Harry.« Und dann konnte ich mich nicht mehr bremsen. »Carl Danenberg war gestern bei meiner Lesung.« Harry zog die Augenbrauen hoch. »Er bewundert meine Gedichte.«

»Sollen wir den auch bewachen?«, fragte Ding Dong. »He, gib mal her!« Er beugte sich vor und nahm Kid Yorke die Bierflasche aus der Hand.

»Danenberg wohnt in Croton, Ding Dong. Ich glaube, er würde es schnell merken, wenn du ihn bewachst. Erzähl weiter, Oliver.«

»Er ist zu mir auf die Bühne gekommen, bevor die Veranstaltung angefangen hat. Da habe ich ihn gleich nach Adelle gefragt, und er wurde richtig böse. Er hat gesagt, sie hat mit ihm Schluss gemacht, weil sie einen anderen hatte.«

Harry grinste zynisch. »Klar, unser Fordy kann die Finger nicht von den Frauen lassen.«

»Nein, das glaube ich nicht. Carl hat nämlich gesagt, Fordy sei nie da gewesen. Dieser Knabe, den ich bisher für ein braves Unschuldslamm gehalten habe, hat mich gestern ganz schön attackiert. Er kam mir vor wie ein Chamäleon.«

»Ein Chamäleon iss 'ne Echse, die die Farbe wechselt«, erklärte uns Ding Dong. »Stimmt doch, Olwer – oder?«

»Ja, das stimmt«, antwortete ich. Ich musste mir große Mühe geben, um ernst zu bleiben. »Nach meiner Lesung haben die Zuhörer Fragen gestellt, die ich beantwortet habe, und dann kam Carl und wollte wissen, ob ich vom Tod besessen sei, und später hat er noch gesagt, dass der Tod neben mir hergeht.«

»Meinst du, das war eine Drohung?«

»Ja, es klang so, aber jetzt bin ich mir nicht mehr so sicher.«

»Mach dir keine Sorgen, Olwer.« Ding Dong tätschelte mir die Schulter. Seine zerquetschte Nase war nahe an meinem Gesicht. Er starrte auf das Blatt mit meinem Gedicht.

Red Farrell sagte: »Wir passen auf dich auf, Olwer.«

»Vielen Dank.« Zu meiner eigenen Überraschung war ich ganz gerührt.

»Okay.« Kid Yorke sprang vom Schreibtisch. »Geht's jetzt los?«

»Setz dich«, schnauzte Ding Dong ihn an. »Hast du keine Manieren? Olwer liest uns jetzt 'n Gedicht vor.«

Also las ich 'n Gedicht vor.

»Meine Güte, Olwer, das iss ja vielleicht 'n Gedicht!«, rief Ding Dong. »Was soll man dazu sagen, Sherlock?«

»Ja, allerdings, Oliver, das ist vielleicht 'n Gedicht!«, sagte Harry. Er stand auf und reichte allen die Hand. »Danke für eure Hilfe, Jungs.«

»Auf uns kannst du immer zählen, Sherlock«, sagte

Red Farell und zwinkerte mir mit seinen kleinen Knopfaugen zu.

Die Hudson Dusters verabschiedeten sich. Ich ging nervös vor Harrys Schreibtisch auf und ab.

»Das ist wirklich ein gutes Gedicht, Oliver«, sagte Harry, diesmal in normalem Ton. »Herr Dr. Freud hätte seine helle Freude daran.«

»Die Heftigkeit hat mich selbst erschreckt, Harry!« Ich drückte meine Zigarette in dem proppevollen Aschenbecher aus. Ich fühlte mich wie eine Sprungfeder in Harrys Sofa. »Und hast du gemerkt, wie Ding Dong mich angestarrt hat? Das hat er sonst nie getan.«

Harry musterte mich einen Augenblick, dann schaute er wieder weg. »Es hat sich herumgesprochen, dass Monk Eastman einen Narren an dir gefressen hat.«

Ich dachte darüber nach, während Harry ins Badezimmer ging, um eine Flasche Gin zu holen. »Du meinst die Rosen und den Gin?«

»Was sonst? Martini?«

Ich schüttelte den Kopf. »Ich habe einen Termin.« Ich schaute zu, wie er praktisch ohne Vermouth einen Martini mixte. »Könntest du dir Carl Danenberg als Täter vorstellen?«

»Ich weiß nicht genug über ihn.«

»Er sagt, er war Adelines Liebhaber. Meine Theorie sieht folgendermaßen aus: Sie hat sich mit ihm eingelassen, weil sie dachte, er könnte ihr bei ihren Ermittlungen weiterhelfen. Als sie gemerkt hat, dass die Spur nichts bringt, hat sie mit ihm Schluss gemacht und sich einen anderen gesucht. Was hältst du davon?«

Er trank einen kräftigen Schluck Gin. »Nicht übel.«

»Die Frage wäre also: Wer war der zweite Helfer? Ist er ihr auf die Schliche gekommen und hat sie umgebracht?«

»Vielleicht war es eine Sie?«

»Eine Sie? Kann ich mir nicht vorstellen. Eine Frau hätte es niemals geschafft, Adelle an den Baum zu hängen.«

»Jedenfalls nicht alleine.«

»Also müsste es eine Verschwörung sein.«

»Wer weiß.«

»Aber mit Schnapsschmugglern hatte es höchstwahrscheinlich nichts zu tun, denn sonst hätte sie ja bei Carl bleiben können.«

»Nolan weiß, in welcher Sache sie ermittelt hat. Oder falls er es nicht weiß, hat er garantiert einen Verdacht. Und Daisy weiß vermutlich auch Bescheid. Aber aus irgendeinem Grund wollen sie sie uns vorführen.«

Ich fühlte mich schon wieder besser und sagte das auch. »Aber als ich Carl Danenberg angelogen habe, um ihm Informationen zu entlocken, hatte ich irgendwie ein blödes Gefühl.«

»Manchmal bleibt einem bei Ermittlungen nichts anderes übrig, Oliver.«

Danach verabschiedete ich mich und ging wieder nach oben. Dort traf ich Mattie, in Hut und Mantel, den Einkaufskorb in der Hand. Sie wollte gerade los. »Warte kurz, dann können wir ein Stück zusammen gehen«, sagte ich. Ich rannte schnell hinauf in mein Zimmer, legte das Gedicht auf die Schreibmaschine und fuhr mir mit dem Kamm durch die Haare. Dann trug ich etwas rosaroten Lippenstift auf und steckte Geld ein.

Das Telefon klingelte. Ich stand oben an der Treppe.

»Olivia, es ist für dich – Paul Ewing!«, rief Mattie.

Ich hatte nicht die geringste Lust, mit Paulo zu reden. Aber andererseits – er war auch bei dem Wochenende dabei gewesen, also musste er als Tatverdächtiger betrachtet werden, obwohl ich mir nicht vorstellen konnte, dass einer meiner Liebhaber zu so einer Gewalttat fähig sein könnte. Da fiel mir ein, dass er ja auch in Yale studiert hatte und deshalb Professor Adolphus kennen musste. Wie sollte ich vorgehen? »Warte nicht auf mich«, sagte ich zu Mattie und nahm ihr den Hörer aus der Hand. »Paulo!«

»Oliver, du fehlst mir.«

»Du mir auch, Liebling, aber ich war unglaublich beschäftigt, ich habe versucht, meinen Lebensunterhalt zu verdienen, ich habe an meinem Buch gearbeitet – Selbst Luftgeister müssen essen. Leider! Gestern Abend hatte ich eine Lesung im Chelsea Poetry Circle. Edward Hall hat sie für mich organisiert, für ein bisschen Kohle.« Ich schwieg kurz. »Wir hatten einen sehr netten Abend miteinander.«

»Edward Hall?« Na bitte, ich hatte seine Eifersucht geweckt. »Der ist doch so verkrampft!« Paul machte auch eine Analyse. Genau wie alle anderen.

»Na ja, Paulo, vielleicht könntest du ja dafür sorgen, dass ich irgendwo in New Haven zu einer Lesung eingeladen werde, vielleicht sogar an die Universität. Dann können wir auch ein bisschen Zeit miteinander verbringen.«

»Ja, das mache ich!«, rief er so enthusiastisch, dass mir fast das Trommelfell geplatzt wäre. »Yale hat auch eine Poetry Society. Ich werde mich mal erkundigen, wer da jetzt Präsident ist. Aber die haben bestimmt Interesse.«

»Paulo – in Yale gibt es einen Professor namens Adolphus, dessen Veröffentlichungen ich sehr bewundere. Meinst du, ich könnte ihn treffen, wenn ich die Lesung mache?«

»Adolphus? Du möchtest den alten Adolphus kennen lernen? Kein Problem. Er war mein Tutor.«

31

Der Himmel war so hell, dass er wie eine blassblaue Fata Morgana wirkte, weit weg und unpersönlich. Ich war ziemlich optimistisch gewesen, als ich aufbrach, aber je näher ich meinem Ziel kam, desto unsicherer wurde ich.

Da ich gut erzogen war und man mir ausgezeichnete Manieren beigebracht hatte, wusste ich genau, dass sich ein Mädchen bei einem Verehrer für die Blumen bedanken musste – ganz zu schweigen vom Alkohol. Ich hatte mir kurz überlegt, ob ich es schriftlich machen sollte – aber an wen würde ich mein Schreiben adressieren? Mr. Monk Eastman, Dionysos, Palm Café, Chrystie Street, New York City. Ein kleines Stimmchen sagte mir, dass das nicht besonders klug wäre. Außerdem war ich neugierig, das gebe ich gerne zu. Ich wollte mit ihm reden und mich persönlich bedanken.

Ich schlängelte mich durch den Verkehr, überall töteten die Hupen. Dauernd musste ich irgenwelchen Lieferwagen und Lastern ausweichen, die die Straßen verstopften und vor den Lagerhäusern in der Broome Street rücksichtslos über die Gehwege fuhren.

Während mein Mut immer mehr dahinschwand, stand ich plötzlich vor dem Palm Café an der Ecke Chrystie Street. Ich spähte durch die verdunkelten Fenster der Eingangstür, konnte aber nur mein eigenes Spiegelbild sehen, das neben dem Eingang lauerte, um mich ein bisschen aufzumuntern. Vielleicht war er ja gar nicht da!

Im Allgemeinen gelte ich nicht als auffallend schüchtern. Ich öffnete die Tür und trat ein, lehnte mich an die geschlossene Tür und atmete tief durch. Es dauerte eine Weile, bis sich meine Augen an die gedämpfte Beleuchtung gewöhnt hatten. Als ich endlich etwas sehen konnte, fiel mir als Erster Mr. Schnurrbart ins Auge.

»Was wollen Sie?« Seine Frage klang nicht gerade freundlich.

Ohne lange zu überlegen, antwortete ich: »Wein.«

»Das hier ist 'ne Teestube, junge Frau. Alkoholische Getränke sind gesetzlich verboten.«

»Gut, dann eine Tasse Tee«, sagte ich betont locker.

»Ach, Sie sind's? Kommt sofort.«

Ich seufzte erleichtert. Er konnte sich an mich erinnern. »Ich würde gern mit Mr. Monk sprechen ...«, begann ich und starrte in den dunklen hinteren Teil des Raumes, in dem man so gut wie nichts erkennen konnte.

»Warten Sie hier.« Mr. Schnurrbart kam hinter seinem Tresen hervor und murmelte: »Frauen bringen doch nichts als Ärger.« Dann verschwand er im Dunkel, tauchte aber schnell wieder auf. »Gehen Sie nach hinten.«

Ich ging an den leeren Tischen vorbei, bis ich Monk Eastman sah, der gerade eine Patience legte. Neben den Karten, auf der anderen Seite der Whiskeyflasche, lag eine große rote Katze und musterte mich mit gelben Augen.

Als Monk mich sah, stand er auf, nahm seinen kleinen Derby-Hut ab und legte ihn auf den Mauersims. »Miss Brown. Woll'n Se mir Gesellschaft leisten?«

»Ich möchte mich bei Ihnen für die Blumen bedanken – und für den ...«

Er winkte ab, zog einen Stuhl für mich heran und sagte: »Keine Ursache. Ich mag Ihre Gedichte.«

Dann setzte er sich wieder hin und streichelte der Katze über den Kopf. Sie reckte genüsslich den Hals unter seiner großen, vernarbten Hand. Ihr Schnurren klang richtig exaltiert.

Mr. Schnurrbart kam mit einem Glas zurück und füllte es mit dunkelrotem Wein.

»Ich will jetzt nich belästigt werden«, sagte Monk. In dem spärlichen Licht wirkte sein Gesicht länger, und seine Narbe fiel noch mehr auf, genau wie seine gebrochene Nase, die allerdings nicht ganz so zermantscht war wie die von Ding Dong. Er hatte ziemlich lange Haare, vielleicht, um seine Blumenkohlohren zu verstecken.

Als wir allein waren, musterte er mich, und ich sah hinter seinen seltsamen Gesichtszügen die Müdigkeit und Resignation in seinen blassgrauen Augen.

Der Wein schmeckte etwas säuerlich. »Ihre Blumen sind wunderschön, Mr. Eastman«, sagte ich. »Sie duften herrlich – meine ganze Wohnung ist von ihrem Aroma erfüllt.«

»Und Sie sind wie 'n Sonnenstrahl, Miss Brown«, sagte er förmlich und verzog das Gesicht, dass man fast denken konnte, er würde lächeln.

Ich fragte mich, ob er vielleicht die Absicht hatte, mit mir ins Bett zu gehen. Wie würde es sich wohl anfühlen, mit einem Gangster wie Monk Eastman zu schlafen, der viele Jahre im Knast verbracht hatte? Aber er war rehabilitiert worden, hatte mir Harry erzählt. Gouverneur Al Smith hatte ihm vergangenes Jahr seine Staatsbürgerschaft zurückgegeben, weil er auf den Schlachtfeldern in Frankreich so viel Tapferkeit bewiesen hatte.

Wer war eigentlich dieser Mann, der mir da am Tisch gegenübersaß?

Sein Blick machte mich verlegen, also holte ich eine Zigarette aus meinem Etui. Er gab mir Feuer. »Sie sind sehr großzügig, Mr. Eastman.«

»Monk.«

»Monk. Meine Freunde nennen mich Oliver.«

»Warum haben Se eigentlich 'nen Männernamen?«

Ich zuckte die Achseln. »Das passt zu mir.«

»Nee, stimmt nich, Miss Brown – Olivia«, sagte er. »Ich möcht gern eins Ihrer Gedichte hören. Das wär für mich der schönste Dank.«

Jack Reed. Meine Intuition sagte mir, dass Monk an diesem Gedicht Gefallen finden würde. Ich stand auf und trug es für ihn vor. Das heißt, für ihn und für die Katze. Ich konnte sehen, dass meine Stimme Monk verblüffte, weil sie voll und kräftig ist. Hinter mir knarrte der Boden, und ich wusste, dass ich Mr. Schnurrbart hinter seinem Tresen hervorgelockt hatte.

Als ich fertig war, sah ich, dass Monk ganz feuchte Augen hatte. »Sehr gut«, sagte er. Die Katze gähnte. Mr. Schnurrbart zog sich wieder zurück.

Ich setzte mich hin und trank einen Schluck Wein. »Wie kommt es, dass Sie Gedichte lesen, Monk?«

»Damit hab ich in Dannemora angefangen. Drei Jahre

hab ich da verbracht.« Auf seiner Stirn war eine vorstehende Ader, die heftig pulsierte. »Ihre Gedichte hab ich in Frankreich gefunden, in 'ner Zeitschrift.«

»Bestimmt im *Ainslee's*. Damals hat keine andere Zeitschrift etwas von mir veröffentlicht.« Etwas streifte mein Bein, und ich hopste mindestens einen halben Meter in die Luft, ich schwör's. Wie sich herausstellte, war es eine zweite Katze, diesmal eine schwarz gefleckte. Sie sprang Monk auf den Schoß und drückte sich an ihn wie eine Geliebte, während er sie streichelte wie ein Liebhaber. Als Reaktion schlug die rote Katze mit dem Schwanz auf den Tisch und brachte die Karten durcheinander.

»Was hab'n Sie mit Nolan zu tun?«, fragte Monk unvermittelt.

»Mit Nolan? Sie meinen Lester Nolan?«

»Genau den mein ich.«

»Es geht um eine junge Frau in Croton. Sie wurde ermordet. Sie hat als Kindermädchen für die Familie Vaude gearbeitet. Wir waren alle am Wochenende dort und haben gefeiert. Der Sheriff von Croton hat die New Yorker Polizei um Amtshilfe gebeten, weil die meisten Tatverdächtigen hier wohnen, und Lester Nolan wurde zur Unterstützung geholt.«

Die vorstehende Ader auf Monks Stirn pulsierte noch stärker. »In Croton wird 'ne Frau umgebracht, und dann soll Nolan ermitteln? Nein, nein. Da steckt mehr dahinter.«

Ich zögerte. »Na ja, ich vermute, dass ihr Tod etwas mit Alkoholschmuggel zu tun hatte.« Ich schaute auf mein leeres Glas. »Es gibt Leute in Croton, die …«

»Die Bundespolizei weiß mehr als genau, was die Danenbergs treiben.« Monk goss sich noch mehr Whiskey ein und füllte mein Glas mit Wein.

»Die Frau, die umgebracht wurde, hat einen falschen Namen benutzt. Außerdem hat sie früher für Pinkerton gearbeitet.«

Er legte den Kopf in den Nacken und trank sein Glas aus. »Das wissen Sie? Woher?«

»Harry Melville – wir – äh, wir sind angeheuert worden, um herauszufinden, wer sie getötet hat.«

»Sie sollten sich lieber um Ihre Gedichte kümmern.«

Ich lächelte ihn an. Er wirkte sehr altmodisch. Bestimmt fand er, dass Frauen kein Wahlrecht haben sollten.

»Nolan ist auch noch da«, sagte er.

»Sie mögen ihn nicht besonders?«

Er lachte verächtlich. »Er hat mich zwei Mal hinter Schloss und Riegel gebracht.«

»Das Polizeikommissariat hat ihn aus dem Ruhestand geholt, damit er an diesem Fall mitarbeitet.«

»Aus dem Ruhestand? Nolan? Die einzige Art, wie der zur Ruhe kommt, ist ...« Er unterbrach sich mitten im Satz und schwieg. Die schwarz gemusterte Katze legte sich wie eine Pelzboa um Monks breiten Nacken und miaute vorwurfsvoll. Mit einem kräftigen Schwanzschlag traf die rote Katze den Tisch, und diesmal flogen sämtliche Karten durch die Luft. Monk sammelte sie wortlos wieder ein und begann, sie mit seinen vernarbten Händen zu mischen.

Ich wartete, während ich fasziniert seine geschickten Bewegungen verfolgte, aber er sagte nichts mehr.

32

Ich ging zurück ins Village und begab mich in Romany Maries Gypsy Tea Room, weil ich unbedingt meine Seele aufwärmen musste und meine Hände und Füße am Kamin. Und wer saß da vor dem Feuer, eine Tasse in der Hand, urgemütlich? Kein anderer als Lester Nolan. Er befand sich in Begleitung von Celia Gillam, die butterweiche Lederreitstiefel an den langen Beinen trug und ihre wilden, kaum zu bändigenden Locken unter einem fuchsroten Schal versteckt hatte. *Auf Medusa!*

»Kaffee!«, rief Marie, ohne von ihrer Anarchistenzeitung aufzuschauen oder sich von ihrem Hocker hinter der Theke zu erheben. Ihr üppiger Busen ruhte auf dem Tresen, neben ihrer unvermeidlichen Tasse mit türkischem Kaffee. Hier wurde kein Fusel ausgeschenkt.

Einmal waren die Hudson Dusters in diesen Tearoom gekommen und hatten von Romany Marie verlangt, sie solle ihnen ihr stärkstes Getränk servieren. Bei ihr sei das stärkste Getränk der Kaffee, sagte sie. »Okay«, erwiderten die Hudson Dusters, »Kaffee.« Der Raum leerte sich blitzschnell. Nach drei Runden Kaffee erklärte Marie den Dusters, jetzt hätten sie genug getrunken. Sie verschränkte die Arme vor ihrem gewaltigen Busen und reichte ihnen die Rechnung. Sie bezahlten, gingen – und kamen nie wieder, weil sie Maries Furchtlosigkeit bewunderten, hieß es, und weil Eugene O'Neill, ihr Lieblingsschriftsteller, den sie nur »Kid« nannten, sie gebeten hatte, sich dort fern zu halten.

Ich liebte dieses Restaurant, weil man sich hier gut unterhalten konnte, weil es gutes Essen gab und weil Marie sehr großzügig war. Wenn man Hunger hatte, aber kein Geld, konnte man problemlos anschreiben lassen und irgendwann später bezahlen.

»Oliver!«, rief Celia mit einem etwas verzweifelten Unterton. »Komm doch hierher und setz dich zu uns.« Der Raum war fast leer. Hier füllte es sich erst später am Tag. Am Abend war es dann immer gerammelt voll und leerte sich erst wieder in den frühen Morgenstunden.

Nolan sprang sofort auf, ein beispielhafter Kavalier, wenn man nicht von vornherein misstrauisch war. So wie ich.

»Miss Brown, wie gut, dass Sie kommen! Miss Gillam und ich haben uns gerade sehr angeregt über die Party bei den Vaudes unterhalten.«

»Ach, tatsächlich?« Celia lächelte müde. »Ich hatte eher den Eindruck, Sie reden und ich höre zu. Setz dich, Oliver.«

Ich machte aber erst noch einen kleinen Umweg und begrüßte Maries Ehemann, Damon Marchand, der die Küche unter sich hatte.

Marie trug wie immer einen großen Fransenschal, dazu einen bunten Rock und einen Turban. Sie schob mir eine dampfende Tasse hin. Nolan zeigte auf den Stuhl neben sich. Ich setzte mich nicht.

»Geh zum Feuerrrr!«, sagte Marie mit ihrem wunderbar rollenden Rrr. Ihr Akzent war so dick wie der türkische Kaffee. Gleich würde sie mir wieder Vorhaltungen machen, ich sei zu dünn. Ich schob meinen Stuhl so hin, dass ich neben Celia saß. »Du bist doch ein Stück Eis, Oliverrr! Nicht wahrrr?«

»Ja, ich bin ein Stück Eis, Marie.«

»Und nichts auf den Knochen! Dabei haben Männerrr gerrn was in derr Hand. Nicht wahrr, Damon?«, rief sie ihrem Mann zu.

Die Tasse wärmte meine klammen Finger. Ich atmete den Dampf ein und spürte Celias Blick, roch ihren lieblichen Duft. »Ich bin auf dem Weg zu den Proben im Playhouse.« Ich stellte die Tasse ab und kramte nach meinen Zigaretten. Nolan gab mir sofort Feuer.

Marie tat etwas, was sie sonst nicht oft machte. Sie blieb bei uns stehen und sagte zu Nolan: »Soll ich Hand lesen? Vielleicht will Gentleman die Zukunft hörren!«

»Kein Interesse«, knurrte Nolan.

»Ach, machen Sie schon!«, rief Celia.

»Nein.«

»Er hat Angst«, sagte ich.

»Ach, kommen Sie – es tut nicht weh!«, sagte Celia.

Er gab nach, hielt Marie seine Hand hin und sie beugte sich darüber. »Hm, ha, hmmm.«

Nolan konnte sich kaum beherrschen vor Wut. Er zog

seine Hand zurück und sagte: »Sagen Sie, was Sie zu sagen haben, und dann gehen Sie, bitte.«

Marie schenkte ihm ein Wahrsagerinnenlächeln, rätselhaft und voller Weisheit. »Glücklicherr Mann, mit zwei schönen Mädchen!« Mit wehendem Schal begab sie sich wieder auf ihren Hocker hinter dem Tresen.

Die beiden schönen Mädchen waren zufrieden.

Nach längerem Schweigen sagte Nolan: »Bevor wir unterbrochen wurden, hatte ich gerade die Frage gestellt, wer Kontakt mit Adelle hatte und wie sich dieser Kontakt gestaltete. Miss Gillam.«

Celia war so in den Rauch ihrer Zigarette gehüllt, dass sie ihn gar nicht anschauen konnte. »Wie ich Ihnen bereits gesagt habe – ich bin erst sehr spät am Samstagabend eingetroffen. Ich war fast blind vor Erschöpfung, weil ich wochenlang unterwegs gewesen war – Moskau, St. Petersburg, Paris. In Paris habe ich Max getroffen, und er hat mir angeboten, ich könne in seinem Haus wohnen, wenn ich in der Gegend sei«, erzählte Celia. »Dort wohnte zwar schon jemand, ein gewisser Dave Wolfe, aber Max lässt oft mehrere Leute dort wohnen.«

»Sie haben meine Frage nicht beantwortet.«

»Wie lautete Ihre Frage gleich noch mal?«, fragte Celia genervt.

»Hatten Sie Kontakt zu dem Kindermädchen, zu Adelle?«

»Wenn ich sie gesehen hätte, dann hätte ich gar nicht gewusst, wer sie ist – aber ich habe sie nicht gesehen.«

Langsam hatte das wärmende Feuer mich aufgetaut. Ich legte den Kopf in den Nacken und blies perfekte Rauchkringel in die Luft. Celia log natürlich. Ich hatte ja die Auseinandersetzung zwischen ihr und Adelle oben an der Treppe beobachtet, bevor Adelle dann mit den Kindern hinaus ins Freie ging und verschwand. Warum tischte sie Nolan eine Lüge auf? Wieso hatte sie das nötig?

»Und was war mit dem Streit?«, half Nolan nach, den Blick auf mich gerichtet, nicht auf Celia.

»Mit welchem Streit? Hat es Streit gegeben, Oliver?« Celia wartete meine Antwort gar nicht ab. »Ach, Sie meinen wahrscheinlich unsere kleine Szene. Solche Inszenierungen tragen dazu bei, eine abgekühlte Ehe wieder anzuheizen. Alles nur ein Spiel, mehr nicht.«

»Die Vaudes mögen solche – Szenen?«

»Aber natürlich. Wir machen alle mit.« Celia sagte das betont herablassend, nach dem Motto: So leben wir Künstler, aber das kannst du natürlich nicht verstehen, du kleiner Nolan. »Stimmt's, Oliver?« Mit einer beiläufigen Geste berührte sie – nicht ganz zufällig – mein Bein, und das Blut schoss von meinem Kopf zu ihrer warmen Hand.

»Ja, klar.« Mir war ganz schwindelig, und ich legte meine Hand auf ihre.

»Aber *Sie* hatten Kontakt mit Adelle, nicht wahr, Miss Brown?« Er beobachtete uns durch den Rauch. Unsere Hände hielten sich unter dem Tisch.

»Ja. Sie hat gesagt: ›Es gibt kein heißes Wasser‹ und ›Vielleicht liest Miss Brown euch später eine Geschichte vor.‹ Bei allen unseren Begegnungen waren die Kinder anwesend.«

»Und wie haben Sie Adelle eingeschätzt, Miss Brown?«

»Ich kann nichts über sie sagen, Mr. Nolan, aber sie machte nicht den Eindruck, als wäre sie eine Frau, die viele Feinde hat. Aber damals habe ich natürlich noch nicht gewusst, dass sie für Pinkerton arbeitet.«

»Ahh.« Nolan zündete sich eine Zigarette an.

Celia riss die Augen auf. »Sie hat für Pinkerton gearbeitet? Woher weißt du das, Oliver?«

»Ich habe es erst vor ein paar Tagen erfahren.«

»Aber warum arbeitet so jemand als Kindermädchen auf dem Land?«, wollte Celia wissen.

»Ich glaube, sie war nicht mehr bei Pinkerton«, sagte ich. »Habe ich Recht, Mr. Nolan? Vielleicht wissen Sie, was Adelle bei den Vaudes gemacht hat. Könnte es sein, dass sie in Ihrem Auftrag gearbeitet hat?« Was war, wenn sowohl Adeline als auch Daisy für Nolan gearbeitet hatten? Und wenn Daisy uns genau deswegen angeheuert hatte? Sie konnte dann sämtliche Informationen, die wir ihr beschafften, sofort an Nolan weitergeben.

»In meinem Auftrag?« Nolan lachte laut und gezwungen. »Hören Sie mal, junge Frau, das wäre wirklich schwierig, da ich schon im Ruhestand bin …«

»Und Bienen züchte?«, fragte ich.

Nolan runzelte verärgert die Stirn. »Im Gegensatz zu Sherlock Holmes verbringe ich meine freie Zeit damit, angeln zu gehen.«

»Aber was angeln Sie, Mr. Nolan?« Bedauernd ließ ich Celias Hand los. »Ich muss jetzt gehen.«

»Ich auch«, verkündete Celia. Sie nahm ihren Mantel vom Haken neben der Tür. »Marie?«

»Lassen Sie das meine Sorge sein«, sagte Nolan, der sich ebenfalls erhoben hatte.

Marie kam hinter dem Tresen hervor, mit klimpernden Perlen und Ringen. Sie nahm das Geld entgegen, das Nolan ihr gab. »Heute keine Zukunft, Mädels?«

»Ich sorge schon für meine Zukunft«, sagte Celia lachend. »Egal, was kommt.«

»Ahhh!« Marie nickte. »Das hat Rrreed auch gesagt.«

»Komm mit!«, wisperte Celia und legte ihre Wange an meine.

»Ich kann nicht.«

»Bald!« Mit einem kurzen Nicken verabschiedete sie sich von uns, groß, selbstsicher. Sie ging in Richtung Westen. Ich hatte nicht die geringste Ahnung, wo sie wohnte, wenn sie nicht bei Fordy wohnte, und sie war schon weg, bevor ich sie fragen konnte.

»Oliverrrr.« Marie legte mir kurz die Hand auf die

Schulter. »Komm, sag *au revoirrr* zu Damon.« Sie führte mich in die Küche und murmelte: »Ich sehe Böses in diesem Mann, Zorn und Stolz.« Sie hatte ihren starken Akzent abgelegt. »Sei vorsichtig!«

Ich war ihr dankbar für diese Warnung.

»Wohin gehen Sie, Miss Brown?« Auf einmal stand Nolan neben mir.

»Ins Provincetown Playhouse.«

»Da würde ich Sie gern ein Stückchen begleiten. Mr. Cook und seine Frau stehen als Nächste auf meiner Liste.«

»Aber Adelle – Adeline – war schon verschwunden, als Jig und Susan kamen«, wandte ich ein. Ein feiner Nieselregen lag in der Luft. Meine Worte waren feuchte kleine Wölkchen.

»Ich möchte mit allen reden, die an dem betreffenden Wochenende in irgendeiner Weise mit den Vaudes zusammen waren. Es kann durchaus sein, dass ein völlig nebensächliches Detail zur Entlarvung des Mörders führt.«

»Entschuldigen Sie bitte – wollen Sie damit sagen, dass einer von uns Adelle umgebracht hat?«

»Einer – oder mehrere.«

»Aber keiner von uns hat ein Motiv.«

»Können Sie für alle anderen sprechen – oder nur für sich selbst, Miss Brown?«

Der Washington Square Park war winterlich kahl, keine grüne Wiese, keine Passanten, nur ein paar Frauen mit Marktkörben eilten die nassen Wege entlang. Als wir zum Playhouse kamen, machte Nolan die Tür auf und trat dann beiseite, um mir den Vortritt zu lassen. Ich hörte, wie Jig mit donnernder Stimme Anweisungen gab. Hinter uns rief Edward Hall meinen Namen. Er war gerade in den Washington Square eingebogen.

»Warum interessieren Sie sich eigentlich für diesen Fall, Mr. Nolan?«, fragte ich ihn. Er kam mir vor wie eine Wachspuppe in menschlicher Kleidung.

»Ich tue jemandem einen Gefallen, mehr nicht.« Ein unangenehmer Geruch ging von seinem regennassen Mantel aus.

»Ich habe gehört, Sie arbeiten für die Bundespolizei, Mr. Nolan.« Ich schüttelte mich in meinem Pelzmantel wie ein nasser Hund.

»Mit wem haben Sie sich denn unterhalten, Miss Brown? Mit der falschen Wahrsagerin?«

»Mit Leuten, die ein Gespür dafür haben, wenn jemand für die Bundespolizei arbeitet, Mr. Nolan. Für wen hat Adeline gearbeitet?« Er ging jetzt vor mir her und schien es nicht für nötig zu erachten, mir zu antworten. »Und was ist mit Daisy? Seit wann arbeitet Daisy für Sie? Sie müssen wissen – hier im Village kann man nichts lange geheim halten.«

»Oliver!« Edward kam durch die Tür. »Hast du mich nicht rufen hören?« Er musterte Nolan argwöhnisch. Als könnte ich eine Charaktermaske wie Lester Nolan attraktiv finden!

»Darf ich vorstellen, das ist Lester Nolan, Edward. Er arbeitet für die Bundespolizei – stimmt's, Mr. Nolan?« Mit dieser Bemerkung gelang es mir endlich, Nolans wahren Charakter aufzudecken.

Er sagte: »Miss Brown, Sie wissen doch, was mit kleinen Mädchen passiert, die mit dem Feuer spielen, oder?«

33

Paulo, sehr elegant in seinem Professoren-Tweed, holte Harry und mich in einem geborgten Ford T ab, und wir fuhren gemeinsam aufs Land, zu »Ermittlungen im Todesfall Miss Adelle Zimmer alias Adeline Zimmerman«, wie es in dem Brief des Sheriff-Departments von Croton hieß. Dort hatte man unsere Präsenz angefordert.

Es hätte wie ein Klassentreffen ausgesehen, wenn da nicht die tragischen Untertöne gewesen wären sowie die Tatsache, dass wir uns in einem kleinen weißen Holzhaus mit einem bescheidenen Türmchen versammelten, einer selbstverständlich ungeheizten Methodistenkirche. Fast glaubte man, die frommen Klänge der Orgel zu hören. Aber die kalten Kirchenbänke fühlten sich leider an wie Eisblöcke. Ich saß zwischen Harry und Paulo und zog beide näher an mich heran, damit sie mich wärmen konnten.

Wir waren alle versammelt. Vor uns saßen Fordy und Kate in holder Eintracht, als wären sie wieder ein Paar. Fordy wirkte verhärmt und mutlos, ganz anders als neulich abends. Er grüßte uns mit einem geistesabwesenden Nicken. Kate, in dramatisches Schwarz gehüllt, verteilte anämische Küsse, wie es sich für eine Trauernde gehörte. Neben Kate saß Bunny und versuchte ungeschickt, Daisys Hand zu tätscheln, während Daisy in ein Taschentuch schniefte.

»Wo steckt Nolan?«, wisperte ich Harry zu.

»Er führt bestimmt nichts Gutes im Schilde«, antwortete Harry leise.

Paulos Arm legte sich um meine Schultern. Plötzlich fühlte sich mein Körper trotz der morbiden Stimmung wieder ganz lebendig an.

Dave Wolfe, der neben Celia in der Bank hinter mir saß, beugte sich vor und flüsterte mir ins Ohr, so dass sein Atem mich kitzelte: »Meinst du, Kate hält die Totenrede?«

Celia lächelte mir zu, als hätten wir beide ein Geheimnis – was ja auch stimmte.

Auf der anderen Seite des Ganges, links von mir, getrennt von uns übrigen, saßen Mama und Carl Danenberg. Ohne Papa.

Vor dem Altar stand ein Tisch, an dem zwei Männer saßen: Deputy Hook und ein untersetzter Mann mit grauem Bart in einem braunen Anzug. Außerdem saß da noch eine Frau mit einem riesigen Kinn. Sie hatte eine Brille auf der Nase, trug einen schwarzen Mantel aus Wollstoff und einen schwarzen Hut, an dessen Krempe eine riesige graue Tüllrose angebracht war. Auf dem Tisch, neben ihren behandschuhten Händen, lagen ein Notizblock und ein Bleistift.

Deputy Hook erhob sich, sein Blick wanderte über die kleine Gemeinde und ruhte sich ab und zu voller Zufriedenheit auf dem einen oder anderen Gesicht aus. »Sollen wir anfangen?« Es war eine rhetorische Frage. »Meine Damen und Herren, vielen Dank, dass Sie alle heute Morgen hierher gekommen sind. Wir entschuldigen uns für die Unannehmlichkeiten, die wir Ihnen vielleicht damit bereitet haben, und versprechen, Sie nicht allzu lange hier festzuhalten. Für diejenigen, die mich noch nicht kennen, möchte ich mich kurz vorstellen: Ich bin Deputy Amos Hook. Sheriff Van Buren wird leider wegen seines gebrochenen Beines längere Zeit verhindert sein. Die hübsche Dame hier ist Mrs. Hook, meine Frau. Sie hat sich freundlicherweise bereit erklärt, Protokoll zu führen.« Mrs. Hook errötete leicht und nickte höflich; die Kohlrose wackelte.

Im Hintergrund der Kirche war ein lautes Knacken zu hören. Hook unterbrach seine Ansprache, wir drehten uns alle um und sahen, dass sich die Kirchentür öffnete. Lester Nolan trat ein, begleitet von einer eisigen Windböe.

»Ich wäre Ihnen sehr dankbar, wenn Sie die Tür schließen und Platz nehmen würden, Mr. Nolan, damit wir fortfahren können«, sagte Hook ziemlich schroff; man konnte nicht überhören, dass er sich ärgerte. »Hier geht es um die Ermittlungen zu dem unnatürlichen Tod von Adeline Zimmerman, alias Adelle Zimmer, der sich am 5. Dezember 1920 in einem Wald in der Nähe des Hauses von Fordham und Kate Vaude zugetragen hat.«

Daisy gab einen leisen Seufzer von sich, und wir versuchten alle gleichzeitig, sie zu trösten, das heißt, alle bis auf Harry. Das fiel mir auf. Hatte Harrys Feindseligkeit gegenüber Lester Nolan sich auch auf unsere Klientin übertragen? Oder gab es da noch etwas Anderes? Egal was es war – er ignorierte stur den Druck meines Arms.

»Ich werde selbst zuerst meine Aussage machen und dann Dr. Clyde Ebersole, unseren Gerichtsmediziner, bitten, seine Untersuchungsergebnisse zusammenfassend darzustellen. Danach werden wir alle diejenigen, die Miss Zimmerman gekannt haben und die zur Zeit ihres Todes in dem Haus anwesend waren, um eine Aussage bitten.« Er holte einen Notizblock aus seiner Hosentasche und klappte ihn auf. »Ich wurde am Nachmittag des fünften Dezembers um siebzehn Uhr fünfundvierzig von Sheriff Van Buren angerufen und erhielt von ihm den Auftrag, mich zum Haus der Familie Vaude zu begeben und die Ermittlungen im Falle des möglicherweise unnatürlichen Todes des Kindermädchens der Familie einzuleiten. Im Haus traf ich folgende Personen an: Mrs. Vaude und die Kinder, Miss D. Zimmerman, Mr. E. Wilson und Mr. D. Wolfe, Miss D. Glaspell und Mr. G., auch bekannt als ›Jig‹ Cook, sowie Mr. P. Ewing. Mr. Wolfe führte mich in den Wald, wo Miss O. Brown und Mr. H. Melville bei der erfrorenen Leiche von Miss Adelle Zimmer, alias Adeline Zimmerman, Wache hielten. Die Leiche lag auf dem Boden und …«

»Nein, bitte nicht!« Daisy erhob sich schwankend, bleich wie ein Gespenst. Dann verlor sie das Bewusstsein und plumpste auf Bunnys Schoß.

»Ach, du meine Güte!«, rief Mrs. Hook und eilte zu ihr, ein Riechfläschchen in der Hand. Wir anderen erhoben uns ebenfalls von unseren Plätzen.

Nach einer Minute kam Daisy langsam wieder zu sich, während wir alle erwartungsvoll um sie herumstanden.

»Möchten Sie sich vielleicht hinlegen, bis Sie aufgerufen werden, Miss Zimmerman?«, fragte Hook.

»Oh, nein, das ist nicht nötig, es geht mir schon wieder gut«, erwiderte Daisy, aber sie war bleich wie der Tod.

»Wenn dann bitte alle Anwesenden wieder ihre Plätze einnehmen würden, damit wir fortfahren können! Wo war ich stehen geblieben?«

Mrs. Hook las aus ihren Notizen vor: »Miss Zimmers Leiche lag auf dem Boden.«

»Ja, genau. Mr. Melville hatte sie vom Baum heruntergeholt, wo die beiden eben genannten Personen sie entdeckt hatten. Sie versuchten vergeblich, die Leiche wieder zu beleben. Miss Adelle Zimmer, das Kindermädchen der Vaudes, war das letzte Mal kurz vor zwölf Uhr mittags gesehen worden. Nun möchte ich Mr. Ebersole bitten, mit seinem Bericht zu beginnen.« Hook setzte sich wieder an den Tisch.

Der Mann in dem braunen Anzug stand auf, holte umständlich eine Brille aus der Brusttasche seines Jacketts und setzte sie auf. Dann entfaltete er vorsichtig mehrere Seiten, die er aus einer alten Lederaktentasche geholt hatte. Mit ernster Stimme begann er: »Auf Grund des extrem gefrorenen Zustands der Leiche war es ...«

Daisy begann zu schluchzen. Hook sagte: »Es tut mir Leid, Miss, aber das muss leider sein. Fahren Sie bitte fort, Dr. Ebersole.«

Dr. Ebersole räusperte sich, schaute auf seine Notizen und begann noch einmal von vorn. »Auf Grund des extrem gefrorenen Zustands der Leiche war es schwierig, die exakte Zeit des Todes festzustellen. Der Tod war eingetreten durch Asphyxie, das heißt, Atemstillstand, hervorgerufen durch Erhängen.

Das Opfer hatte von der Schlinge eine tiefe Einbuchtung quer über den oberen Teil des Halses, die schwarz und blau verfärbt war, was mit dem Platzen kleiner Blutgefäße zusammenhängt. Das bringt mich zu der Überzeugung, dass das Opfer zum Zeitpunkt des Erhängens noch lebte.«

Kate stöhnte: »Oh, Gott!«

»Andererseits bin ich der Überzeugung, dass das Opfer nicht bei Bewusstsein war, als es aufgehängt wurde, da an der Schädeldecke eine Verletzung festgestellt werden konnte, die der Person offensichtlich vorher mit einem stumpfen Gegenstand zugefügt worden war.«

Ich fühlte plötzlich einen scharfen Schmerz: Paulos Finger gruben sich in meinen Oberarm. Ich entzog mich ihm abrupt und da sah ich, dass er schweißgebadet war.

»Was ist los?«, flüsterte ich. Seine Augen waren glasig; er hatte gar nicht registriert, dass ich meinen Arm weggezogen und ihn etwas gefragt hatte. Ich stieß Harry mit dem Fuß an und lenkte seinen Blick auf Paulo, der jetzt plötzlich den Kopf einzog und sich die Ohren zuhielt. Harry fasste über mich weg und schüttelte Paulo am Arm.

Paulo stöhnte laut. »Duckt euch! Hört ihr nicht die Granaten?« Plötzlich legte er beide Hände um meinen Hals, drückte meinen Kopf nach unten und ließ nicht los. Ich wollte mich befreien, schaffte es aber nicht.

Dave, der hinter uns saß, packte Paulo geistesgegenwärtig an den Schultern, aber Paulo drückte weiter zu. Ich bekam fast keine Luft mehr.

»Was zum Teufel ist los mit dir, Ewing?«, knurrte Harry und löste gewaltsam Paulos Griff.

Paulo erhob sich schwankend, schaute zur Decke und rief: »Aufhören! Schluss!« Alle Blicke richteten sich auf ihn, er krümmte sich zusammen, die Arme schützend um den Kopf geschlungen. Dann rappelte er sich hoch, stolperte über unsere Füße und fiel im Gang der Länge nach auf den Boden.

34

Nachdem Harry sich überzeugt hatte, dass mir nichts fehlte, sprang er auf, kauerte sich neben Paulo und drehte ihn auf den Rücken. Keiner von uns blieb sitzen, alle redeten durcheinander. Der ganze Vorfall hatte nur ein paar Sekunden gedauert – die mir allerdings wie eine Ewigkeit erschienen waren.

»Es ist alles in Ordnung, Junge«, sagte Harry beruhigend. »Der Granatenbeschuss ist vorbei.«

»Machen Sie bitte Platz«, sagte jemand. »Er braucht Sauerstoff.« Es war der Arzt, der gerade sein Gutachten vorgetragen hatte, Dr. Ebersole. Er kniete neben Paulo nieder, fühlte seinen Puls, legte ihm die Hand auf die Stirn und erklärte dann: »Ein grippaler Infekt.«

Paulo ächzte und versuchte, sich aufzusetzen. Dave massierte ihm die Schultern. »Du wolltest Oliver erwürgen, Mann!«, sagte er.

Mit zitternden Knien ließ ich mich auf den Rand der Kirchenbank sinken, neben Paulo. Mein Nacken schmerzte. Celia legte mir die Hand auf die Wange.

»Oh, Gott, Oliver!« Paulo starrte mich entsetzt an und begann zu frösteln. Ich verzieh ihm sofort. Er war krank, und im Delirium hatte er geglaubt, er sei wieder im Schützengraben und wir würden mit Granaten beschossen. Ich fühlte mich schwach und zerbrechlich. Der Krieg hatte bei uns allen seine Spuren hinterlassen, daran konnten wir nichts ändern. Harry hielt Paulo seine kleine Taschenflasche an die Lippen und zwang ihn, ein paar Tropfen zu trinken. Was für ein blasphemischer Akt!

Kate war nach draußen zu ihrem Auto gerannt und kam jetzt mit einer Wolldecke zurück, die sie Paulo um die Schultern legte, während Harry und Fordy ihn aufrichteten. Zu Deputy Hook, der danebenstand und alles interessiert beobachtete, sagte Kate aufgeregt: »Ich glaube, wir sollten die Sitzung vertagen, bis …«

»Oh, nein, auf keinen Fall, Mrs. Vaude«, entgegnete Hook. »Wir werden Mr. Ewing in die Sakristei führen, damit er sich dort ein bisschen erholen kann, während wir mit der Befragung fortfahren.«

»Wenn es unbedingt sein muss«, sagte Kate. »Aber ich möchte bei Paulo bleiben, falls es ihm wieder schlechter gehen sollte.«

»Das ist nicht nötig, Kate. Ich fühle mich schon viel besser«, sagte Paulo. Gottseidank!

Wir setzten uns also alle wieder hin. Da fielen mir plötzlich die Danenbergs ein. Ich schaute verstohlen zu ihnen hinüber und merkte, dass sie sich die ganze Zeit nicht vom Fleck gerührt hatten. Da war ich doch etwas schockiert.

Die Befragung wurde fortgesetzt.

Dr. Ebersole beendete sein Gutachten mit den Worten: »Ich bestätige hiermit, dass es sich um einen gewaltsamen Tod handelt, hervorgerufen durch Fremdeinwirkung.« Er faltete seine Notizen säuberlich zusammen und nahm wieder Platz.

»Vielen Dank, Dr. Ebersole.« Hook stellte einen leeren Stuhl seitlich an den Tisch. »Nun möchte ich jedem der Anwesenden ein paar Fragen stellen, und ich bitte Sie alle, diese Fragen wahrheitsgemäß zu beantworten, nach bestem Wissen und Gewissen. In unserer kleinen Stadt ist ein Mord begangen worden, und wir wollen den Täter gerne fassen.«

Deputy Hook begann mit Kate. Sie sagte ihm das Gleiche wie mir: Dass Adelle durch Fordy ins Haus gekommen sei, dass sie gut mit den Kindern umgehen konnte und überhaupt recht nett war, wenn auch immer ein bisschen angespannt.

»Ich hatte den Eindruck, dass ihr das Leben auf dem Land gut tut. In ihrer Freizeit machte sie ausgedehnte Spaziergänge. Bei einer dieser Unternehmungen hat sie vermutlich den jungen Carl Danenberg kennen gelernt, dessen Eltern die Buchhandlung führen.«

Was Kate nicht erwähnte, war, dass sie vorgehabt hatte, Adelle zu entlassen.

Fordy sagte im Grunde das Gleiche wie Kate, er fügte nur hinzu: »Adelle hatte mir ein Empfehlungsschreiben von einem alten Professor an der Universität Yale überbracht, in dem stand, dass sie seine Nichte sei, dass sie gut mit Kindern umgehen könne und ob ich sie vielleicht vorübergehend beschäftigen könne.« Sein Mund zuckte immer wieder nervös, was auf den ersten Blick fast so aussah, als würde er grinsen.

»Dieser Professor ...«, sagte Hook.

»Professor Adolphus.« Fordy schaute mich an, als wollte er mich fragen, ob ich vorhatte, das Telefongespräch zu erwähnen. »Ich habe ihn angerufen, um ihm mein Beileid auszusprechen, aber er sagte, er sei der letzte Vertreter seiner Familie und habe gar keine Nichte.« Er selbst sei am Sonntag noch vor zwölf Uhr mittags mit Celia abgereist. Nein, niemand habe ihre Abfahrt beobachtet.

Celia sagte aus, sie sei erst mitten in der Nacht angekommen und sei zu Max' Haus gegangen, in dem zur Zeit Dave wohne. Er sei nicht da gewesen, also sei sie zu den Vaudes hinübergegangen, und da sie von der langen Reise todmüde gewesen sei, sei sie auf dem Sofa eingeschlafen, neben Dave. Sie könne sich nicht erinnern, Adelle gesehen zu haben.

Sie blieb also bei dieser Version. Hatte ich mich etwa getäuscht? Im Geiste sah ich wieder vor mir, wie sich die beiden angeschaut hatten – nein, ich war mir ganz sicher, dass Celia und Adelle einander gekannt hatten.

Bunny sagte: »Ich habe Adelle bei meinen drei letzten Besuchen gesehen. Ich brachte ihr einen Band mit Gedichten von Elinor Wylie mit, weil sie mir erzählt hatte, sie bewundere das Werk von Miss Wylie. Von Kate hatte sie erfahren, dass ich Miss Wylie gut kenne.« Er konnte sich nicht erinnern, Adelle an jenem Sonntag gesehen zu haben.

Auch Harry konnte sich nicht erinnern, sie gesehen zu haben. Überhaupt habe er sich nie richtig mit ihr unterhalten sagte er. Wenn mich jemand gefragt hätte, dann hätte ich jederzeit bestätigt, dass Konversation sowieso nicht Harrys Stärke war.

Dave sagte: »Ich mochte Adelle. Sie spielte sehr gut Schach. Ich bin immer wieder zu den Vaudes rüber gegangen, um Kate und die Kinder zu besuchen. Fordy ist häufig unterwegs, und wenn ich nicht schreibe, dann helfe ich Kate ein bisschen. Ich bin ein ziemlich praktischer Mensch. Ich habe Bücherregale gebaut und die Spüle repariert und Holz gehackt. Adelle und ich haben zwar nie ein persönliches Gespräch geführt, aber ich wusste, dass Danenberg ihr Liebhaber ist. Ich fand allerdings, dass er nicht zu ihr passte. Fragen Sie mich nicht, warum, so was spürt man manchmal, wenn man jemanden öfter sieht.«

Auf der anderen Seite des Ganges wurde es unruhig, und als wir uns umdrehten, sahen wir, dass Carl Danenberg aufgestanden war. »Sie sind kein Gentleman, Mr. Wolfe!«, rief er mit erhobener Faust. Seine Mutter fasste ihn am Ärmel und zog ihn wieder auf seinen Platz.

»Bitte, ich möchte nicht, dass die Befragungen unterbrochen werden«, sagte Deputy Hook. »Mr. Wolfe, wann haben Sie Miss Zimmerman an jenem Sonntag gesehen?«

»Ich habe sie überhaupt nicht gesehen«, antwortete Dave.

Als ich an der Reihe war, berichtete ich von dem Gespräch mit Adelle: Dass kein heißes Wasser da war und dass ich den Kindern vielleicht später eine Geschichte vorlesen würde. Ich könne mich ganz genau daran erinnern, wie sie mit den Kindern nach draußen gegangen sei, sagte ich, und dass sie sich dann mit Daisy auf der Veranda unterhalten habe. Dass ich den Eindruck gehabt hatte, die beiden würden sich streiten, ließ ich unerwähnt. Genauso wenig wie die anderen erzählte ich, dass wir am Abend »Wahrheit« gespielt hatten. Und dass ich gesehen hatte, wie Adelle mitten in der Nacht im Kamin nach den verbrannten Zetteln stocherte.

»Wir sollten nun nachsehen, ob Mr. Ewing sich wieder so weit erholt hat, dass er meine Fragen beantworten kann«, sagte Deputy Hook. »Würden Sie die Freundlichkeit haben, nach ihm zu sehen, Mr. Melville?«

Es dauerte keine Minute, bis er mit Paulo zurückkam. Er schien wieder einigermaßen bei Kräften zu sein, musste sich aber auf Harrys Arm stützen. Erschöpft nahm er auf dem Zeugenstuhl Platz, beugte sich vor und entschuldigte sich für seinen jämmerlichen Zustand. Seine Aussage lautete: »Ich habe in den letzten Monaten Adelle immer wieder bei den Vaudes gesehen. Ich habe ihr die neueste Ausgabe von *The Little Review* geschenkt, weil sie sich einmal bei mir ein Exemplar ausgeliehen hatte und es sehr interessant fand.« Aber er könne sich nicht erinnern, Adelle am Sonntag gesehen zu haben, sagte er.

Nun war Daisy dran.

»Sie war meine Schwester«, erklärte Daisy. »Sie hieß Adeline Zimmerman.«

»Hat sie als eine Pinkerton gearbeitet?«, wollte Hook wissen.

»Ja, aber vor etwa einem halben Jahr hat sie ihren Job plötzlich gekündigt und ist verschwunden. Sie können sich nicht vorstellen, wie schockiert ich war, als ich sie bei den Vaudes getroffen habe und sie mir eröffnet hat, dass sie als Kindermädchen arbeitet.«

»Doch, das kann ich mir vorstellen«, murmelte Harry neben mir.

Ich schaute ihn mit zusammengekniffenen Augen an. Er glaubte Daisy kein Wort.

Hook fragte: »Was hat sie zu Ihnen gesagt?«

»Sie hat sich geweigert, mit mir zu reden.«

»Aber Miss Brown hat beobachtet, dass Sie auf der Veranda mit Ihrer Schwester gesprochen haben.«

»Wir haben uns gestritten. Sie hat gesagt, ich solle sie in Ruhe lassen.«

»Na, das ist wenigstens ein Quäntchen Wahrheit«, flüsterte ich Harry zu.

»Kennen Sie diesen Professor Adolphus, dessen Namen Ihre Schwester angab, um eine Stelle bei den Vaudes zu bekommen?«

»Ich habe seinen Namen vorher noch nie gehört.«

Daisy ging wieder an ihren Platz zurück, und Mama Danenberg trat vor. Sie trug diesmal keine Hosen, sondern einen Rock, und über ihre dicken Waden hatte sie dicke Strümpfe gezogen. »Ich habe die junge Frau zwei Mal gesehen. Mein Carl mochte sie und brachte sie mit nach Hause, damit sie Papa und mich kennen lernte. Möge sie in Frieden ruhen, aber wir fanden, dass sie nicht die Richtige für ihn ist. Mein Carl ist ein guter Junge, und sie wirkte sehr – ich möchte nichts Schlechtes über die Toten sagen, aber sie kam mir vor wie eine dieser modernen jungen Frauen – wenn Sie verstehen, was ich meine.«

Die Aussage seiner Mutter war für Carl Danenberg sicher nicht leicht zu ertragen. Als er nun an die Reihe kam, brach er jedenfalls beinahe zusammen. Er habe Adelle geliebt, rief er, und sie habe ihn wegen eines anderen verlassen. »Nachdem sie mir gesagt hatte, dass es vorbei ist, habe ich sie so lange angefleht, bis sie schließlich gesagt hat, sie wolle mich nie wieder sehen. Danach bin ich nicht mehr zu den Vaudes gegangen.«

Deputy Hook erhob sich. »Fürs Protokoll möchte ich festhalten, dass der Tatort nichts über den Ablauf des Verbrechens enthüllt hat. Selbst nachdem es getaut hatte und der ganze Schnee geschmolzen war, konnten wir nichts finden. Die Schlinge war allerdings der Ledergürtel eines Mannes. Mr. Melville hatte ihn mit seinem Taschenmesser durchgeschnitten, aber man konnte trotzdem noch einwandfrei feststellen, dass er einem Mann von durchschnittlichem Körperumfang gehört haben muss.« Er schaute zu Dr. Ebersole hinunter, der die Hand gehoben hatte. »Möchten Sie dem noch etwas hinzufügen, Dr. Ebersole?«

Der Arzt erhob sich. »Ich will nur noch eine kleine Anmerkung machen. Der Mageninhalt des Opfers zeigte, dass die junge Frau kurz vor ihrem Tod ein Stück Kuchen mit vielen Rosinen und Nüssen gegessen hat.«

»Mrs. Vaude«, sagte Hook, »können Sie sich erinnern, was Adelle – Adeline – an jenem Morgen gegessen hat?«

»Nein, aber es gab für alle Pfannkuchen zum Frühstück. Ich hatte weder Rosinen noch Nüsse in der Speisekammer.«

Ich rutschte auf meinem Sitz hin und her, bis ich die Danenbergs im Blickfeld hatte. Mama Danenbergs Strudel war mit Rosinen und Nüssen gespickt gewesen.

35

In einer ganz zentralen Frage hatte uns die Befragung kein Stückchen weitergebracht, und diese Frage lautete: Warum hatte Adeline Zimmerman bei den Vaudes als Kindermädchen gearbeitet?

»Das ist das fehlende Stück im Puzzle«, sagte Harry. Seine Zigarette bewegte sich kaum, während er redete. »Nur über den Umweg können wir herausfinden, warum sie umgebracht wurde.« Er servierte uns die Martinis, die er gerade gemixt hatte.

»Und dann könnten wir auch den Mörder finden.« Ich stand vor dem lodernden Feuer und versuchte, meine eisigen Hände und Füße aufzutauen.

Die Heimfahrt war insofern ungewöhnlich gewesen, als wir alle unseren Gedanken nachhingen und einander wenig zu sagen hatten. Ich saß eingequetscht auf dem Rücksitz und konnte von der Seite her ein bisschen was von Harrys zynischer Miene erahnen. Paulos attraktiver Nacken glänzte vor Schweiß. Er brummelte, er fühle sich nicht wohl, setzte uns ohne große Zeremonie in der Bedford Street ab und fuhr weiter.

Martinis schienen in dieser Situation genau das Richtige.

»Ich glaube, du hast inzwischen eine extrem schlechte Meinung von Daisy«, sagte ich und nahm Harry ein Glas ab.

»Egal, was sie behauptet – sie weiß garantiert, warum Adeline bei den Vaudes gearbeitet hat. Und Nolan weiß es ebenfalls.«

»Aber warum sagen sie es uns nicht?« Oh, gelobt sei der Gin, der jetzt in meinen Blutkreislauf eintrat. Harry war wirklich ein Meister in der Kunst des Mixens.

»Sie nehmen uns – mich – als Spürhunde.«

Ich überlegte kurz. Sollte ich Harry von meinem Ausflug zu Monk Eastman erzählen und ihm sagen, was er über Nolan gesagt hatte – dass er für die Bundespolizei arbeitete? Ach, warum eigentlich nicht? Schließlich war ich ein freier Mensch, wir lebten im Jahr 1920, und die Frauen hatten das Wahlrecht erkämpft.

Harrys Reaktion? Ein Vulkanausbruch! Er kippte seinen Martini in einem Zug hinunter. »Wenn du glaubst, Monk Eastman ist ein normaler Mensch, hast du dich geschnitten! Wie kannst du nur so naiv sein.«

»Ich will ihn ja nicht als Liebhaber, Harry!«, entgegnete ich, obwohl mich der Gedanke irgendwie faszinierte. »Ich wollte mich nur bei ihm bedanken …«

»Wozu gibt es die Post?« Er gab mir Feuer und füllte unsere Gläser nach.

»Hör mal, Harry – du hast doch selbst gesagt, der Gouverneur hat ihn begnadigt und …«

»Wer zum Schwert greift, der wird durch das Schwert umkommen.«

»Seit wann zitierst du die Bibel?« Ich ließ mich aufs Sofa fallen, trank meinen Martini aus und stellte das Glas dann schwungvoll auf den Tisch, sodass das Kristall ein hübsches *Pling!* von sich gab.

»Ich möchte nur, dass keiner meiner Freunde in der Nähe ist, wenn das passiert«, sagte er.

Ich lächelte ihm zu. Es ist ja keineswegs so, dass ich Harrys Warnungen nicht ernst nehme! Aber mein Lächeln ging schnell in ein Gähnen über – am Abend vorher war ich erst spät ins Bett gekommen. Genau wie Harry, davon war ich überzeugt. Der Vormittag war nicht unsere beste Zeit.

»Okay.« Ich hatte Mühe, die Augen offen zu halten. »Können wir Monk Eastman kurz beiseite schieben und über die Ermittlungen reden?«

»Was meinst du?«

»Du glaubst, Daisy lügt. Ich glaube, alle haben gelogen. Außer dir und mir, und ich habe auch nicht alles gesagt, was ich weiß. Fordy und Kate, Celia, Dave – nicht einer von ihnen hat die ganze Wahrheit gesagt. Sie haben alle etwas zu verbergen. Zum Beispiel hat keiner das fürchterliche Wahrheits-Spiel erwähnt! Selbst Mama Danenberg, die über nichts anderes geredet hat als darüber, was für eine Art Frau Adelle war, erwähnte lieber nicht, dass Adelle von ihrem Strudel gegessen hat, bevor sie gestorben ist.«

»Woher weißt du, dass es da einen Zusammenhang gibt?«

»Ich habe ein Stück von Mama Danenbergs Strudel gegessen. Vielleicht war Adelle ja auch bei ihr, hat mit ihr Kaffee getrunken, und dann hat jemand sie bewusstlos geschlagen.«

»Carl?«

»Könnte sein. Und warum ist eigentlich Fordy die ganze Zeit unterwegs?«

»Es muss irgendetwas mit seinem Familienunternehmen zu tun haben«, sagte Harry. »Möchtest du noch einen Drink?« Er bereitete noch einen Martini zu.

»Ja, ich will – aber ich sage lieber nein. Ich muss doch

noch an meinem Buch arbeiten. Woraus besteht eigentlich Fordys Familienunternehmen?«

»Es hat irgendetwas mit der Finanzwelt zu tun. Börse oder Versicherungen. Wall Street.«

»Ach, deshalb reagiert Fordy immer so ausweichend, wenn man ihn nach seiner Arbeit fragt! So etwas Unkünstlerisches! Ich nehme an, er reist durch die Gegend, weil er mit Kunden reden muss.«

»Vermutlich.« Jetzt gähnte Harry.

Nachdem Harry gegangen war, goss ich den Rest Martini, der sich noch im Cocktailmixer befand, für Mattie in ein Glas und setzte Wasser auf. Wo steckte Mattie überhaupt? Ich schaute hinunter in meinen etwas ungepflegten Garten hinter dem Haus. Ich hatte es immer noch nicht über mich gebracht, die Fragmente der Statue wegzuräumen, die auf Großtante Evangelines Vogelbad gestanden hatte. Aber jetzt müsste ich mich langsam doch dazu aufraffen. Schließlich hatte ich die Bildhauerin Virginia Champion kennen gelernt – Champ, wie Harry sie nannte –, die ja die Skulptur geschaffen hatte.

Ich machte mir eine Tasse Tee und schleppte mich in mein Zimmer, spannte eine neue Seite in meine Schreibmaschine. Im Delirium war Paulo von Kriegserinnerungen überschwemmt worden. Dieser grauenhafte Krieg!

Warum glorifizieren Männer den Krieg? Meine Freunde waren alle von den entsetzlichen Erlebnissen in Frankreich gezeichnet, aber sie redeten immer nur vom Großen Krieg, wie von einem Geheimorden – in dem der Tod ein Ehrenmitglied war.

Ich kann doch nicht die edlen Schwerter preisen,
Wenn Tapferkeit nichts bringt als nur den Tod.

Ich starrte auf das Papier, in der Hoffnung, dass noch mehr Wörter erscheinen würden. Abrakadabra! Leider tat sich nichts. Die Welt ist einfach nicht perfekt.

Ich zog die Schuhe aus, schlang meine Stola um und legte mich mit Mr. Donnes Liebesgedichten ins Bett. Ich trank den lauwarmen Tee, bis meine Tasse leer war. Das Buch glitt mir aus der Hand.

Eine Sirene riss mich aus dem Tiefschlaf, vertrieb mich aus einem sehr erotischen Traum, der beim Erwachen in tausend Scherben zersplitterte, das Gesicht meines Liebsten verschwand, für immer, obwohl ich die sanfte Zärtlichkeit noch auf meiner Haut spüren konnte. Ich stützte mich auf die Ellbogen, wollte aber noch nicht aufstehen.

Hatte ich mir das Sirenengeheul nur eingebildet? Nein, da war es wieder. Allerdings war es keine Sirene, sondern meine Türklingel. Ich hörte Matties Stimme. Eine andere Stimme antwortete. Zögernd kletterte ich aus dem Bett und starrte mit verschlafenen Augen in meinen Handspiegel. Meine Haare standen vom Kopf ab wie bei einer Wahnsinnigen, und ich hatte mir nicht die Mühe gemacht, ein Nachthemd anzuziehen.

Ich öffnete meine Tür einen Spaltbreit und sah Mattie vor mir stehen. Sie wollte gerade anklopfen.

»Ah, du bist wach!«, rief sie fröhlich. »Du hast die ganze Nacht geschlafen. Ich kann mich nicht erinnern, wann du das letzte Mal so etwas Fürchterliches getan hast. Und noch dazu ohne Wein. Wie war das Verhör?«

»Es war vor allem deswegen interessant, weil keiner der Anwesenden die Wahrheit gesagt hat, ich auch nicht, vielleicht nicht mal Harry. Die einzig Ehrlichen waren der Deputy Sheriff und der Gerichtsmediziner. Gerry hätte die Lügerei sofort durchschaut. Harry und ich haben noch ein paar Martinis getrunken, als wir nach Hause gekommen sind.«

»Joan hat mich zu Margaret Sanger mitgenommen, damit ich sie mal kennen lerne.« Mattie ging an mir vorbei und zog die Vorhänge auf. Winterlich weißes Sonnenlicht strömte ins Zimmer.

»Ich beneide dich! Deine zukünftige Schwiegermutter bewegt sich in den erlesensten Zirkeln.«

»Stimmt.« Mattie musterte mich kritisch. »Du siehst ja völlig zerquetscht aus, Olivia. Am liebsten würde ich dich mit einem Bügeleisen behandeln.«

Ich kicherte. »Na, dann fang am besten gleich damit an.« Ich zog meine Bluse aus und zog eine frische an. Der Rock musste für heute noch einmal reichen. »Wer war an der Tür?«

Sie fasste sich mit dem Finger an die Braue. »Drunten wartet schon der Kaffee auf dich. Und ein Besucher.«

»Wer ist es?« Schnell fuhr ich mir mit den Fingern durch die Haare, um sie einigermaßen in Ordnung zu bringen. »Wie spät ist es überhaupt?«

»Kurz nach neun.«

Ich war fassungslos. »Neun Uhr morgens? Keiner meiner Freunde kommt um diese gottlose Zeit zu Besuch!«

Es war Bunny. Er ging in meinem kleinen Salon auf und ab, und trotz Anzug und Krawatte sah er aus, als hätte er sich die Nacht um die Ohren geschlagen.

»Oliver!« Er begrüßte mich überschwänglich. Ein Fremder hätte sicher gedacht, wir hätten uns seit zwei Wochen nicht mehr gesehen. »Sie ist krank, und ich stecke in der Klemme!«

»Wer? Daisy?«, fragte ich und gab ihm eine Tasse Kaffee, während Mattie mir meinen Kaffee reichte.

»Daisy?« Er blieb stehen und trank einen Schluck. »Was hat Daisy mit der Sache zu tun?«

»Du hast doch gerade gesagt, sie sei krank.«

»Nein, nicht Daisy ist krank, sondern Elinor! Elinor Wylie. Weil ich mit ihr befreundet bin, habe ich alles arrangiert. Und jetzt ist sie krank.« Er schwieg und erwartete offenbar, dass ich etwas dazu sagen würde, aber ich hatte keine Ahnung, wovon er redete, und sagte das auch. Verärgert sagte er: »Paul sollte dich gestern Abend noch anrufen und alles mit dir besprechen, aber ...«

»Er hat nicht angerufen. Ich habe nichts von ihm gehört. Hat Paulo sich gestern Abend noch gemeldet, Mattie?«

»Nein.« Mein Haus ist so klein, dass sie nicht im selben Zimmer sein musste, um unser Gespräch mit zu hören. »Kommt in die Küche und ich mache euch beiden Frühstück.«

»Möchtest du etwa, dass ich für Elinor Wylie einspringe, Bunny?«

»Würdest du das tun, Oliver? Die feiern ihr dreißigjähriges Jubiläum!« Er ging vor mir in die Knie. »Ich werde bis an mein Lebensende dein Sklave sein!«

Ich lachte und tätschelte ihm den Kopf. »Komm, steh auf, Bunny! Du machst deine Bügelfalten kaputt, und dann ärgert sich Crowny und schiebt wieder alles auf mich, weil ich dich angeblich vom rechten Weg abbringe. Wann soll ich für Elinor einspringen? Und wo?«

Bunny stand auf, und er war so erleichtert, dass er fast herumtanzte. »Am Freitagabend. Ich fahre dich hin. Tust du das wirklich, Oliver? Du kannst natürlich Gedichte aus deinem Buch vorlesen.«

»Ja, klar, ich mache das, Bunny. Ich fühle mich geehrt, dass ich gebeten werde, Elinor Wylie zu vertreten. Aber wo findet das Ganze statt?«

Bunny schlug die Hände zusammen. »Ach du meine Güte, entschuldige bitte, Oliver. Es geht um die Yale Poetry Society.«

36

Welch glückliche Fügung! So etwas gibt es in meinem Leben öfter.

Am späten Vormittag rief endlich Paulo an.

»Du bist ein bisschen zu spät dran«, sagte ich. »Aber ich habe Bunny schon gesagt, dass ich euch helfe.« Zur

Wiedergutmachung bat ich ihn um einen Gefallen. »Ich fände es sehr nett, wenn du in diesem Zusammenhang das Treffen mit Professor Adolphus arrangieren könntest«, sagte ich.

»Ich brauche nichts zu arrangieren, Oliver. Er ist der Präsident der Poetry Society. Du wirst ihn dort treffen, ob du willst oder nicht. Der Empfang findet bei ihm zu Hause statt. Ich bringe dich hin und fahre dich selbstverständlich auch wieder zurück.«

»Das ist nicht nötig«, erwiderte ich. »Bunny hat sich schon bereit erklärt.«

Damit war unser Gespräch auf eine mir sehr angenehme Art beendet. Erst als ich zu Mattie in die Küche ging, fiel mir auf, dass Paulo nicht besonders hartnäckig darauf bestanden hatte, mich zu sehen. Ließen die Kräfte der Zauberin Oliver etwa schon nach?

»Ich verliere meine mystische Macht über das männliche Geschlecht«, sagte ich zu Mattie.

»Du meinst, man muss sie nicht mehr von deiner Türschwelle vertreiben? Na ja, das ist eine Aufgabe, die ich nicht vermissen werde.«

»Ach, du bist so süß, Mattie!«, sagte ich und umarmte sie. Sie hatte einen Teller mit Butter und Brot bereitgestellt und goss jedem von uns eine frische Tasse Kaffee ein. In dem Moment klingelte es an der Tür. »Heute Morgen geht es hier zu wie im Taubenschlag!«, sagte sie und stand auf.

Diesmal war es Lester Nolan. Er gab sich betont charmant.

»Tut mir Leid, dass ich Sie störe, Miss Brown. Ich wollte Ihnen nur schnell ein paar Fragen stellen.« Er begab sich in unsere winzige Küche, setzte sich mir gegenüber an den Tisch und beäugte so lange das frische Brot und die Rolle Butter, bis Mattie ihm etwas anbot. Ich merkte, dass er ihr überhaupt nicht gefiel, und warf ihr einen warnenden Blick zu.

»Ich habe alle Fragen beantwortet, die Deputy Hook mir gestellt hat.«

»Dieser Hinterwäldler von einem Polizisten hat doch keine Ahnung, wie man die richtigen Fragen stellt, selbst wenn man sie ihm auf – auf die Nase binden würde!« Nolan strich großzügig Butter auf seine Scheibe Brot und trank einen kräftigen Schluck Kaffee aus der Tasse, die Mattie ihm angeboten hatte. Sie war dabei nicht besonders höflich gewesen, was ich sehr lustig fand.

Nolans Anwesenheit war so erdrückend, dass ich das Gefühl hatte, er würde sich immer mehr aufplustern, bis er sämtliche Fluchtwege blockierte. Ich warf Mattie einen fragenden Blick zu und merkte, dass es ihr ganz ähnlich ging. Nolan schnitt sich noch eine Scheibe Brot ab; an seinen vollen Lippen klebten lauter Krümel, Kaffee tropfte ihm vom Kinn. »Eine anständige, altmodische junge Frau wie Sie, Miss Mattie, die genau weiß, wie man einen Mann versorgen muss, findet man heutzutage nur noch selten.«

Matties Augen blitzten empört. »Ich bin eine Suffragette, Mr. Nolan, und das Wahlrecht ist für uns nur der erste Schritt. Unsere Arbeit ist noch lange nicht abgeschlossen.«

Bravo!, dachte ich.

Nolan zuckte zusammen.

»Also, Mr. Nolan, dann sagen Sie mir bitte, was Sie auf dem Herzen haben. Ich muss noch arbeiten.«

»Eine junge Frau ist ums Leben gekommen, Miss Brown, und ich bin nicht auf den Kopf gefallen. Wenn ich eine Lüge höre, dann fängt meine Nase an zu jucken. Und gestern hat mir meine Nase ziemliche Probleme gemacht.«

»Vielleicht sollten Sie's mal mit einer Nasencreme versuchen, Mr. Nolan. Ich habe bei der Befragung jedenfalls die Wahrheit gesagt.«

»Mag sein. Ich denke auch eher an Kate und Fordham Vaude und an Celia Gillam.«

»Für die anderen kann ich nicht sprechen. Zigarette, Mr. Nolan?« Als er dankend ablehnte, zündete ich mir selbst eine an und gab auch Mattie Feuer.

»Aber Sie wissen, dass die betreffenden Personen gelogen haben, was ihren Aufenthaltsort zur Tatzeit betrifft.«

»Ich habe nicht die geringste Ahnung. Kate war mit Paul Ewing in der Küche, als ich sah, wie Adelle mit den Kindern das Haus verließ. Und Fordy und Celia waren bereits abgefahren.«

»Tatsächlich? Und woher wollen Sie das wissen, Miss Brown? Haben Sie gesehen, wie die beiden losgefahren sind?«

Nein. Ich hatte nicht gesehen, wie sie wegfuhren. Aber glauben Sie wirklich, dass Celia und Fordy gemeinsam geplant haben, Adelle umzubringen? Und Kate sich daran beteiligt hat? Aus welchem Grund? »Nein, gesehen habe ich nichts, deshalb kann ich nicht mit Sicherheit sagen, ob sie noch in Croton waren. Wollten Sie das von mir hören, Mr. Nolan?«

»Vielen Dank, Miss Brown.« Er stützte sich mit den Händen auf den Tisch und stand auf. »Sie wissen nicht zufällig, wo sich Mr. Melville gerade aufhält?«

»Ist er nicht zu Hause?«

»Sieht nicht so aus. Falls Sie ihm begegnen – würden Sie ihm bitte ausrichten, dass ich ihn suche? Außerdem bin ich auf der Suche nach Miss Gillam.« Er schwieg erwartungsvoll. »Sie scheint keine feste Adresse zu haben.«

Ich zuckte die Achseln. Wo Celia wohnte, wusste ich wirklich nicht, und selbst wenn ich es gewusst hätte, dann hätte ich mich trotzdem nicht verpflichtet gefühlt, es Mr. Nolan mitzuteilen.

Als Nolan begriff, dass er nichts mehr aus mir herausholen konnte, verabschiedete er sich. »Ich wünsche Ihnen einen schönen Tag, meine Damen.«

Ich begleitete ihn bis zur Tür, weil ich sicher gehen wollte, dass nichts von ihm in meiner Wohnung zurückblieb. Sprachlos musste ich feststellen, dass er die Dreistigkeit besaß, die Post durchzuschauen, die Mattie auf dem kleinen Tischchen im Flur für mich abgelegt hatte.

»Suchen Sie etwas Bestimmtes?«, fragte ich ihn.

Ohne jede Spur von Verlegenheit reichte er mir meine Briefe, zog seinen Mantel an und nahm den Hut von der Ablage. Ich öffnete die Wohnungstür und wartete, bis er die halbe Treppe hinuntergegangen war. »Oh, Mr. Nolan, wenn Sie schon von Lügen sprechen, dann sollten Sie vielleicht mal bei Daisy Zimmerman anfangen, oder wie immer die junge Dame heißen mag! Aber das wissen Sie ja sicher längst.« Ich schloss die Tür und ging zurück in die Küche.

»Was ist das für ein widerlicher Kerl!«, rief Mattie. »Obwohl er ja eine gewisse Ähnlichkeit mit Richard Barthelmess hat.«

»Er hat sich meine Briefe angeschaut.«

»Gerry kann ihn auch nicht ausstehen.«

»Nolan lügt, genau wie alle anderen, Mattie. Harry und ich sind davon überzeugt, dass er weiß, warum Adelle-Adeline als Kindermädchen bei den Vaudes gearbeitet hat. Aber er weiß nicht, was sie herausgefunden hat und warum sie umgebracht wurde. Er glaubt, dass es einer von uns war und dass wir mehr wissen, als wir zugeben.«

»Stimmt das, Olivia?« Sie runzelte die Stirn. Mattie kennt mich besser als alle anderen.

»Nein.« Jedenfalls nicht viel mehr.

»Wenn du mehr wüsstest, wärst du bestimmt in Gefahr.«

»Ja, ich glaube, wenn ich wüsste, wer der Täter ist, dann wäre ich in Gefahr. Aber ich weiß es nicht«

»Ich mache mir Sorgen um dich, weil du wieder mit Harry arbeitest.«

Ich grinste, weil sie so ein schrecklich ernstes Gesicht machte. »Weil ich eine Frau bin und nicht selbst auf mich aufpassen kann?«

»Nein. Weil ich dich gern habe, Olivia, und weil ich weiß, dass du manchmal sehr unvorsichtig bist. Versprichst du mir, dass du dich nicht alleine auf die Suche nach dem Mörder machst?«

»Oh, Mattie!«

»Versprich es mir!«

»Versprochen.«

»Und wenn du etwas herausfindest, behältst du es nicht für dich, sondern sagst es Harry?«

Nachdem ich geschworen hatte, dass ich mich an ihre Vorschriften halten würde, mit einem unausgesprochenen *Wenn möglich* im Hinterkopf, ging ich hinauf in mein Zimmer und sortierte meine Post. Ich suchte vor allem nach einem Brief von Stephen. Aber leider war keiner dabei. Ich hatte das Gefühl, ich würde Wasser treten und nicht vom Fleck kommen. Mir wurde schon ganz melancholisch ums Herz, als ich plötzlich den Duft von Monks Rosen wahrnahm.

Ich schloss die Augen, aber ich sah nur die schneebedeckte Leiche am Baum hängen. Ich hörte Harry »Verflucht!« rufen. Das Schicksal hatte eine seltsame Wendung genommen und etwas, das als unbeschwertes Wochenende geplant gewesen war, in eine Katastrophe verwandelt. Irgendwie war die Stimmung schon die ganze Zeit über unheilschwanger gewesen, aber wir alle waren so mit uns selbst beschäftigt gewesen, dass wir die Zeichen nicht bemerkt hatten. Die dunkle Seite des Karnevals, die Nacht der Fastnacht. Ich setzte mich an die Schreibmaschine.

Hämmert die Pfosten ein und stellt die Zelte auf
Baut die Tribünen Reihe über Reih',
Die Buden auch für bunten Zeitvertreib,
Das Glücksspiel, Ziel so mancher Träumerei;
Oh, ja, die Fähnchen flattern voller Übermut,
Und Zuckerwatte klebt so süß am Mund,

Das Karussell dreht sich jetzt pausenlos,
Derweil die Orgel dudelt ohne Harmonie.
Die Clowns begrüßt ein schriller Tusch,
Sie wollen zwicken, grapschen, jeden necken
und dann mit Flüchen in der Luft jonglieren.
Ich bin der Karneval, bin nichts als Lügen,
bin makelloses Laster unter feinem Putz,
Verspiel' die Seelen mit des Todes Würfel.

37

Eine Flasche Gin unter meinem Mantel, so schlich ich mich in Mr. Santinellis kleines Lebensmittelgeschäft und kaufte eine Tüte Äpfel. Obwohl das Gebäude in der Commerce Street, in dem sich das Cherry Lane Theater befindet, schon ziemlich alt ist, sind die Treppen, die zu den darüber liegenden Wohnungen führen, immer blitzsauber. Die Gasbeleuchtung war eher schmeichelhaft als hell und schuf mitleidige Schatten. Der süße Duft der Äpfel erfüllte die Luft.

»Es ist offen – komm rein!«, rief Virginia Champion als Reaktion auf mein Klopfen. »Wir sind im Atelier.«

Ich folgte ihrer Stimme zum hinteren Teil der Wohnung. »Ich habe ein paar Äpfel mitgebracht«, sagte ich, »und …«

»Rühr dich nicht vom Fleck!«, sagte Virginia. Als sie merkte, dass ich wie erstarrt stehen blieb, grinste sie amüsiert. Ihre Hände waren voller Lehm. »Ich meine nicht dich, Oliver!« Das Atelier war hell erleuchtet, und ich, die ich so an die gemütliche, dunkle Höhle meines Zimmers gewöhnt war, fühlte mich ganz benommen von den flirrenden Lichtern und den Engelsstimmen. Was für eine himmlische Umgebung. Mein Inneres bebte. Ein extrem seltsames Gefühl. Aber es war gleich wieder vorüber.

Sobald ich wieder mit beiden Füßen auf dem Boden stand, stellte ich die Tüte mit den Äpfeln auf eine große Holzkiste neben der Tür, die mit vielen fremdländischen Etiketten beklebt war.

Champs faltige Wangen waren staubig und verschmiert, ihre weiße Haarmähne hatte sie mit einem dunkelvioletten Schal zurückgebunden. »Komm mit!«, sagte sie. »Wir sind fertig für heute. Artemis hat nicht viel Geduld.« Auf die letzte Bemerkung hin erklang ein vieldeutiges Lachen, das aber nicht von Champ kam.

Ich sah, dass sie am Torso einer Frau arbeitete, lebensgroß, kräftige Schultern, ein langer Hals, schlank, die Brüste hoch und fest. In einem griechischen Chiton, der ihr von der Schulter rutschte. Das Gesicht war noch nicht richtig herausgearbeitet, bis auf das energische Kinn. Artemis, die Jägerin. Celia Gillam.

»Komm, ich nehme das«, sagte Celia, wie immer mit heiserer Stimme. Ihre dichten, dunklen Haare waren ihre einzige Bekleidung. Sie nahm mir die Flasche Gin ab und stellte sie auf das Fensterbrett. Sie fasste mich am Revers und zog mir den Mantel von den Schultern, und schon diese Berührung genügte, um bei mir einen solchen Rausch der Sinne auszulösen, dass ich mich wie im Himmel fühlte. Vorsicht!, sagte ich mir. Wir passen viel zu gut zusammen, sie und ich.

Ich rettete meinen Mantel. Celia lachte wieder, flocht mit geschickten Händen ihre Haare, ihre Brüste folgten den Bewegungen. Dann zog sie endlich ein Herrenhemd über, ihr Markenzeichen. Die Art, wie sie ihre Mähne bändigte, ihre Brüste – es war alles die reine Provokation.

Champ, in wehenden Gewändern, brachte Gläser, eine Schüssel mit meinen Äpfeln und ein Obstmesser. Sie holte einen Koffer, bedeckte ihn mit einer Leinenserviette, und schon konnten wir auf dem Fußboden picknicken. Wir tranken Gin, fütterten uns gegenseitig mit Apfelscheiben und rauchten, bis das Tageslicht verblasste und die kleinen Lichtpunkte unserer Zigaretten wie Leuchtkäfer durch die Luft schwirrten, während wir uns angeregt unterhielten.

»Ihre Liebe war so tief, so echt – bis zum Schluss«, sagte Champ über meine Großtante Evangeline und Alice, ihre Geliebte. »Ich bin sicher, es war eine Liebe für die Ewigkeit. Ich habe die beiden Liebenden aus Marmor für sie zu ihrem zwanzigsten Jahrestag gemacht.«

Das grässliche Gefühl meldete sich wieder, genau wie damals, als ich die zertrümmerte Statue gefunden und gleichzeitig erfahren hatte, dass es eine Todesdrohung war. Eine Wunde, die nie ganz verheilen würde. »Wärst du bereit, noch eine Statue für uns zu machen?«

»Wenn ich mit diesem Auftrag hier fertig bin.« Mit einer Kopfbewegung deutete sie auf die noch gesichtslose Jägerin, die in dem blassen Mondlicht, das uns alle in Nachtgespenster verwandelte, nur noch eine Silhouette war.

Wir leerten die Ginflasche, während Celia voller Leidenschaft von der Revolution berichtete, von der Begeisterung, dem Hunger, der Cholera, dem Tod auf der Straße, von Moskau und St. Petersburg, von Reed und Louise, Jack Reed, dem genialen jugendlichen Liebhaber, und Louise Bryant, seiner Frau, die Celia mindestens so gern mochte wie Jack, wenn nicht noch lieber. Und ich konnte mir das alles so gut vorstellen, während ich fasziniert zuhörte, die Arme um die Knie geschlungen.

Eine ferne Stimme sagte: »Es ist noch Wein da …« Champ wollte aufstehen; Celia sprang sofort auf die Füße und half ihr.

»Ich hole ihn«, sagte Celia. Sie brachte den Koffer weg, als wollte sie auf Reisen gehen.

Champ strich mir ein paar Strähnen aus der Stirn. »Du bist ein entzückendes, beängstigend begabtes Kind, Oliver. Hüte dich vor dem Schützen.«

Ihre Gewänder raschelten leise, als sie sich entfernte.

Hüte dich vor dem Schützen. Wollte Champ damit sagen, ich solle mich vor Celia in Acht nehmen. Mein Gehirn war betäubt vom Gin. In dem Moment ließ Celia sich neben mir nieder und füllte unsere Gläser. Wir prosteten uns zu. Im Mondlicht konnte ich ihre Gesichtszüge sehen. Sie war sehr, sehr schön. Mit der Fingerspitze fuhr ich von ihrem Wangenknochen abwärts. Ihre Lippen öffneten sich.

Hüte dich vor dem Schützen.

Ich brach den Bann, umschloss mein Glas mit beiden Händen und trank fast den ganzen Wein in einem Zug. Zitternd zündete ich mir eine Zigarette an. Celia beobachtete mich. Als ich inhalierte, fand ich mein Gleichgewicht wieder, beim Ausatmen kehrte die Kraft zurück.

Sie fragte: »Was möchtest du wissen?«

Mein Kopf begann zu pulsieren. »Hast du ein Verhältnis mit Fordy?«

»Aaah.« Sie war entzückt. Glaubte sie etwa, ich sei eifersüchtig? War ich eifersüchtig? »Nein«, sagte sie.

Ich nahm meinen ganzen Mut zusammen. »Habt ihr je miteinander geschlafen?«

»Ich habe mit vielen Leuten geschlafen.«

»Mit Kate?«

Sie lächelte.

»Dave?«

Wieder ein Lächeln.

»Bist du am Tag des Mordes mit Fordy weggefahren?«

»Nein – nachdem wir unsere Szene gespielt hatten, war Schluss.«

»Ich verstehe nicht, was du damit sagen willst. Heißt das, du warst noch in Croton, als wir das Kindermädchen gefunden haben?«

»Im Gegenteil! Ich habe den ersten Zug genommen und bin sofort nach New York gefahren.«

»Und Fordy ist in Croton geblieben?«

»Warum nicht? Ich bin Hekuba. Was ist ihm Hekuba, was ist er ihr, dass er um sie soll weinen?« Ja, ich konnte sie mir gut als Hamlet vorstellen … Mit ihren Lippen berührte sie meine, eine kurze, federleichte Berührung, dann entfernte sie sich wieder. »Er war mir zuwider. Wir hatten noch nicht einmal die andere Straßenseite erreicht, da fing er schon an zu wimmern und zu klagen. Er braucht mich, um rauszukommen, hat er gesagt.«

»Raus? Woraus?«

»Keine Ahnung. Ich war erschöpft. Ich war wochenlang unterwegs gewesen und wollte nur noch eins: Ruhe. Aber ich wusste ganz genau, dass ich mich nicht eine Minute entspannen konnte, wenn ich in Croton blieb.«

»Da bist du einfach gegangen?«

»Findest du das herzlos? Na ja, vielleicht hast du Recht. Aber Fordys Probleme kann man kaum mit dem vergleichen, was ich auf meinen Reisen gesehen habe. Er spielt sich auf wie der große Bohèmien, aber seine Herkunft kann er trotzdem nicht verleugnen.«

»Das heißt, er hat bei der Befragung nicht die Wahrheit gesagt. Und du auch nicht. Warum hast du ihn gedeckt?«

Celia zuckte die Achseln. »Warum nicht?«

»Aber es ist doch nicht egal! Immerhin wurde jemand umgebracht.«

»Stimmt.«

»Du hast sie gekannt, oder?«

»Du bist ein Fuchs, Oliver.«

»Ja.«

»Also gut, kleiner Fuchs – wir haben uns letztes Jahr im Sommer in Rom kennen gelernt, bei einer Party in der amerikanischen Botschaft. Am vierten Juli. Sie hieß Adeline Zimmerman. Und sie gehörte zum Botschaftspersonal.«

38

Die Nacht war noch jung, und ich hatte noch keine Lust, ins Bett zu gehen. Ein unbestimmtes Verlangen, der Geschmack von Celias Lippen auf meinen, trieb mich an. Es war schon nach Mitternacht, als ich ins Working Girls' Home kam. Jig und Susan wollten gerade gehen, und Jig schloss mich zur Begrüßung fest in die Arme.

»Habt ihr Harry gesehen?«, fragte ich, als ich wieder Luft bekam.

»Hier bist du genau richtig«, antwortete Susan.

Im Restaurant war es unglaublich voll. Am anderen Ende hatte sich an der Bar eine Gruppe versammelt. Ich kletterte auf einen Stuhl und sah Harry, der mit Whit Sawyer Armdrücken machte, während Dave Wolfe sich schon die Ärmel aufkrempelte, weil er Harry als Nächster herausfordern wollte.

»Was darf ich dir bringen, Oliver?«, rief Luke O'Connor mir zu. Ich formte mit den Lippen ein W, und wenig später hielt ich eine Teetasse mit Wein in der Hand. »Auf die Prohibition!« Ich prostete Luke mit meiner Teetasse zu und erntete dafür ein breites Grinsen.

Fordy trug grüne Kordsamthosen und entfernte sich gerade von der Bar, in jeder Hand eine gefüllte Teetasse. Ich folgte ihm. Er führte mich zu Kate. Von hinten hätte ich sie kaum erkannt. Sie hatte ihre honigblonden Haare kurz geschnitten, und Fordy drückte ihr einen zärtlichen Kuss auf den Nacken.

Sie lachten beide und wirkten überhaupt sehr vertraut, sodass ich mir vorkam wie eine Voyeurin. Waren die beiden wieder zusammen?

»Oliver!« Das war Edward Halls Stimme. Er musste also irgendwo in der Nähe sein.

»Ich bin dir gefolgt«, sagte ich zu Fordy.

»Ehrlich?« Seine Hände zitterten, während er einen Stuhl für mich heranzog.

»Vor mir bist du nirgends sicher, Fordy«, fügte ich ganz ernst hinzu.

Ich konnte sehen, wie ihm der Schweiß ausbrach, sein Gesicht glänzte ölig.

»Das ist sehr ungezogen, Oliver.« Kate streichelte Fordys Hand und warf mir einen warnenden Blick zu. »Jetzt glaubt Fordy, du hättest ihn mit einer anderen Frau erwischt und ich würde wieder mit ihm schimpfen.«

»Ich bin dir nur quer durch den Raum gefolgt, mehr nicht«, sagte ich und ließ den Kopf hängen. »Ich muss immer so blöde Witze machen.«

»Das stimmt, Oliver«, sagte Fordy erleichtert. »Was sollen wir nur mit dir anstellen?«

In dem Moment kam Edward zu uns. Wie so oft in der letzten Zeit redeten wir über Eugene O'Neill und was ohne ihn mit den Players passieren würde.

»Sieger auf allen Ebenen!«, rief Harry.

»Noch 'ne Runde?«, fragte Edward mit einem Blick auf unsere leeren Tassen.

»Ich hätte nichts dagegen«, antwortete ich.

»Warum nicht?«, sagte Kate.

Die Jungs machten sich auf die Suche nach neuem Sprit, und ich lächelte Kate zu. »Seid ihr wieder zusammen?«

»Ja.« Sie schien sich zu freuen, musterte mich aber fragend. »Du wirkst heute Abend so entspannt, Oliver.«

Ich zuckte die Achseln. »Fahrt ihr nach Croton?«

»Ich glaube nicht.«

»Ich habe heute etwas sehr Interessantes über Adelle erfahren.«

»Ich bin nicht sicher, ob ich es hören will.«

»Okay.«

Eine Weile saßen wir schweigend da, dann sagte Kate mit einem Seufzer: »Gut, meinetwegen.«

»Celia hat mir gesagt, sie hat Adelle letztes Jahr im

Sommer in Rom getroffen. Sie hieß Adeline Zimmerman und hatte einen Job an der amerikanischen Botschaft.«

»Ich verstehe das alles nicht«, sagte Kate gequält. »Kapierst du, was da los ist?«

»Nein.« Ich stand auf. »Ich muss jetzt los«, sagte ich. »Falls ich es schaffe, Harry von seiner Gewinnserie loszueisen.«

»Möchtest du nicht auf Edward warten?«, fragte Kate.

»Sag ihm viele Grüße von mir – und gute Nacht.«

Ich konnte Harry nicht richtig ablenken, muss allerdings zugeben, dass ich mich nicht allzu intensiv bemühte. Ich wollte plötzlich nur noch weg; meine Finger sehnten sich nach der Schreibmaschine. Luke war bereit, die Getränke für mich anzuschreiben. Entweder bezahlte ich ihn, wenn mein nächster Scheck eintrudelte, oder ein anderer beglich die Rechnung für mich.

Ich trat hinaus ins Freie. Vor mir gingen drei betrunkene College-Studenten. Der eine beäugte mich interessiert. Es war eiskalt draußen, still und friedlich, und am Himmel funkelten unzählige Sterne. Eine wunderschöne Nacht.

»Das kann doch nicht sein, dass so ein hübsches Ding wie du hier alleine herumläuft!« Der Junge mit dem interessierten Blick fasste mich am Arm. Die beiden anderen gesellten sich zu ihm, spielerisch, nicht aggressiv, wie mir schien.

»Sie ist nicht allein«, sagte Fordy, der hinter mir kam. Er stieß die Jungen weg. »Verduftet, ihr drei.«

Mürrisch machten sich die Jungen aus dem Staub.

»Das war sehr nett von dir, Fordy, aber ich glaube nicht, dass sie mir etwas antun wollten.« Ich schaute zu ihm hoch – und wich erschrocken einen Schritt zurück. Da war irgendetwas in seinen Augen … eine wahnsinnige Angst. »Was ist los, Fordy?«

Er packte mich, umklammerte meine Oberarme und drückte zu. »Du hast Kate erzählt, Adelle sei im Juli in

Rom gewesen. Weißt du Genaueres?« Er begann, mich zu schütteln. »Was weißt du über Adelle?«

Mein Kopf schnappte vor und zurück, vor und zurück, ich hatte keinen Boden mehr unter den Füßen. Fordys Griff um meine Arme tat unheimlich weh. Ich versuchte, ihn zu treten. »Hör auf! Fordy! Bist du verrückt geworden?« Aber meine Zähne klapperten, und ich hatte zu viel Gin und zu viel Wein getrunken. Gleich würde ich mich übergeben müssen …

Ein Schlag und ein dumpfes Stöhnen, und ich landete auf dem Gehweg, auf Händen und Knien, während Fordy ein Stück von mir entfernt der Länge nach auf dem Gehweg lag.

»Herrgott, Olwer, was für ein Scheusal ist das denn?«

Red Farrell kauerte neben mir und starrte mich mit seinen blauen Knopfaugen an. Fordy stöhnte. Red stand auf und schubste ihn in den Rinnstein.

»Mr. Farrell«, sagte ich und nahm seine Hand an. »Sie müssen nicht so grob sein.«

»Ich hab meine Befehle, Olwer.«

Ich stampfte wütend mit dem Fuß auf. »Warum traut mir Harry nicht zu, dass ich auf mich selbst aufpassen kann?«

Red Farrell rieb sein angeknabbertes Ohr und grinste mich an, die Zigarre in einer Zahnlücke. »Oh, das war nich Sherlock, der gesagt hat, ich soll auf Se aufpassen.«

Ich war dabei, mich abzubürsten, hielt aber abrupt inne. »Nein?«

»Na, so was! Wen haben wir denn hier?«, sagte Harry.

»Du kommst ein bisschen spät, Jack Dempsey. Mr. Farrell hat mich schon gerettet.«

»Nich der Rede wert«, verkündete Red voller Stolz. »So ein Idiot hat sich an Olwer vergriffen.«

»Ach, wirklich?« Harry beugte sich über Fordy, der immer noch im Rinnstein lag. »Du lieber Gott – Fordy!«

»Harry, er ist richtig verletzt!«, rief ich. »Was sollen wir jetzt machen?«

»Ich kümmere mich um ihn. Red begleitet dich nach Hause.« Als ich zögerte, fügte er hinzu: »Mach schon. Wir unterhalten uns später.«

Also brachte Red Farrell mich nach Hause, und unterwegs versuchte ich herauszubekommen, wer ihm den Auftrag gegeben hatte, mich zu bewachen. Als wir in die Bedford Street einbogen, hatte ich plötzlich eine Erleuchtung.

»Monk Eastman!«, rief ich.

Red Farrells Knopfaugen funkelten im Licht der Straßenlaterne. Er brauchte gar nicht zu antworten.

39

»Oliver.«

Ich wachte auf, mein Kopf lag auf der Schreibmaschine und ich hatte fürchterliches Schädelbrummen. Was hatte mich geweckt? Ich blinzelte, um besser zu sehen. Mein Gehirn konnte ich leider nicht so richtig aktivieren. In meinem Zimmer herrschte Dämmerlicht.

»Oliver, bist du ansprechbar?«

Ich richtete mich auf – ganz, ganz vorsichtig, damit mein Kopf nicht explodierte. Harrys Silhouette war im Türrahmen zu erkennen.

»Gib mir auch eine, Harry.« Er reichte mir seine Zigarette und zündete sich selbst eine neue an. »Wie viel Uhr ist es?«

»Kurz nach vier.«

»Komm rein und mach die Tür zu. Ich möchte nicht, dass wir Mattie aufwecken.«

Harry nahm den Schürhaken und versuchte, die Holzstücke in meinem Kamin irgendwie zu beleben. Dann setzte er sich auf mein Bett. Die Bettdecke war aufgeschlagen, aber ich hatte dort nicht geschlafen.

»Wie geht es Fordy?«

»Ziemlich übel. Ich habe ihn zu Dave gebracht. Was hat er denn Schlimmes getan, dass Red sich veranlasst sah, ihm eine Lektion zu erteilen?«

»Anscheinend hat Monk Eastman die Dusters beauftragt, sie sollen ein Auge auf mich haben. Und Fordy ist irgendwie durchgedreht.«

Harry knurrte: »Warum?«

»Was meinst du mit ›Warum‹? Warum Monk oder warum Fordy?«

»Warum Monk weiß ich. Aber du musst irgendetwas getan oder gesagt haben, was Fordy …«

»Celia hat mir erzählt – würde es dich stören, wenn ich unter die Decke krabble? Ich friere nämlich.« Ich stopfte mir ein paar Kissen in den Rücken und ließ mich von Harry zudecken. »Wie lieb von dir, Harry!« Das Bettzeug war kühl und angenehm für meinen schmerzenden Kopf. »Wo waren wir stehen geblieben?«

»Celia hat dir erzählt …«

»Ja, genau. Celia hat mir erzählt, dass sie Adeline im vergangenen Sommer in Rom getroffen hat, am 4. Juli bei einer Party in der amerikanischen Botschaft.«

»In Rom?« Harry runzelte nachdenklich die Stirn.

»Adeline hat für die Botschaft gearbeitet, sagt Celia.«

Harry sprang auf und fing an, im Zimmer auf und ab zu gehen. »Was hat das alles zu bedeuten, verflucht noch mal? Ich brauche einen Drink!«

»Unter meinem Schreibtisch ist eine Flasche.«

Er tastete unter dem Tisch herum und beförderte die Weinflasche ans Tageslicht. »Nicht mehr viel übrig«, sagte er, nachdem er den Inhalt begutachtet hatte.

»Du kannst sie austrinken. Also, die Sache hat sich folgendermaßen entwickelt: Ich habe gestern Abend Kate davon erzählt, kurz bevor ich aus dem Working Girl's

Home gegangen bin, und sie muss es sofort Fordy erzählt haben, und er ist dann hinter mir hergekommen. Mehr kann ich dir leider auch nicht sagen.«

Harry lachte. »Typisch Oliver! Du lässt dich auf so etwas ein, ohne dass jemand dabei ist, der dir den Rücken freihält. Was hättest du denn getan, wenn Red nicht aufgetaucht wäre?«

»Ach, ich hätte mir schon irgendwie zu helfen gewusst, glaub mir. Aber denkst du wirklich, dass Fordy mir etwas angetan hätte? Wir wissen doch überhaupt nicht, ob er Adeline umgebracht hat. Was hat er eigentlich gesagt?«

»Er konnte nicht viel sagen. Aber ich glaube schon, dass er imstande gewesen wäre, dir etwas anzutun. Wir wissen auch nicht, ob er Adeline *nicht* umgebracht hat.«

»Was ist mit Daisy?«

Er kippte den letzten Schluck Wein hinunter, der noch in der Flasche war. »Wie meinst du das?«

»Wir arbeiten doch angeblich für sie.«

»Ihr Geld ist immer noch gut. Und wir machen unseren Job. Sie und Nolan zählen auf uns und hoffen, dass wir ihnen das liefern, was sie brauchen.«

»Und wenn wir es herausfinden, sagen wir es ihnen dann?« Ich rutschte noch tiefer unter die Bettdecke, sodass ich bis zum Kinn zugedeckt war.

»Daisy ist unsere Klientin«, sagte Harry vage. »Wir sind verpflichtet ...«

»Was machen wir, wenn wir etwas herausfinden, das sie in Verdacht bringt?«

»Darüber denken wir nach, wenn dieser Fall eintreten sollte. Ich mache nur sehr ungern die Arbeit der Polizei, aber irgendwie lande ich doch immer wieder da.« Er setzte sich wieder auf den Bettrand und schaute mich an, aber in Gedanken war er anderswo, das konnte ich sehen.

»Was tun wir jetzt?«, murmelte ich in meinem gemütlichen warmen Nest. »Sag schnell etwas, denn ich merke schon, wie Morpheus sich meldet.«

»Ach, wie niedlich, Oliver. Also, Fordy ist durchgedreht, als er gehört hat, dass Adeline in Rom war. Ich werde ihm im Lauf des Tages einen Besuch abstatten und ihn mir richtig vorknöpfen.«

Er wollte sich Fordy vorknöpfen? Hatte Harry wirklich diesen Ausdruck benutzt? Ich bekam nicht mehr alles mit. »Du gehst in sein Büro?«

»Ich glaube nicht, dass er ins Büro geht, in seinem Zustand. Nein, ich gehe zu ihm nach Hause.«

Ich konnte ein Gähnen nicht unterdrücken. »Vielleicht sollte ich dann einen Blick in sein Büro werfen.«

»Aber nicht ohne Begleitung! Nimm Ding Dong mit.«

»Ja, Ding Dong und ich wären ein hübsches Paar im Finanzdistrikt!«

»Das sollte kein Witz sein, Oliver, aber du stolperst einfach durch die Gegend und denkst nie daran, dass dir etwas passieren könnte.«

»Ach, komm schon, Harry! Was soll mir denn zustoßen, am helllichten Tag?«

40

Ich wäre allein losgegangen, wenn Mattie mich gelassen hätte. Sie hatte mir mein Frühstückstablett gebracht und dann mit einer für sie ungewöhnlichen Strenge gesagt, ich sähe ja aus wie ein müdes Maiglöckchen und sie würde mich heute nicht aus den Augen lassen. Was blieb mir anderes übrig als ihr zu gehorchen.

Ich musste zugeben, dass »müdes Maiglöckchen« sehr lustig klang, und nahm mir vor, den Ausdruck demnächst in ein Gedicht einzubauen. Und vielleicht konnte sich ja Mattie mit mir auf Erkundungstour begeben.

Nachdem wir den Zedernschrank oben auf dem Speicher durchgewühlt hatten, fingen wir an, die verschiedenen Verkleidungsmöglichkeiten durchzuprobieren. Leider waren die scheußlichen blauen Flecken nicht zu übersehen, die Fordys Finger auf meinen Oberarmen hinterlassen hatten.

»Olivia!« Schockiert schaute sich Mattie die Quetschungen an.

»Fordy hat mich ziemlich grob angefasst«, sagte ich.

»Vielleicht ist er ja der Mörder – dann musst du aber doppelt vorsichtig sein!«

»Na ja«, sagte ich bescheiden. »Ich habe immerhin von meiner Großtante Evangeline die detektivische Begabung geerbt.«

Die verschiedenen Verwandlungen machten Spaß, und wir entschieden uns für Uptown-Ladys, mit dunklen Strümpfen und Schnallenschuhen mit geschwungenem Absatz, ich in einem edlen dunkelgrünen Tweedkostüm und Mattie in einem blauen Kostüm aus Serge. Miss Alice hatte wirklich einen erlesenen Geschmack besessen, die Kleider waren zwar altmodisch, besaßen aber durchaus eine zeitlose Eleganz, die Röcke waren etwas zu lang, aber wer achtete schon auf so etwas? Die wenigen Frauen, die sich in die Männerbastion der Finanzwelt rund um die Wall Street vorwagten, waren aller Wahrscheinlichkeit nach sowieso wohlhabende, konservative Witwen.

Die Hüte mit den breiten Krempen und dem Blumenschmuck sahen allerdings extrem nach Jahrhundertwende aus, also setzten wir doch lieber unsere Cloches auf. Es war die perfekte Maskerade. Als wir fertig waren, schauten uns aus dem Spiegel zwei exzentrische, begüterte Damen entgegen, was uns sehr passend erschien.

Mattie kicherte. »So würde kein Mensch uns erkennen.«

»Stimmt«, sagte ich. »Jedenfalls nicht hier im Village.« Ich war es gewohnt, Sandalen zu tragen, die meine Füße nicht einengten. Also zog ich die engen Schuhe lieber aus, als wir die Treppe hinuntergingen. Schließlich wollte ich mir nicht meinen zarten Schwanenhals brechen. »Wir müssen ein Taxi nehmen«, sagte ich, als ich wieder in die Schuhe schlüpfte.

Ein Stock als Stütze schien mir ebenfalls angebracht. Also nahm ich mir einen recht handfest aussehenden Schirm aus dem Ständer im Flur.

Im City Directory war die Firma Fordham Vaude & Söhne, Lebensversicherungen, unter der Adresse Beaver Street Nr. 30 geführt, aber Beaver Street war kaum mehr als ein schmaler, wenn auch asphaltierter Trampelpfad, auf dem im siebzehnten Jahrhundert sicher die Kühe entlangspaziert waren, das heißt, für moderne Fahrzeuge war die Straße unzugänglich. Unser Taxifahrer musste uns am Anfang der Straße absetzen und nahm gleich einen neuen Fahrgast mit.

Ich ging voraus, Mattie folgte mir auf den Fersen. Fordys Büro befand sich in einem achtstöckigen Gebäude mit Marmorfassade, das schon bessere Zeiten gesehen hatte. Ein schwarzer Portier in einer abgetragenen grauen Uniform mit Goldknöpfen und etwas ramponierten Litzen führte uns zum Fahrstuhl. »Drittes Stockwerk«, sagte er und scheuchte den Liftboy hoch. »Kundschaft, Sheamus! Dritter Stock. Vaude-Versicherungen.«

Der Aufzug war sehr elegant, aber schlecht in Schuss, die Messingbeschläge waren matt und fleckig, das Holz wirkte morsch; der Liftboy hatte gerötete Augen und schien etwas unsicher auf den Füßen. An seiner schlecht gebügelten Uniform konnte man an den Stellen, wo sich früher vermutlich Goldknöpfe befunden hatten, noch die goldenen Fäden sehen. Er roch säuerlich nach Whiskey, und bei jedem Atemzug pfiffen seine Lungen. Sobald sich die Türen schlossen, ächzte der Fahrstuhl und hörte nicht auf damit, bis wir den dritten Stock erreicht hatten. Mattie und ich hielten uns an der Hand und wagten es nicht, uns anzuschauen, weil wir sonst garantiert herausgeplatzt wären.

»Vaude-Versicherungen, links«, erklärte Sheamus mit einem gewissen Maß an betrunkener Würde.

Wir warteten, bis der Fahrstuhl sich wieder nach unten bewegte, dann schauten wir uns um. In beide Richtungen führte ein düsterer Korridor. Wir gingen also nach links. Hinter den Türen waren gedämpfte Stimmen und Schreibmaschinengeklapper zu hören, an den Türen waren Schilder angebracht, auf denen in Goldlettern schöne Namen standen: M. Goldman & Söhne, Baumwolle. Stewart, Belder und Fine, Rechtsanwälte.

Am Ende des Flurs fanden wir Fordham Vaude & Söhne, Lebensversicherungen. Die Buchstaben auf dem trüben Glas waren etwas verstaubt, und unter dem Namen stand: Seit 1855.

»Sehr beeindruckend«, sagte ich und drehte am Türknauf. Die Tür war abgeschlossen.

»Klopf doch mal!«, schlug Mattie vor. »Die Sekretärin müsste doch da sein.«

Ich rüttelte an der Tür und legte das Ohr ans Glas. Nichts zu hören. Ich spähte durch den Briefschlitz. Alles stockdunkel. Ich grinste meiner Verschwörerin zu und sagte: »Na, was denkst du?« Da ich meine Haare kurz trug, brauchte ich keine Haarnadeln.

»Tja – er hat dich sehr schlecht behandelt.«

»Stimmt.«

»Hmmmm.« Mattie hatte sich entschlossen, fasste unter ihren Hut und holte eine Haarnadel hervor.

Ich machte mich sofort an die Arbeit, und da es ein altes Schloss war, fiel es mir nicht schwer, es zu knacken. Als es klickte, richtete ich mich auf, versuchte, den Knauf zu drehen – mit Erfolg. »Danke, dass du mir deinen Schlüssel geborgt hast«, sagte ich und mit einem Knicks gab ich Mattie ihre Haarnadel zurück.

Der Knauf hatte sich zwar gedreht, aber die Tür ging trotzdem nicht auf. Ich trat einen Schritt zurück, etwas wackelig auf meinen hohen Absätzen, und ließ Mattie einen Versuch machen. Die Tür klemmte hoffnungslos.

»Komm, wir probieren es gemeinsam«, sagte ich, und

wir drückten beide mit der Schulter gegen die Tür. Sie gab ein kleines bisschen nach. Beim zweiten Versuch klappte es – wir waren in Fordys Büro. Es roch muffig und feucht, wie in einem Mausoleum. Ich nieste zweimal.

»Irgendwo muss doch eine Kette für die Lampe sein«, sagte Mattie und tastete in der Luft herum. Jetzt fing sie an zu niesen. »Iiiih, Spinnweben. Was für eine Firma ist das denn?«

Sie hatte Recht. Offenbar hatte hier seit langer Zeit kein Mensch mehr irgendwelche Versicherungen abgeschlossen.

»Ah, da ist sie ja!«, rief Mattie. Schwaches, staubgebremstes Licht kam aus einer Deckenlampe. Auf dem Fußboden lagen lauter ungeöffnete Briefe herum. Ich hatte Angst, dass wir uns einsperren könnten, deshalb schloss ich die Tür nicht ganz.

Waren wir in ein Grab eingedrungen? Es fühlte sich fast so an.

Es gab zwei Schreibtische in diesem Raum und drei große Aktenschränke. Auf dem einen Schreibtisch stand eine völlig veraltete Schreibmaschine und ein Addiergerät. Auf dem anderen ein Tablett mit einer Teekanne und drei Tassen. Das Geschirr bedeckte eine so dicke Staubschicht, dass man die darunter liegende Farbe kaum noch sehen konnte.

Eine Tür führte in einen zweiten Raum, der kleiner war als der erste, mit einem großen Mahagonischreibtisch und mit Bücherregalen an der Wand, aber auch hier war alles so dreckig, dass man die Titel fast nicht lesen konnte. Zwei Stühle, gepolstert und mit schönen Schnitzarbeiten, standen vor dem Schreibtisch. Sie stammten aus einer früheren Ära und sahen aus, als würden sie darauf warten, dass endlich ein Fordham Vaude aus dem vergangenen Jahrhundert zurückkehren würde. Nie wieder. Es war sehr kalt in dem Raum, viel kälter als im ersten. Eine abgrundtiefe, unerklärliche Trauer überkam mich.

Mattie nieste wieder. »Sieh
und nieste noch einmal.

Ich drehte dem Raum, der m
stimmt hatte, den Rücken und g
Schubladen der Aktenschränke
die Akten durch. Ich schaute ihr

»Alles total vergilbt«, sagte s
von 1910 oder früher. Nichts Aktu

»Wie hat Fordy dann seinen Le
dient?«, überlegte ich. Dann bückte ich m
fe aufzuheben.

»Was willst du mit den Briefen machen?«

»Ich dachte, ich nehme sie mit nach Hause und sehe sie mir an einem weniger unheimlichen Ort genauer an.«

»Meinst du wirklich?«

Sie war nervös, und diese Nervosität wirkte ansteckend. Ich stopfte die Briefe in die Manteltasche und nahm Mattie an der Hand. »Komm, wir machen das Licht aus und gehen lieber wieder.«

Die Grabestür schloss sich hinter uns. Wir eilten den Flur entlang, atmeten kräftig durch und klingelten nach dem Fahrstuhl. Während wir warteten, zündeten wir uns eine Zigarette an.

Vom Fahrstuhl war weit und breit keine Spur. Ich klingelte noch einmal, dann hörte ich ein Knarzen und Klappern.

»Jetzt kommt er«, sagte Mattie.

Es knirschte und schepperte – der Fahrstuhl war in unserem Stockwerk angekommen. Die Metalltüren wurden geöffnet. Zwei finstere Männer mit breiten Schultern standen vor uns. Dicke Schnurrbärte verdeckten ihre Lippen.

»Einsteigen«, befahl einer der Männer. Er trug einen dunklen Anzug und einen weichen Filzhut, den er bis zu den Augenbrauen hinuntergezogen hatte. »Rauchen geht nicht.«

Der andere Typ schaute uns mit stumpfen Augen an.

[illegible]en in der Öffentlichkeit rauchen! Er hat- [illegible] die Taschen gesteckt.

[illegible]eamus?«, fragte ich. Die Situation gefiel mir [illegible]. Mattie presste sich an mich. Wir hatten absolut [illegible]vor, den Fahrstuhl zu betreten.

»Einsteigen«, sagte der Typ mit dem Hut und hielt mir [illegible]ine Pistole an die Stirn.

41

Mattie stieß einen ohrenbetäubenden Schrei aus, der mich unter normalen Umständen garantiert zum Lachen gebracht hätte, aber jetzt gab es dazu leider keinen Grund. Im Gegenteil. Ich weiß nicht, wie es geschah, aber auf einmal befanden wir uns im Fahrstuhl.

»Was wollen Sie von uns?«, fragte ich, als der Typ mit dem Filzhut die Fahrstuhltür schloss und wir abwärts fuhren.

»Hallo? Hallo?«, ertönte eine Stimme von oben. »Gibt es Probleme?«

Mattie und ich hielten einander fest umklammert.

»Wenn ihr die Klappe aufmacht, seid ihr tot!«, ließ uns Mr. Filzhut wissen.

Wir waren sowieso schon so gut wie tot, also schrie ich, so laut ich nur konnte.

»Das hätteste nich tun sollen«, sagte der Typ, der bisher geschwiegen hatte. Als ich seine monotone Stimme hörte, lief es mir eiskalt über den Rücken.

Der Fahrstuhl fuhr an der Lobby vorbei bis hinunter ins Kellergeschoss, wo Mr. Filzhut ihn anhielt und uns aussteigen ließ. Da spürte ich etwas an meinem Bein. Mein Regenschirm! In der Aufregung hatte ich ganz vergessen, dass ich ihn dabei hatte.

Meine Gedanken rasten in alle möglichen Richtungen.

Die beiden Typen wollten uns entweder umbringen oder entführen. Aber warum?

»Wir haben kein Geld«, sagte ich. Der beißende Geruch einer billigen Zigarre erfüllte die Luft.

»Und auch keinen wertvollen Schmuck«, fügte Mattie hinzu.

»Deshalb lohnt es sich gar nicht, uns zu ermorden«, ergänzte ich.

»Wir töten keine Damen«, knurrte Mr. Filzhut. »Es sei denn, sie stecken ihre Nasen in Dinge, die sie nichts angehn. Das kann der Boss nämlich nich leiden.«

»Der Boss? Wer ist der Boss?« Aus dem Augenwinkel sah ich, dass sich bei der Kohlenrutsche etwas bewegte. Ich schüttelte meinen Arm, sodass der gebogene Griff des Schirms in meiner Hand landete und ich ihn eventuell als Waffe benutzen konnte. Mit der anderen Hand drückte ich Matties Unterarm.

»Voran!«, sagte Mr. Filzhut und deutete auf die Stufen, die aussahen, als würden sie zum Lieferantenausgang führen.

»Wenn Sie uns nicht umbringen wollen, was haben Sie dann mit uns vor?«, fragte Mattie. Ihr Gesicht war aschfahl, bis auf zwei rote Flecken auf den Wangen.

»Eieiei!«, heulte es da plötzlich los, und eine Gestalt kam hinter der Kohlenrutsche hervorgeschossen, einen Baseballschläger in der Hand. Der erste Schlag traf Mr. Filzhut, der umfiel wie ein angestochener Stier. Der Typ mit der Pistole hob den Arm, aber ich klopfte mit meinem Schirm kräftig darauf. Die Pistole landete scheppernd auf dem Zementfußboden. Er wollte sie aufheben, aber vorher schlug ihn unser Retter bewusstlos.

»Ich muss schon sagen, Olwer, Sie halten uns Fünf ganz schön auf Trab!« Es war Ding Dong in seinen typischen weiten Hosen und dem roten Samtmantel. Er stützte sich auf seinen Baseballschläger, und sein quiekiges Lachen hallte im ganzen Kellergeschoss wider.

»Mattie, darf ich vorstellen – das ist Ding Dong«, sagte ich, während mein armes kleines Herz immer noch hämmerte wie verrückt.

»Sehr erfreut, Ihre Bekanntschaft zu machen, Mr. Ding Dong«, sagte Mattie. »Können wir jetzt hier weg?«

»Kein Problem!« Ding Dong rieb einen Fleck an seiner zermatschten Nase und warf seinen Fransenschal über die Schulter. Er führte uns hinaus auf die Straße, wo Kid Yorke rauchend an der Hauswand lehnte und wartete. Er grinste von einem Ohr zum andern, während er einen Baseball von einer Hand in die andere warf.

»Gab's Schwierigkeiten?«, fragte er.

»Lupos Leute.«

»Lupo?« Ich war verwirrt. »Wer ist Lupo – und was will er von mir?«

Ding Dong zuckte die Achseln. »Wir holen euch 'n Taxi.«

»Ist schon okay, Mr. Ding Dong«, erwiderte Mattie, die genau wusste, dass kein verantwortungsbewusster Taxifahrer anhalten würde, wenn einer der Dusters winkte. Sie zog ihr Kostüm zurecht und hob den Arm, weil gerade ein Taxi um die Ecke bog. Es hielt, und sie stieg blitzschnell ein, ehe der Fahrer es sich anders überlegen konnte. »Olivia!«, rief sie.

»Wer ist Lupo?«, fragte ich noch einmal.

Und Ding Dong antwortete: »Jemand, mit dem man sich lieber nicht anlegen sollte.«

42

Ein großes Paket, das aussah wie ein überdimensionaler Football, den jemand in braunes Packpapier gewickelt hatte, lehnte an unserer Tür, adressiert an MISS OLIVIA BROWN. Wir sahen einander skeptisch an. Schließlich waren wir beide noch ziemlich erschüttert von unserer Begegnung mit Signore Lupos »Leuten«. Das Bild der hässlichen Pistolenmündung vor meinem Gesicht konnte ich einfach nicht abschütteln.

»O tapferes Herz«, sagte ich und gab dem Paket mit meinem bestrumpften Fuss einen kleinen Tritt. Die engen Schuhe hatte ich längst in die Manteltaschen gestopft.

Mattie gab ein ängstliches Quieken von sich.

Nichts passierte, aber das Paket bewegte sich immerhin ein paar Zentimeter von der Stelle.

Mattie kniete nieder, drückte vorsichtig auf das Riesenei und schnupperte daran. Dann entfernte sie das Packpapier. »Es ist ein geräucherter Schinken!«, rief sie.

»Ein Schinken? Wer schickt mir einen Schinken?«

»Vielleicht derselbe Mann, der dir die Blumen geschickt hat.« Mattie hob das Geschenk auf.

»Oh!«

Jawohl, *oh*. Monk Eastman hatte zu den Blumen, dem Alkohol und den Beschützern nun noch Delikatessen hinzugefügt. Ich klingelte bei Harry, rüttelte an seinem Türknauf. »Harry?« Er war nicht zu Hause.

Gedankenversunken nahm ich Matties Schlüssel und schloss unsere Tür auf. Hatte Harry womöglich Recht, dass irgendwann eine Gegenleistung von mir erwartet wurde?

Wir hängten unsere Mäntel auf, und ich stellte meine Schuhe hübsch ordentlich auf die Treppe. Der Schirm war verbogen, er musste repariert werden. Aber jetzt deponierte ich ihn erst mal im Ständer.

In der Küche legte Mattie den Schinken auf die Anrichte und setzte Wasser auf. »Ich rufe Gerry an.« Der Schinken hatte sie vorübergehend aufgeheitert, aber jetzt war sie wieder ganz bleich.

»Ja, das finde ich gut.« Ich brauchte etwas Stärkeres als Tee. Mattie ebenfalls. Ich füllte zwei Gläser mit Gin. Sie nahm ihr Glas mit zum Telefon. Mein Glas reichte nicht einmal für einen zweiten Schluck. Während ich ihr Gemurmel im Flur hörte, tat der Gin seine wohltuende Wirkung.

Aber Gerry war nicht in der Wache. »Ich habe eine Nachricht für ihn hinterlassen«, sagte Mattie. Ihr Glas war genauso leer wie meines. »Wir wären fast umgebracht worden, Olivia.«

»Sie haben gesagt, wir sollten unsere Nasen nicht in gewisse Dinge stecken, Mattie. Sie wollten uns nicht umbringen. Ich glaube, sie wollten uns nur Angst einjagen.« Das hoffte ich jedenfalls.

»Und das ist ihnen auch gelungen«, seufzte Mattie. Sie stellte die leeren Gläser in die Spüle. Nachdem sie die Teekanne angewärmt hatte, maß sie die Teeblätter ab, füllte die Kanne mit kochendem Wasser und tat einen Deckel darauf, damit der Tee in der Wärme ziehen konnte. »Meinst du, die Aktion hat was mit dem Mord zu tun?«

»Wie kommst du auf die Idee?« Das war doch völlig unmöglich! Oder nicht? »Es war eine Warnung von Mr. Lupo – wer immer das sein mag. Aber ich habe keine Ahnung, in was wir uns nicht einmischen sollen.« Ich musste unbedingt mit Harry reden. Vielleicht hatte diese unerfreuliche Begegnung mehr mit Monk Eastman zu tun als mit dem Mord an Adeline Zimmerman. Bei diesem Gedanken fing ich an zu zittern. Ich spürte, dass ich tatsächlich in Gefahr schwebte.

Draußen war es schon dunkel. Wenn ich aus dem Küchenfenster schaute, konnte ich die Lichter in den Fenstern der anderen Häuser sehen, gedämpft durch die Vorhänge. Zu unserem Tee aßen wir Schinken und Toastbrot und Butter. Gerry hatte immer noch nicht zurückgerufen.

»Das sieht ihm überhaupt nicht ähnlich«, sagte Mattie besorgt. »Er weiß genau, dass ich ihn nur anrufe, wenn es wirklich dringend ist.«

»Versuch's doch noch mal«, sagte ich. »Vielleicht haben sie vergessen, deine Nachricht weiterzugeben. Ich gehe schnell nach unten und sehe nach, ob Harry inzwischen nach Hause gekommen ist.«

Ich tappte die Stufen hinunter, während Mattie dem Fräulein vom Amt die Nummer der Polizeiwache durchgab.

»Harry?«, rief ich und drehte an der Klingel. »Bist du da?« Ich machte mir Sorgen. Nach dem Besuch bei Fordy war er bestimmt in eine Kneipe gegangen, um den Rest des Tages dort zu verbringen. Ausgerechnet heute, wo ich ihn am dringendsten brauchte! Ich ließ die Hand auf dem Türknauf liegen, als könnte ich auf diese Weise bewirken, dass er schneller nach Hause kam.

Plötzlich ging die Tür zur Straße auf, und Gerry Brophy schaute mich genauso verblüfft an wie ich ihn. Sein Gesicht war angespannt, seine Kleidung zerknittert.

»Harry ist nicht da«, sagte ich.

»Olivia.« Er legte mir den Arm um die Schulter. »Komm, wir gehen nach oben.«

»Wir haben versucht, dich anzurufen, Gerry, ich meine, Mattie hat es versucht. Heute Nachmittag haben wir nämlich etwas sehr Merkwürdiges erlebt …« Ich unterbrach mich, weil ich merkte, dass irgendetwas nicht stimmte. »Was ist los?«, fragte ich ihn.

»Oh, Gerry!« Mattie kam ihm entgegengerannt. »Uns ist was ganz Blödes passiert – aber was hast du denn? Was ist los? Ist etwas mit Joan?«

»Nein, Joan geht es gut.«

Wir zogen ihn in die Küche und setzten ihn auf einen Stuhl. Ich goss ihm eine Tasse Tee ein, während Mattie seine Hand tätschelte. Er wirkte völlig geistesabwesend und schaute von mir zu Mattie und dann wieder zurück zu mir.

Schließlich stand er auf. »Es ist besser, wenn ihr euch hinsetzt, Mädels.«

Wir tauschten verständnislose Blicke und gehorchten.

Ich hatte das Gefühl, dass wir uns demnächst noch ein Glas Gin genehmigen würden. Und ich hatte Recht.

»Harry Melville ist verhaftet worden – wegen Mordverdacht«, sagte er.

43

»Er hat gestanden«, sagte Dave Wolfe. Wir hatten uns alle im Polizeirevier versammelt. Das heißt, nicht alle, aber doch einige: Eine völlig zerzauste, deprimierte Kate, ein nervös quasselnder Dave sowie Mattie und ich. Nachdem Gerry uns die schockierenden Umstände geschildert hatte, die zu Harrys Verhaftung geführt hatten, wollten wir natürlich mit ihm auf die Wache gehen. Dort sagte er, wir sollten kurz warten, und rannte die Treppe hinauf.

»Wer hat gestanden?«, wollte ich wissen. »Doch nicht etwa Harry, oder?«

»Nein, natürlich nicht Harry – Fordy. Er hat einen Brief geschrieben, in dem steht, dass er Adelle umgebracht hat, und dann hat er sich erhängt.« Daves braunes Kordsamthemd passte genau zu seinem getrimmten Vollbart.

Obwohl Gerry es uns schon erzählt hatte, klang es trotzdem unglaublich. Fordy hatte sich erhängt! »Warum ist Harry dann verhaftet worden?«

Er zuckte die Achseln.

Kates Wangen waren fleckig von den vielen Tränen. Sie sagte: »Fordy hat sich nicht umgebracht. Das ist überhaupt nicht seine Art! Ich kenne ihn doch.«

»Als ich heute Nachmittag um zwei aus der Wohnung gegangen bin, ist mir Harry auf der Treppe entgegengekommen. Er wollte zu Fordy«, sagte Dave.

»Und als ich gekommen bin, ist Harry gerade weggegangen – das war etwa um vier«, sagte Kate. Sie holte ein Taschentuch hervor und trocknete sich die Augen.

»Und Fordy ging es gut?«

»Er war nicht wie sonst, aber auch nicht so, dass ich gedacht hätte, er ...«, sie verstummte, weil sie einen gut gekleideten Mann auf uns zukommen sah.

Ich hatte Thomas Jenner III. geerbt, zusammen mit meinem Haus und Harry Melville. Thomas' Vater war der Anwalt meiner Großtante Evangeline gewesen; Thomas vertrat jetzt mich. Ich hatte ihn angerufen, als Gerry uns von den unerfreulichen Entwicklungen berichtet hatte. Harry hatte kaum echte Freunde bei der Polizei, oder jedenfalls vermittelte er immer den Eindruck, als wäre es so.

»Schönen guten Abend, Olivia«, sagte Thomas ernst. »Mattie?«

»Der Abend ist nicht besonders gut und auch nicht besonders schön«, sagte ich. Mattie lächelte zaghaft.

»Harry ist wegen Mordverdacht verhaftet worden, Thomas. Aber das kann nicht sein! Du musst das aufklären.« Thomas schaute zu Kate und Dave. »Darf ich euch Mr. Thomas Jenner vorstellen, meinen Anwalt. Thomas, das sind meine Freunde Dave Wolfe und Kate Vaude. Harry steht unter Verdacht, Kates Ehemann Fordy, Fordham Vaude, umgebracht zu haben. Dave glaubt, dass Fordy Selbstmord begangen hat, weil er einen Abschiedsbrief geschrieben hat – stimmt das so, Dave?«

»Ja. Fordy hat gestanden, dass er Adelle umgebracht hat.«

»Das klingt merkwürdig«, sagte Thomas. »Wenn Sie uns kurz entschuldigen ...« Er nahm mich beiseite. »Es ist nicht besonders klug, alle diese Personen einzubeziehen, die möglicherweise ein gewisses Eigeninteresse an Harrys Schuld oder Unschuld haben könnten. Immerhin ist diese Frau, Kate Vaude, die Ehefrau des Opfers.«

»Ach, nein, Thomas, wir sind alle befreundet.«

»Olivia, es ist durchaus schon vorgekommen, dass eine Frau ihren Ehemann umgebracht hat. Wie ist dieser Mann gestorben?«

»Das weiß ich nicht genau.«

»Ich werde meine Zulassung vorlegen und mit Harry sprechen. Ich würde dir raten, dich zurückzuhalten. Gib keine Informationen preis. Traue keinem!«

Traue keinem? Wie konnte ich meinen Freunden nicht trauen? Aber ich wusste, dass Thomas' Rat nicht aus der Luft gegriffen war. Man konnte es drehen und wenden, wie man wollte – Fordy war Kates Mann. Ich setzte mich neben Mattie, deren angespanntes Gesicht genau das ausdrückte, was ich fühlte.

»Was hat er gesagt?«, wollte Dave wissen, den Arm eng um Kates Schulter geschlungen.

»Er will mit Harry sprechen.«

»Fordy hat Adelle nicht umgebracht«, sagte Kate. »Das ist eine Lüge. Irgendjemand hat ihn gezwungen, diesen Brief zu schreiben.«

»Hast du den Brief gelesen?«, fragte Mattie.

»Die Polizisten haben ihn mir gezeigt und mich gefragt, ob es Fordys Handschrift ist.«

»Und?« Ich gab keine Informationen preis, ich half nur ein bisschen nach, um welche zu bekommen.

Kate vergrub ihr Gesicht an Daves Schulter. »Ja.« Dave strich ihr tröstend übers Haar. Eine verblüffend zärtliche Geste.

Ich merkte, dass Mattie das auch aufgefallen war. »Wann bist du weggegangen?«

»Ich bin nicht lange geblieben. Er hat gesagt, er müsse noch arbeiten, ein Geschäftspartner wolle vorbeikommen. Also bin ich gegangen. Wir wollten uns später noch im Polly's treffen.«

»Ein Geschäftspartner?«, sagte ich. »Um was für Geschäfte ging es?«

»Ach, du weißt doch, Fordys Familienunternehmen, Versicherungen und Finanzberatung«, antwortete Kate.

»Lief das Unternehmen eigentlich gut?« Ich spürte Matties Blick.

»Wir haben nicht gerade von der Hand in den Mund gelebt, falls du das meinst, Oliver«, antwortete Kate etwas irritiert. »Aber wer weiß, was jetzt auf mich zukommt.« Sie schluckte, um nicht loszuweinen.

»Komm, Kate, ich bring dich nach Hause«, sagte Dave. »Hier können wir sowieso nichts mehr tun.«

»Nein, ich möchte mit Harry sprechen. Ich muss wissen, was passiert ist.« Sie presste ihr feuchtes Taschentuch auf die verquollenen Augen. »Und außerdem sollten wir Oliver nicht alleine lassen.«

»Oliver hat doch Mattie bei sich. Und den Rechtsanwalt. Außerdem kommt Harry vielleicht heute Abend gar nicht mehr raus.«

»O Gott, Dave!«, rief ich. »Glaubst du das wirklich?«

»Dein Anwalt muss jemanden finden, der die Kaution hinterlegt. Das dauert eine Weile.« Dave klappte sein Zigarettenetui auf und bot uns allen eine an. Wir gaben uns gegenseitig Feuer. Und warteten.

Plötzlich befanden wir uns ohne jede Vorwarnung in einem allgemeinen Getümmel, Leute schrien durcheinander, drängelten, schubsten. Überall Polizisten. Es zeigte sich, dass ausgerechnet heute Abend im Hell Hole, einer bekannten Flüsterkneipe, eine Razzia stattgefunden hatte. Diese Kneipe wurde auch von Eugene O'Neill frequentiert, deshalb waren wir umgeben von bekannten Gesichtern. Eugene selbst war nicht dabei. Es wäre aber gut möglich gewesen, wenn er sich zur Zeit nicht in Provincetown aufgehalten hätte. Es war auch keiner der Dusters dabei, obwohl das Hell Hole auch ihre Lieblingskneipe war. Die Versammlung war kein schöner Anblick, vor allem, weil sich immer wieder jemand übergeben musste. Angesichts dieser Situation erklärte sich Kate doch bereit, auf Daves Vorschlag einzugehen.

Kaum hatten sie das Polizeirevier verlassen, da stieß mich Mattie an. Thomas bahnte sich einen Weg durch die Chaotenversammlung.

Wir standen erwartungsvoll auf.

»Es ist alles in Ordnung«, sagte Thomas. »Ich habe eine Kaution vereinbart.«

»Thomas, Kate hat gerade gesagt, sie habe Harry getroffen, als sie um vier von Fordy weggegangen ist.«

Thomas runzelte die Stirn. Offenbar fand er, dass ich mich entgegen seinem Rat wieder eingemischt hatte.

»Er ist zurückgegangen und hat selbst die Polizei angerufen, als er Fordham Vaudes Leiche gefunden hat. Sie haben keinen Grund, ihn länger festzuhalten.«

»Vor allem, weil sogar Kate sagt, der Brief sei in Fordys Handschrift verfasst.« Ich hatte das Gefühl, als würde ich erst jetzt so langsam begreifen, was passiert war. Ich hatte solches Mitleid mit Fordy, mit Kate und den Kindern – zentnerschwer lastete ihr Schicksal auf meiner Brust.

»Ich rufe euch jetzt ein Taxi«, verkündete Thomas, ohne auf das einzugehen, was ich gerade gesagt hatte. »Bis Harry nach Hause kann, das dauert noch eine Weile. Ich werde hier auf ihn warten. Ihr seht beide aus, als würde euch ein bisschen Schlaf gut tun.«

»Ja, aber …«, erwiderte Mattie. Sie klang misstrauisch, weil sie, genau wie ich, zu dem Schluss gekommen war, dass Thomas uns nicht alles gesagt hatte.

»Erst, wenn du uns alles erzählt hast«, sagte ich. Ich bin nämlich nicht nur eine gute Dichterin, sondern auch ein hartnäckiger Mensch.

»Olivia …« Thomas führte uns hinaus auf die Straße und winkte ein Taxi.

»Thomas …« Ich rührte mich nicht von der Stelle.

Er gab auf. »Das muss aber unbedingt unter uns bleiben.«

»Versprochen. Nicht wahr, Mattie?«

»Ja, klar.«

»Mr. Vaude hat nicht Selbstmord begangen. Er wurde ermordet.« Das Taxi hielt am Straßenrand. »Ein Vierteldollar, zur Bedford Street.«

»Dreißig Cents«, entgegnete der Fahrer.

Thomas gab ihm dreißig Cents und hielt uns die Tür auf.

»Und woher weiß man, dass er umgebracht wurde, Thomas?«

Er senkte die Stimme: »Weil Mr. Vaude sich kaum selbst die Zunge aufgeschlitzt hätte.«

44

An Schlaf war bei mir nicht zu denken. Mattie hingegen legte sich mit einer Wärmflasche ins Bett und forderte mich dringend auf, es ihr nachzumachen. Sie packte mir sogar eine Wärmflasche unter die Bettdecke.

Aber ich war fest entschlossen, auf Harry zu warten. Ich stellte meinen Sessel ans Fenster, zog die Vorhänge auf, kuschelte mich zusammen, zündete mir eine Zigarette an, schaute hinunter auf die Straße und ging in Gedanken die Ereignisse der letzten beiden Wochen noch einmal durch.

War es Adelines Verbindung zur amerikanischen Botschaft, die Fordy so aus der Fassung gebracht hatte? Oder die Tatsache, dass sie sich in Rom aufgehalten hatte? Beides ergab keinen Sinn. Warum hätte das eine Bedeutung für ihn haben sollen?

Die amerikanische Botschaft. Rom. Fordy. Fordy reiste viel. War er vielleicht zur selben Zeit in Rom gewesen wie Adeline? Waren die beiden sich möglicherweise in Rom begegnet? Nein. Er war schockiert gewesen, richtig erschrocken, als er hörte, dass sie dort gearbeitet hatte.

Weil ich so angespannt dasaß, war mein Fuß eingeschlafen, und ich musste mit den Zehen wackeln, damit das Kribbeln aufhörte. Von unten hörte ich, wie eine Wagentür zugeschlagen wurde. Ich sah die Scheinwerfer eines Taxis. Harry war zu Hause. Rasch schlang ich meine Stola um die Schultern und rannte nach unten, hatte aber noch etwas Mühe mit meinem kribbelnden Fuß.

»Har…« Sein Name blieb mir in der Kehle stecken. Es war nicht Harry, der da in unserem gemeinsamen Vestibül stand – es war Daisy Zimmerman.

Als sie mich sah, wollte sie sofort wieder abhauen, aber ich war schneller: Ich stellte mich vor die Haustür und versperrte ihr den Weg, klein und gar-nicht-so-zerbrechlich, wie ich bin. Aber hatte ich wirklich eine Chance? Daisy hätte mich mühelos beiseite schieben können, tat es aber nicht. Stattdessen brach sie in Tränen aus.

»Ach, du meine Güte!«, sagte ich. Plötzlich traf mich von hinten ein kalter Luftstrom.

»Ich bring se wegen Sherlock«, krächzte eine Stimme hinter mir. Circular Jack. Die Stimme war unverwechselbar. »Ich grüße Sie, Olwer.« Er nahm kurz seinen schwarzen Bowler ab. Und wie immer trug er seinen langen schwarzen Samtmantel mit großer Würde.

»Mr. Jack – es ist mir eine Freude, Sie zu sehen«, sagte ich formvollendet. »Harry sitzt im Knast.«

»Hab ich gehört. Er hat zu mir gesagt, ich soll se holen, gerade als die blöden Bullen ihn abgeführt haben.«

»Er müsste jede Minute nach Hause kommen«, sagte ich. »Er kommt gegen Kaution frei.«

»Ich würde gern gehen«, sagte Daisy schniefend und versuchte, sich an mir vorbeizuquetschen.

Circular Jack lehnte sich an den Türpfosten und verschränkte die Arme vor der Brust. »Jetzt gehn Se nirgendwohin, Schwester – bis Sherlock es sagt.«

Das war das Stichwort.

»Gut, ich übernehme, Jack – herzlichen Dank.«

»Sherlock. Olwer.« Zum Abschied zog Jack wieder den Hut, öffnete die Tür und verschwand in der Dunkelheit.

Harry war also zu Hause, aber er sah gar nicht gut aus. Selbst im Dämmerlicht konnte ich sehen, dass sie seinen

Kopf als Punchingball benutzt hatten: zwei blaue Augen, die Nase zerquetscht. Er schloss seine Tür auf und trat dann höflich einen Schritt zurück, um uns den Vortritt zu lassen.

Ich schubste Daisy vor mir her, etwas unsanft, gebe ich zu, machte Licht und inspizierte dann Harry etwas genauer. Seine Nase war blutig, die Unterlippe aufgeplatzt und dick geschwollen.

»Man sieht, dass du freundlich begrüßt wurdest«, sagte ich.

»Setz dich hin, Daisy«, sagte Harry.

Sie setzte sich aufs Sofa. »Du hast nicht das Recht, mich zu …«

»Mir reicht es! Ich habe die Schnauze voll!«, polterte Harry los und schlug mit der Faust auf den Schreibtisch. Daisy hüpfte buchstäblich in die Luft und plumpste dann wieder aufs Sofa, wie ein alter Sack. »Was geht hier vor sich?«

Ich ging ins Badezimmer, das so kalt wie eine Kühltruhe war. Harry ließ immer das Fenster offen, damit der Eisblock in seiner Badewanne nicht so schnell schmolz. Ich bearbeitete ihn mit einem Eispickel und brach ein paar Stücke ab, wickelte sie in ein Handtuch und ging zurück zu Harry, der sich das eisgefüllte Handtuch aufs Gesicht drückte. Sie hatten ihn wirklich übel zugerichtet. Wenn ich ihn nicht kennen würde, wäre ich ihm nur ungern in einer dunklen Gasse begegnet, so wie er aussah.

Daisy klagte: »Ich will doch nur wissen, wer meine Schwester umgebracht hat.«

»Es sind deine *Methoden*, die mir nicht gefallen!«, schimpfte Harry. »In welchem Verhältnis stehst du zu Lester Nolan?«

Ihr Gesicht war ganz fleckig, weil sie so viel geweint hatte. Überhaupt war sie ein Bild des Jammers.

»Harry, vielleicht sollten wir …«

Er schnitt mir das Wort ab. »Na, meinetwegen, wenn

du nicht sagen willst, was mit Nolan ist, dann erklär mir wenigstens, was du in Fordys Wohnung zu suchen hattest!?«

»Wie bitte? Wann war Daisy in Fordys Wohnung?«, fragte ich entsetzt.

»Ob du's glaubst oder nicht – kurz bevor ich ihn gefunden habe«, sagte Harry.

»Das heißt, Daisy war die Letzte, die ihn lebend gesehen hat?«

Daisy schüttelte sich. »Er hing schon da, als ich kam.«

»Sie ist davongerannt, als wäre der Teufel hinter ihr her, und da ist sie mit mir zusammengestoßen.«

»Ich hatte Angst!«

»Ja, du hattest solche Angst, dass du gleich darauf die Bullen auf mich gehetzt hast!«

»Das war ich nicht!«

»Wer war's dann? Jedenfalls hat mich jemand in eine Falle gelockt.«

»Ich bin nicht sicher, ob ich folgen kann«, sagte ich. »Daisy ist in Fordys Wohnung gegangen. Sie hat ihn hängen sehen, ist geflohen und mit dir zusammengestoßen, und du hast ihn tot vorgefunden? Du bist zurückgegangen?«

»Ja.« Er nahm das Eishandtuch von der Stirn.

»Warum?«

»Ich wollte ihm noch ein paar Fragen stellen.«

Ich wandte mich an Daisy. »Warum warst *du* in seiner Wohnung, Daisy?«

»Fordy hat bei *Vanity Fair* angerufen und mir gesagt, er weiß, wer Adeline umgebracht hat. Er wollte unbedingt mit mir reden.«

»Und da bist du ganz allein zu ihm gegangen?«, wollte ich wissen. Ich wäre genauso leichtsinnig gewesen, das konnte ich nicht leugnen.

Daisy starrte mich an, sagte aber nichts.

Harry sagte: »Bevor Daisy zu Fordy gegangen ist, hat

sie jemanden angerufen – stimmt's?« Harrys Stimme triefte vor Sarkasmus. »Du hast Nolan angerufen und ihm gesagt, was Fordy gesagt hat, nicht wahr?«

Sie machte den Mund auf, um zu widersprechen, ließ es dann aber doch lieber sein. Die Wahrheit stand ihr im Gesicht geschrieben.

45

»Es sah so aus, als hätte in den letzten Jahren kein Mensch dort gearbeitet«, berichtete ich Harry, nachdem er Daisy in ein Taxi verfrachtet hatte. »Der Firmenname stand noch an der Tür, und der Liftboy wusste, wo sich das Büro der Vaude-Versicherungen befindet.« Mit dem Rest der Geschichte wollte ich noch nicht herausrücken. Im Nachhinein kam mir sowieso alles vor wie eine absurde Komödie.

»Jemand muss die Miete zahlen.« Harry gab uns beiden Feuer, setzte sich auf seinen Stuhl und legte die Füße auf den Schreibtisch.

»Ich wette, seit dem Tod von Fordys Vater hat kein Mensch mehr dieses Büro betreten. Hast du eine Ahnung, wann er gestorben ist?«

»Vor dem Krieg, glaube ich.«

»Fordy wollte die Firma offensichtlich nicht aufgeben. Vielleicht hatte er das Gefühl, er müsste die Fassade aufrechterhalten. Aber trotzdem – überleg doch mal – er ist ständig geschäftlich unterwegs, er hat ein Atelier hier im Village, das Büro in Downtown Manhattan und ein Haus in Croton. Die Firma hat nichts mehr abgeworfen – woher stammte dann das ganze Geld?«

»Kates Familie hat Geld.«

»Ehrlich?« Über unseren finanziellen Hintergrund redeten wir eigentlich nie. Es galt als stillos, wenn man aus wohlhabenden Verhältnissen kam. Schließlich waren wir alle hungernde Künstler! Nur bei Fordy hatte jeder gewusst, dass er über Geld verfügte – wegen des Familienunternehmens. »Hat sie dir das erzählt?«

»Nein. Ich kann mich nicht erinnern, wer es gesagt hat.« Harry verzog das Gesicht, als die Platzwunde an seiner Lippe mit dem Gin in Kontakt kam. »Fordy muss umgebracht worden sein, nachdem Kate gegangen war – und bevor ich zurückgekommen bin.«

»Du gehst davon aus, dass Kate nicht die Mörderin ist.«

»Theoretisch könnte sie es natürlich gewesen sein, aber sie hätte Hilfe gebraucht.«

»Kate hat gesagt, er hätte einen Geschäftspartner erwartet und wollte sich später noch mit ihr treffen, um etwas essen zu gehen.«

»Einen Geschäftspartner.« Harry drückte das Handtuch wieder aufs Gesicht. Das Eis war geschmolzen und tropfte überall hin, aber er merkte es gar nicht.

»Eine Geliebte?«

Harry schüttelte den Kopf. »In was für Geschäfte war er eigentlich verwickelt?«

»Es muss etwas gewesen sein, wovon niemand etwas wissen sollte, Harry. Deshalb fühlte er sich bedroht, als er hörte, dass Adelle oder Adeline nicht die Person war, als die sie sich ausgegeben hatte.«

»Sie war eine erfahrene Agentin. Wie ist Fordy dahinter gekommen?«

»Genau das ist das Problem«, sagte ich. »Vielleicht hat er es ja erst erfahren, als Adelle schon tot war. Zur gleichen Zeit wie alle anderen. Und dann hätte er kein Motiv gehabt, sie umzubringen.«

»Aber er hat geahnt oder sogar gewusst, wer der Täter war.«

»Das hieße, Fordy ist umgebracht worden, damit er nichts ausplaudern kann …«

»Genau. Damit er nichts über den Mord ausplaudern kann, aber auch nichts über die Herkunft des Geldes. Womit wir wieder bei Adeline Zimmerman wären. Für wen hat sie gearbeitet? Wie lautete ihr Auftrag?« Harry sackte auf seinem Stuhl zusammen und wirkte plötzlich ganz entmutigt. Oder hatte er einfach nur genug von der ganzen Sache? Das hätte ich gut verstanden, denn mir ging es genauso.

Selbst wenn Harry düster gestimmt war, was gar nicht so selten vorkam, würde ich ihm jederzeit mein Leben anvertrauen. Ich bin eine moderne, selbstständige junge Frau, und mir steht meine Intelligenz zur Verfügung, was nicht wenig ist. Harry war mir intellektuell ebenbürtig – und er war ein Fels in der Brandung, körperlich und moralisch.

Ich wusste, dass er trotz all seiner Launen ein Gentleman alter Schule war, was Frauen anging. Es gefiel ihm überhaupt nicht, dass ich mich in Gefahr begeben hatte. Aber wir kamen mit unseren Ermittlungen nicht weiter, und das, was ich vorhin bei meinem Bericht ausgelassen hatte, musste bis später warten. Ich legte den Kopf auf die Armlehne des Sofas. Es wurde still im Zimmer.

Der Milchmann – der keinerlei Rücksicht auf die Nachtschwärmer nahm – kündigte seine Ankunft mit dem unüberhörbaren Klirren der Milchflaschen an. Ich war anscheinend auf Harrys unbequemer Couch eingeschlafen und hatte dort den Rest der Nacht verbracht. Harry saß immer noch zusammengesunken an seinem Schreibtisch und schnarchte laut.

Ich schaffte es, mich von der Couch zu erheben, war aber noch etwas wackelig auf den Füßen. Harry hörte auf zu schnarchen, aber seine Augen blieben geschlossen. Das schien mir ein günstiger Augenblick, um unbemerkt davonzuschleichen.

»Oliver!« Plötzlich waren seine Augen weit offen und ließen mich nicht los. »Da ist etwas, was du mir nicht sagen willst.« Er deutete auf das Sofa. Ich hatte zwar keine Lust, setzte mich aber brav wieder hin. »Heraus mit der Sprache.«

Hatte ich schon erwähnt, dass Harry telepathische Fähigkeiten besitzt?

Also erzählte ich ihm alles, und mein Bericht wurde nur immer wieder von seinen stereotypen »Verflucht!«-Zwischenrufen unterbrochen.

»Lupo hat zwei von seinen Leuten auf dich gehetzt?«

»Sie wollten uns nur Angst einjagen, Harry. Es wäre kein Problem für sie gewesen, uns umzulegen, wenn sie gewollt hätten. Wer ist eigentlich dieser Lupo?«

»Ignazio Lupo, auch liebevoll Lupo der Wolf genannt. Der Boss der Schwarzen Hand.« Mit nachdenklicher Miene trank Harry einen kräftigen Schluck Gin.

»Die Schwarze Hand?« Mir lief es kalt über den Rücken. Was hatte ich getan, um den Zorn eines Monsters wie Lupo auf mich zu ziehen? Ich, ein unscheinbares junges Mädchen, eine hoch begabte Dichterin?

»Er erpresst wohlhabende Italiener, indem er sie körperlich bedroht.«

»Und das funktioniert?«

»Besser, als du glaubst. Die Schwarze Hand ist eine uralte sizilianische Bruderschaft, die sich auf Erpressung und Mord spezialisiert hat.« Er musterte mich streng. »Und außerdem ist Lupo kein Freund von Monk Eastman.«

»Aber zwischen mir und Monk Eastman ist nichts!«

Harry hörte mir gar nicht zu. In seinem Gehirn braute sich irgendetwas zusammen. »Wart mal eine Minute«, sagte er. Er nahm die Füße vom Schreibtisch, sie landeten mit einem *Rumms* auf dem Fußboden, er stand auf, rieb sich das Kinn, zog eine Grimasse. »Lupo begeht unter anderem auch Auftragsmorde und hinterlässt immer seine Visitenkarte.«

»Wie stilvoll«, sagte ich mürrisch.

»Nein, keine normale Visitenkarte.« Harry ließ sich

wieder auf seinen Stuhl fallen. »Ich bin doch wirklich ein Einfaltspinsel!«

Jetzt kapierte ich gar nichts mehr. »Darf ich fragen, wovon du redest, Harry?«

»Lupo schlitzt seinen Opfern die Zunge auf.«

46

Bunny hatte eine komische Art zu sprechen: Er flüsterte leise und atemlos, als wäre sein Kehlkopf kaputt. Wenn er redete, war es immer eine Kombination aus ellenlangen Pausen und eruptiven Wörtervulkanen, deren Lava die Form von lauter verschlungenen Ideen hatte. Diese Eigenart übertrug sich auch auf seinen Umgang mit dem Gaspedal. Ich fand es daher keine besonders angenehme Vorstellung, mit ihm zu meiner Lesung an der Universität Yale in New Haven zu fahren.

Nun ergab es sich glücklicherweise, dass Dave sich anbot, uns in dem alten schwarzen REO-Tourenwagen, der seinem Onkel gehörte, nach New Haven zu bringen, und Bunny konnte seine Reden von dem bequemen Rücksitz aus halten. Bei dem Versuch, in seinem Büro einen Aktenschrank zu bewegen, hatte er sich Arm und Schulter verrenkt. Den Schmerz versuchte er mit dem Gin aus seiner silbernen Taschenflasche zu betäuben.

»Ich sage euch, wie ihr fahren müsst«, sagte er mit Nachdruck, als Dave und ich ihm beide versicherten, er brauche nicht mitzukommen. »Ihr wart beide noch nie in New Haven.« Das stimmte.

Anfangs redeten wir wenig, weil jeder seinen eigenen Gedanken nachhing, bis ich beschloss, das auszusprechen, was ohnehin in der Luft lag: »Die Sache mit Fordy ist wirklich furchtbar.«

Bunny stöhnte, als er sich anders hinsetzte. Mit seinem

gesunden Arm tätschelte er mir den Rücken. »Ich hätte ihn nie für einen Mörder gehalten.«

»Halt die Klappe, Bunny.« Dave umklammerte das Lenkrad so fest, dass seine Knöchel ganz weiß wurden.

Damit war klar, dass wir nicht über Fordy reden konnten. Stattdessen unterhielten wir uns über Larry Langners erstklassiges professionelles Schauspielensemble, die Theatre Guild Company. Die Washington Square Players hatten sich aufgelöst, was bedeutete, dass jetzt die Provincetown Players die einzige experimentelle Amateurgruppe im Village waren. Und wie lange würden wir uns noch halten können, wenn Eugene immer heftiger mit dem Broadway liebäugelte?

Das Gespräch plätscherte dahin, und Bunny begann, die idealistischen Ziele der Guild aufzuzählen und was sie für das amerikanische Theater bedeuteten.

Der Tag war ungewöhnlich mild, die Sonne schien, aber dazwischen rüttelten immer wieder kalte Windböen an unserem Auto. Wahrscheinlich sollten wir nicht vergessen, dass Dezember war. Wir fuhren schon zwei Stunden, und Bunnys Monolog wollte nicht enden. Von der Guild ging er über zu Djuna Barnes, zu ihrem innovativen Schreibstil und ihren intelligenten Zeichnungen, dann zu Sherwood Anderson, zu Tolstoi, Jack Reed und Louise Bryant, und schließlich landete er bei Celia Gillam, meiner Celia.

Zwischendurch tauschten Dave und ich immer wieder verständnisinnige Blicke, aber die meiste Zeit betrachtete ich nur Daves struppiges Profil, während er die Straße im Blick behielt.

»Du hast die Abfahrt verpasst«, sagte Bunny plötzlich und unterbrach seinen Monolog.

Dave zwinkerte mir zu und wendete. »Ich hätte nichts gegen eine Zigarette«, sagte er.

Ich zündete ihm eine an, rutschte näher, schob sie ihm zwischen die Lippen, die voll und sinnlich waren, was mir bisher wegen seines Bartes noch gar nicht aufgefallen war. Zum Abschied strich ich ihm mit den Fingerspitzen vorsichtig über den Mund. Er griff nach meiner wandernden Hand, erwischte sie auf dem Sitz, wo Bunny sie nicht sehen konnte, und ließ sie nicht mehr los.

»Wie geht es Kate?«, murmelte ich, in einem Versuch, Bunny zu unterbrechen.

»Sie schafft das schon«, sagte er. Dave hatte dunkle Haare und dunkle Augen: Ein skeptischer junger Jude, der selten über seine Herkunft redete. Gemeinsam mit Jack Reed war er von Harvard ins Village gekommen und hatte sich dann schon bald nach Beginn des Krieges in Kanada den Streitkräften angeschlossen. Angeblich hatte er mehrere Gasangriffe überlebt und eine Schrapnellkugel in die Schulter bekommen, aber darüber redete er nie.

»Der Roman ist wirklich gut«, sagte Bunny. »Jetzt musst du links abbiegen.«

»Welchen Roman meinst du?«, fragte ich.

»Daves Roman. Jetzt rechts, dann durchs Stadtzentrum und dann siehst du die Uni.«

»Du bist fertig?«

»Nur mit der ersten Fassung«, antwortete Dave.

»Das ist ja toll, Dave!«

»Es wäre mir eine Ehre, wenn du ihn lesen würdest, Oliver.«

»Es ist mir eine Ehre, dass du mich darum bittest.«

»Du musst nur die Charaktere noch ein bisschen klarer herausarbeiten«, sagte Bunny mürrisch. »Es ist das große weiße Haus an der Ecke.«

Wir waren spät dran; der Empfang hatte schon ohne uns begonnen. Alle Anwesenden schienen bester Laune zu sein, was nicht zuletzt dem großzügigen Konsum verbotener Spirituosen zuzuschreiben war.

Und nun sah ich endlich Professor William Henry Adolphus. Bis auf seinen Zwicker sah er überhaupt nicht aus wie ein Philosophieprofessor, eher wie ein Holzfäller, den man in eine feine Abendgarderobe gezwängt hat. Seine dichte Haarmähne und sein Bart waren grau, fast schon weiß. Er hatte eine dröhnende Stimme und sehr gewinnende Manieren, und so kam es, dass ich mich überhaupt nicht als Ersatz-Dichterin fühlte, sondern als willkommener Gast.

Professor Adolphus war etwas schwerhörig und rief deshalb laut: »Mary!« Er meinte die Frau mit dem hübschen Gesicht, die direkt neben ihm stand. »Mary, zeig doch bitte Miss Brown, wo sie sich ein bisschen frisch machen kann.«

Wir gingen nach oben. Es stellte sich heraus, dass »Mary« Williams Schwester und gleichzeitig auch die Gastgeberin war, da weder sie noch ihr Bruder je geheiratet hatten – eine Information, die ich ihr mit meinen hoffentlich harmlos klingenden Fragen entlockte. Ich sagte, ich würde mich sehr freuen, wenn sie mich Olivia nennen würde. Sie verabschiedete sich, damit ich mich für meine Lesung umziehen konnte. Ich hatte mein wunderschönes Kleid aus regenbogenfarbener Seide mit der kleinen Schleppe mitgebracht. Dazu die goldenen Satinschuhe.

In einer Ecke des Raums befand sich ein Waschbecken mit Gästehandtüchern. Ich warf mir Wasser ins Gesicht, schlüpfte aus meiner Bluse und meinem Rock und zog dann das Seidengewand über den Kopf. Der zarte Stoff schmiegte sich wispernd um meinen Körper. Ich betrachtete mich im Spiegel über der Kommode. Da öffnete sich die Tür hinter mir. Paulos Ebenbild erschien im Spiegel.

»Oliver.« Er schloss mich in seine starken Arme, und ich werde nicht behaupten, dass es mir nicht gefallen hat.

»Gerade rechtzeitig, um mir das Kleid hinten zuzumachen.« Er fand die kleinen Häkchen. »Ich bin auch gut beim Aufmachen.«

Warum sprach er nicht an, was mit Fordy passiert war? Es konnte doch nicht sein, dass er es noch gar nicht gehört hatte! Oder musste ich es ihm jetzt offenbaren? »Da ist diese Sache mit Fordy ...«

»Was ist mit ihm?« Er hielt mich auf Armeslänge von sich. Sein Gesicht war plötzlich stumpf und ausdruckslos. Hatte Kate ihn wirklich nicht angerufen? »Was ist mit Fordy?«, fragte er noch einmal und schüttelte mich.

»Oh, Paulo! Du hast es noch nicht erfahren? Es ist ganz schrecklich. Am besten setzt du dich hin.«

»Sag mir, was los ist!«

Ich zögerte immer noch. Seit Paulo bei der Befragung zusammengebrochen war, erschien er mir so zerbrechlich. »Er hat sich erhängt ...«

»Nein! Nein!!« Paulo setzte sich hin, totenbleich, fassungslos.

»Er hat einen Brief hinterlassen, in dem er gesteht, dass er das Kindermädchen umgebracht hat.«

»Wann war das?«

Auf dem Tisch mit der Marmorplatte, gleich neben der Tür, standen zwei Gläser mit Champagner. Paulo musste sie dort abgestellt haben, als er hereingekommen war. Ohne ein Wort reichte er mir ein Glas und leerte das andere mit einem Zug.

Ich fröstelte. »Gestern.« Der Champagner tat mir gut.

»Seit dem Verhör bin ich krank.« So sah er auch aus. »Ich kann das nicht glauben. Das sieht Fordy überhaupt nicht ähnlich.«

»Was? Meinst du den Mord an dem Kindermädchen oder den Selbstmord?«

»Beides. Er ist katholisch, genau wie ich.«

»Ich glaube, er steckte in irgendwelchen Schwierigkeiten, Paulo.«

»Der alte Adolphus hat gar nichts davon gesagt. Bestimmt weiß er auch noch nicht Bescheid.«

Paulo schien auf dem Stuhl festgewachsen. Ich wollte mir noch einmal die Gedichte durchlesen, die ich ausgewählt hatte. Und ich hatte einen Plan. Meine Neuigkeiten hatten die Romantik vertrieben. Paulo protestierte nicht, als ich ihn bat, mich allein zu lassen.

Ich schlüpfte schnell in meine goldenen Schuhe, machte die Schnalle zu, trug Lippenstift und Rouge auf und ging aus dem Zimmer. Hier oben war alles still. Eine gute Gelegenheit, um ein bisschen zu schnüffeln.

Auf der anderen Seite das Gangs befand sich ein Schlafzimmer. Es sah aus, als würde es von Mary Adolphus bewohnt. Da hörte ich, dass jemand die Treppe heraufkam. Schnell schloss ich die Tür des Schlafzimmers wieder und huschte zurück in mein Zimmer. Das vordere Schlafzimmer gehörte garantiert Professor Adolphus. Was sich gleich bestätigen sollte. Er war es nämlich, der die Treppe heraufkam. Er ging in sein Zimmer und schloss die Tür hinter sich.

Es hatte keinen Sinn, auf eine weitere Chance zu warten. Aber ich machte wenigstens einen kleinen Umweg, um hinunter zum Empfang zu gehen: Ich nahm die Hintertreppe – und landete in der Küche. Eine mütterlich wirkende Frau mit einer riesigen weißen Schürze rollte auf einem Holztisch Kuchenteig aus. Es roch nach Braten und gezuckerten Äpfeln.

»Guter Gott, haben Sie mich erschreckt, Miss!«, rief die Frau, als sie mich sah.

»Das tut mir schrecklich Leid – ich habe mich irgendwie verlaufen, ich glaube, ich hätte die andere Treppe nehmen sollen.«

»Sie können hier zur Tür raus und den Flur entlanggehen, danach finden Sie sich wieder zurecht.« Sie deutete mit dem Wellholz in die richtige Richtung.

Kann doch mal vorkommen, dass man sich in so einem riesigen Haus verirrt, oder?

Ich stand in einem Flur, von dem mehrere Türen abgingen. Um nichts zu riskieren, musste ich mir ein Zimmer nach dem anderen anschauen. Aus der Ferne hörte man das angeregte Geplauder der Gäste.

Ich betrat einen großen, imposanten Raum, in dem es stark nach Tabak roch. Ein bescheidenes Feuer im Kamin verbreitete Wärme und flackerndes Licht. Ich sah Bücherschränke mit Glastüren, ledergebundene Bände, einen Bibliothekstisch, einen Schreibtisch, bequeme Sessel, Fußschemel und überall Stapel mit Büchern und Zeitschriften. Hübsche Ölgemälde des Hudson-Tals schmückten die Wände. En ausgesprochen gemütlicher, einladender Raum.

Ich setzte mich in einen der Sessel, obwohl ich wusste, dass ich nicht bleiben konnte. Über kurz oder lang würde man nach mir suchen. Wie gern ich so eine Bibliothek in meinem Haus hätte! Erst, als ich ging und schon die Tür hinter mir schließen wollte, bemerkte ich den Beistelltisch neben dem Kamin, der fast von einem riesengroßen Standglobus verdeckt wurde. Auf diesem Tischchen standen mehrere gerahmte Fotos.

Familienfotos. Jedenfalls die meisten. In verschiedenen Größen. Silberne Rahmen. Ein Bild fiel mir besonders ins Auge. Ich nahm es in die Hand.

Eine Gruppe gut gelaunter junger Männer in den gestreiften Hemden und mit den Strohhüten eines *Barbershop Quartets.* Schon auf den ersten Blick erkannte ich Adolphus, ohne Bart, schmaler als jetzt. Aber ich kannte noch einen zweiten Mann in der Gruppe. Adolphus' Hand lag auf seiner Schulter.

Vor Adolphus stand – Lester Nolan.

47

Obwohl Jack Reed durch und durch Harvard repräsentierte, schloss ich mit meiner »Elegie«. Dann schwieg ich kurz, verneigte mich und sagte: »Vielen Dank.« Die Zuhörer applaudierten. Es war mehr als nur höflicher Beifall – es war fantastisch. Für mich war es wirklich das höchste der Gefühle, vor einem Raum voller aufmerksamer Menschen zu lesen.

Ein junger Mann kam den Mittelgang herunter und legte mir einen Blumenstrauß zu Füßen. Ich beantwortete die Fragen, die charmant vorgebracht wurden, und natürlich war auch die Frage dabei, die bei keiner Dichterlesung fehlen durfte: Ob das Sonett eine archaische Form sei angesichts der Tatsache, dass jetzt überall freie Verse geschrieben würden und dass T. S. Eliot mit dieser Form so viel Ruhm erworben habe.

»Nein, das Sonett ist keineswegs veraltet«, entgegnete ich und brach wieder einmal eine Lanze für meine Lieblingsgedichtform.

Ich hätte noch bis spät in die Nacht Fragen beantworten können, wenn nicht der gute Professor gekommen wäre und gesagt hätte, er wolle mich davor bewahren, den ganzen Abend auf dem Podium zu verbringen, und außerdem sei das Essen bereit.

Paulo und Dave gesellten sich zu uns, als wir nach draußen gingen. Es schneite dicke weiße Flocken. Der Mond droben am Himmel war wie in einen feinen Schal gehüllt.

»Wo ist Bunny?«, fragte ich. Bunny mochte es, wenn ich Gedichte vortrug, aber ich hatte ihn nicht im Publikum gesehen.

»Wir mussten ihn ins Krankenhaus bringen, weil er solche Schmerzen hatte«, sagte Paulo. »Der Arzt hat ihm eine Spritze gegeben, und jetzt muss er sich erst mal ausruhen. Für den Rest des Abends ist er außer Gefecht.«

Das Abendessen fand im Haus des Dekans der Englischen Fakultät statt. Dieser war ein winziger, alter Gentleman mit strubbeligen weißen Haaren und einem kaum merklichen britischen Akzent. Seine Frau war eine relativ bekannte Aquarellmalerin, und überall waren Zeugnisse ihrer Kunst zu sehen. Am Essen und an der

Unterhaltung war nichts auszusetzen; die Martinis waren exzellent, und ich war charmant wie immer. Draußen schneite es ununterbrochen.

Schließlich kam Dave mit meinem Mantel über dem Arm. »Wir sollten uns langsam auf den Rückweg machen.«

»Oh, ja!«, rief ich und stand auf. »Wie schnell die Zeit vergeht!« Ich bedankte mich bei unserem Gastgeber und seiner Frau.

»Aber Sie können heute Abend nicht mehr fahren!«, protestierte der gewaltige Adolphus und verstellte uns den Weg, im eigentlichen wie im übertragenen Sinn. »Die Straßen sind nicht mehr passierbar. Morgen können Sie den Zug nehmen. Aber heute Abend sind Sie unser Gast, Miss Brown. Was meinst du, Mary? Ich dulde keinen Widerspruch, Miss Brown.« Er lächelte freundlich, aber streng.

Ich hatte keine Chance. Ich würde sogar die Behauptung wagen, dass es niemandem gut bekommt, William Henry Adolphus zu widersprechen.

Also begaben sich Paulo und Dave zum Fakultätsclub, während ich von Professor Adolphus abgeführt wurde.

Wenn mich jemand in Mary Adolphus' keuschem Flannellnachthemd mit seinen tausend Rüschen gesehen hätte, dann hätte er wahrscheinlich seinen Augen nicht getraut. Ich lag in dem großen Himmelbett, wie die Prinzessin auf der Erbse auf ihren zahlreichen Matratzen.

Und ich schlief noch schlechter als die erbsenfixierte Prinzessin.

Als ich die Augen schloss, hatte ich schauerliche Visionen. Der dumme, eitle, fast schon unerträglich harmlose Fordy. Warum? Warum? Ich tastete nach dem kleinen Hocker, den ich gebraucht hatte, um ins Bett zu kommen, und kletterte wieder heraus.

Im ganzen Haus herrschte Grabesstille. Ich zog die

Vorhänge auf, hauchte auf das Eisgemälde auf der Fensterscheibe, rieb ein rundes Guckloch in die Kristalle und schaute hinaus.

Es sah aus wie in Russland! Ein blauweißer Schimmer bedeckte alles, und der Schnee schwebte durch die Luft wie Reismehl, wenn man niesen musste.

Ach dies Idyll auf meiner Fensterscheibe,
ein kleines Bauernhaus, der Täler friedevolles Glück!
Doch Finger, die erforschen, ob die Eiseslandschaft bleibe,
Die finden Tod dort, und sie kehren nicht zurück.

Klarheit. Morbidität. Bestimmt hätte Fordy behauptet, dass der gute Dr. Freud seine Freude an dem Gedicht gehabt hätte und dass der Einfluss des Unbewussten nicht zu übersehen sei. Ach, der arme Fordy. Im Grunde war er ein lieber, rührender Kerl gewesen.

Ich ließ die Vorhänge los und trocknete mir mit dem Saum von Mary Adolphus' Nachthemd die Augen. Dann zündete ich mir eine Zigarette an und dachte nach. Hatte ich in der Bibliothek im Erdgeschoss eine Schreibmaschine gesehen? Gab es dort vielleicht Gin? Tja – da musste ich wohl nachsehen. Und wenn ich schon dabei war, konnte ich mir ja auch das Foto noch etwas genauer anschauen.

Im Flur geleitete mich ein blasses Nachtlicht zur Hintertreppe, wo es etwas muffig roch, weil nicht gelüftet worden war. Ich hob Mary Adolphus' Nachthemd leicht an, um nicht über den Saum zu stolpern, tastete mich vorsichtig abwärts und durchquerte die Küche, ohne etwas umzustoßen.

Überhaupt gelangte ich ohne Zwischenfälle bis zur Bibliothek. Jetzt eine Zigarette und Feuer! Der Lichtschalter war gleich neben der Tür. Keine Schreibmaschine. Ich nahm ein Blatt Papier und einen Bleistift, setzte mich an den Schreibtisch und schrieb mein Gedicht nieder.

Plötzlich merkte ich, dass ich zitterte. Ob in der Küche wohl eine Flasche Gin aufzutreiben war? Oder hier? Ich bin ein armer Gast, dachte ich. Und verzweifelt. Ich durchsuchte die Schreibtischschubladen. Nicht einmal eine als Medizin getarnte Flasche Brandy!

Also, zurück ins Bett! Aber vorher wollte ich noch einen letzten Blick auf das Foto werfen. Ich wollte mir die Gesichter der Männer des *Barbershop Quartets* genau einprägen, damit ich sie Harry später beschreiben konnte.

Ich huschte zu dem Tisch mit den gerahmten Fotos. Wenn ich eine andere Person gewesen wäre, hätte ich vielleicht einfach das Foto aus dem Rahmen geholt und diesen dann hinter den Büchern verstaut. Ein echter Privatdetektiv hätte das bestimmt gemacht – Ich ließ meinen Blick über die Bilder schweifen, schob ein paar beiseite.

Wo hatte sich das Bild versteckt? Es musste doch direkt vor meiner Nase stehen. Komm schon, Oliver. Vier Männer, Strohhüte, gestreifte Hemden, Fliegen, einen Frisiersstab. Es konnte doch nicht verschwunden sein! Plötzlich bekam ich es mit der Angst zu tun. Schau genau hin, Oliver!

Ich hätte mir die Mühe sparen können. Das Bild war weg.

48

»Sie und Miss Elinor – Sie sind zwei hochintelligente Mädchen«, sagte der alte Adolphus. In seinem Zwicker spiegelte sich das Licht, und der Rauch seiner dünnen Zigarre vermischte sich mit dem Duft seines mit Brandy durchsetzten Kaffees.

Ich ignorierte die unüberhörbare Herablassung. »Ja, das stimmt.« Ich saß am entgegengesetzten Ende des Esstischs und hatte mir schon Rührei und geschmorte Tomaten genommen. Leutselig fuhr ich fort – o ja, dazu bin ich durchaus fähig! – : »Aber noch besser würde es mir gefallen, wenn Sie sagen würden, wir sind zwei ausgezeichnete Dichterinnen.« Ich bestrich meinen Toast dick mit Butter.

Er musterte mich wie ein Panther seine Beute. »Vielleicht werde ich das eines Tages tun. Aber zur Zeit verschwenden Sie Ihre Begabung leider auf völlig nebensächliche Dinge.«

Ich legte meine Gabel weg. Der Mann hatte Nerven! »Was meinen Sie mit ›nebensächliche Dinge‹?«

»Es gibt Dinge, die Sie nichts angehen und die Sie lieber den Leuten überlassen sollten, deren Beruf es ist, sich mit ihnen zu beschäftigen.«

»Oh. Ich verstehe.« Ich kochte innerlich vor Wut. Schließlich wusste ich genau, was er meinte. »Na ja, das, wobei Sie und Ihr musikalischer Freund Lester Nolan den armen Fordy Vaude erwischt haben, hat ihn das Leben gekostet!« Aber er hatte mich aufs Glatteis gelockt – jetzt hatte ich ihm verraten, dass ich das Foto gesehen hatte!

Adolphus war keineswegs der exzentrische alte Gentleman, den Fordy mir beschrieben hatte. Garantiert hatte er längst gewusst, dass Fordy nicht mehr lebte, als wir am gestrigen Abend angekommen waren. Für mich gab es da keinen Zweifel.

»Kann Oliver rauskommen und im Schnee spielen?« Unser Duell wurde für den Augenblick unterbrochen, und wir schauten beide zur Tür. Dort stand Dave Wolfe, mit glänzenden Augen und roten Wangen, den Ellbogen an den Türpfosten gestützt, ein Bein über das andere gekreuzt. Wie viel von unserer Unterhaltung hatte er mitgehört?

Mary Adolphus tauchte ebenfalls auf und schlüpfte unter Daves Arm durch. »Oh, William, Mr. Wolfe ist hier, um Miss Brown – um Olivia abzuholen, und ich habe ihn gebeten, doch noch mit uns zu frühstücken.«

Daves Lippen fühlten sich eiskalt an auf meiner Wange. »Wie geht's Bunny?«, erkundigte ich mich.

»Seine Schulter ist ausgekugelt. Paul fährt später mit ihm im Auto zurück, wenn die Straßen wieder frei sind. Wir beide nehmen den Zug.«

»Falls der Zug überhaupt verkehrt«, sagte Adolphus mit einem frostigen Lächeln. »Aber nehmen Sie doch bitte Platz, Mr. Wolfe. Unser Verwalter wird bei der Bahn anrufen, um herauszufinden, wann der nächste Zug fährt.«

»Was hat der alte Trottel über Fordy gesagt, das dich so in Rage gebracht hat?«, fragte Dave, nachdem wir unsere Plätze eingenommen hatten und der Zug aus New Haven herausfuhr.

»Du hast unser Gespräch gehört?« Wir rauchten beide, in unsere Mäntel gehüllt. Der leere Waggon war weder gut geheizt noch gut beleuchtet.

Der Zug kam aus Boston und machte sich nun langsam mit zwei Stunden Verspätung auf den Weg nach New York. Ich war froh, von hier wegzukommen. Schnee verklebte die Fenster und blockierte das helle, harte Sonnenlicht.

Dave antwortete: »Teilweise.«

»Ich habe das Gefühl, dass er und sein Freund Lester Nolan nicht korrekt mit Fordy umgegangen sind. Sie haben ihn in irgendeine abwegige Sache verwickelt und ihn so in die Schusslinie gebracht. Bildlich gesprochen.« Frustriert schüttelte ich den Kopf. »Ich weiß selbst nicht genau, was ich denke.«

Er nahm meine Hand. »Red ruhig weiter. Ich glaube, ich kann dir folgen. Dieser großkotzige Polizist hat etwas mit Adolphus zu tun?«

»Ich bin mir nicht sicher, aber ich nehme es stark an. Adolphus bestreitet, dass er Adelle-Adeline als Kindermädchen zu Fordy geschickt hat. Und erst recht nicht als Spionin, versteht sich.«

»Ich finde, sie war gar nicht intelligent genug, um als Spionin zu arbeiten.« Mit schnellen Blicken inspizierte Dave den Waggon. Dann holte er zufrieden eine Flasche Gin aus der Innentasche seines Mantels, drehte den Verschluss auf und bot mir den ersten Schluck an.

»Du bist echt nett, Dave«, sagte ich.

»Fordy war ein guter Kerl, ein echter Freund.«

»Hast du ihn schon in Yale gekannt?«

»Ich habe in Harvard studiert. Fordy habe ich erst im Village kennen gelernt, als Jack und ich nach New York gekommen sind. Dann habe ich ihn in Frankreich wieder getroffen. Auf Fordy konnte man sich verlassen, er hat einen immer freigekauft.«

»Wie meinst du das, freigekauft?«

»Na, du weißt schon – wenn man Schulden hatte oder so. Wir haben uns alle Geld bei ihm geborgt.«

Wir tranken abwechselnd aus seiner Flasche. Ich schlug die Beine unter, weil meine Füße allmählich kalt wurden. »Wieso konnte er es sich leisten, so großzügig zu sein?«

»Das Finanzunternehmen lief gut.«

»Er hat nie richtig daüber geredet. Warst du mal in seinem Büro?«, fragte ich ihn.

»Nein. Ich glaube, er hat sich dafür geschämt, wie er sein Geld verdient.«

»Ja. Ich glaube, er wollte nur als Künstler und Maler gesehen werden.« Weil es so dämmrig im Zug war, wurde ich ganz schläfrig. »Ich friere.«

Dave zeigte auf seinen Schoß. »Komm zu mir mit deinem Pelzmantel, dann können wir uns gegenseitig wärmen.«

»Wie könnte ich die Einladung eines so attraktiven Mannes ausschlagen«, sagte ich. Er schob seine Hand unter meinen Mantel und zog mich an sich. Seine Lippen schmeckten wunderbar nach Gin.

Es war schon Abend, als wir vor meinem Haus in der verschneiten Bedford Street standen. Es fiel mir schwer, mich von Dave zu verabschieden. Aber ich hatte so viel im Kopf, was ich Harry unbedingt erzählen musste, deshalb verabschiedete ich Dave mit ein paar schnellen Küssen an der Haustür.

Weil ich ein bisschen beschwippst war, hatte ich Schwierigkeiten, das Schlüsselloch zu finden. Schon öffnete sich Harrys Tür.

»Sherlock möcht Se sprechen, Olwer«, sagte Ding Dong und verbeugte sich.

»Wie schön, Mr. Ding Dong. Ich will nur schnell Mattie Bescheid sagen, dass ich wieder zu Hause bin, dann komme ich. Sagen Sie Sherlock, er soll sich noch einen Augenblick gedulden!«

»Beeil dich!«, rief Harry.

»Dann verabschied ick mir mit ’nem ›guten Abend, Olwer‹!« Und Harry rief er zu: »*O revor*, Sherlock!«

Mattie kam mir schon entgegen, um mir meinen kleinen Koffer abzunehmen. »Wart ihr eingeschneit?«

»Ja. Aber die Lesung war ein toller Erfolg, und ich wurde königlich bewirtet.«

»Und jetzt hast du Fieber und bist übermüdet und müsstest eigentlich sofort ins Bett!« Mattie konnte man wirklich nichts vormachen.

»Du hast Recht – wie immer.« Ich hängte meinen Mantel an die Garderobe im Flur. »Hör zu – ich ziehe mich schnell um und trinke eine Tasse Tee mit dir, und danach muss ich zu Harry, weil ich ihm ein paar seltsame Geschichten erzählen möchte.«

»Hör zu«, erwiderte Mattie grinsend. »Ich bringe Tee und Kuchen für uns alle nach unten, damit ich die seltsamen Geschichten auch hören kann.«

Und tatsächlich war es meine liebe, süße Mattie, die es schaffte, ein Stück des Puzzles an die richtige Stelle zu legen.

»Wer hat dich nach Hause gebracht?«, erkundigte sich Harry. Sein Zigarrenrauch erfüllte das ganze Zimmer. Sein Gesicht war inzwischen fast ganz abgeschwollen, die blauen Flecken hatten sich gelb verfärbt. Er zog eine unglückliche Grimasse, als Mattie ihm eine Tasse Tee reichte.

»Mit dem Zug. Der Wagen steht noch in New Haven.«

»Danach habe ich dich nicht gefragt, Oliver. Wer, habe ich gesagt, nicht welches Transportmittel.«

»Warum bist du so neugierig? Es war Dave Wolfe. Bunny haben wir in New Haven gelassen, im Krankenhaus. Er hat sich die Schulter ausgekugelt, als er in seinem Büro die Möbel herumgeschoben hat. Er hatte irrsinnige Schmerzen.«

Harry Augen glitzerten. Er hörte auf, an seiner Zigarre zu ziehen. »Na, so was – er hat sich die Schulter ausgekugelt? Als er Möbel herumgeschoben hat? Das ist wirklich ein hochinteressantes Indiz! Kannst du mir folgen, Oliver?«

»Bunny? Nein, Harry, das kann nicht sein. Bunny *kann* Fordy nicht umgebracht haben.« Aber irgendwie war ich doch betroffen. Bunny? War das möglich? Gehörte er ebenfalls zu Fordys Schuldnern?

»Erzähl weiter«, sagte Harry.

»Tja, mein lieber Harry – woher weißt du, dass ich mehr zu sagen habe?«

Er ging ins Badezimmer, kam mit einer Flasche Bier zurück und setzte sich wieder an seinen Schreibtisch. »Komm schon, Oliver, mach den Mund auf.«

»Okay«, sagte ich. »Adolphus ist ein aufgeblasener alter Knacker, er macht einem sogar ein bisschen Angst, wenn du mich fragst, und er ist an diesem Fall nicht unbeteiligt. Ich glaube, dass er Adeline zu Fordy geschickt hat. Gestern Abend konnte ich ein bisschen im Haus herumschnüffeln, und da habe ich auf einem kleinen Tisch in seiner Bibliothek lauter gerahmte Fotos gefunden. Auf einem der Bilder waren vier junge Männer in *Barbershop-*

Quartets-Klamotten. Zwei von ihnen habe ich erkannt. Der eine war Adolphus, der andere war dein Freund Lester Nolan.«

Die Bierflasche wurde deutlich hörbar auf dem Schreibtisch abgestellt. »Ich hab's doch gewusst!«

»Die anderen beiden habe ich nicht erkannt, aber ich erinnere mich, dass Fordy mir erzählt hat, dass der alte Adolphus ein großer Fan von *Barbershop Quartets* war.«

»*Barbershop Quartets?*« Mattie sprang auf. »Hast du *Barbershop Quartets* gesagt?«

»Ja.« Ich schaute Harry an und wir zuckten beide verständnislos die Achseln. »Wieso?«

Mattie kicherte. »Ich weiß, es ist schrecklich, wenn man über etwas Trauriges lacht, aber die Sache ist doch sonnenklar! Ihr habt die Lösung direkt vor der Nase, ihr zwei!«

Harry knurrte nur unwillig.

»Okay«, sagte Mattie. »Wie heißt das arme Mädchen, das ermordet wurde?«

»Adeline«, antwortete ich verwirrt.

Mattie war begeistert. »Und wie heißt eure Klientin?«

»Daisy«, sagte Harry. Wieder schauten wir uns an. »Verflucht! *Sweet Adeline!*«

Das war ein ganz berühmter *Barbershop*-Song. Und ich begann sofort einen anderen Song zu singen, der ebenfalls in diese Kategorie gehörte: »*Daisy, Daisy, give us your answer true* ...«

49

Mattie packte mich ins Bett, brachte mir ein Glas heiße Milch mit Honig und Brandy und begrub mich unter einem Berg von Decken. In meinem Fieberschub sah ich auf einmal alles überdeutlich.

Kate war in Gefahr!

Krächzend teilte ich Mattie meine Befürchtungen mit. »Sag es Harry!«

Aber da war noch mehr, da war sogar noch viel mehr! Es lag mir auf der Zunge. Nur konnte ich das, was in meinem Kopf rumorte, leider nicht in Worte fassen – ach, arme Dichterin! – es entglitt mir, während ich in tiefen Schlaf sank.

Eine rotweiß gestreifte Schlange wand sich um meinen Arm und drückte zu. Ich schwebte auf einer Wolke, aber sie kippte um, und der Vers, den ich so blütenrein zusammengefügt hatte, rutschte weg, verwandelte sich in ein Buchstabengewirr, und schwuppdiwupp, fort waren sie.

Die freche Schlange zischte mir ins Ohr: »Aufwachen, Oliver!« Wieder drückte sie zu.

»Geh weg!«

»Nichts zu machen.«

Ich klappte ein Auge auf. »Ich habe das Verspaar verloren. Du bist schuld!«

Harry stopfte mir ein paar Kissen in den Rücken. Er roch nach Zigaretten und Rasierseife. »Mattie, bring doch unserem Dornröschen hier ein bisschen Kaffee.« Sein Pferdeschwanz strich wie ein Schatten über meine Wange.

Was sollte ich tun? Mit Hilfe meiner Ellbogen stützte ich mich so weit auf, dass ich sitzen konnte. Ich schnauzte Harry an. »Hier kann man nicht mal in Ruhe schlafen. Ich habe Hunger! Wie spät ist es überhaupt?«

»Wie spät?« Er zündete an seiner Zigarette eine neue an und reichte sie mir. »Verflucht, Oliver, es ist Sonntagabend! Du hast den ganzen Tag geschlafen, und wir haben viel zu tun!«

Mattie stellte mir ein Tablett mit Kaffee, Toast und einem weichen Ei auf den Schoß. »Ich habe die Badewanne für dich vorbereitet, Olivia. Sie hatte Fieber, Harry! Sie schläft nicht, sie isst so gut wie nichts, sie begibt sich in gefährliche Situationen – wozu du sie auch noch ermutigst, wenn ich das hinzufügen darf …«

»Red ruhig weiter«, sagte Harry. »Sie ist viel zäher als du und ich.« Er nahm sich ebenfalls eine Scheibe Toast, bestrich sie großzügig mit Butter und einem dicken Klecks Marmelade und hatte die ganze Scheibe mit zwei Bissen verschlungen.

»Wenn ihr zwei aufgehört habt, über mich zu reden, als wäre ich nicht hier, dann würde ich gern erfahren, ob es Kate gut geht.«

»Das können wir dir bedauerlicherweise nicht sagen. Red Farrell hat berichtet, dass sie gestern am frühen Abend in ein viertüriges schwarzes Auto gestiegen ist. Farrell hat es ein paar Straßen weit verfolgt, aber dann hat er es aus den Augen verloren. Ich bin zu ihrer Adresse gegangen und habe mich umgeschaut. Ihre Tür war offen, und in der Wohnung herrschte ein grauenvolles Durcheinander.«

Die Folgerungen, die man aus Harrys Bericht ziehen konnte, ließen mich frösteln. Ich umklammerte seine Hand. »Sie werden Kate auch noch umbringen!«

»Das wissen wir nicht«, erwiderte Harry, aber er klang nicht sehr überzeugend. »Ich bin auf der Polizeiwache gewesen und habe Brophy Bescheid gesagt.«

»Wer ist ›sie‹?«, fragte Mattie.

»Nolan und Adolphus«, sagte ich.

»Nee.« Harry musterte mich mit geröteten Augen. »Sie haben Adeline dort hingeschickt, damit sie herausfindet, was los ist. Sie muss es aufgedeckt haben – oder jedenfalls war sie kurz davor. Jetzt ist Kate der Schlüssel zu dem, was sie wissen wollen.«

Ich hatte mein Ei inzwischen aufgegessen und knabberte an einer Scheibe Toast herum. Eine Frage ließ mir keine Ruhe: »Harry, war Adelines Zunge eigentlich auch aufgeschlitzt?«

Er runzelte die Stirn. »Der Gerichtsmediziner hat nichts davon gesagt, oder? Entweder haben sie es nicht gemerkt, oder ihre Zunge war okay. Oder die Polizei hält gewisse Informationen zurück. Ich muss unbedingt Hook anrufen und ihn danach fragen.«

»Die Zunge geschlitzt?«, rief Mattie angeekelt. »Was sind denn das für Menschen?«

»Mörder«, antwortete Harry.

»Das ist die Visitenkarte dieses Gangsters namens Lupo«, fügte ich hinzu. »Er begeht Auftragsmorde.«

»Unter anderem. Es kann sein, dass es ein Riesenkomplott war, das Adeline platzen lassen wollte.«

Ich strich mir die Haare aus dem Gesicht. »Und Fordy hatte etwas damit zu tun.«

»Ja, deshalb konnte er immer mit Geld um sich werfen! Wahrscheinlich ist ihm die Sache über den Kopf gewachsen, vielleicht wollte er aussteigen! Dadurch wurde er zu einer Bedrohung.«

»Mädchenhandel? Alkoholschmuggel? Erpressung?«

Mattie schlug sich die Hände vor den Mund, die Augen weit aufgerissen.

»Könnte alles sein«, meinte Harry.

Es klingelte an der Tür, unsere Gedanken wurden unterbrochen.

»Und was ist mit den *Barbershop-Mädels?*«, fragte Mattie. Es fiel ihr schwer, jetzt an die Haustür zu gehen.

»Stimmt.« Ich zog meinen Morgenmantel über, schlang den Gürtel zu und setzte mich auf den Bettrand. »Das Quartett. Wenn Adeline und Daisy tatsächlich Schwestern sind, wessen Kinder sind sie dann? Garantiert nicht die von Professor Adolphus.«

»Und auch nicht von Nolan«, sagte Harry. »Seine Frau ist vor vielen Jahren gestorben. Kinderlos. Ich würde mal die Behauptung aufstellen, dass einer der beiden anderen *Barbershop*-Sänger Zimmerman hieß.«

Es klingelte wieder.

»Sagt nichts Interessantes, solange ich weg bin«, bat uns Mattie und ging, das Tablett in der Hand.

»Harry – du telefonierst mit Deputy Hook, und ich zieh mich in der Zwischenzeit an.«

Ich setzte mich in die Badewanne, ließ das warme Wasser wirken und dachte über die schrecklichen Ereignisse der letzten beiden Wochen nach. Als Mattie und Harry zurückkamen, war ich angezogen, und die Ideen sprudelten nur so aus mir heraus.

»Ich glaube nicht, dass es um Alkoholschmuggel geht, Harry. In diesem Gewerbe erschießen sich die Gangster doch immer nur gegenseitig, oder?«

Harry nickte. »Ja, in der Regel geht es um Verteilungskämpfe.«

»Hast du Hook erreicht?« Als ich das fragte, sah ich, dass Mattie einen Briefumschlag in der Hand hielt.

»Ich habe eine Nachricht für ihn hinterlassen.«

»Was hast du da, Mattie?«

»Oh.« Sie schaute auf ihre Hand. »Vor lauter Horrorgeschichten habe ich das Telegramm ganz vergessen.« Sie reichte es Harry. »Es ist für dich, Harry. Der Junge hat aus Versehen bei uns geklingelt.«

Er riss den Umschlag mit dem Zeigefinger auf, entfaltete das Telegramm, las es, faltete es wieder zusammen und steckte es in die Tasche. »Ich muss los«, sagte er.

»Wohin? Willst du uns nicht sagen, was los ist?«

»Sei nicht so naseweiß!« Er kniff mich in die Nase und ging.

Ich rief ihm noch nach: »Wenn es etwas mit dem Fall zu tun hat, solltest du deine Partnerin informieren.«

»Ich habe auch so etwas wie ein Privatleben«, antwortete er.

Ich folgte ihm, blieb aber oben an der Treppe stehen und sagte laut, sodass er es hören konnte: »Wenn die Dame seines Herzens ruft …«

Die Haustür schloss sich.

»Isst du heute Abend mit Gerry und Joan?«, fragte ich Mattie. Sonntags hatte sich das eingebürgert.

»Möchtest du mitkommen?«

»Nein, danke, aber es ist sehr nett, dass du fragst. Es ist still im Haus, ich bin ausgeruht – also werde ich endlich arbeiten.« In dem Moment klingelte es. Mattie, die sonst immer so ruhig und gelassen war, wurde rot vor Aufregung. »Das ist bestimmt Gerry – und ich bin noch nicht einmal richtig angezogen!«

Beruhigend legte ich den Arm um sie. »Nimm dir Zeit – ich kümmere mich um Gerry.« Ich war ein völlig neuer Mensch, wie ausgewechselt, voller Energie – aber was sollte ich mit dieser Energie anfangen?

»Gerry – wie laufen die Ermittlungen im Fall Vaude?« Ich beugte mich vor, damit er mir Feuer geben konnte.

Er musterte mich mit seinen klugen blauen Augen. »Welchen meinst du?«

»Du glaubst, da gibt es einen Zusammenhang?«

»Hör zu, Olivia – machen wir einen Tauschhandel. Was hast du mir anzubieten?«

Ich grinste ihn an. »Also gut, lieber Gerry, ich weiß, dass die Leute von der Schwarzen Hand – deren Chef Lupo der Wolf ist – ihren Opfern die Zunge aufschlitzen. Das bedeutet, dass Fordy Vaude möglicherweise etwas mit diesem Lupo zu tun hatte.«

»Das könnte sein.«

»Du hältst dich nicht an unsere Abmachung, Sir! Hast du ernsthafte Tatverdächtige? Und gibt es irgendetwas Neues über Kate Vaude?«

Er schüttelte den Kopf. »Nichts Konkretes.«

Es sah ganz danach aus, als müsste ich ihm jedes Fitzelchen Information einzeln aus der Nase ziehen. Ich versuchte es mit einer anderen Taktik. »Die Umstände beim Mord an dem Kindermädchen scheinen ähnlich wie bei dem Mord an unserem armen Freund Fordy. War Adeline Zimmermans Zunge ebenfalls aufgeschlitzt?«

Gerry wurde ganz ernst. »Olivia, ich glaube, du solltest dich nicht in diese Angelegenheiten einmischen.«

Ich tätschelte seine Hand. »Das ist nicht mehr meine Entscheidung – ich bin längst involviert. Ich gelte sogar als Tatverdächtige.«

»Nein, du stehst nicht unter Verdacht«, entgegnete er bestimmt. »Aber du könntest ein Opfer werden.«

»Warum diese ernsten Gesichter?« Mattie hielt Gerry ihren Mantel hin.

»Okay«, sagte ich. »Sag mir nur etwas über Adeline – dann lasse ich dich gehen. War ihre Zunge geschlitzt? Wenn sie es war, wird der Mord eine weniger persönliche Sache. Ich meine, dann ist nicht anzunehmen, dass einer von uns der Täter ist – und darüber wäre ich sehr froh.«

Gerry half Mattie in den Mantel, nahm ihren Arm, blieb an der Tür stehen und schaute mich an. »Musst du es unbedingt wissen?«

»Unbedingt. Sag mir – ja oder nein?«

»Ja.«

50

Ich saß an meiner Schreibmaschine und flehte innerlich, dass mich jemand ablenken möge, denn ich konnte keinen einzigen Vers in meinem Kopf finden. Meine Gedanken waren bei den Vaude-Kindern. Welche Nachwirkungen diese Tragödie wohl für sie haben würde! Ihr Vater hatte sie zwei Mal verlassen, das zweite Mal für immer. Wie sollten sie damit umgehen? Und nun war auch noch Kate verschwunden – unter höchst mysteriösen Umständen. Ich selbst hatte zwar weder meinen Vater noch meine Mutter gekannt, aber dank der liebevollen Fürsorge anderer Menschen war ich doch irgendwie erwachsen geworden.

Ich schob den Stuhl zurück, legte meine Stola um die Schultern und schaute wie so oft hinaus auf die verschneite Straße. Subtiles weißes Licht und graue Schatten, ein Mann, der auf dem vereisten Gehweg seinen Hund ausführte. Alles still, alles friedlich.

Auf der anderen Straßenseite sah ich ein Streichholz aufflammen. Ich ging nach unten, zog meinen Mantel an, setzte meinen Hut auf, nahm Großtante Evangelines kaputten Regenschirm und ging die nächste Treppe hinunter. Das Licht im Vestibül brannte nicht. Es wäre stockfinster gewesen, wenn nicht durch das matte Glas in der Haustür das Licht der Straßenlaterne gefallen wäre. Plötzlich erschienen auf der anderen Seite der Glasscheibe die schattenhaften Umrisse eines Mannes. Meine Hand krallte sich um den Schirmgriff. Einen Moment lang zögerte ich, dann stieß ich die Tür zur Straße auf.

»Oliver!« Dave stand auf der Schwelle und streckte mir die Hand entgegen. »Wohin gehst du?«

Auf der anderen Straßenseite sah ich neben der dunklen Veranda das Glühen einer Zigarette. Ich legte den Finger auf die Lippen und zog Dave ins Hausinnere. »Jemand beobachtet mein Haus.«

Er erschrak. »Bist du sicher?« Seine Stimme klang irgendwie komisch. Weil er sich um mich sorgte? Oder war da mehr?

»Schau, da drüben, neben der Veranda, da ist jemand. Ich kann seine Zigarette sehen.«

David kauerte sich hin, und wir schauten hinüber zu dem glimmenden Licht, die Köpfe aneinander gelehnt, aber da war niemand, nur undurchdringlicher Schatten. Nichts rührte sich. Dave und ich waren uns sehr nahe, wir atmeten den Atem des anderen, und ehe wir es richtig merkten, berührten sich unsere Lippen, weich wie Seide, und wir umarmten uns.

»Du bist wunderschön«, flüsterte er.

Die Tür ging auf. Wir erstarrten, fühlten uns ertappt.

»Und einen schönen Abend wünsch ick Ihnen, Olwer.« Red Farrell kniff im Halbdunkel die Knopfaugen zusammen. Langsam wanderte sein Blick zu Dave.

Ich stellte vor: »Dave Wolfe. Red Farrell.«

Red starrte Dave an: »Sind wir uns nicht schon mal begegnet?«

»Ich glaube, daran würde ich mich erinnern«, erwiderte Dave ganz ernst.

Ich musste die Lippen aufeinander pressen, um nicht herauszuplatzen.

Red musterte mich fragend und kaute auf seinem Zigarrenstummel herum. »Das Licht hier tut es nicht, Olwer.« Er stieß Dave an. »Hilf mir mal, Kumpel.«

Ich bekam einen Hustenanfall, als ich sah, wie Dave die Finger ineinander verschränkte, um Red Steighilfe zu geben.

»Aha! Jemand hat de Glühbirne geklaut.« Red kam wieder herunter. Dave trat einen Schritt zurück und wischte sich die Hände ab.

»Wer kommt denn auf solche Ideen?«, fragte ich.

Red grinste mich an. »Es gibt alle möglichen Leute. Machen Se sich keine Sorgen, Olwer. Ich wart hier, bis Sherlock zurückkommt.«

Ich fragte Red nicht, woher er wusste, dass Harry nicht da war, weil ich zu dem Schluss gekommen war, dass Red Farrell das Haus bewacht hatte.

»Komm, wir gehen ein bisschen an die frische Luft«, schlug Dave vor. Vielleicht war er ja zur selben Erkenntnis gelangt wie ich.

»Vielen Dank für Ihre Mühe, Mr. Farrell«, sagte ich.

Der Gehweg war glatt wie eine polierte Rutschbahn. Dave nahm meinen Arm, und im Gleichschritt gingen wir los. Die Schneedecke ließ alles so sanft und weich erscheinen, die nächtliche Stille wirkte wie ein samtener Mantel.

Zuerst hörte ich ein komisches Grummeln, und dann

sagte Dave: »Was Se für Leute kennen, Olwer! Se sollten besser aufpassen.«

Ich schaute zu ihm hoch. Die Spannung wich, und wir lachten beide los, beruhigten uns kurz, platzten wieder heraus. Unser Gelächter wurde vom Schnee verschluckt. Dann fiel mir plötzlich wieder ein, was passiert war, und ich vergrub mein Gesicht in seinem Mantel. Dave blieb stehen und tätschelte mir den Rücken, bis das Schluchzen verebbte.

Schließlich fagte ich ihn: »Hast du von Kate gehört?«

»Von Kate? Wieso? Was ist mit Kate?«

»Sie ist verschwunden – entführt, vielleicht ist sie sogar tot.« Wieder kamen mir die Tränen, als ich an Kate dachte, an ihre weichen Arme, an ihren zarten Pfirsichduft.

Dave packte mich an den Schultern: »Wann?«

»Keine Ahnung. Ich weiß es von Harry.«

»Ich bin gestern bei ihr vorbeigegangen, als wir aus New Haven zurückgekommen sind. Da ging es ihr gut – den Umständen entsprechend.«

Ich trocknete mir die Tränen mit Daves Taschentuch, und wir gingen weiter. Daves Blick war in die Ferne gerichtet. »Dave – was hat sich eigentlich in dem Haus in Croton abgespielt? Du hast doch gegenüber gewohnt.«

»Keine Ahnung. Ich war immer wieder drüben. Kate hat mich gebraucht. Fordy war nie zu Hause.«

»Wo war er?«

»Geschäftlich unterwegs.«

»Was für Geschäfte?«

»Na ja, du weißt doch, Oliver, sein Familienunternehmen.«

»Ja, klar, aber hat er denn nie Arbeit mit nach Hause gebracht?«

»Nicht dass ich wüsste. Glaubst du, sein Tod hat etwas mit seiner Arbeit zu tun?«

Ich zuckte die Achseln. Aus irgendeinem Grund wollte

ich nicht alles preisgeben, was ich wusste. »Das Ganze ist mir ein Rätsel. Mir tut richtig der Kopf weh, wenn ich darüber nachdenke.«

»Bunny ist zu Hause«, sagte Dave. Er legte meine Hand wieder in seine Armbeuge, und wir gingen in Richtung Bank Street, wo Bunny wohnte. »Wir schauen einfach mal bei ihm vorbei. Bunny hat immer ganz gute Eingebungen.«

Bunny lebte in einer fantastischen Wohnung; er hatte sie von Elinor Wylie übernommen, hatte einen großen Mahagonischreibtisch hingestellt und ein Bild von Whistler aufgehängt. Er war wieder ganz er selbst, trug ein schickes Jackett und schien ziemlich beschwippst.

Bunny kam aus einer bekannten Familie, lauter Akademiker, Ärzte und Anwälte. Man hatte ihn in Princeton studieren lassen, in der Erwartung, dass er einmal ein berühmter und wichtiger Mann sein würde und nicht nur Redakteur bei *Vanity Fair*. Aber was für seine Familie eine Enttäuschung zu sein schien, war für uns ein Gewinn. Er war ein einfühlsamer Lektor, ein hochintelligenter Gesellschafter und ein guter Freund. Er begrüßte uns überschwänglich.

»Booth-Martinis?«, lallte er und schwankte in einem mystischen Takt. »Ich habe gerade einen getrunken und mixe schon 'nen nächsten.«

Dave ging aufs Klo, während ich, an den Eiskasten gelehnt, zuschaute, wie Bunny rührte und dann mit unsicheren Bewegungen die berauschende Flüssigkeit auf drei Kristallgläser verteilte.

»Was ist mit dir und Dave?« Seine Augen glitzerten dämonisch, als er uns die Drinks eingoss.

»Bunny«, sagte ich mit sanfter Stimme. »Kate wird vermisst.«

»Vermisst?« Er starrte mich verständnislos an. »Was heißt vermisst? Würdest du das Tablett für mich herunterholen, Oliver? Ich kann mich immer noch nicht richtig bewegen.« Er holte ein weißes Tütchen aus seiner Tasche und schüttete den Inhalt in eins der Gläser. »Ein Mittel gegen meine Schmerzen.«

Ich holte das Tablett herunter, und während er die Gläser daraufstellte, erzählte ich ihm, was ich wusste. »Es ist der reinste Albtraum. Wie bei Edgar Allan Poe in *Der Untergang des Hauses Usher*.«

»Du musst dir merken, in welches Glas ich das Pulver geschüttet habe, Oliver. Das ist ziemlich starker Stoff«, sagte er. Aus irgendeinem Grund grinste er zufrieden in sich hinein. »Oder noch besser – vergiss es.« Er steckte das Tütchen wieder in die Tasche.

Ich musterte ihn misstrauisch. »Was hast du vor?«

Er lächelte mich freundlich an, aber seine Augen verrieten ihn. »Ich weiß, dass Fordy in Yale Probleme hatte. Wegen pornografischer Bilder.« Er legte Servietten auf das Tablett mit dem Cocktailmixer.

»Das stimmt«, sagte Dave. Er trat hinter mich und küsste mich auf den Nacken. »Ich hatte es schon ganz vergessen.«

»Fordy ist von der Uni geworfen worden, weil er pornografische Bilder gemalt und verkauft hat«, sagte Bunny und warf Dave einen geringschätzigen Blick zu. »Ich frage mich, ob …« Er schwieg. Wir schauten uns an.

»Aber lohnt es sich, deswegen jemanden umzubringen?«, warf ich ein. »Und lohnt es sich, eine erfahrene Agentin wie Adeline Zimmerman loszuschicken, damit sie verdeckt ermittelt, ob jemand kommerziell pornografische Bilder herstellt?« Dave und ich gingen in den Salon und ließen uns auf das Sofa plumpsen.

Bunny folgte uns ein paar Sekunden später und sagte: »Vielleicht hat sie für Comstock gearbeitet« – womit er den berühmt-berüchtigten und inzwischen verstorbenen Anthony Comstock meinte, der die New Yorker Zensurbehörde gegründet hatte. Er stellte das Tablett ab, und ehe wir nach unseren Gläsern greifen konnten, schob er sie hin und her wie ein Trickbetrüger beim Hütchenspiel, wenn man raten muss, unter welcher Walnussschale sich die Erbse befindet. Er beäugte mich mit begehrlichen Blicken.

»Was geht hier vor sich?«, fragte Dave.

»Bunny hat sein betäubendes Schmerzmittel in einen der Drinks geschüttet, und jetzt hat er die Gläser herumgeschoben, sodass nur noch Gott allein weiß, in welchem Glas sich das Pulver befindet.«

Dave schien irritiert.

»Unsinn«, widersprach Bunny. »Wir wissen alle, dass Oliver eine lebhafte Fantasie besitzt.« Er nahm ein Glas und sagte herausfordernd: »Na, hast du Angst?«

Dave zuckte die Achseln. Er reichte mir ein Glas und nahm selbst das letzte. Wir prosteten uns gegenseitig zu.

Bunny sagte: »Okay, derjenige, der wach bleibt, bekommt Oliver.«

»Moment mal!«, protestierte ich. »Ich treffe selbst meine Entscheidungen. Mich bekommt keiner!«

Es dauerte nicht lange, bis der ganze Raum verqualmt war und wir die zweite Runde Martinis getrunken hatten. Dave äffte noch einmal Red Farrell nach, was wir alle sehr komisch fanden. Ich war abgelenkt, so viel ist sicher. Bunny redete über Dostojewski, dann erhob er sich bedächtig und ging aus dem Zimmer.

Dave und ich fielen auf dem Sofa übereinander her und küssten uns, betrunken wie wir waren. Aber meine Gliedmaßen wurden immer schwerer, ich konnte kaum noch die Augen offen halten. Ach, dann war ich also diejenige, die das Mittel getrunken hatte!

»Jetzt ist aber Schluss!«, rief Bunny, als er ins Zimmer zurückkam. Er legte einen Stapel Papier auf den Fußboden und befahl Dave, uns das erste Kapitel seines Romans vorzulesen. Dave kniete nieder und griff nach dem Manuskript, sank aber immer mehr in sich zusammen, was unglaublich komisch aussah. Wie vom Blitz getroffen schaute er mich an und kippte um, das Gesicht nach unten.

Ich kniete neben ihm nieder und schüttelte ihn. Die Antwort war ein lautes Schnarchen.

Leise lachend sagte Bunny: »Tja, ich glaube, jetzt wissen wir, wer meinen Drink erwischt hat.«

»Das ist aber gar nicht nett von dir, Bunny«, tadelte ich ihn streng. »Du hast das absichtlich getan!« Ich strich Dave über die Haare, legte meine Wange an seine und richtete mich wieder auf. »Was sollen wir jetzt mit ihm machen?«

»Lass ihn einfach auf dem Boden weiterschlafen. Sieht doch ganz bequem aus.« Bunny klopfte mit der Hand auf das Sofa. »Komm, setz dich zu mir.«

Na, meinetwegen, dachte ich, was soll schon passieren. Und Bunny hatte jede Menge Gin. Wir tranken den Rest Martini, unterhielten uns über die Texte von Stephen Benét und Elinor und über ihre Ehe. Bunny schlief ein, den Kopf in meinem Schoß.

So saß ich noch eine Weile da, umgeben von zwei potentiellen Liebhabern, die um die Wette schnarchten, und dachte über mein rastloses Leben nach. Was wollte ich vom Leben? Wie lange konnte ich noch so weitermachen? In meinem Kopf drehte sich alles. Vielleicht döste ich sogar ein.

Es war schon spät, als ich hinaus auf die menschenleere Straße trat. Ich war etwas betrunken und musste auf dem vereisten Gehweg doppelt aufpassen. Ich weiß nicht, wann ich das Auto bemerkte, das mir folgte. Es war eine schwarze Limousine. Sie hielt neben mir an, die Wagentür öffnete sich.

»Einsteigen!« Das war eine Aufforderung, die keinerlei Widerspruch duldete.

Ich hatte keine andere Wahl.

51

»Wie kommt's, dass 'n nettes Mädchen wie Sie mitten in der Nacht allein durch die Straßen spaziert?« Monk Eastman tippte seinem Fahrer, einem ziemlich grob geschnitzten Kerl in schwarzem Anzug und mit Bowler-Hut, dezent auf die Schulter und sagte: »Zum Blue Bird, Shmeul.«

Ob ich erleichtert war? Na klar, aber es dauerte eine ganze Weile, bis ich kapierte, dass ich nicht in Lebensgefahr schwebte. Mein Herz pochte so wild, als wollte es sich aus seinem Käfig befreien, und selbst die bizarr wohlwollende Gegenwart von Monk Eastman konnte den Motor meiner Emotionen nicht verlangsamen, genauso wenig wie die rote Katze, die auf seinem Schoß lag.

Ich japste: »Wollen Sie mich entführen?«

Er tätschelte meine Hand. »«Wir sind nur die Straße entlang gefahren und haben Se da gehn sehen, stimmt doch – was, Shmeul? Also sag ich, wir können Miss Olivia nicht allein auf der Straße rumlaufen lassen, wie eine ordinäre ...« Er beugte sich vor und schnippte Shmeul strafend gegen den Nacken, als wäre er derjenige, der um ein Haar »Hure« gesagt hätte. »Also sag ich zu Schmeul: Bringen wir se doch lieber nach Hause.«

Shmeul nickte, oder jedenfalls bewegte sich sein Hut.

Es war lächerlich, aber ich fing schon wieder an zu schluchzen, das zweite Mal an diesem Abend. Vielleicht wollte ich eine Sammlung mit den Taschentüchern der verschiedenen Männer anlegen.

»Aber wenn ich Se jetzt so aus der Nähe sehe, da sehn Se aus, als würd Se der nächste Windstoß wegtragen, und deshalb denk ich, Se sollten mal was Anständiges essen, damit Se 'n bisschen Fleisch auf die Knochen kriegen«, sagte mein Pflegevater.

»Was ist der Blue Bird?«

»Ach, 'ne Pinte in der Fourteenth Street. Da kennen se

mich. Ham Se echt gedacht, Se werden entführt? Hörste das, Shmeul?«

Ich lehnte mich zurück. »Vor ein paar Tagen haben ein paar Männer versucht, mich und meine Freundin Mattie mit Waffengewalt zu entführen, als ich in einem Gebäude in der Beaver Street war.«

»Das weiß ich«, sagte Monk. »Das würden se sich nicht trauen, jedenfalls nicht, wenn ich in der Gegend bin. Lupo weiß genau, dass Se unter meinem speziellen Schutz stehn. Aber ich will lieber kein Risiko eingehn, deshalb passen wir auf Se auf.«

Die Angst, der Gin, die Erleichterung – alles zusammen wirkte wie das Beruhigungsmittel, das ich bei Bunny nicht getrunken hatte. Aber ich wollte Monk Eastman unbedingt noch ein paar Fragen stellen. Mit letzter Kraft gelang es mir zu fragen: »Was will dieser Lupo von mir?«

»Er glaubt, Se mischen sich in seine Angelegenheiten ein.«

»Ich versuche herauszufinden, warum zwei liebe Menschen umgebracht wurden. Und warum ein Mann, der angeblich ein Unternehmen führt, das aber gar keins ist, jede Menge Geld hat, warum … Ich glaube, Lupo ist …« Ich merkte, wie ich den Faden verlor, und schüttelte mich, um wach zu bleiben. »Verantwortlich …«

»Ja, klar, Lupo hat 'ne Investition gemacht, die er nich sausen lassen will. Und da geht's nich um Schnapsschmuggel. Ich kümmer mich drum. Sie sollen weiter Gedichte schreiben, und überlassen Se den Lupo lieber mir.«

Ich biss mir auf die Unterlippe, um wach zu bleiben. Vielleicht hatte Bunny in alle drei Gläser eine Portion Schlafpulver gegeben! »Bitte, Mr. Eastman«, brachte ich noch über die Lippen. »Würden Sie mir sagen, wann Sie das herausgefunden haben?«

Statt einer Antwort kam eine Frage: »Wer ist der mit dem Bart?«

Bart? Ich konnte nicht geradeaus denken. »Ach, Sie

meinen Dave. Er ist Schriftsteller.« Er war mir also bis zu Bunnys Haus gefolgt und hatte gewartet. »Weshalb fragen Sie?«

Ich muss zugeben, dass ich nicht mehr weiß, was er antwortete und ob er überhaupt etwas antwortete. Auf jeden Fall sagte er irgendetwas von gesundem, nahrhaftem Essen, aber ich kann mich an nichts mehr erinnern, bis Harry sagte: »Verflucht noch mal!« Da schlug ich die Augen auf und merkte, dass ich in Harrys Armen lag.

»Ich nehme an, ich habe das nahrhafte Essen verpasst«, sagte ich, als Harry mit einem Fußtritt die Tür hinter sich schloss und mich ohne weitere Umstände auf sein schreckliches Sofa legte.

»Was machst du nur für Sachen, Oliver? Weißt du überhaupt, wer dich hierhergebracht hat?«

»Monk Eastman?«, piepste ich. Aber jetzt war ich hellwach und gab Harry zu verstehen, dass ich gern eine Zigarette rauchen würde.

»Hätte sein können. Es war Shmeul, sein Fahrer und Leibwächter. Hat lange wegen Mordes gesessen.« Er gab mir Feuer, allerdings mit verdrossener Miene. Und er ließ mich nicht aus den Augen.

»Ach, hör auf, Harry. Ich habe nichts mit Monk Eastman. Er hat mitgekriegt, dass ich spät nachts aus Bunnys Haus gekommen bin, und da hat er mich nach Hause gefahren. Bunny hat sein Schmerzmittel in einen der Drinks geschüttet und dann die Gläser vertauscht. Dave ist sofort eingeschlafen. Ich bin irgendwann gegangen.«

Harry musterte mich mit zusammengekniffenen Augen. An der Farbe der Umrandung konnte man noch sehen, dass er zwei blaue Augen gehabt hatte. Ich merkte, dass er immer noch böse auf mich war. Also lächelte ich ihn an.

Er setzte sich an seinen Schreibtisch und sagte: »Jemand hat die Glühbirne im Vestibül herausgeschraubt.«

»Ich weiß. Red Farrell stand auf der anderen Straßenseite und hat das Haus beobachtet. Er muss gedacht haben, Dave ist ein Einbrecher, denn er war sofort zur Stelle, als Dave kam. Ich weiß es ja zu schätzen, dass du mich beschützen willst, Harry, aber das ist echt zu viel.«

»Ich habe Red doch gar nicht gebeten, auf dich aufzupassen, das habe ich dir schon mal gesagt, Oliver. Du bist erwachsen und selbstständig – wie du mir ja immer wieder versicherst. Du kannst selbst auf dich aufpassen.« Er zündete sich eine Zigarette an und legte die Füße auf den Schreibtisch.

»Danke«, sagte ich, obwohl ich wusste, dass er das durchaus ironisch meinte. »Monk hat gesagt, dass Lupo mich nicht mehr behelligen wird und dass er, Monk, sich mir zuliebe näher anschauen wird, was Lupo so treibt.«

»Dir zuliebe? Ja, klar! Dieser Kerl ist echt ein Witzbold. Ich sage dir, er rührt doch keinen Finger, wenn es ihm nicht irgendwie nützt. Lupo hat lukrative Geschäfte gemacht, von denen Monk nichts weiß. Also muss er es erkunden. So ein kleiner Bandenkrieg würde uns gerade noch fehlen.«

»Aber er ist doch begnadigt worden.«

»Das stimmt, nur heißt das noch lange nicht, dass er jetzt ein tugendhafter Bürger ist.«

»Harry, du glaubst einfach nicht an das Gute im Menschen.«

Wir starrten einander stumm an und rauchten. Schließlich fragte ich ihn: »Und? Hattest du einen schönen Abend?«

»Ich hatte vor allem einen sehr informativen Abend. Ich habe ihn mit einem Menschen verbracht, der sehr viel weiß. Dieses Wissen wird uns allerdings eine Kiste Gin kosten.«

»Was soll das heißen?«

»Fordy ist dieses Jahr fünf Mal nach Italien gefahren, und jede dieser Reisen hat einen Monat oder sechs Wochen gedauert.«

»Er ist Maler«, sagte ich, ohne selbst an das zu glauben, was ich sagte. »Vielleicht hat er in Florenz und Rom die Kunstmuseen besucht.«

»Er war in Rom, das stimmt, aber er hat nicht dort gewohnt. Die Reisen verliefen immer nach dem selben Muster: Er hat in einem Hotel ein Zimmer genommen und hat eine Nacht dort geschlafen. Am nächsten Morgen hat er bezahlt, dann ist er verschwunden. Etwa einen Monat später taucht sein Name wieder auf der Passagierliste eines Überseedampfers auf, und er macht sich auf die Heimreise.«

52

»Ich habe das falsch eingeschätzt«, gab Bunny zu, als wir zwei Abende später im Brevoort vor unseren mit Gin gefüllten Teetassen saßen. Er meinte damit aber nicht seine Aktion mit dem Schmerzmittel, denn er weigerte sich, diese als falsch oder unangebracht anzusehen, sondern das Stück *Haus Herzenstod* von George Bernard Shaw, das wir gerade gemeinsam gesehen hatten. »Als ich es gelesen habe, dachte ich, es ist todlangweilig, so ähnlich wie sein Schauspiel *Mesalliance*.«

»Ja, aber es ist wirklich völlig anders«, sagte ich. »Es war doch richtig spannend, obwohl ich natürlich immer Anklänge an Tschechows *Kirschgarten* herausgehört habe.«

Er nickte. »Stimmt genau. Shaw hat die Landhaus-Unterhaltung perfektioniert, die er in *Mesalliance* ausprobiert hat.«

Bunny ging oft mit mir ins Theater, ins Konzert oder in die Oper. Eigentlich machten mir solche Veranstaltungen mit ihm am meisten Spaß, weil wir uns anschließend immer so angeregt unterhalten konnten.

Larry Langner und die Theatre Guild hatten die amerikanische Erstaufführung von *Haus Herzenstod* gespielt. Vor einem Monat war die Premiere gewesen, und die Kritiker hatten sich überschlagen vor Begeisterung.

Unser Gespräch verstummte, und einen Moment lang starrten wir beide in unsere Teetassen, ohne auf den abendlichen Trubel um uns herum zu achten. Wir hingen den Gedanken nach, die uns zur Zeit am meisten beschäftigten.

Ein Kellner kam vorbei und tauschte unseren vollen Aschenbecher gegen einen leeren aus, und Bunny fragte mich: »Wie läuft's eigentlich mit deinem Buch? Ich bin sehr gespannt darauf.«

Ich drückte seine Hand. Bunny ist ein wunderbarer Lektor und hat immer Zeit, wenn man seine Hilfe braucht. Seine Kritik ist konstruktiv und klug. »Ich glaube, ich muss mich in mein Zimmer einschließen und es fertig schreiben. Die Ereignisse der letzten Wochen haben mich nicht gerade inspiriert.«

Während ich redete, kam mir plötzlich ein interessanter Gedanke. Fordy hatte zu den Leuten gehört, die von der Psychoanalyse besessen waren und ständig über ihre Therapie redeten. Er hatte auch darüber gesprochen, als wir zusammen essen waren. Wie viel wusste sein Analytiker?

»Nicht inspiriert? Aber das kann doch *dir* nicht passieren, Oliver!« Bunny führte meine Hand an seine Lippen. »Dir nicht.«

Um schon im Voraus abzuwehren, was jetzt mit Sicherheit kommen würde, fragte ich ihn nach Daves Roman.

Ohne seine Enttäuschung zu kaschieren, widmete er sich wieder seinem Drink. »Gar nicht übel, allerdings eher aus dem Bauch heraus geschrieben als mit dem Kopf. Väter und Söhne – das ist ein Thema, das ich sehr gut nachvollziehen kann, allerdings kenne ich es nicht im Kontext der Generation der Immigranten und ihrer amerikanischen Nachkommen. Aus dem Milieu stammt er ja.«

»Die Familiensaga der Wolfes?«

»Vermutlich. Aber ich kenne ihn schon eine ganze Weile, und er hat noch nie darüber gesprochen.«

»Wie lange kennt ihr euch?«

»Wir sind uns in Paris begegnet, damals, mit Jack. Die beiden haben gemeinsam in Harvard studiert und sich zufällig in einem Bistro wiedergetroffen. Dave war Rotkreuzfahrer und auf dem Weg zurück zur Front. Nach dem Krieg wollte er Medizin studieren.«

»Hat es aber nie getan.«

»Wir waren am Ende des Krieges alle völlig verändert. Für uns war nichts mehr wie früher.« Seine Miene verdüsterte sich. »Ich war felsenfest davon überzeugt, dass ich vor Jack sterben würde. Er war der lebendigste Mensch, den ich je gekannt habe.«

Jetzt waren wir beide traurig und beschlossen, nach Hause zu gehen.

Ich erwachte in den frühen Morgenstunden, als das Milchauto vor meinem Haus hielt und das Flaschengeklirr durch die Straßen des Village tönte. Im dämmrigen Schatten meines Zimmers sah ich Jack Reed, wie er sich über meine Schreibmaschine beugte und das Gedichtfragment las, das ich dort zurückgelassen hatte.

»Jack«, flüsterte ich, von einer unstillbaren Sehnsucht erfüllt.

Als er sich zu mir umdrehte, sah ich durch ihn hindurch die Umrisse meiner Schreibmaschine. »Wir wären ein Liebespaar gewesen, wie es die Welt noch nie erlebt hat«, sagte er mit einem sanften, wehmütigen, irischen Lächeln, und dann verschwand sein Bild.

Danach kann ich mich an nichts mehr erinnern, bis Mattie mich aus tiefem Schlaf holte. Beim Aufwachen hatte ich ganz stark das Gefühl, etwas ungeheuer Wertvolles verloren zu haben. Ist es möglich, einen Schatten zu lieben?

»Drunten erwartet dich ein sehr vornehmer Herr«, sagte Mattie, stellte ein Tablett auf meinen Nachttisch und goss mir Tee ein.

Ihre Stimme klang irgendwie komisch, als wollte sie nicht so richtig heraus mit der Sprache. »Was für ein vornehmer Herr? Doch nicht Thomas, oder?« Der einzige Gentleman, den ich kenne, außer meinem Verleger, ist Thomas Jenner, mein Rechtsanwalt.

»Nein, es ist nicht Thomas«, sagte sie und gab mir eine Visitenkarte.

Auf der Karte stand: »Dr. William Henry Adolphus.«

53

»Verdammt.« Geistesabwesend wickelte ich seine Karte um meinen Finger. Davon wurde sie ganz lebendig, hüpfte in die Luft und landete auf meiner Schreibmaschine. »Das ist dieser ekelhafte Kerl aus New Haven, du weißt schon – Fordys ehemaliger Professor.«

»Ich wusste doch, dass ich den Namen irgendwoher kenne!« Mattie zog die Vorhänge auf und begann, an meiner Bettdecke zu zupfen. »Soll ich ihm lieber sagen, dass es dir nicht gut geht?«

Es ging mir tatsächlich nicht gut. Das Sonnenlicht des späten Vormittags tat mir in den Augen weh, und mein Kopf pochte. »Nein, ich bin zu neugierig.« Ich stand auf und versuchte, einen vernünftigen Gedanken zu fassen. »Mach ihm doch bitte eine Tasse Tee. Danach kannst du ihn in den Salon sperren und Harry alarmieren.«

Nachdem Mattie gegangen war, saß ich noch eine Weile auf der Bettkante und trank meinen Tee. Adolphus hatte mich gewarnt und gesagt, ich solle mich aus dieser Sache heraushalten – und jetzt stand er plötzlich vor meiner Tür. Das konnte doch nur bedeuten, dass er etwas Wichtiges von mir wollte.

Ich warf mir kaltes Wasser ins Gesicht, kämmte meine Haare und zog eine frische Bluse und meinen alten braunen Rock an, den Mattie gebügelt hatte, wodurch er wieder sehr viel besser aussah. Ich öffnete meine Tür und horchte, ob ich Harry hören konnte. Noch nicht. Ich ließ die Tür angelehnt und setzte mich an meine Schreibmaschine.

Unten ging eine Tür, dann noch eine. Ah, Harrys Stimme! Ich ging die Treppe hinunter, betrat die Küche und drückte einen Kuss auf Matties sorgenvoll gerunzelte Stirn.

»Mach dir keine Gedanken«, sagte ich zu ihr.

Als ich, ganz charmante Dame, die Tür zu meinem Salon öffnete, war Harry gerade dabei, im Feuer zu stochern, während Adolphus auf meinem Sofa Platz genommen hatte, das unter seiner mächtigen Gestalt fast verschwand. Er schien sehr unzufrieden. Ich trat ein, er stand auf, ich reichte ihm die Hand, er verbeugte sich.

»Dr. Adolphus hat mir zu verstehen gegeben, dass er nicht willens ist, mit mir zu sprechen«, sagte Harry mit erlesener Höflichkeit. »Aber alles, was Sie Miss Brown mitteilen wollen, können Sie auch mir sagen.« Harry zog müde die Augenbraue hoch und reichte mir eine Zigarette. »So ist es doch, nicht wahr, Miss Brown?«

»Ja, allerdings, Mr. Melville.« Ich setzte mich in Großtante Evangelines bequemen, aber schon etwas schäbigen Polstersessel. »Ich muss gestehen, dass mich Ihr Besuch etwas überrascht, Professor Adolphus. Als wir uns das letzte Mal gesehen haben, gaben Sie mir unmissverständlich zu verstehen, ich solle mich unter keinen Umständen in die Affäre Vaude-Zimmerman einmischen.«

»Sie haben Recht, Miss Brown, aber es ist etwas geschehen, das meiner Aufmerksamkeit bedarf und wobei ich Ihre Mitarbeit brauche.«

Es passiert mir nicht oft, dass mein irisches Temperament mit mir durchgeht, aber jetzt war es so weit. Ich machte gerade den Mund auf, um meiner Wut Luft zu machen, da meldete sich Harry zu Wort: »Darf ich fragen, was Sie unter ›Mitarbeit‹ verstehen, Professor Adolphus?«

Frustriert verschränkte ich die Arme vor der Brust und wartete. Harry hatte mich zwar zum Schweigen gebracht, aber nur vorübergehend.

Der alte Herr schien sich nicht recht wohl zu fühlen. Er nahm seinen Kneifer ab, rieb sich den Nasenrücken und setzte dann den Kneifer wieder auf. »Sie besitzen einen Band mit Gedichten, Miss Brown, und dieses Buch ...«

»Ich besitze sehr viele Gedichtbände, Professor Adolphus«, entgegnete ich.

»Ich spreche von den Werken von John Donne«, sagte Adolphus.

»John Donne?« Harry und ich schauten uns an.

»Ja. Soviel ich weiß, besaß Miss Zimmerman einen Band mit Gedichten von John Donne, und als Sie am Wochenende bei den Vaudes waren, wurde Ihnen Miss Zimmermans Zimmer zugewiesen, und es könnte sein, dass Sie, aus Versehen, versteht sich, dieses Buch mitgenommen haben.«

»Wie eigenartig«, sagte ich. »Schon bevor wir Adelines Leiche gefunden haben, herrschte ein heilloses Durcheinander. Wir haben in aller Eile gepackt, und als ich meinen Koffer dann hier wieder ausräumte, habe ich tatsächlich ein Buch mit Gedichten von John Donne entdeckt.«

»Ich wäre Ihnen sehr dankbar, wenn Sie es mir zurückgeben würden.«

»Wieso Ihnen?«, wollte Harry wissen.

»Weil ich Adeline Zimmermans Patenonkel bin und weil ihre Besitztümer für mich einen hohen emotionalen

Wert besitzen.« Seine Stimme brach, und ich hätte bestimmt Mitleid mit ihm bekommen, wenn ich nicht gewusst hätte, dass mehr dahinter stecken musste.

»Nun ja«, sagte ich freundlich. »Ich möchte Ihnen mein Beileid aussprechen. Selbstverständlich können Sie das Buch haben. Wenn Sie und Mr. Meville mich einen Moment entschuldigen, gehe ich schnell nach oben und sehe nach, ob ich es finde.«

»Aber selbstverständlich«, entgegnete Harry so zuvorkommend wie selten.

Ich nahm immer zwei Stufen auf einmal, als ich nach oben rannte. Was hatte es mit Adelines John Donne auf sich? Warum war uns nichts aufgefallen? Wie konnte ich ihr Buch von meinem unterscheiden?

Es war wesentlich leichter, als ich erwartet hatte. Ich blätterte die Bücher abwechselnd durch, immer ein paar Seiten auf einmal, damit ich sie besser vergleichen konnte. Etwa ab der Hälfte sah ich immer wieder fast unsichtbare Bleistiftanmerkungen am Rand. Sie schienen in einer Art Kurzschrift verfasst zu sein. Ich klappte also Adelines Donne zu und schob ihn unter mein Kopfkissen. Das Buch, das ich Professor Adolphus übergab, war der Band, den ich von Mama Danenberg geschenkt bekommen hatte.

»Vielen Dank, das ist sehr freundlich von Ihnen«, sagte der Professor und hatte es plötzlich sehr eilig. Er nahm seinen Mantel von der Garderobe im Flur und holte seinen Stock aus dem Ständer.

»Noch eine kurze Frage«, sagte Harry.

»Ja?« Professor Adolphus rückte seinen breitkrempigen Hut zurecht.

»Wie kommt es, dass Sie von diesem Gedichtband wussten?«, fragte Harry.

Oh, Harry! Ich war so perplex gewesen, als Professor Adolphus hier auftauchte, dass mir die nächstliegende Frage nicht eingefallen war.

Adolphus schwieg, die Hand schon auf dem Türknauf. Mattie kam aus der Küche, und so standen wir alle drei vor ihm und warteten auf eine Antwort.

»Kate Vaude«, sagte er.

»Kate? Aber Kate wird vermisst, niemand weiß, wo sie steckt! Es kann sein, dass sie gar nicht mehr lebt.«

»Ich darf Ihnen versichern, dass sie noch lebt, Miss Brown. Sie steht unter meinem Schutz.«

»Unter Ihrem Schutz, Professor Adolphus?«, rief ich. »Und wie sieht dieser Schutz aus, wenn ich fragen darf?«

»So wie der Schutz, den Sie Adeline Zimmerman angeboten haben?«, fragte Harry. Er schaute unserem Besucher unverwandt in die Augen. »Ein Hoch auf den *Secret Service*!«

Ich war fassungslos. »Auf den Secret Service?«

Adolphus' Gesicht verfärbte sich dunkelrot vor Wut. »Wir kümmern uns um unsere Leute, Mr. Meville.«

53

Also sprach Adolphus.

Ohne ein weiteres Wort zu verlieren, eilte er die Stufen hinunter, schnell und behände wie ein junger Mann. Und wenn mich jemand gefragt hätte, dann hätte ich unumwunden zugegeben, dass diese Neuigkeit Mattie und mir die Sprache verschlug.

Schließlich holten Harrys Flüche uns in die Wirklichkeit zurück. Und schon fingen wir alle drei gleichzeitig an zu reden.

»Secret Service!«, rief Mattie und ging in die Küche. Wir folgten ihr.

»Adeline war beim Secret Service!«, sagte ich, während ich drei Gläser aus dem Schrank holte. »Woher hast du das gewusst, Harry?«

Harry goss eine ordentliche Portion Gin in jedes Glas. »Ich habe Freunde an höchster Stelle«, verkündete er voller Stolz. »Deswegen hat Nolan sich so aufgeführt.«

»Er gehört auch zum Secret Service, stimmt's?«, sagte Mattie. »Ich glaube, Gerry wird sich darüber gar nicht besonders wundern. Er hat gleich gedacht, dass Nolan für die Regierung arbeitet. Und Addie ebenfalls.«

»Du hast das richtige Buch behalten?«, erkundigte sich Harry.

»Ja, klar.« Ich rannte nach oben und kam mit Adelines Donne-Gedichten zurück. »Etwa in der Hälfte hat sie angefangen, mit Bleistift Anmerkungen an den Rand zu schreiben.« Ich gab Harry das Buch. »Aber ich kann die Kritzeleien leider nicht entziffern.«

Harry starrte auf die Bleistiftnotizen und blätterte die Seiten durch. »Das ist ein Geheimcode.«

»Dann heißt es, dass es so ist, wie wir es uns gedacht haben: Adolphus und Nolan wissen, warum Adeline bei den Vaudes war. Sie wissen aber nicht, was sie herausgefunden hat. Vielleicht steht es in diesem Buch.«

»Darfst du das Buch dem Secret Service vorenthalten?«, fragte Mattie mit leiser Stimme.

»Sie ist wirklich eine ehrliche Haut, unsere Mattie, findest du nicht, Harry?«, sagte ich. »Sie ist unser moralisches Barometer.«

»Stimmt, Oliver.«

Mattie wurde rot. »Hört auf mit dem Quatsch, ihr zwei!«

»Aber wir haben natürlich keine Ahnung, ob Adolphus uns die Wahrheit gesagt hat«, bemerkte Harry.

»Und wir wissen auch nicht, ob Kate tatsächlich in Sicherheit ist.«

»Wir können Gerry bitten, der Sache nachzugehen, oder?«, schlug Mattie vor.

»Ja, das können wir.« Harry grinste sie an. »Wie wär's, wenn du ihn zum Abendessen einladen würdest, während ich versuche, Adelines Notizen zu entschlüsseln. Und Oliver …«

»Oliver macht jetzt einen Termin beim Psychoanalytiker«, sagte ich.

»Beim Psychoanalytiker?« Harry und Mattie schauten mich völlig verdattert an.

»Bei jemandem, den Fordy Vaude mir sehr empfohlen hat«, sagte ich.

Dr. Kuhmer. Was für ein unpraktischer Name für einen Arzt! Ich bat das Fräulein vom Amt, mich zu der Nummer durchzustellen, die ich im Telefonbuch gefunden hatte. Es klingelte vier Mal, dann antwortete eine Frauenstimme mit Wiener Akzent.

»Hier Praxis Dr. Kuhmer. Was kann ich für Sie tun?«

»Mein Name ist Olivia Brown. Ich wollte fragen, ob Dr. Kuhmer heute noch einen Termin für mich hat.«

»Tut mir Leid, aber wir haben keinen Termin mehr frei, Miss Brown.« Dann hörte ich gedämpftes Stimmengemurmel – die Sprechstundenhilfe hatte die Hand über den Hörer gelegt.

Nach einer Weile meldete sich eine Männerstimme: »Hier ist Dr. Kuhmer. Habe ich die Ehre, mit Miss Olivia Brown, der Dichterin, zu sprechen?« Er sprach ein einwandfreies Amerikanisch, ohne jeden Akzent.

»Ja.«

»Ich werde sehen, was ich für Sie tun kann, meine Liebe.« Auf diese verblüffende Mitteilung hin folgte postwendend: »Wie wär's mit drei Uhr, heute Nachmittag?« Es war fast so, als hätte er auf meinen Anruf gewartet.

Seine Praxis lag in einem Brownstone-Haus in der Tenth Street, zwischen Fifth Avenue und Sixth Avenue. Breite Stufen führten zu einer Eichentür hinauf, an der ein Adventskranz mit einer knallroten Schleife hing. Am Fuß der verschneiten Treppe blieb ich stehen, um einen Mann vorbeigehen zu lassen, der gerade aus dem Haus gekommen war. Na, so was – es war kein anderer als mein Freund Whit Sawyer.

»Oliver!«, rief er und schloss mich in die Arme. »Dann hast du dich also endlich aufgerafft, meinen Rat zu befolgen!«

Ich machte mich los. »Deinen Rat?«

»Du gehst doch zu Dr. K., stimmt's?«

»Es ist das erste Mal …«

»Du brauchst gar nichts zu sagen. Ich sehe doch, dass du eine Erleuchtung hattest. Und ich garantiere dir, du wirst eine völlig neue Freiheit finden – als würde das ganze schlechte Blut aus dir herausfließen und durch neue, kreative Säfte ersetzt werden.«

»Ja, bestimmt«, sagte ich. Ich kann mir beim besten Willen nicht erklären, wie ein erwachsener Mann oder eine erwachsene Frau so viel Zeit auf eine Analyse verschwenden kann. »Bist du bei Dr. Kuhmer?«

»Ja, seit einem Jahr. Das war Fordys Termin, weißt du. Ach, der arme Kerl. Aber Dr. K. versteht den kreativen Geist.«

»Ich freue mich, dass ich ihn jetzt kennen lerne.« Ich warf Whit eine Kusshand zu.

Oben an der Treppe klingelte ich. DR. SIDNEY KUHMER stand sehr diskret auf dem Schild. Während ich wartete, trat ich wegen der Kälte ungeduldig von einem Fuß auf den anderen. Es war zehn vor drei.

Als niemand kam, drehte ich den Knauf. Die Tür öffnete sich. Ich trat in ein kleines Foyer mit Garderobe und Hutablage. Auf dem Fußboden lagen zwei verblasste orientalische Teppiche, die sich teilweise überlappten. Ich hängte meinen Mantel an die Garderobe, neben einen grauen Herrenmantel mit Hut.

Vom Foyer ging ein Wartezimmer ab, das mit einem kleinen Sofa, zwei Polstersessel und einem weiteren verblassten Perserteppich ausgestattet war. Die eher gedämpfte Beleuchtung kam von einer Messinglampe mit einem bunten Bleiglasschirm. An der Wand hingen Bilder mit ländlich idyllischen Szenen.

Ich wollte mich gerade hinsetzen, als die Tür aufging und ein Mann mich hereinwinkte. Er war normal groß, normal dick und hatte schütteres Haar. Überhaupt hatte er gar nichts Auffälliges an sich, bis auf die tiefen Längsfalten in der Stirn und die Tränensäcke unter den Augen. Obwohl ich ihn noch nie gesehen hatte, kam er mir irgendwie bekannt vor.

»Ich freue mich sehr, dass ich Sie endlich persönlich kennen lerne«, sagte er und deutete auf einen Stuhl, der vor einem großen Schreibtisch stand. Ansonsten befanden sich im Raum noch ein hoher Bücherschrank mit Glastüren und die geheimnisumwobene Analytikercouch.

»Persönlich? Haben wir denn vor heute schon einmal miteinander gesprochen?« Der Sitz des Stuhls war ungewöhnlich hoch, sodass ich mit den Füßen nicht auf den Boden kam. Ich fühlte mich wie ein Kind, dem eine Lektion erteilt werden soll.

»Nun ja, ich habe viel über Sie gehört, vor allem von …« Er unterbrach sich und strahlte mich an. »Es ist mir eine Ehre, dass Sie sich von mir analysieren lassen wollen.«

»Haben Sie von Ihren anderen Patienten etwas über mich gehört? Wollten Sie das sagen? Von Fordy und Whit. Aber es tut mir schrecklich Leid, Dr. Kuhmer, ich komme nicht als Patientin zu Ihnen.«

»Sie leiden an einer Krankheit«, sagte er unvermittelt, ohne auf das einzugehen, was ich gerade gesagt hatte.

»Fordy ist tot, wie Sie ja sicher wissen. Er ist umgebracht worden. Weil er in irgendeine Sache verwickelt war, deretwegen er immer wieder für mehrere Wochen nach Italien fahren musste. Irgendein lukratives Geschäft.«

»Sie ruinieren sich, weil Sie zu viel trinken, weil Sie sich der freien Liebe hingeben …« Ich hörte mir seine Vorhaltungen geduldig an, weil ich ja unter einem Vorwand gekommen war und verstehen konnte, dass er sich ärgerte.

»Ich möchte Sie bitten, Dr. Kuhmer, der Polizei mitzuteilen, was Fordy Ihnen anvertraut hat. Nur dadurch können weitere Morde verhindert werden.«

Er zündete sich eine Zigarre an und musterte mich wie die Katze eine Maus. »Sie sind sich Ihrer Geschlechtsidentität nicht sicher, meine liebe – mein lieber Oliver.«

Ich hatte keine Lust, für ihn die Maus zu spielen. »Da gibt es nicht die geringste Verwirrung«, entgegnete ich. »Ich liebe alle meine Freunde. Ich liebe mein Leben.«

»Sie werden es nicht lange genießen können«, sagte er finster.

Ich stand auf. »Ich genieße es jetzt, hier und heute, und es ist wunderwunderschön. Und ich glaube, die Polizei wird herausfinden, dass Fordy sich Ihnen anvertraut hat.«

Die Luft war eiskalt, und das Sonnenlicht verblasste schon. Aber Dr. Kuhmers feindselige Haltung verblasste nicht. Ich spürte seinen Zorn, auch als ich, ohne auf Schnee und Eis zu achten, schnell zur Fifth Avenue lief und dann in Richtung Washington Square weiterging. Den Weihnachtsbaumverkäufern, die mir ihre Ware anpriesen, schenkte ich kaum Beachtung.

Dann verlangsamte ich meinen Schritt und versuchte, mich daran zu erinnern, wo ich Dr. Kuhmer schon einmal gesehen hatte, denn ich war mir ganz sicher, dass ich ihn irgendwie kannte. Um mich herum erschallte Musik, vor mir sah ich den großen Triumphbogen auf dem Washington Square. Ich ging unter ihm durch und spürte richtig, wie die Weihnachtslieder mein unruhiges Gemüt besänftigten.

Adolphus, Nolan, Zimmerman. Dr. Sidney Kuhmer war der vierte Mann auf dem *Barbershop-Quartet*-Foto, das ich bei Professor Adolphus gesehen hatte!

55

Ich brodelte innerlich. Die grauen Wolken über mir drohten mich zu erdrücken. Im Gegensatz zu sonst konnte ich mich gar nicht über die Stände mit den Weihnachtsbäumen freuen, die man jetzt an jeder Straßenecke antraf. Dr. Kuhmers Drohung – *Sie werden es nicht lang genießen können* - lähmte mich regelrecht. Ich fror fürchterlich in dieser entsetzlichen Kälte und sehnte mich nach Wärme und Zuwendung, sowohl in menschlicher als auch in flüssiger Gestalt.

Ich hoffte, dass Romany Marie's Gypsy Tea Room für beides sorgen würde. Marie stand wie immer hinter dem Tresen, über ihre anarchistische Zeitung gebeugt, die Arme unter ihrer schweren Brust verschränkt, unter der sie gänzlich verschwanden. Ich wusste, dass ich Romany Marie noch lange mit einer wichtigen Freundin in Verbindung bringen würde, deren Tod mir immer noch wehtat. Diese Freundin und ich waren an dem Tag, an dem sie ermordet wurde, ahnungslos zusammen hier im Tea Room gewesen, und Marie hatte ihr aus der Hand gelesen. Wie viel sie dabei tatsächlich gesehen hat, werde ich wohl nie erfahren.

Marie blickte auf, als ich hereinkam, richtete sich auf und umarmte mich herzlich. Wider Erwarten schossen mir Tränen in die Augen.

Weil sie mich an ihren Busen drückte, konnte ich Celia nicht sehen, aber ihre Stimme hörte ich – irgendwo hinter Marie, hell und unverwechselbar.

»Ich lüge nie! Nur mittelmäßige, sentimentale Menschen lügen.«

Als ich mich aus Maries Umarmung befreit hatte, dachte ich, dass Marie, anders als die meisten von uns, überhaupt nicht streitsüchtig war. Wir hingegen konnten uns oft nicht beherrschen, vor allem, wenn wir zu tief ins Glas geschaut hatten.

Celia sah aus, als wollte sie gerade gehen: Sie war schon vom Tisch aufgestanden. Die dichte Haarmähne hatte sie mit einem bunten Seidenschal gebändigt. Man spürte schon von weitem, wie wütend sie war. Ihre Schimpftirade tönte durch den ganzen Speisesaal, löste aber eher Neugier als Unbehagen aus. Ihr Begleiter saß noch am Tisch und hob verzweifelt die Arme, als müsste er sich irgendwie schützen. Es war Dave Wolfe.

»Schluss damit!«, rief Marie sofort. »Ihrrr störrt meine Gäste!«

Leises Gelächter beantwortete Maries Zurechtweisung, denn wir waren daran gewöhnt, immer und überall zu diskutieren und uns zu streiten, manche Leute mehr, andere weniger. Trotzdem hatte Celias Wut für mich etwas fast Bedrohliches an sich. Aber dann sah sie mich und verstummte.

Sie schluckte kurz, dann rief sie: »Oliver, komm doch bitte hierher und sag Dave, was für ein böser Junge er ist. Kaffee, Marie!« Sie war immer noch nicht versöhnt.

David drehte sich um, lächelte verlegen, stand auf und zog noch einen Stuhl ab. »Jetzt denkt Oliver bestimmt, ich bin eine miese Ratte.«

»Dazu hat sie auch allen Grund, wenn sie erst erfahren hat, was …«

»Ich bin ganz Ohr«, sagte ich und hängte meinen Mantel über den Stuhlrücken.

»Komm schon, zeig's ihr!«, befahl Celia und drückte ihre Zigarette im Aschenbecher aus.

Daves Miene verfinsterte sich. Seine Hände verkrampften sich ineinander. Wie gern hätte ich die feinen dunklen Härchen auf seinem Handrücken berührt, damit sich die Finger wieder öffneten – für mich. Daves Blick begegnete meinem, und mir wurde ganz heiß.

»Mach schon!«, sagte Celia noch einmal, aber ihre Wut hatte nicht mehr dieselbe Kraft. Bestimmt hatte sie gemerkt, dass Dave und mich irgendetwas verband.

»Kaffee«, sagte Marie, und damit war der Bann gebrochen. Sie stellte drei Tassen auf den Tisch, schnaubte vorwurfsvoll und überließ uns unserem Schicksal.

Ich nahm mir eine Tasse. »Also, meine Lieben, wobei habe ich euch unterbrochen?« Hätten wir im neunzehnten Jahrhundert gelebt, dann hätte ich die jugendlich Kokette gespielt und mit meinem Fächer herumgewedelt. Maries Kaffee war stark. Türkisch. Um so besser, dachte ich, dann kann ich wenigstens klarer denken.

»Celia hat Fordys Sachen durchsucht«, platzte Dave heraus. »Und die Sachen von Kate.«

Celia wurde rot vor Wut, weil er ihr zuvorgekommen war. »Genau wie du.«

»Habt ihr nach etwas Bestimmtem gesucht?« Ich holte mein Zigarettenetui hervor und bot jedem eine an. Dave zündete ein Streichholz an, gab mir und Celia Feuer, pustete das Sreichholz aus, zündete für sich selbst ein neues an. Es war kein Kommentar nötig, weil wir alle wussten, dass er kein weiteres Unglück heraufbeschwören wollte, indem er gegen die Regel verstieß, dass man niemals drei Zigaretten mit einem Streichholz anzünden durfte. Schon bald waren wir in eine beruhigende Rauchwolke gehüllt, und die aufgeheizte Stimmung kühlte etwas ab.

»Briefe und Fotos«, sagte Celia. Mit ihrer Zigarette deutete sie auf Dave. »Die sich unser Freund hier bereits unter den Nagel gerissen hat.«

»Ich habe mich bereit erklärt, sie zurückzugeben«, erwiderte Dave. »Das ist ein fairer Tauschhandel.«

Ich schaute von einem zum andern. Sie redeten auf verschiedenen Ebenen. Briefe von wem an wen? fragte ich mich. Liebesbriefe? Ich fragte: »Ein fairer Tauschhandel – was wird getauscht?«

»Aber das, wonach du suchst, habe ich gar nicht!«, sagte Celia zu Dave.

Ich ließ nicht locker. »Wonach suchst du, Dave?«

»Ich hatte Fordy gebeten, ein paar meiner Kurzgeschichten zu lesen, genauer gesagt, sechs Texte, bevor ich sie sonst jemandem zeigen wollte. Er war ein ausgezeichneter Lektor. Und ich habe keine Durchschläge!«

»Dann müssen sie doch bei seinen Sachen sein«, sagte ich. Bisher hatte ich noch nie gehört, dass jemand behauptete, Fordy könne gut redigieren.

»Ich habe gesucht, Aber sie sind nicht da. Sie sind auch nicht in Kates Wohnung.«

Celia trank einen Schluck Kaffee. »Er denkt, dass ich sie habe.«

»Als Fordy mit dir aus dem Haus gegangen ist, hatte er einen Koffer dabei.«

»Wir sind doch gar nie gemeinsam weggefahren! So viel ich weiß, hat er den Koffer in sein Atelier mitgenommen, und dort müsste er eigentlich noch stehen.«

Moment mal – hatten wir nicht in Champs Wohnung unser Picknick auf einem Koffer zelebriert? War das etwa Fordys Koffer gewesen? Celias Blick fiel auf mich und verhinderte jede Bemerkung in dieser Richtung. Ich tätschelte Daves Hand. »Ach, komm schon, Dave, gib Celia die Briefe und die Fotos, sei ein guter Junge. Vielleicht sind deine Geschichten ja bei der Polizei gelandet. Hast du schon mal nachgefragt?«

»Nein.« Widerwillig holte er ein Bündel mit Briefen und Fotos aus seiner Büchertasche, die auf dem Boden stand. Ein Foto zog er heraus, den Rest reichte er Celia. »Das hier will ich behalten – zur Erinnerung an dich.« Er wedelte mit dem Foto in der Luft herum und grinste, während ich den Hals verrenkte, um zu sehen, was es war.

»Auf keinen Fall!«, rief Celia, schnappte es ihm aus der Hand und steckte es in ihre Tasche.

»Na bitte – es geht doch«, sagte ich. »Jetzt ist alles wieder in Butter.«

Aber das stimmte nicht. Weder Dave noch Celia schienen gehen zu wollen, und so allmählich bekam ich das

Gefühl, dass sich ihr Streit gar nicht um die Briefe und die Fotos gedreht hatte.

Ich würde zu spät zur Probe kommen, wenn ich nicht bald aufbrach. Ich wäre zwar gerne sitzen geblieben und hätte abgewartet, was passierte, aber das konnte ich mir leider nicht erlauben, obwohl ich kurz mit dem Gedanken spielte und Celia die Hand auf die Schulter legte. Aber es half nichts.

Sie stand auf, nahm mein Gesicht zwischen beide Hände und küsste mich auf den Mund. Dabei war ihr durchaus bewusst, dass Dave uns ziemlich konsterniert beobachtete. »Also dann – tschüs!«, sagte sie und mit einem zärtlichen Klaps auf mein Hinterteil schickte sie mich weg.

56

Im Theater war es kalt und extrem feucht. Es roch ein bisschen nach Moder, und dieser Geruch vermischte sich mit dem Aroma des Pferdestalls. Zwar war es schon sehr lange her, dass sich hier ein Pferd aufgehalten hatte, aber die Duftnote hielt sich hartnäckig. Ich hatte das Gefühl, als seien seit der letzten Probe Wochen vergangen, in Wirklichkeit waren es jedoch nur ein paar Tage.

Nichts hatte sich verändert. Jig stand mitten auf der Bühne und fuchtelte mit den Armen. »Wir sind eine Gemeinschaft!«, donnerte er und warf seine weiße Haarmähne zurück. »Wir müssen zusammenhalten. Wir dürfen es nicht zulassen, dass unsere Stücke nach Uptown Manhattan verpflanzt werden, wo es nur um Kommerz und schnellen Ruhm geht!«

»Was ist los?«, flüsterte ich Edward Hall zu und legte den Arm um seine Taille.

»Das Übliche.« Sein Kuss war längst nicht mehr so leidenschaftlich wie früher, was ich dann doch etwas bedauerlich fand. Er hatte eine neue Liebe gefunden.

Dass Jig sich gegen den Broadway entschieden hatte, wunderte niemanden, denn er war ein überzeugter Idealist. Geld spielte bei seinen Überlegungen keine Rolle – es sei denn, es ging wirklich nicht anders. Wir Schauspieler hätten zum großen Teil die Chance gern wahrgenommen, in Uptown Manhattan zu spielen, obwohl wir Amateure waren. Dort hätten wir fünfzig Dollar die Woche verdient und ein kleines Scheibchen Ruhm abbekommen …

»Unsere Existenz inspiriert die Schriftsteller zu den besten Stücken, die in diesem Land geschrieben werden«, rief Jig und wickelte sich eine Locke um den Finger. »Wir geben den Stücken eine Chance, zu echtem Leben zu erwachen. Wir schenken unserem Publikum Wahrheit und Schönheit.«

Ich applaudierte. Klar, Jig war sentimental und übertrieb oft, aber ohne ihn hätte es die Provincetown Players nicht gegeben.

Er drehte sich mit einem strahlenden Lächeln zu mir um. »Ach, da bist du ja, Oliver. Ich glaube, wir sollten anfangen.«

Harrys Tür stand sperrangelweit offen, also steckte ich den Kopf hinein.

Hier gab es keine Zugeständnisse an das Weihnachtsfest. Wie immer war das Zimmer völlig verraucht. Harrys Füße lagen auf dem Schreibtisch; er telefonierte gerade. »Ja, klar«, sagte er und winkte mich herein. »Gibt es sonst noch etwas?«

Ich nahm mir eine Zigarette aus seinem Etui und trug etwas zu der allgemeinen Rauchwolke bei.

»Gut, dafür bin ich dir was schuldig«, sagte Harry und hängte ein. Er schaute mich fragend an.

»Dr. Kuhmer ist tatsächlich der vierte Mann des *Barbershop Quartets,* wenn man davon ausgeht, dass Zimmerman der dritte ist«, legte ich los. »Er ist übrigens auch Whits Analytiker. Er hat gedacht, ich würde seine Starpatientin, und als ich mich nach Fordy erkundigt habe, hat er sich richtig geärgert. Wahrscheinlich spioniert er uns alle aus. Wer weiß, ob er überhaupt ein Psychoanalytiker ist!«

»Ich wette, er ist einer. Das ist doch die perfekte Tarnung. Die Leute erzählen ihm alles, was sie denken.«

Ich schob seine Füße ein Stück zur Seite und setzte mich auf die Schreibtischecke. »Aber Fordy hat ihm nicht alles erzählt.«

»Woher weißt du das?«

»Intuition.«

»Klar.«

»Bist du mit Adelines Geheimschrift weitergekommen?«

»Noch nicht.« Er deutete auf das Telefon. »Ich bekomme etwas Hilfe von einem Typ, den ich kenne.«

»Einem Kryptologen?«

»So was kann er auch.« Er stand auf und drückte seine Zigarette aus. »Warum guckst du so?«, fragte er mich.

Harry trug ein blütenweißes Hemd und eine frisch gebügelte Hose. »Du siehst aus, als wolltest du zum Abendessen ausgehen.«

»Ich weiß durchaus, wie man sich korrekt kleidet.«

Er schloss seine Tür ab, und während wir die Treppe hinaufgingen, erzählte ich ihm von dem Streit zwischen Dave und Celia in Romany Marie's Tea Room.

»Seltsam.«

»Sehr seltsam.«

Wir nahmen unsere Cocktails im Salon. Gerry hatte einen Weihnachtsbaum mitgebracht und ihn sogar aufgestellt, und Mattie hatte den Raum mit Zweigen geschmückt. Harry mixte einen perfekten Martini. Meine Stimmung wurde immer besser.

Gerry sagte: »Stimmt es, dass ihr beide Informationen für mich habt?«

»Diese Mattie!«, rief ich. »Sie kann es nicht lassen, dir die Ohren voll zu plappern.«

»So würde ich das nicht sagen«, erwiderte Gerry und legte den Arm um Mattie, die errötete wie ein Schulmädchen. »Und ihr möchtet wissen, ob Nolan für den Secret Service arbeitet und ob der Secret Service etwas mit dem Fall Vaude zu tun hat.«

»Genau«, sagte ich.

»Ich habe von Anfang an vermutet, als man uns zur Zusammenarbeit aufgefordert hat, dass Nolan für die Regierung arbeitet. Ich wusste nur nicht, für welche Behörde. Ich weiß, dass Addie Zimmerman zum Secret Service gegangen ist, als sie bei Pinkerton gekündigt hat. Nolan hat sie dort eingeführt. Ihr Vater war beim Secret Service. Er ist in Sizilien verschwunden. Vor etwa acht Monaten.«

»Worum geht es denn bei diesem Fall?«, fragte Harry.

»Um eine große Zahl von Banknoten im Wert von zehn und zwanzig Dollar.«

»Es geht um Zwanzig-Dollar-Noten? Das ist doch absolut harmlos!«, rief ich.

»Nicht, wenn die Scheine gefälscht sind.«

57

»Na, jetzt wissen wir wenigstens, von welchem Geld Fordy gelebt hat«, sagte ich später zu Harry. Wir hatten seine Wohnungstür nur angelehnt, damit ich hören konnte, wenn Dave bei mir klingelte, da wir gemeinsam zu Bunnys Weihnachtsparty wollten. Harry war ebenfalls eingeladen, hatte aber »andere Pläne«, wie er sich ausdrückte.

»Sein Partner oder Arbeitgeber muss Angst gehabt haben, dass er alles ausplaudert.« Harry zog sein Jackett an und fummelte an seinen Manschetten herum, eine Geste, die man bei ihm überhaupt nicht gewohnt war. Er hatte eine Krawatte umgebunden und sah überhaupt picobello aus.

»Deshalb haben sie ihn umgebracht. Und jetzt brauchen sie wieder jemanden, der das Geld ins Land holt.«

»Vielleicht ist es zu spät. Es wissen schon zu viele Leute Bescheid. Lupo ist nicht dumm.«

Lupo! Der Gedanke war beängstigend. »Du denkst an Lupo wegen seiner Visitenkarte?«

Harry nickte und fing an, seinen Anzug mit der Kleiderbürste zu traktieren.

»Du hast ein paar Fussel übersehen«, sagte ich. »Komm, ich mach's für dich. Vor allem den Rücken.« Er reichte mir die Bürste. Seine Augen funkelten, und ich musste lachen. Ich schrubbte also auf seinen breiten Schultern herum, bis er mir die Bürste wieder abnahm.

»Bleib lieber bei deinen Gedichten, Oliver.«

Ich legte die Finger an die Stirn und seufzte. »Also wurde Adeline umgebracht, weil sie herausgefunden hat, dass Fordy für Lupo arbeitet, und Fordy wurde umgebracht, weil er alles ausplaudern wollte. Aber warum hat Lupo versucht, mich und Mattie zu entführen?«

Harry überlegte. »Wenn es nicht Lupo selbst war, dann muss es jemand gewesen sein, der den Eindruck erwecken wollte, dass Lupo dahinter steckt.«

Ich dachte sofort an Monk, sagte es aber lieber nicht, denn jedes Mal, wenn ich seinen Namen erwähnte, drehte Harry durch. »Was ist, wenn Lupo glaubt, dass ich etwas über das Geld weiß?«

»Wer sagt das? Monk Eastman? Vielleicht steckt er ja selbst in dieser Sache mit drin.«

»Ein jüdischer Gangster, der in sizilianische Geschäfte verwickelt ist? Sogar *ich* weiß, dass das sehr unwahrscheinlich ist.«

»Okay, aber möglicherweise will er mitmischen.«

»Ich hoffe, du redest von mir, Harry!« Dave stand in

der Tür, dunkel und geheimnisvoll, wie es sich für einen Schriftsteller gehört, in der Hand eine Zigarette.

Wir waren so mit unseren Spekulationen beschäftigt gewesen, dass uns eine seltsame Leidenschaft gepackt hatte und wir Daves Ankunft gar nicht bemerkt hatten. Wie lange hatte er uns schon belauscht? Ich warf Harry einen fragenden Blick zu. Er tat so, als hätten wir ein ganz normales Gespräch geführt.

»Hallo, Dave«, sagte ich. »Wie meinst du das, dass wir hoffentlich von dir reden?«

»Dass ich möglicherweise mitmischen will, Oliver. Tut mir Leid, Harry, alter Freund, aber genau das mache ich schon.«

»Zwischen Oliver und mir ist nichts, Dave«, beruhigte ihn Harry. »Im Gegenteil, ich muss mich bei euch beiden bedanken, dass ihr jetzt aufbrecht. Ich bin nämlich schon zu spät dran für meine Verabredung.«

»Es stimmt – Harry und ich waren nie ein Paar«, versicherte ich Dave, als wir draußen auf der Straße waren. »Er hat eine Freundin in Uptown Manhattan, mit der er seit Jahren zusammen ist.«

»Er ist in dich verliebt, Oliver – genau wie wir alle!«

Ich hakte ihn unter, und während wir weitergingen, dachte ich über seine Bemerkung nach. Was für ein absurder Gedanke! Harry war Harry. Nicht mehr, nicht weniger. Ich wechselte das Thema. »Wohnst du immer noch in Fordys Atelier?« Ich hätte mich gar zu gern noch einmal dort umgeschaut. Und die Vorstellung, mit Dave zu schlafen, war ungeheuer verlockend – allerdings nicht in einem Raum, in dem ein Freund von uns ermordet worden war.

»Noch eine Woche. Die Miete ist bis zum Monatsende bezahlt. Ich habe ein Zimmer in der Thompson Street gefunden, etwa fünfzig Meter vom Park entfernt.« Wir mussten einem jungen Paar ausweichen: Der Mann balancierte mit dem einen Arm einen Weihnachtsbaum auf der Schulter, während er mit dem anderen seine Freundin an sich drückte.

»Fröhliche Weihnachten!«, riefen sie.

Ich lächelte. Was für ein hübscher Anblick die beiden waren! Fast hätte ich nicht gehört, wie Dave fragte: »Sag mal, hättest du was dagegen, wenn wir in Fordys Atelier gehen würden? Ich war den ganzen Tag in der Bibliothek und würde gern kurz nach Hause gehen. Fordy hat jede Menge Alkohol rumstehen, und ich könnte doch ein paar Flaschen zu Bunny mitnehmen.«

Das war mir natürlich mehr als Recht. Also änderten wir die Richtung und gingen zum Washington Square South. Ich hatte mir nicht einmal eine Ausrede ausdenken müssen. »Was passiert eigentlich mit Fordys Sachen? Mit seinen Bildern?«

»Ich glaube, Kate nimmt sie.«

Ich blieb stehen. »Hast du von ihr gehört?«

»Nein, aber heute Morgen hat irgendeine Firma, bei der man Kisten einlagern kann, einen Zettel unter der Tür durchgeschoben. Auf dem Zettel stand, dass sie am Tag nach Weihnachten kommen, um alles einzupacken.«

An der Tür des roten Backsteingebäudes war ein weihnachtlicher Tannenzweig angebracht. Im Haus selbst herrschte ein munteres Treiben. Wir brauchen eigentlich nie einen besonderen Grund, um zu feiern, aber Weihnachten wird von sämtlichen Einwohnern des Village als Anlass genommen, um große Feste zu veranstalten.

Als wir die Treppe hinaufgingen, war von unten ein durchdringender Pfiff zu hören. Wir schauten über das Geländer, aber es folgte kein zweiter Pfiff, und wir hätten ihn vermutlich auch gar nicht gehört, weil aus allen Wohnungen Gelächter und Musik drang. Die Türen standen offen, die Leute luden uns ein mitzufeiern, aber wir lehnten ab.

Kurz vor Fordys Tür fragte ich: »Was ist mit dir und Celia?«

Dave nahm mein Gesicht zwischen beide Hände. Mein Kinn berührte den groben Wollstoff seines Mantels. »Celia und ich – das zählt nicht. Es gibt nur dich und mich.«

Seine Stimme hatte ein hypnotisches Timbre, das tief in meinem Inneren widerhallte. Meine Knie wurden weich, seine Lippen suchten meine, und ich gebe zu, ich hätte mich hemmungslos meinem Verlangen hingegeben – wenn ich nicht plötzlich einen vertrauten beißenden Geruch wahrgenommen hätte.

Als Dave eine kurze Pause machte, um die Tür aufzuschließen, schaute ich mich um. Ich konnte nichts sehen, aber der beißende Geruch wurde stärker.

Mit hochgezogenen Brauen drehte Dave sich um: »Die Tür ist offen ...«

In dem Moment wurde er von einer Dampfwalze überrollt, die ihn an die gegenüberliegende Wand schleuderte, während ich, wenig elegant, auf dem Fußboden landete.

Der Dampfwalzenmensch half mir auf, drückte dabei eines seiner merkwürdigen blauen Knopfaugen zu, was vermutlich ein Zwinkern sein sollte, sprang dann mit der Behändigkeit eines Primaten übers Treppengeländer und war verschwunden.

58

Als Dave wieder Luft bekam, rappelte er sich hoch und rannte in die Wohnung, ohne mich auch nur eines Blickes zu würdigen. Unser unsanftes Zusammentreffen mit Red Farrell hatte alle romantischen Gefühle vertrieben. Ich folgte ihm. Dass eingebrochen war, konnte jeder sehen: Überall lagen Papiere, Zeichnungen, Briefe und Bücher herum. Ein offener leerer Koffer, Kleidungsstücke auf dem Fußboden verstreut.

Das bedeutete, dass auch die Dusters nach etwas suchten. Was war dieses rätselhafte Objekt, hinter dem jeder, den ich kannte, her zu sein schien?

Genervt fragte ich: »Wonach sucht ihr alle?«

Dave versetzte dem Koffer einen Fußtritt. Er schaute sich ein paar Zettel an, hob ein Blatt auf, das aussah wie eine Quittung, ließ es wieder fallen. »Hast du gesehen, wie der Kerl aussah?«

»Er war unheimlich schnell und ist wie ein Affe über das Geländer gesprungen. Mir ist eigentlich nur die Zigarre aufgefallen. Gab es hier im Atelier irgendetwas Wertvolles zu holen?«

Er setzte sich hin, schaute mich aber nicht an.

»Dave?«

»Geld. Es ist weg.«

»Geld? Fordys Geld?« Ich wusste, dass es wertlos war. Aber wusste Dave das auch?

Er deutete wütend auf die leeren Bücherregale. »Ich habe hinter den Büchern Dutzende Bündel von Zwanzig-Dollar-Scheinen gefunden. Das Geld wollte ich Kate geben. Was soll ich ihr jetzt sagen?«

»Weg ist weg. Ich würde ihr gar nichts sagen, dann ist sie auch nicht enttäuscht.«

Wenig später klingelten wir bei Bunny, überreichten ihm zwei Flaschen Gin, die wir in Fordys Schnapsschrank gefunden hatten, der, nebenbei bemerkt, von den Einbrechern absolut unangetastet geblieben war. Dave war völlig deprimiert und hatte auf dem ganzen Weg kaum ein Wort mit mir gesprochen.

Hatte Dave tatsächlich vorgehabt, Kate das Geld zu geben? fragte ich mich. Er schien nicht zu ahnen, dass es sich um Blüten handelte. Und ich konnte ihn nicht fragen, ohne zu enthüllen, dass ich Bescheid wusste. War Kate informiert? War das der Grund, weshalb der Secret Service sie unter seine Fittiche genommen hatte? Und wie hatte

Daves Verhältnis zu Fordy und Kate ausgesehen? Schließlich hatte er ja auf der anderen Straßenseite gewohnt. Und wir Schriftsteller nehmen unsere Umgebung immer sehr aufmerksam wahr.

Leise spielte der Plattenspieler »Avalon«, aber die Melodie ging im Trubel unter. Wir reden einfach viel zu gern, alle miteinander.

Mit einem Drink in der Hand stellte ich mich unter dem Mistelzweig auf Zehenspitzen und hielt Ausschau nach Celia.

»Da bist du ja, Oliver!«, rief Bunny und drückte mir einen feuchten Kuss auf die Lippen. Er lallte hemmungslos: »Eine Party ist einfach keine richtige Party, so lange du nicht da bist. Wo hast du denn gesteckt?« Er konnte die Wörter gar nicht mehr richtig formulieren.

»Dave wollte noch in Fordys Atelier …« Bunnys Gesicht wurde rot vor Wut. Ich legte meine immer noch kalte Wange an seine. »Nein, nein – es ist nicht so, wie du denkst. In Fordys Atelier ist eingebrochen worden.«

Edward Hall kam auf uns zu, die neue Freundin im Schlepptau. Seine braunen Augen wirkten erschrocken, als würde ihn das Licht blenden. Wir tauschten leidenschaftslose Weihnachtsküsse. Ich suchte immer noch nach Celia.

Schließlich hielt ich mein leeres Glas hoch und verkündete: »Ich brauche Nachschub!«

»Ich kümmere mich darum«, sagte Bunny.

»Nein, lass mich das machen«, rief Edward. Seine Freundin verzog betrübt das Gesicht.

»Spart euch die Mühe – ich bin erwachsen und kann mir selber helfen.« Ich versuchte gar nicht, die beiden wieder aufzuheitern, denn ich hatte Celia entdeckt. Sie fiel auf, in ihrem weinroten, flatternden Oberteil und den schwarzen Hosen, die noch unterstrichen, wie lang ihre Beine waren. Ihr Lachen lockte mich. Ich blieb kurz stehen, um mein Glas aufzufüllen.

Von Verehrern umringt, rief Celia voller Enthusiasmus: »Berlin!«

»Berlin«, wiederholte jemand.

»Die aufregendste Stadt der Welt«, sagte ein anderer.

»Wann reist du ab?«, fragte ich.

»Bald«, antwortete sie.

Eine dunkelgrauer Schleier verhüllte den Himmel, der Lichtschein der Straßenlaternen war gelb und diesig. Meine unsicheren Schritte hallten auf dem feuchten Pflaster wider. Der Schnee schmolz, die Eiseskälte war dabei, sich zu verabschieden – bis zum nächsten Mal.

»Die Nacht ist noch jung!«, rief mir jemand von oben zu.

»Meine Muse ruft!«, antwortete ich, verlangsamte aber meinen Schritt und schaute hinauf.

»Sie ist eine Sirene!«

»Beschimpf nicht meine arme Muse«, erwiderte ich.

»Ach, deine Worte zeigen, es ist wahr: Ich hoffte, länger hier bei dir zu weilen!«

Und bevor ich etwas erwidern konnte, meldete sich auf der gegenüberliegenden Straßenseite im zweiten Stock eine andere Stimme: »Darum gleich ihr verstumme du so lang, Dass nie ihr Herz wird taub von deinem Sang!«

Das entstellte Shakespeare-Couplet brachte mich zum Lachen. »Ich wünsch euch beiden eine gute Nacht und morgen auch noch einen guten Tag.«

Sofort wurde ich aus allen Richtungen mit Gute-Nacht-Wünschen in jeder nur denkbaren lyrischen Form bedacht.

Ich spannte eine Seite in die Schreibmaschine. Es war sehr spät, und ich war schon jenseits von Gut und Böse.

Mein Herz schlägt freudig dir entgegen,
Verhext von deinen Schmeichelei'n.

Die Liebe muss man wie ein Lämmchen pflegen,
Und du musst ihre Hirtin sein.

Zwar schenk' ich gerne meine Liebe her,
Doch wird es teuer dich zu stehen kommen,
Wenn du mit meinem Herzen spielst, denn wer
Dies tut, dem wird es von mir krumm genommen.

Es hätte ein Sonett werden sollen, weil mir ja auf dem Heimweg so viel Inspirierendes zugerufen worden war, aber meine Muse hielt sich nicht an solche Vorgaben.

Mattie hatte die Bettdecke aufgeschlagen, aber ich wollte nicht schlafen. Also zündete ich mir eine Zigarette an. Wie still es um diese nachtschlafende Zeit draußen auf der Straße war! Ich teilte den Vorhang.

Vor meinem Haus stand ein Mann. Er hatte den Kopf gesenkt. Aber kaum war ich ans Fenster getreten, da schaute er herauf – als hätte er gewusst, dass ich dort stand. Carl Danenberg! Seine ganze Gestalt war eine einzige flehende Bitte. Ich packte meine Stola und rannte die Treppe hinunter. Aber auf der Straße sah ich nur Goo Goo Knox. Sein zerbeulter Derby lag auf dem Boden. Er hob ihn hoch, klopfte ihn ab und setzte ihn wieder auf.

»'n Abend, Olwer«, sagte er.

»Guten Abend, Mr. Knox. Haben Sie hier vor einer Minute einen Herrn beobachtet?«

Er legte die Hand über die Augen, schaute die Straße hinauf und hinunter und zuckte die Achseln. »Seh nix.«

59

»Komm ruhig rein, Oliver«, rief Harry als Antwort auf mein Klopfen.

Das Zimmer war eine einzige Qualmwolke und Harry

nur ein grauer Schatten, der auf seinem Stuhl saß, die Füße auf dem Schreibtisch, ein Glas an den Lippen.

»Fröhliche Weihnachten, Miss Brown«, sagte Nolan, der plötzlich aus dem Nebel trat und sich vor mir aufbaute. Seine Haltung drückte genau das Gegenteil seiner Worte aus. Er hatte etwas Bedrohliches, anders kann ich es nicht beschreiben. Ein Bösewicht, wie aus dem Kino.

»Ich glaube, Mr. Nolan, Sie kommen heute als Wolf im Schafspelz«, sagte ich, und ich bin sicher, dass Harrys Mundwinkel zuckten. »Kann ich eine Zigarette haben, Harry? Und vielleicht auch ein paar Tropfen Zaubertrank?« Ich öffnete die Zigarettendose.

»Ich fürchte, ich verstehe Sie nicht ganz, Miss Brown«, sagte Nolan und fing an, im Zimmer auf und ab zu gehen.

Harry holte ein Glas aus seiner Schreibtischschublade und goss mir Gin ein. Nolan blieb stehen, um mir Feuer zu geben, aber Harry war ihm schon zuvorgekommen.

»Ach, lassen Sie das Theater, Mr. Nolan. Ich nehme an, Sie sind hier, um mit uns über Falschgeld zu reden, stimmt's?« Ich prostete ihm zu und trank einen kräftigen Schluck. Der Gin machte mich wagemutig. Ich ließ mich auf Harrys gefährliches Sofa fallen, streckte mich aus und wackelte mit meinen nackten Zehen.

»Seit zwei Jahren versucht der Secret Service herauszufinden, woher bestimmte gefälschte Banknoten im Wert von fünf, zehn und zwanzig Dollar kommen.«

»Erzähl ihr, was du mir über Adeline Zimmerman mitgeteilt hast«, sagte Harry zu ihm.

»Sie war beim Secret Service.« Nolans Stimme war rau, und er schwieg kurz, als müsste er irgendwelche Gefühle unterdrücken. »Wir wussten, dass Fordham Vaude häufig nach Rom reiste. Also haben wir sie nach Rom geschickt, damit sie ihn ausspioniert, aber er hat sie abgehängt. Das nächste Mal folgte sie ihm nach Neapel, aber auch da hat sie ihn aus den Augen verloren. Wir vermuten, dass er immer nach Sizilien gefahren ist.«

Ich richtete mich auf. »Nach Sizilien?«

»Er war Maler. Wir sind der Überzeugung, dass er zwar an den Fälschungen beteiligt war, die Geldscheine selbst jedoch auf anderem Wege hierher gekommen sind.«

»Hörst du das, Harry? Mr. Nolan behauptet, Fordy war ein Geldfälscher.«

»Hab ich gehört.«

»Was möchten Sie von uns, Mr. Nolan?«

»Das wollte ich gerade erklären, als Sie kamen, Miss Brown.«

»Ich bin ganz Ohr, Nolan«, sagte Harry mit desinteressierter Miene.

»Wir haben Addie in Sizilien durch einen anderen Agenten ersetzt und haben sie zurückgeholt.«

»Und dann haben Sie und Professor Adolphus die junge Frau als Kindermädchen zu Fordy und Kate geschickt.«

»Ja, genau. Wir wussten, dass Vaude nicht genug Beziehungen hatte, um die Sache allein durchzudrücken. Er musste jemanden haben, der für ihn die Verbindungen herstellte.«

»Und Adeline sollte herausfinden, wer das ist?«

»Ja, sie war eine erfahrene Agentin«, sagte Nolan schroff.

»Und was ist aus eurem Agenten in Sizilien geworden?« Harry klang längst nicht mehr so gelangweilt.

»Er ist Vaude zu einem Bauernhaus in den Bergen gefolgt und konnte uns einen Teil eines Funkspruchs schicken.«

»Einen Teil? Wieso nur einen Teil?«

»Wir haben danach nie wieder etwas von ihm gehört.« Nolan ging jetzt nicht mehr im Zimmer auf und ab, sondern starrte uns frustriert an. »Versteht ihr, was ich meine? Wird euch endlich klar, in was ihr euch da eingemischt habt?«

»Komm, spuck's aus, Nolan«, sagte Harry.

»Der verschollene Agent war der Vater von Adeline und Daisy, stimmt's?« Ich sah, dass Harry erstaunt die Augenbrauen hochzog. Es macht mir immer wieder Spaß, ihn zu verblüffen.

Nolan runzelte die Stirn. »Stimmt. Wir haben es immerhin geschafft, die italienischen Behörden dazu zu bringen, das Bauernhaus zu durchsuchen, in dem wir die Druckerei vermuteten.«

»Und Sie haben die Druckerei gefunden, nehme ich an«, sagte ich.

»Ja, allerdings. Ein kleines Steinhaus voll mit Papier, dazu lauter Flaschen mit grüner und schwarzer Tinte, eine Druckerpresse, Zinkteile und Steine für Lithographien und ein paar leere Kisten. Aber das, wonach wir am meisten suchten, haben wir nicht gefunden.«

»Fordy war Maler«, sagte ich nachdenklich. »Er wusste, wie man Stiche macht, Radierungen – und Gravuren.«

Harry nahm die Füße vom Schreibtisch und beugte sich vor. »Mein lieber Watson«, sagte er. »Hier geht es um die Gravurplatten.«

60

Als es dunkel wurde, hob sich der dumpfe graue Schleier, der über der Stadt lag. Es war Heiligabend, und es begann zu schneien. Leise rieselt der Schnee …

Mattie und ich schmückten den kleinen Tannenbaum mit den handgeschnitzten, hand bemalten Holzdekorationen und den bunten Kugeln, die wir auf dem Speicher gefunden hatten. In der Küche band sich Gerry eine Schürze um und braute mit viel Rum einen starken Grog, während Mattie später ein leichtes Abendessen zubereitete.

Harry saß in Großtante Evangelines Sessel, rauchte eine Zigarre und spekulierte darüber, ob die Dusters wohl auch hinter den Druckplatten her waren.

»Fordy hat sie mitgenommen.« Ich saß vor dem Feuer auf dem Fußboden, hatte die Arme um die Knie geschlungen und rauchte ebenfalls. Aus der Küche drang fröhliches Gemurmel. »Vielleicht wollte er aussteigen, und die Platten waren seine einzige Versicherung. Was meinst du, Harry?«

»Gefährlich naiv. Es hat ihm ja auch nicht viel gebracht. Lupo lässt nicht mit sich scherzen.«

Ich atmete genüsslich das Rumaroma ein. »Wie schwer sind denn solche Platten? Hätte Fordy sie in seinem Gepäck transportieren können?«

»Ich glaube, das Risiko wäre er nicht eingegangen. Ich an seiner Stelle hätte sie per Schiff geschickt.«

»Aber er hätte sie doch bestimmt nicht an seine eigene Adresse oder an Kate geschickt, oder?«

»Auf keinen Fall.«

»Das heißt – die Platten stehen entweder irgendwo herum und warten darauf, dass jemand sie abholt, oder …«

»Oder einer unserer Freunde hat sie.«

Was für ein Gedanke! »Tja, Harry – wenn dein phlegmatischer Kryptologe nicht bald Adelines Code knackt, dann bleibt uns nichts anderes übrig, als uns der allgemeinen Jagd nach den Platten anzuschließen!«

Harry warf mir einen komischen Blick zu. »Warum steckst du deine hübsche Nase nicht lieber wieder in deine Gedichte und überlässt die Ermittlungen mir?«

Ich war beleidigt, trotz der hübschen Nase. »Na meinetwegen, Harry – wenn du meinst.« Ich drohte ihm mit dem Finger. »Aber eines schönen Tages wirst du mich brauchen, und dann wirst du mich auf Knien anflehen, dass ich zurückkomme und dir helfe.« Ich wechselte das Thema. »Was hältst du davon, dass Carl Danenberg heute Nacht vor unserem Haus gestanden hat?«

»Er hat entdeckt, dass sein Leben ohne dich keinen Sinn hat, und möchte, dass du ihm verzeihst.«

Ich blies einen großen Rauchkringel in seine Richtung. »Vielleicht interessiert er sich ebenfalls für das, wofür sich alle Welt interessiert.« Und schon redeten wir wieder über die Platten.

»Kann sein.« Harrys Lider senkten sich.

»Wenn du jetzt einschläfst, bin ich sauer.«

Er riss die Augen weit auf und grinste mich an. »Du kannst einem Mann nicht übel nehmen, dass er's wenigstens versucht.«

Wir zogen uns warm an und trabten durch den Schnee. Wir gingen in die Mitternachtsmesse – ohne Harry, versteht sich, aber Mattie, Gerry und ich hatten uns gemeinsam auf den Weg gemacht. Überall in den dunklen Straßen eilten die Menschen zu den verschiedenen Kirchen. Kurz vor Mitternacht wurde es ganz still in der Stadt, dann begannen die Kirchenglocken zu läuten. Mir traten Tränen in die Augen.

Ich bin zwar nicht katholisch, aber ich gehe jedes Jahr mit Mattie in die Mitternachtsmesse. Ich liebe die Orgelmusik, die hellen Stimmen des Chors, die leuchtenden Kerzen, die frohe Botschaft der Predigt.

Der erste Feiertag verging relativ ereignislos, außer dass Joan Brophy, eine muntere ältere Dame, die eine gewisse Ähnlichkeit mit meiner Mattie hatte, uns besuchen kam. Das Essen war opulent; Truthahn mit Kastanienfüllung, Preißelbeer- und Orangensauce, Kartoffeln und Plumpudding. Nach dem Essen setzte ich mich ans Klavier, und wir sangen Weihnachtslieder. Harry und Gerry rauchten die Weihnachtszigarren, die Mattie und ich ihnen geschenkt hatten. Wir tranken erstklassigen Portwein – wieder mal eine Gabe von meinem heimlichen Verehrer in der Chrystie Street.

Harry verabschiedete sich ziemlich früh, und die Brophys – Mutter und Sohn – gingen mit Mattie in ein Konzert der Musikakademie. Ich wollte nicht mitgehen, weil ich für den Augenblick genug von allem hatte. Bald wurde es wunderbar ruhig im ganzen Haus. Vollkommen angekleidet legte ich mich auf mein Bett und dachte über Adeline Zimmermann nach. Eine Pinkerton. Dann beim Secret Service. Eine junge Frau wie ich. Aber ganz anders als ich. Woher hatte sie den Mut gehabt, dieses Leben zu wählen?

Ich muss tief eingeschlafen sein, denn ich erwachte auf einmal, weil ich im Traum ein Geräusch gehört hatte, das wie meine Türklingel klang. Aber jetzt war es still. Noch etwas wackelig auf den Beinen ging ich ans Fenster und schaute auf die Straße hinaus. Ich konnte nichts Ungewöhnliches entdecken. Nicht einmal einen der Dusters.

Die Küchenuhr zeigte, dass es erst halb zehn war. Ich ging nach unten, konnte aber durch das Glas in der Tür keinen Schattenriss sehen. Als ich die Tür zum Vestibül öffnete, war niemand da. Unter Harrys Tür war kein Lichtstreifen zu sehen.

Ich öffnete die Tür zur Straße. Die Welt war wie neu erschaffen, weiß und weich, mit undefinierbaren, unkenntlichen Ausbuchtungen und Knubbeln. Dave drehte sich erst um, als die Tür quietschte. Er trug ein Päckchen unterm Arm. Im Licht der Straßenlampe, das vom Schnee reflektiert wurde, sah er aus wie ein von bösen Geistern heimgesuchter Heathcliff.

»Ich dachte schon, du wärst nicht zu Hause«, sagte er.

»Ich bin eingeschlafen. Ist das dein Roman?«

»Ja.«

»Steh nicht hier herum!«, sagte ich. »Komm lieber rein und trink ein Weihnachtsgläschen mit mir.«

»Willst du damit sagen, du bist allein heute Abend?«

»Tja – Mattie ist mit ihrem Liebsten im Konzert, also bin ich wohl alleine.«

»Das ist ein edles Gesöff«, sagte Dave. Er betrachtete die Flasche Portwein wie einen wertvollen Schatz, was sie ja auch war, und goss uns ein. Seine verschneiten Galoschen hatte er in der Küche abgestellt. Jetzt waren seine Füße nackt, genau wie meine.

»Ich habe einen großzügigen Verehrer.«

Er lächelte mich an, stellte das Glas auf den Tisch und zog mich auf seinen Schoß. »Du hast viele Verehrer, manche arm, manche reich.«

»Die Reichen beschenken mich mit Wein …«

»Und die Armen?«

»Geben mir ihre Romane zu lesen.«

»Du bist süß«, murmelte er, während er seine Lippen auf meinen Hals drückte.

Meine Finger fummelten an den Knöpfen seines Hemdes herum. Ich spürte, wie er sich unter mir bewegte, und fragte mich, ob er wohl ein guter Liebhaber war.

Er schlang die Arme um mich und stand mit mir auf. »Ich könnte mich in dich verlieben.«

»Oh, bitte, tu's!«, flüsterte ich.

Wir waren gerade unten an der Treppe angekommen, als wir hörten, dass die Haustür ging.

»Olivia?«

Dave stellte mich vorsichtig auf die Füße.

»Mattie?«, rief ich. »Dave Wolfe ist hier, um mit uns auf Weihnachten anzustoßen.«

»Lasst euch nicht stören«, sagte Mattie. Sie war strahlender Laune und kam mit leichten Schritten die Treppe heraufgeschwebt.

»Ich muss jetzt leider los«, sagte Dave. »Eigentlich wollte ich dir nur den Roman vorbeibringen.«

An den Türpfosten gelehnt, zog er seine Überschuhe an. Ich begleitete ihn nach unten. »Wenn du willst, kannst du ruhig bleiben«, sagte ich. »Mattie ist nicht prüde.«

»Ich komme wieder, wenn du meinen Roman gelesen hast.«

»Dann fange ich gleich heute Abend damit an.«

Die Leidenschaft seines Kusses nahm mir den Atem.

Kaum war Dave außer Sichtweite, da kam eine schwarze Limousine die Bedford Street entlang gefahren, allerdings aus der anderen Richtung. Die Reifen knirschten über den Schnee. Vor meinem Haus hielt sie an.

Erst passierte gar nichts. Dann öffnete der Fahrer, eine korpulente, schwarz gekleidete Gestalt, die Wagentür, stieg aus und kam auf mich zu, als hätte er sich schon gedacht, dass ich da stehen würde.

In diesem Auto hatte ich schon gesessen. Der Chauffeur war Shmeul, Monk Eastmans Fahrer. Er zog den Hut vor mir. »Miss Brown, der Boss schickt seine besten Empfehlungen. Er hat das gewünschte Zeug für Sie.«

61

Die Mitteilung »Er hat das gewünschte Zeug für Sie« übersetzte ich folgendermaßen: Monk Eastman wusste, wer der Mörder war, und daraus konnte man wahrscheinlich schließen, dass er auch wusste, wonach alle suchten.

Den Rest der Botschaft konnte ich allerdings nicht so recht entschlüsseln: Shmeul hatte angekündigt, er werde um zwei Uhr wiederkommen und mich abholen, und dann würde Monk mir alles sagen, was ich wissen wollte.

Plötzlich packte mich der Übermut, jede Vernunft flog davon. Das muss ich leider zugeben. Wäre es nicht toll, wenn ich den Fall alleine lösen würde? »Du wirst schon sehen, Harry!«, sagte ich laut zu seiner Tür.

Ich rannte aufgeregt die Treppe hinauf, blieb unterwegs aber abrupt stehen. Sollte ich es Mattie erzählen? Nein. Sie würde darauf bestehen, mich zu begleiten, und das wollte ich nicht. Ich hatte keine Angst, dass Monk mir etwas antun würde. Nein, im Gegenteil – er würde mich beschützen, wenn ich je in Gefahr käme.

Mattie bürstete sich die Haare, als ich in ihr Zimmer kam. »Das Konzert war wunderschön«, sagte sie.

»Dave hat mir seinen Roman zum Lesen vorbeigebracht«, sagte ich.

»Ach, diese romantisch aussehenden jungen Italiener.« Sie spielte damit auf jemanden an, der plötzlich in mein Leben getreten und genauso plötzlich wieder verschwunden war.

»Dave ist kein Italiener, sondern Jude, glaube ich«, sagte ich und schlug die Bettdecke für sie zurück.

»Ach, ehrlich? Wieso denke ich dann, er ist Italiener?« Sie legte die Bürste weg, und ich flocht ihr die Haare.

»Weil er dunkle Haare und schwarze Augen hat!« Und scherzhaft fügte ich hinzu: »In Wirklichkeit ist er eigentlich ein Ire.«

Wir lachten beide. Mattie legte sich ins Bett, ich deckte sie warm zu und gab ihr einen Kuss auf die Stirn. »Wenn ich den Roman gelesen habe, gehe ich vielleicht noch mal weg, um mich mit dem romantischen Iren zu treffen.«

»Pass gut auf dich auf!«, sagte sie. Ich wartete, bis sie eingeschlafen war, küsste sie noch einmal auf die Stirn und schloss dann die Tür hinter mir.

Es macht mir immer etwas aus, wenn ich Mattie nicht die ganze Wahrheit sage. Aber andererseits wusste ich, sie würde es niemals erlauben, dass ich mich ohne Begleitung mit Monk Eastman traf.

Es war schon fast Mitternacht. Ich konnte mich nicht auf meine Gedichte konzentrieren. Daves Manuskript lag im Salon, wo ich es vorhin hatte liegen lassen. Ich nahm es mit in mein Zimmer und entknotete die Kordel, dann entfaltete ich das braune Packpaier. *Der Erbe*. Von David Wolfe.

Ich schloss die Augen. Ich spürte seine Lippen auf meiner Kehle … Also legte ich das Manuskript weg und setzte mich an meine Schreibmaschine.

Leidenschaft, vertagt, kann steigern sich ins Unermessliche.

Ich starrte auf meine Worte. Meine Finger lagen noch auf den Tasten. Aber mir fiel nichts mehr ein. »Muse – wo bist du?«, flüsterte ich.

Unterwegs nach Berlin, mit Celia, antwortete meine Muse.

»Oh, treulose Muse«, sagte ich.

Ich wandte mich wieder Daves Roman zu. Er beschrieb den Machtkampf zwischen einem herrschsüchtigen, erfolgreichen Vater und seinem künstlerisch veranlagten Sohn. Es klang wie eine griechische Tragödie. Mein Gespür sagte mir, dass die Auflösung nicht unkompliziert sein würde. Aber Bunny hatte Recht. Der Roman war gut. Ich wollte es Dave unbedingt sagen – aber heute Abend ging das leider nicht mehr.

Die Zeit zum Aufbruch rückte näher. Ich legte den Text weg und holte Jack Reeds Galoschen aus dem Schrank. Sie sahen zwar nicht besonders elegant aus, aber wenigstens bekam ich in ihnen keine nassen Füße. Ich räumte meinen Schreibtisch auf, und als ich die Briefe durchging, die ich noch beantworten musste, fand ich einen, den ich noch nicht geöffnet hatte. Ein blassblauer Umschlag. Hübsche Handschrift. Kein Absender.

Ich nahm den Brief und Reeds Galoschen mit hinunter in die Küche und machte mir eine Tasse Tee. Dann setzte ich mich an den Küchentisch und öffnete den Brief.

Der Spiegel hinter der Bar war trübe, mein Ebenbild verschwommen. Genauso fühlte ich mich auch: Verschwommen. Das Glas reflektierte undeutlich das Blue Bird Café mit seinen Gästen und mit der jungen Frau, die in einem langen schwarzen Glitterkleid am Klavier lehnte und »Baby, Won't You Please Come Home« sang.

Niemand, den ich kannte, kam je hierher.

Shmeul hatte um zwei Uhr auf mich gewartet, über das Lenkrad gebeugt, den Hut tief ins Gesicht gezogen, fast bis über die Nase. Kein Monk weit und breit.

»Wo ist Monk?«, fragte ich.

»Im Blue Bird.« Shmeul war kein Mann, der viele Worte machte.

Er fuhr zur Fourteenth Street. In der Nähe der Fourth Avenue bog er in eine dunkle Seitenstraße ein und wartete. Eine Tür öffnete sich, ein schmaler Lichtspalt wurde sichtbar. Jemand winkte uns zu.

Das Blue Bird Café war ein typischer Saloon: Es roch nach Rauch und Alkohol, auf jedem Tisch stand eine Flasche mit einer flackernden Kerze. Die Kerzen waren die einzige Beleuchtung, außer dem rötlichen Glimmen der Zigaretten und Zigarren. Die Gesichter schienen körperlos, bleich. Lauter Gespenster.

Shmeul brachte mich zu dem Hocker am Ende der Bar. »Warten Sie hier«, sagte er, und mit einer etwas abrupten Kopfbewegung gab er dem Barkeeper zu verstehen, dass er sich um mich kümmern solle.

Also zog ich meine Galoschen aus, hörte mir traurige Lieder von vergeblicher Liebe an, trank den Gin aus der angeschlagenen Teetasse und dachte an das Foto. Celia, am Strand von Provincetown sitzend, ihr schönes Haar berührte den Sand, die ausgestreckten Beine hatte sie übereinander geschlagen, und mit so banalen Dingen wie Kleidung schien sie sich nicht abgeben zu wollen. Ihr Blick galt der Kamera, ohne Scham. »*Ne m'oublie pas*«, hatte sie auf die Rückseite geschrieben. Vergissmeinnicht.

Jemand setzte sich neben mich, stieß gegen meinen Arm, störte meine Grübeleien. »Entschuldigen Sie«, sagte er, ging aber nicht weg. Offenbar wollte er meine Aufmerksamkeit auf sich lenken.

Zuerst konnte ich ihn in der Beleuchtung nicht richtig erkennen. Aber die Stimme kannte ich irgendwie, und es dauerte nicht lange, bis ich auch die Gesichtszüge zuordnen konnte. »Na, so was – Mr. Danenberg!«, rief ich. »Sie sind mir schon wieder gefolgt.«

Der Barkeeper brachte ihm eine Tasse. Der satte Goldglanz von Scotch. »Ich möchte mich bei Ihnen entschuldigen«, sagte er. »Ich habe mich schlecht benommen, respektlos – obwohl ich doch den höchsten Respekt für Sie empfinde.«

»Na ja, Sie waren etwas aufgebracht. Ich nehme Ihnen das nicht übel.« Ich führte meine Zigarettenspitze an die Lippen und versuchte, seine Augen zu ergründen. Sein Verhalten wirkte völlig harmlos, aber ich hatte ihn schon anders erlebt. Schwebte ich in Gefahr – trotz der vielen Menschen hier? Nein, diese Kneipe gehörte Monk. Seit ich durch die Tür gekommen war, hatte ich das Gefühl, dass gut auf mich aufgepasst wurde.

»Ich weiß, Sie versuchen, Adelles Mörder zu finden, und dafür bin ich Ihnen sehr dankbar.«

»Sie lieben Adelle immer noch, trotz allem?«

»Ja. Sie denken wahrscheinlich, ich spinne, aber ich weiß genau, dass sie mich geliebt hat.«

Er wollte das unbedingt glauben. Meine Aufgabe war es nicht, ihm diesen Glauben auszureden – wieso auch? »Dann stimmt es sicher.«

»Sie hat nur ihre Arbeit gemacht.«

»Ja.«

»Und danach wäre sie zu mir zurückgekommen.«

Hätte er sie umbringen können, wenn er so tief für sie empfand? »Wissen Sie, wer der andere Mann war?«

»Mr. Vaude«, sagte er mit einer Bestimmtheit, die keinen Raum für Zweifel ließ.

»Aber Mr. Vaude lebt nicht mehr.«

»Ja«, sagte er. »Vaude war ein Verräter. Deshalb hat Adelle ihn observiert.«

»Ein Verräter? Wie kommen Sie darauf?«

»Er hat Falschgeld ins Land geschmuggelt.«

»Und das ist schlimmer als Alkoholschmuggel?«

Mr. Danenberg musterte mich schockiert. »Wie können Sie so etwas sagen? Die Prohibitionsgesetze sind schlecht, sie werden über kurz oder lang alle wieder aufgehoben werden!«

»Dann verlieren Sie und Ihre Familie Ihr Einkommen.«

»Kein Problem! Wir werden von Herzen gern wieder Bücher verkaufen.«

Ich tätschelte seine Hand. »Sie sind mir also hierher gefolgt, um sich zu entschuldigen?«

»Nein.« Er stand auf und schaute sich im Café um. »Ich war über Ihre Anwesenheit genauso erstaunt wie Sie über meine. Das Blue Bird Café ist der Ort, wo die Rechnungen beglichen werden.«

62

Nachdem Carl Danenberg gegangen war, stellte der Barkeeper noch eine Tasse Gin vor mich hin und gab mir Feuer. »Haben Sie Shmeul gesehen?«, fragte ich ihn.

Er zuckte die Achseln, wischte kurz über die Theke und leerte meinen Aschenbecher. Ich warte grundsätzlich nur sehr ungern und irgendetwas sagte mir, dass Monk Eastman heute Nacht nicht mehr kommen würde. Aber warum brachte Shmeul mich dann nicht wieder nach Hause? Ich beschloss, Monk noch eine Frist zu lassen und erst meinen Gin auszutrinken. Danach wollte ich mich auf den Heimweg machen, mit oder ohne Begleitung.

Es war schon nach vier Uhr, als ich die leere Tasse wegschob und meine Überschuhe anzog. Was hatte Carl gesagt? *Das Blue Bird Café ist der Ort, wo die Rechnungen beglichen werden.* Fröstelnd stand ich auf. Ich wollte nicht denselben Weg nehmen wie mit Shmeul, weil die Seitenstraße so dunkel gewesen war – das erschien mir dann doch zu gefährlich. Ich bahnte mir einen Weg durch die

Gäste, die inzwischen schon weniger zahlreich waren, und suchte den vorderen Ausgang. Die Spiegelglasfenster waren schwarz übermalt, und durch die Doppeltür, die auf die Straße führte, drang kein Licht.

Meine Hand lag schon auf der Klinke, als plötzlich etwas sehr Seltsames passierte – es war, als würde sich ein Arm um meine Taille schlingen und mich festhalten. Ich spürte die leidenschaftliche Hitze, ich roch seinen Schweiß, den Duft seines Tabaks. War das ein Traum? In der Dunkelheit spürte ich seine breiten Schultern, seine erotische Kraft.

»Warte«, flüsterte er nur. Ja, natürlich würde ich warten!

Peng! Die Explosion kam von der anderen Seite der Tür. Dann wieder. *Peng! Peng! Peng! Peng!* Viermal nacheinander.

Ich erstarrte. »Was war das? Das klang wie Schüsse!« Ich griff wieder nach der Tür, und jetzt kam kein Arm, der mich fest hielt. Die anderen Gäste hatten die Schüsse ebenfalls gehört, sie sprangen auf, rannten los, von panischem Schrecken erfüllt.

Da war sie wieder, die leidenschaftliche Hitze. Ich drehte mich um, starrte ins Dunkel. Sein Gesicht schimmerte. Seine Augen waren riesengroß. Schweißperlen standen ihm auf der Stirn. Meine Brüste spürten seine flüchtige Berührung. Sehnsüchtig lehnte ich mich an ihn. »Reed«, murmelte ich, atemlos.

»Jetzt«, sagte er.

Die Tür ging auf, ich wurde vorwärts geschleudert, ich schrie, mein Schrei kam zu mir zurück. Kein Mensch auf der Straße. Dann sah ich ihn. Neben dem U-Bahn-Eingang lag ein Mann auf dem Rücken im Schnee. Sein Stöhnen durchbrach meinen Trancezustand, ich rannte zu ihm, kniete neben ihm nieder, legte meine Hände auf seine Wunden, um den Blutfluss zu stillen. Der Schnee war feuerrot verfärbt.

»Hilfe!«, schrie ich. »Ruft die Polizei!«

Er griff nach meiner Hand, ich ließ sie ihm. Seine Lippen bewegten sich, und mühsam stieß er hervor: »Lupos Junge.« Seine Stimme war nur noch ein Hauch, aber seine Hand war voller Kraft. Blut quoll aus seinem Mund, dann rührte er sich nicht mehr.

Ich musste nicht mehr auf Monk Eastman warten.

63

Eine Sirene heulte, verstummte, heulte wieder los. Andere Sirenen stimmten mit ein, eine Symphonie des Grauens.

Ich konnte mich nicht bewegen, konnte den Kopf nicht heben. An meinen Händen klebte Monks Blut, meine Kleider waren blutgetränkt. Pulverdampf verpestete die Luft.

Jemand packte mich, zerrte mich in die dunkle Seitenstraße. Mein Schrei kam zu spät, wurde von den Sirenen übertönt. Mit eisiger Hand hielt er mir den Mund zu. Er zitterte mindestens so heftig wie ich.

Ich war nur noch ein kleines Bündel mit spitzen Ellbogen, aber diese Ellbogen trafen ins Schwarze.

Er stöhnte auf. »Ich tu dir doch nichts. Ich musste dich da wegholen, kapiert?«

Als ich nickte, nahm er seine Hand weg, aber den Geruch von Schießpulver wurde ich nicht los. Wir keuchten beide.

Ich versuchte, mir irgendwie klar zu machen, was passiert war. Monk war tot. Ich hatte Monk gemocht, ich hatte ihm sogar vertraut. Erschöpft lehnte ich mich gegen die Backsteinmauer. »Ich begreife nicht, weshalb du ihn umgebracht hast. Was hat er dir getan?«

»Wen habe ich umgebracht? Ich habe niemanden umgebracht. Ich weiß nicht einmal, wer erschossen wurde.«

»Du hast Monk Eastman getötet.«

»Monk Eastman? Ehrlich?« Er schien beeindruckt. »Aber wie kannst du mich für einen Killer halten, Oliver?«

»Warum bist du hier?«

Er ließ meine Hand nicht los. »Ich bin zu deinem Haus zurückgekommen und habe gesehen, wie du in eine schwarze Limousine gestiegen bist. Ich bin dir gefolgt. Aber das ist jetzt nicht mehr wichtig. Wir müssen hier weg.«

»Aber wenn wir der Polizei sagen, was passiert ist ...«

»Sie werden denken, dass du es warst.« Er zerrte mich hinter sich her. »Du bist über und über mit Blut verschmiert.«

Ich war völlig benommen, außer Stande, einen klaren Gedanken zu fassen. Die Polizei konnte doch unmöglich glauben, dass ich die Täterin war, oder? Ich hatte Monk gemocht. Du hast einen Gangster gemocht, Oliver?

Die Hintertür des Black Bird Cafés stand offen. Schwaches Licht drang heraus. Plötzlich wurde mir klar, dass sich das Café gleich nach den Pistolenschüssen geleert hatte. Als hätten sich alle verschworen gehabt, Monk zu ermorden.

An der Stelle, wo die Gasse in einen kleinen Platz mündete, parkte ein klapperiger Kleinlaster. Daneben stand Monks Limousine. Ich sah Shmeul mit gesenktem Kopf am Steuer sitzen. Wie konnte er bei dem Krach schlafen? Ich riss mich los und klopfte an die Scheibe. Aber Shmeul blickte nicht auf. Ich öffnete die Tür.

Er fiel mir entgegen, glitt zu Boden. Ich taumelte rückwärts, stolperte, stürzte. Shmeul schaute mich an, aber nur mit einem Auge. Dort, wo das andere gewesen war, klaffte eine blutige Wunde. »O Gott – nein!« Mein Magen drehte sich um, und ich gab den ganzen Gin, den ich vorhin getrunken hatte, wieder von mir.

»Miss Brown – sind Sie das?« Die Silhouette eines Mannes erschien in der offenen Hintertür des Blue Bird.

Ich hörte eine hastige Bewegung hinter mir, dann einen ohrenbetäubenden Knall, wieder stieg mir der Geruch von Schießpulver in die Nase, meine Augen brannten. Aber jetzt träumte ich wirklich. Ich stand auf, ich schwebte in eine Welt, in der es keine Geräusche gab. Carl Danenberg sank auf die Knie, klammerte sich an den Türpfosten, fiel mit dem Gesicht in den Schnee.

»Was machst du da?« Ich konnte meinen eigenen Schrei kaum hören.

Dave Wolfe ließ die Pistole sinken. »Tut mir Leid, Oliver.«

»Du bist so begabt! Dein Roman ist der Beweis dafür.« Meine Stimme kam mir freundlicher vor, wie sie flehend auf ihn einredete. Flehte ich um mein Leben oder um seines?

»Wenn du mein Buch gelesen hast, dann weißt du, dass ein Mensch seinem Erbe nicht entfliehen kann.« Wie verbittert er klang! Er bekreuzigte sich und hob seine Pistole.

Mein Gehirn arbeitete blitzschnell. Monks letzte Worte – *Lupos Junge*. Ich ließ mich auf den Boden fallen, als würde ich ohnmächtig, und rollte unter Monks Limousine.

Aus dem Nichts hörte ich plötzlich das unverkennbare Knarren einer Kurbel. Der alte Laster fing an zu knattern, das Knattern ging über in ein lauter Rumpeln. Die Reifen knirschten über den Schnee.

»Wa – « Daves Schrei wurde von einem dumpfen Aufprall unterbrochen.

Als ich unter meinem Versteck hervorspähte, sah ich eine Pistole auf dem Boden liegen, etwa eine Armlänge von mir entfernt. Und nicht weit von Shmeul lag Dave, zusammengekrümmt, reglos. Ich streckte die Hand aus, wollte nach der Pistole greifen, aber jemand fasste mich am Arm, zog mich unter dem Auto hervor und warf mich hinten auf den Laster, als wäre ich ein alter Kleidersack.

»Herrgott, Olwer, Se machen einem nix als Ärger!« Ding Dong sprang nach mir auf und schlug mit der Hand auf das Fahrerhäuschen. »Auf geht's!«

Red Farrell trat aufs Gaspedal, der Laster schoss die Gasse hinunter, hielt kurz an und raste dann mit quietschenden Reifen davon. Ich schaute auf meine Hände und begann zu weinen. »Monk ist tot.«

Ding Dong tätschelte mir ungeschickt den Rücken. »Ja, stimmt.«

64

»Verflucht noch mal! Bist du verletzt? Warum habt ihr sie nicht ins St. Vincent's Hospital gebracht?«

Ding Dong grinste sein schiefes Grinsen. »Immer mit der Ruhe, Sherlock. Olwer is nix passiert. Monk Eastman haben se vor dem Bluebird ins Jenseits befördert. Das is sein Blut.« Ding Dong verständigte sich mit Red Farrell durch eine Kopfbewegung, und dann verschwanden die beiden.

»Dann wollen wir dich mal anschauen«, sagte Harry etwas schroff, und schon kamen mir wieder die Tränen.

»Dave steckte hinter allem! Kannst du dir das vorstellen, Harry – die ganze Zeit hat er mit uns zusammengelebt, aber er ist – ein Killer, er ist Lupos Sohn, er heißt Lupo, nicht Wolfe, aber das bedeutet ja auch das Gleiche, stimmt's?« Ich bebte am ganzen Körper, meine Zähne klapperten, ich konnte nichts dagegen machen. »Er hat Monk umgebracht, und ich habe mit eigenen Augen gesehen, wie er Carl Danenberg erschossen hat, und mich hätte er auch …«

Harry schien nicht überrascht. Er reichte mir ein Glas Gin. Ich leerte es in einem Zug. »Wo sind deine Schuhe?«

Ich schaute auf meine bloßen Füße hinunter. Sie waren

blutverschmiert. Jack Reeds Überschuhe! »Weg«, murmelte ich. Dann wurde alles dunkel.

Peng, peng! Ich hörte die Schüsse und wusste, dass Lupo hinter mir her war, ich wollte weglaufen, aber ich kam nicht vom Fleck. Mit einem Knall landete ich auf dem Boden – und wachte auf, nassgeschwitzt, mein Herz hämmerte wie verrückt in der Brust.

Wo war ich? Ich schaute auf meine Hände, meine Füße. Dann war es also doch nur ein Albtraum gewesen? Aber Dave – Ich kniete auf allen Vieren und merkte, dass ich ein Herrenhemd trug.

Ich war in Harrys Wohnung. Ich war aus Harrys Bett gefallen, ich trug Harrys Hemd, darunter war ich nackt. Bestimmt war ich total betrunken gewesen, denn ich konnte mich an nichts erinnern.

Wo waren meine Kleider? Und wo steckte Harry?

Ich kletterte wieder in sein Bett und zog mir das zerwühlte Laken über den Kopf. Tja – jetzt ist es also doch passiert, dachte ich.

Ein Schlüssel drehte sich im Schloss. Ich kroch so weit unter meiner Decke hervor, dass ich etwas sehen konnte.

»Guten Morgen«, rief Harry fröhlich. Mit ihm kam ein kalter Luftzug ins Zimmer, außerdem mehrere Zeitungen und ein Bündel, das er aufs Bett legte.

Ich schob die Zeitungen beiseite. »Hör zu, Harry, es tut mir Leid ...« An der Innenseite meines Handgelenks entdeckte ich einen kleinen Blutstreifen. Fassungslos starrte ich darauf.

»Ich glaube, ich habe doch ein paar Flecken übersehen«, sagte Harry. Er zündete mir eine Zigarette an und sich selbst eine Zigarre.

»Dann war es doch kein Traum – Monk und Dave und alles ...«

Er setzte sich zu mir aufs Bett und zeigte mir die Zeitungen. Die Schlagzeilen kündeten in riesigen Lettern von blutigen Bandenkriegen, aber ich wusste ja, dass das nicht stimmte.

»Es ist meine Schuld«, sagte ich.

»Du denkst, es ist deine Schuld, dass Monk erschossen wurde?«

Ich nickte. »Er wollte herausfinden, was Lupo mit der ganzen Sache zu tun hatte.«

»Bist du verrückt, Oliver? Monk Eastman hatte mehr Feinde als Haare auf dem Kopf! Und glaub mir – er hat das alles nicht dir zuliebe getan. Er hat nie etwas getan, was nicht irgendwie Geld in seine Taschen brachte.«

»Du bist streng, Harry. Wo sind eigentlich meine Kleider?«

»Du hast so furchtbar ausgesehen, und du hast mir nicht erlaubt, dass ich Mattie aufwecke.«

Ich schaffte es nicht, ihn anzusehen. »Du hast mich gewaschen?«

»Na ja – ich habe es beim besten Willen nicht über mich gebracht, dich so zu lassen, wie du warst. Ich habe dich gewaschen und die ganzen Sachen weggeworfen. In dem Packen hier sind frische Kleider.«

»Dann haben wir also nicht …«

Ich sah gleich, dass er meine Vermutung absurd fand und sich beherrschen musste, um nicht herauszuplatzen. »Ich befürchte, da muss ich dich leider enttäuschen.«

»Ich werde versuchen, darüber wegzukommen«, sagte ich und griff nach dem Kleiderbündel.

An Silvester gaben wir eine Party, Mattie und ich, und alle, alle kamen. Das heißt, alle bis auf Harry, der wie immer zu spät dran war. Ich hatte sogar ein Telegramm von Stephen Lowell bekommen, in dem er ankündigte, dass er vielleicht kommen werde. Wir tranken den Champagner, den Monk am Tag seines Todes noch vor meiner Tür abgestellt hatte. Wie immer ohne Absender. Aber das war nun sein endgültig letzter großzügiger Akt gewesen.

Eine Woche war vergangen, seit wir herausgefunden hatten, was mit Dave los gewesen war, und wir konnten es immer noch nicht fassen. Wie auch – schließlich war er einer von uns gewesen.

»Hast du Kate gesehen?«, fragte ich Paulo.

»Sie ist mit den Zwillingen nach Paris gezogen«, antwortete er. »Alle Welt ist jetzt in Paris.«

»Nicht alle Welt«, entgegnete ich.

»Diese junge Frau, Adelle oder Adeline oder wie sie hieß – eigentlich war sie ganz nett«, sagte Paulo.

»Und was ist mit Fordy?«

»Fordy hat es sich selbst zuzuschreiben. Immerhin hatte er Kate und die Zwillinge. Er war nicht allein auf der Welt.«

Traurig dachte ich: Da irrst du dich gewaltig, mein lieber Paulo, wir sind alle allein auf der Welt.

»Wo steckt Daisy?«, erkundigte sich Paulo. Bunny war alleine gekommen.

Bunny zuckte die Achseln. »Weg.«

Wir kümmern uns um unsere Leute, hatte Adolphus gesagt.

»Dave konnte seinem Schicksal nicht entkommen«, sagte Bunny. »Er war eine tragische Gestalt – wie in einem griechischen Drama.«

»Ich finde, wenn er wirklich den Wunsch gehabt hätte, seinem Schicksal zu entkommen, hätte er versuchen müssen, ein bisschen weiter weg zu gehen als Greenwich Village«, sagte ich.

»Vier Menschen mussten sterben, nur wegen seines ›Schicksals‹!«

»Wie dem auch sei«, erwiderte Bunny. »Ich werde dafür sorgen, dass sein Roman veröffentlicht wird.«

Tja – wir glaubten eben an die Unabhängigkeit der Kunst.

Ich unterbrach das Gespräch, um Gerry Brophy einen Kuss auf die Wange zu drücken und um ihm die entscheidende Frage zu stellen: »Sind die Druckplatten aufgetaucht?«

»Nein, aber der Secret Service hat Lupo verhaftet, weil er aus Sizilien Falschgeld importierte. Er wird sehr lange hinter Schloss und Riegel sitzen.«

Ich ging in die Küche, um nach Mattie zu sehen. Champ stand am Fenster und schaute hinaus in den mondhellen Garten, in dem einst unser erotisches Vogelbad gestanden hatte. »Champ?«

Sie trug einen leuchtend blauen Schal in den weißen Haaren. »Ja, meine Liebe«, sagte sie. »Celia hat mir etwas für dich gegeben.«

Skeptisch zog ich die Augenbrauen hoch. Nein, ich hatte Celia noch nicht verziehen.

Lächelnd fragte Champ: »Bist du denn gar nicht neugierig? Na ja, es verdirbt ja nicht. Du bekommst es im Frühjahr, wenn meine Statue *Die Liebenden* fertig ist.«

So kam es, dass die verschollenen Druckplatten das Fundament des neuen Vogelbads bildeten, mit seiner Statue der beiden sich innig umarmenden Frauen, die Champ *Die Liebenden* nannte.

Ja, genau, die Holzkiste in Champs Wohnung, mit den Etiketten aus aller Herren Länder. Die Kiste, auf die ich meine Tüte mit Äpfeln gelegt hatte …

Als ich wieder in den Salon trat, war auch Harry gekommen und goss sich gerade einen Drink ein. Ich tippte ihm auf die Schulter. »Ich nehme an, dein phlegmatischer Kryptologe hat nie eine Antwort gefunden und wird mir auch meinen John Donne nicht zurückgeben.«

»Tja – er hat die Antwort gefunden – in der Nacht, als Monk erschossen wurde. Ich habe sie an Brophy weitergeleitet. Und was den Donne betrifft, da kann ich dir nichts sagen – am besten fragst du ihn selbst.« Er legte mir die Hand auf die Schulter und drehte mich um.

Ein großer, unglaublich gut aussehender Mann lächelte mich an und füllte mein leeres Glas. »Sie sind bestimmt

Olivia Brown«, sagte er. Er hatte haselnussbraune Augen und lange, geschwungene Wimpern. »Ich bin Kendall Cooper. Ich habe schon viel von Ihnen gehört.«

Und wie es so ist im Leben – genau in dem Moment erschien Stephen Lowell auf der Bildfläche.

Ach, könnte das Leben einer Dichterin nicht ein bisschen einfacher sein?

Nachwort

Die Romanfigur Monk Eastman basiert auf dem realen Monk Eastman, einem jüdischen Gangster jener Zeit. Vieles, was ich in *Die Eisfrau* über ihn sage, entspricht der Wirklichkeit: seine Tapferkeit im Krieg, dass er von dem New Yorker Gouverneur Alfred E. Smith begnadigt wurde, seine Liebe zu Tieren, besonders zu Katzen, und sein Abgang – seine Verbindung mit Olivia Brown ist hingegen frei erfunden.

Die Schwarze Hand, Vorgängerin der Mafia, war damals sehr aktiv, da es einen großen Zustrom italienischer Einwanderer gab, die sie tyrannisieren konnte, und dank der Prohibition. Ignazio Lupo, auch bekannt als Lupo der Wolf, galt als Boss der Schwarzen Hand. Er war eine entscheidende Figur in der Verschwörung, die ich fiktionalisiert habe; die tatsächlichen Ereignisse fanden allerdings zehn Jahre früher statt und nicht in New York City, sondern im Staat New York. Lupo wurde vom Secret Service gefasst und starb in einem Staatsgefängnis.

Die Hudson Dusters, die irische Straßengang, hat es ebenfalls gegeben. Ihr »Territorium« war Greenwich Village. Ich habe ihre richtigen Namen verwendet, aber sie sind bei mir vielleicht ein bisschen sanfter als die realen Vorbilder, da ich sie zu meinen unregelmäßigen Stammgästen in der Baker Street gemacht habe.

In den zwanziger Jahren fing es an, dass viele der Village-Künstler die kleinen Wohnungen und den begrenzten Raum des Village verließen, weil sie heirateten – ja, wirklich! – und Kinder bekamen. Einige von ihnen bildeten eine Art Kolonie in dem freundlichen Städtchen Croton, und dort vor allem entlang der Mt. Airy Road.

Ich gab Edmund »Bunny« Wilson eine Rolle in *Die Eisfrau,* die völlig frei erfunden ist. Er gehörte allerdings zu den Village-Künstlern, war ein enger Freund von Edna Millay und Redakteur bei der Zeitschrift *Vanity Fair*. Er entwickelte sich zu einem sehr erfolgreichen Schriftsteller, verfasste Romane, Essays und kritische Kommentare und war eine Weile mit der Schriftstellerin Mary McCarthy verheiratet.

Romany Marie's Gypsy Tea Room und die Flüsterkneipen Polly's, Luke O'Connor's Columbia Gardens (genannt Working Girls' Home), Chumley's und Hell Hole existierten allesamt im Greenwich Village der zwanziger Jahre. Nur das Chumley's gibt es heute noch.

Was den hoch begabten Schriftsteller John »Jack« Reed anging, so erreichte die Anziehungskraft seiner überlebensgroßen Persönlichkeit beide Geschlechter. Ich glaube, alle Frauen waren damals in ihn verliebt. Ich wäre es jedenfalls gewesen.

Bei der literarischen Umsetzung des Zeitgeistes bin ich verschiedenen Büchern verpflichtet: Barbara und Arthur Gelbs Biographie von Eugene O'Neill; Luc Santes *Low Life;* Allen Churchills *The Improper Bohemians,* Jeff Kisseloffs *You Must Remember This;* den Memoiren von Susan Glaspell, Floyd Dell, Lawrence Langner und Max Eastman – und ganz besonders den wundervollen Briefen der Dichterin Edna St. Vincent Millay.